천성래 대하소설

正本 **국경의 아침**

천성래 대하소설

正本 **국경의 아침**

⑦

제4부 저 구름 흘러흘러

지우출판

차 례

제44장 목불인견(目不忍見)

1

춘희가 동료들과 함께 회령 전거리 교화소에 도착했을 때 전혀 예기치 못한 상황이 벌어졌다. 신의주 집결소에서 동료들과 함께 호송되어 전거리 교화소에 도착하자 춘희는 즉시 다른 동료들과 분리되었다. 다른 동료들은 입소 절차에 따라 이끌리고 있는데 춘희는 교화소에 도착 즉시 관리자의 직접 안내를 받게 된 것이었다. 춘희를 놀라게 한 것은 교화소의 요원들이나 담당자들이 자신을 깍듯이 대접하고 있다는 점이었다. 신의주 집결소에서 그랬던 것처럼 춘희 역시 정상대로라면 동료들과 함께 입소해서 족쇄가 채워지고 몸수색을 당했을 것이다. 가혹한 구타와 폭행을 당하면서 새벽부터 밤늦도록 노동을 했을 것이다.

그런데 교화소에 도착한 순간 동료들과 분리되었고, 이어서 일반 죄수들의 수용시설이 아닌 담화실이라는 데로 안내되었다.

— 리춘희 동지 어서 오오.

춘희는 호칭부터 바꿔 깍듯하게 대하는 뜻밖의 환대에 어리둥절했다.

— 아니 여기는 어, 어디입네까? 도 동지~

춘희는 호칭부터 낯설어 얼버무렸다. 교화소로 진입하는 요소마다 인민경비대가 경비를 서고 있었는데 군인들이 자동소총과 수류탄 등으로 무장하고 지키고 있었다. 거기에는 군견軍犬 : 군용 개을 거느리고 있는 군인들의 모습도 보였다.

교화소 입구에 들어서는 순간 동료들은 정문의 크고 높은 모습에 압도되었다. 철문으로 되어 있는 정문의 양쪽으로 성벽이 둘러져 있었는데 성벽의 꼭대기에는 철조망이 쳐져 있었다. 철조망에는 고압 전류가 흐르고 있다는 위험표시가 되어 있었고, 성벽의 포대에는 기관총이 거치되어 있었기 때문에 누구든지 정문에서부터 압도당할 수밖에 없었다.

ㅡ 리춘희 동지를 잘 모시라는 지시가 상부로부터 떨어졌소.

관리자로 있는 보위원이 정중히 말했다.

ㅡ 예? 무슨 말씀인지 리해가 되지 않습네다.

ㅡ 우선 관리소장님께 인사부터 올리라는 분부가 있습니다.

춘희는 영문도 모른 채 보위원을 따라 관리소장 사무실을 향했다. 볼에 살이 두툼하게 오른 수용소 관리소장 역시 춘희를 아주 반갑게 맞아주었다. 춘희는 관리소장에게 여전히 얼떨한 기분으로 고개를 숙여 답례를 보냈다.

ㅡ 먼 길 오느라 로한勞汗 : 수고이 많소.

ㅡ 소장 동지, 나한테 어째서 이렇게 대해주시는지 통 리해가 되지 않는다 말입네다.

ㅡ 하하하~ 우리도 상부의 지시니 깊은 뜻은 모르오. 그저 씻고 편히 쉬도록 하오, 리춘희 동지~

춘희는 마치 자신이 이상한 꿈을 꾸고 있는지 모른다는 생각이 들었다. 관리소장 사무실에서 나오면서 허벅지 살을 세게 꼬집어보았다. 날카로운 통증이 느껴지고 있으니 분명 꿈이 아니라 현실인 모양이었다.

춘희는 보위원의 안내를 받으며 관리자 식당에서 끼니를 때우고 수용자들과 격리된 숙소까지 배정받았다. 그녀는 숙소를 안내받으면서 보위원에게 물었다.

ㅡ 상부의 지시가 무엇인지 보위원 동지는 알고 있지요?

ㅡ 상세한 내막은 모르오.

ㅡ 내 여기에서 뭘 해야 합네까?

춘희는 잔뜩 끼어있는 안개의 늪에서 꿈속을 걷는 것처럼 허우적이는 느낌이었다.

- 그야 위에서 지시가 내려오지 않겠소?

하고 보위원이 말하면서 갈아입을 의복을 건넸다. 의복을 보니 계급장이 붙어있지 않은 제복이었고, 수용자들과 색상이 확연히 다른 것이었다.

- 환복換服하고 행정실로 올라오시오.

- 예 보위원 동지~

춘희는 짐 꾸러미를 풀지 않은 채로 숙소의 한쪽에 밀어두고 옷을 갈아입었다. 국경을 넘은 이후 줄어든 허리둘레 때문에 바지는 통이 넓어 헛돌 지경이었다. 상의를 걸쳐 입었는데 품은 넓었고 춘희의 팔이 쭉 뻗은 탓인지 소매 길이가 짧았다. 춘희는 벽의 중앙에 붙어있는 손바닥 두 개 크기의 거울 앞에 얼굴을 비쳐보았다. 그녀는 표가 나게 여윈 자신의 모습이 매우 낯설게 느껴졌다. 자신의 얼굴조차 맘껏 들여다보지 못한 지옥 같은 세월이었다.

춘희는 저녁을 먹고 교화소 수감자들이 밤 열한 시까지 유일사상을 학습하는 현장을 보위원의 안내를 받아 목격했다. 이런 모습은 그녀에게 낯설지 않았다. 조선공화국에서 유일사상 10대원칙은 곧 주민들의 생활 10대원칙을 말하는 것이었다. 김일성 유일 독재체제를 철저히 확립하고 김일성 일가를 높이 받들며 살아가기 위한 생활 및 행동 규범이었다.

모든 당원과 근로자들은 경애하는 수령님을 영원히 높이 모시고 수령님께 끝까지 충성을 다하며, 전당과 온 사회를 위대한 김일성 동지의 혁명사상으로 일색화하는 역사적 위업을 빛나게 수행해나가기 위하여 10조 65항의 유일사상체계 확립의 10대원칙을 철저히 지켜야 한다, 라는 서문으로 시작되고 있었다.

이러한 서문을 핵심으로 하면서 1조, 몸 바쳐 투쟁하여야 한다. 2조, 높이 우러러 모셔야 한다. 3조, 김일성 동지의 권위를 절대화하여야 한다. 4조, 김일성 동지의 혁명사상을 신념으로 삼고 수령님의 교시를 신조화 하여야 한다. 5조, 김일성 동지의 교시집행에서 무조건성의 원칙을 철저히 지켜야 한다. 6조, 전당의 사상의지적 통일과 혁명적 단결을 강화해야 한다. 7조, 김일성 동지를 따라 배워서 공산주의적 풍모 등을 소유해야 한다. 8조, 수령님의 크나큰 정치적 신임과 배려에 충성으로 보답하여야 한다. 9조, 김일성 동지의 유일적 령도 밑에 전당, 전국, 전군이 한결같이 움직이는 강한 조직규율을 세워야 한다. 10조, 위대한 수령 김일성 동지께서 개척하신 혁명위업을 대를 이어 끝까지 계승하며 완성하여 나가야 한다.

이와 같은 10개조의 각 항목은 그 밑에 엄청난 사족을 주렁주렁 달고 있었다. 10쪽 분량의 유일사상 10대원칙은 공화국 인민이라면 누구나 암기해야 하는 내용이었다. 토씨 하나 틀리게 되면 그에 상당한 벌을 빚았다. 수용소에서는 더욱 이런 벌치이 엄격했고, 수용자들을 이런 사상의 세뇌를 통해 가혹하게 무장시키고 있었다.

이튿날, 춘희는 수용자들과 똑같이 새벽 다섯 시에 기상했다. 수용자들은 간단히 씻고 아침식사를 마치자 곧장 노동현장에 투입되었다. 수용소의 정문이 위압감을 풍기는 것과 비교하여 규모는 작은 편에 속했다. 수용소 시설은 가로로 길게 뻗어 있었지만 고작 400여 미터도 되지 않아 보였고, 폭은 좁은 편이었다. 세 개의 칸막이로 어설프게 공간을 분리하고 있었는데 오른쪽의 네모반듯한 시설 공간이 수용소의 중심부라고 보위원이 춘희에게 설명해주었다.

이렇게 비좁은 공간에 2,000여 명 정도 되는 수용자들을 수용하고 있었는데 이들을 감시하는 경비병이 무려 300여 명에 육박한다는 것이었다. 무엇보다 경비병들은 몸에 중화기로 무장한 상태라고 했는데 경비병들의 모습은 쳐다보는 것만으로도 수용자로 하여금 단번에 기가 꺾이게 만들었다.

수용자들이 노동을 하는 현장을 하나씩 보여주려는 모양인데 춘희는 이런 상황을 전혀 리해하지 못했다. 대체 그녀를 함께 끌려온 동료들과 따로 분리하여 이렇게 수용소의 실상과 민낯을 보여주는 까닭은 무엇이란 말인가. 탈북을 하다 북송된 죄수들이 대부분 이곳에 수감되기 시작하면서 이곳이 이전의 일반 범죄자 수용소에서 정치범 수용소로 변하기 시작했다고 보위원 동지가 말했다. 춘희는 하루 동안 여러 군데의 작업장을 보위원 동지와 함께 견학했다.

수용소에서 500여 미터 떨어진 곳에 있는 구리 광산을 가장 먼저 견학했다. 지하 막장까지 들어가지는 않았지만 막장에서 몸에 먼지를 잔뜩 뒤집어쓰고 노예 같은 모습으로 노동에 여념이 없는 수용자들을 보여주었다. 하나같이 몸을 제대로 움직이는 사람이 없어 보였고, 그녀가 보는데도 채찍질과 폭행이 끊임없이 가해지고 있었다. 땅이 단단히 얼어붙어 있을 정도로 기온이 떨어졌음에도 정작 수용자들은 제대로 의복도 갖추어 입지 못하고 추위 속에서 시달리고 있었다. 이런 열악한 환경에서 수용자들은 14시간 이상 쉬지 않고 작업을 한다는 것이었다.

구리광산에서 내려와 자전거를 타고 벌목장을 향해 달리면서 그녀는 소문으로만 듣던 낯선 광경을 보게 되었다. 한 명의 녀성 수용자가 무거운 돌을 들고 뛰고 있었고, 운동장을 뛰다 간수의 지시에 따라 수용자끼리 널뛰기를 했다.

– 보위원 동지, 이 추운 날씨에 어찌 널뛰기를 시키는 겁네까?

춘희는 보위원 동지에게 묻지 않을 수가 없었다. 대체 아무리 생각
해도 까닭을 모르는 일이었기 때문이었다.

– 임신한 에미나들 낙태를 시키는 게지요.

– 예?

춘희는 보위원의 대답에 깜짝 놀랐다.

– 되놈_{중국인} 씨를 뱃속에 담아온 썩어빠진 에미나들 아닙네까?

춘희는 저도 모르게 벌어진 입을 다물지 못했다. 중국에서 성폭행을
당한 것도 서러운데 이렇게 강제로 낙태를 시키다니~ 북송되어 집결
소에 도착했을 때 남자 간수가 녀성의 생식기에 손까지 집어넣어 신체
검사를 하는 것은 이미 경험했던 일이었다. 하지만 무거운 돌을 들고
쉬지 않고 뛰게 하고 경쟁적인 널뛰기까지 강제로 시키는 것을 생각하
면 이곳은 수용소 중에서도 악랄한 곳이라는 것을 짐작하고도 남음이
었다.

하지만 이런 모습은 아주 작은 예시에 지나지 않았다. 이렇게 낙태
를 시켰는데도 재차 임신을 하게 되는 경우에는 쇠붙이에 불을 달궈
자궁 속에 쑤셔 넣어 불고문을 가한다는 것이었다. 강제 낙태 시 태아
胎兒가 살아나오게 되면 바로 현장에서 살해하거나 짐승의 먹이로 보
내지기도 한다고 했다.

낮 12시까지 작업을 하고 점심시간이 되었는데 춘희는 차마 눈 뜨고
볼 수 없는 장면으로 인도되고 있었다. 보위부 요원은 부러 그녀에게
이런 모습을 목격하게 하려는 모양으로 그녀를 화장실 쪽으로 안내했
다. 화장실 앞에 한참이나 서 있었는데 수용자들이 와아~ 소리를 지

르며 아귀다툼을 하고 있었다. 자세히 보니, 화장실 안에 나타난 쥐를 보고 서로 먼저 잡아먹겠다고 죽을힘으로 돌진하고 있는 모습이었다.

– 리춘희 동지, 저렇게 할 수 있겠소?

– 예? 아니 인상 좋은 보위원 동지가 웃음락담도 하시는 겁네까?

춘희는 속이 울렁거린 탓에 겨우 이렇게 말했다. 이런 모습을 보며 그녀의 가슴에는 불지옥이 하나 자리 잡고 있는 느낌이었다.

– 웃음락담 아닙네다. 열흘만 굶어 보오. 여름 같음 도마뱀이 남아 나지 않았을 것이오. 그저 여게선 곤충이나 지렁이, 노래기는 특식이라오. 허허~

수용자들은 점심을 먹고 오후 한 시부터 곧장 작업을 시작했다. 작업량을 채워야 식량 배급이 주어지기 때문에 작업량을 완수하지 못한 수용자들은 항상 굶주린 배를 움켜잡고 지내야 한다는 것이었다. 춘희 역시 점심을 먹고 보위원 동지의 안내를 받아 이동하면서 한 무리의 수용자들이 입소하고 있는 모습을 지켜보았다. 보위원 동지가 춘희에게 말했다.

– 지난달 가을무 수확 때 운반하던 무를 몰래 먹다 걸린 녀성 동무 하나는 수색견에 물려 죽었다오.

– 게 사실 입네까?

춘희는 보위원 동지와 함께 걷다가 갑자기 걸음을 멈추고 말았다. 이곳은 결코 사람이 살 수 있는 공간이 아니라는 생각이 들었다. 이미 짐작은 하고 있었지만 막상 눈앞에 일어나고 있는 현실을 목격하고 보니 참담할 뿐이었다. 그녀가 갑자기 걸음을 멈춰서버리자 보위원 동지가 은근히 곁눈질을 하면서 재촉하는 표정을 짓고 있었다.

– 흐응, 소똥에 묻어나온 옥수수 알맹이를 몰래 주워 먹다 걸려서

온종일 벌을 서는 동무들도 한둘이 아니라오. 리춘희 동지, 어서 앞장 서오. 말만 듣고 놀란다는 것도 놀랄 일이오. 허허~

– 얼마나 굶주렸으면~

춘희는 거의 보위원 동지에게 들리지 않을 정도로 혼잣말을 했다. 보위원 동지에게 안내를 받으면서 그녀는 보위원이 자신에게 수용소의 곳곳을 보여주는 까닭을 알지 못했다. 동지에게 물으려다 춘희는 입을 다물고 말았다. 잠시 후 그녀는 수용소의 위쪽 끝에 있는 낡고 음습한 건물로 안내되었다.

– 여기는 뭐하는 데랍니까?

– 그저 나를 따라서 지켜나 보오.

춘희는 어두운 복도를 따라 걸으면서 안쪽에서 고통스러운 신음소 리를 들었다. 빛이 잘 스며들지 않은 독방 같은 감옥이었다. 촉수 낮 은 불알백열등이 흐릿하게 주위를 밝히고 있었는데 수감자가 고통스러 운 비명을 지르고 있었다. 자세히 안쪽을 들여다보았는데 간수가 수감 자의 손을 압축기에 올려놓았다.

간수가 압축기에 힘을 가하자 수감자의 입에서 단말마의 비명소리가 들렸고, 힘을 가속하는지 비명소리는 더욱 처절해졌다. 그리고 어느 한순간 수감자는 기절을 해버리는 모양이었다. 춘희는 자신의 몸이 부 들부들 떠는 것도 알아차리지 못하고 처절한 모습을 보고 입을 다물지 못했다. 복도를 따라 더 안쪽으로 들어가자 더욱 치명적인 모습이 눈 에 들어왔다.

– 아니 저 녀성 동무들은~

녀성 동무들이 발가벗은 채로 세멘트 바닥에 나뒹굴고 있었다. 동사 凍死했는지 전혀 움직임이 없는 녀성의 모습도 보였다. 어떤 녀성은 세멘트 담벽에 등을 기댄 채로 상체를 가누지도 못하고 경련과 구토를 하고 있었다. 영하 20도를 오르내리는 날씨에도 실오라기 하나 걸치지 않았고, 춘희가 쇠창살 너머로 바라보는 데도 녀성들은 아무런 반응을 보이지 않았다.

- 간수들의 요구를 묵살한 녀성들이오.

- 아니 무슨 요구를 했기에~

처참한 모습을 보는 것만으로도 춘희는 살점이 찢어지는 아픔을 느꼈다.

- 성적 요구를 거부한 거라오.

너무도 태연하게 보위원 동지가 말했다.

- 그럼, 녀성 동무들의 몸을 강탈하려 했단 말이오?

- 누이 좋고 매부 좋은 일인데 극력 저항하니 저렇게 고문을 당할밖에 더 있겠는가 말이오.

춘희는 명치에서 울컥 울음덩어리가 올라오는 바람에 순간 허리를 숙였다. 녀성 수용자들을 간수들의 성 노리개로 활용하는 모양이었다. 보위원 동지의 태도는 너무도 당당한 나머지 의기양양하다고 느낄 정도였다. 그녀는 시체나 다름없는 녀성들을 눈을 제대로 뜨고는 바라볼 수가 없었다. 눈을 반쯤 감은 채로 벽을 따라 어두운 복도를 빠져나오면서 춘희는 등이 오싹해지는 것을 느끼고 있었다.

대체 자신에게 이런 지옥 같은 모습을 보여주는 까닭은 무엇이란 말인가. 상부의 지시라면 누가 이런 지시를 내렸다는 말인가? 그러자 그녀의 머릿속에 또렷이 떠오르는 사람이 있었다. 그녀의 몸을 유린하고 씻을 수 없는 상처를 남긴 사람, 설마 그 짐승 같은 사람의 지시라는 말인가? 춘희는 저도 모르게 도리질을 하고 있었다.

아아, 감옥 속에 지옥이 존재하고 있었다. 이중감옥, 어떤 사람도 이런 곳에서는 살아나갈 수가 없겠구나, 하고 생각하니 자신도 모르게 저절로 무릎오금오금이 저렸다. 춘희는 공화국의 실체를 이제야 제대로 들여다보고 있었다. 상상 속의 지옥도 이렇게 처참하지는 않을 것이다. 아직도 더 보여줄 것이 있다는 뜻인지 보위원 동지는 낯바닥에 살짝 웃음기까지 띠면서 그녀를 다른 공간으로 안내하고 있었다.

― 보위원 동지, 대체 내게 이런 견학을 하도록 누가 지시를 준 겁니까?

뺨을 단숨에 얼려버릴 듯한 바깥의 기온은 그녀의 입에서 모락모락 김발을 피워 올리게 만들었다. 바깥에 나오니 곧 이빨이 딱, 딱 달라붙는 느낌이었다.

― 리춘희 동지, 상부의 일은 지시를 내린 사람도 지시를 받은 사람도 일절 비밀이지요. 우리 보위부 동지들도 다른 보위원 동지의 책무가 무언지 일절 묻지 않는다 말이지요.

보위원 동지의 입에서도 그녀처럼 김발이 뿜어져 올라왔다. 춘희는 이제 더는 묻지 않았다. 조금 전 그녀가 목격한 것은 공화국이 분명 지옥을 무색하게 하는 곳이라고 느낄 수 있는 장면이었다. 입에 올리기조차 힘든 모습을 보고 춘희는 이대로 눈이 멀어버렸으면 하는 심정이었다. 그 살벌한 광경이 눈앞에 나타났을 때도 놀랐지만 보위원 동지의 말을 듣고 당장 귀마저 먹어버렸으면 하는 마음이 굴뚝처럼 솟았다.

― 리춘희 동지, 저기 죄수들이 구타를 하고 있는 광경이 보이지요?

― …… ……

춘희는 절로 벌어진 입을 닫을 수가 없었다. 눈을 겨우 뜨고 한참을 들여다보았는데 나이가 지긋해 보이는 어른에게 수용소의 제복을 입은 젊은 남녀들이 몽둥이로 구타를 하고 있었기 때문이다. 그런데 이상한 것은 구타를 하는 젊은 수용자들이 흐느끼고 있었던 것이다.

– 묶인 령감은 아버지고 구타를 하는 동무들은 그 아버지의 자식들이라오.

– 세상에~

입이 굳어 입술이 열리지 않는 중에도 그녀의 입에서 외마디 소리가 흘러나왔다. 더욱 무시무시한 것은 구타를 하는 수용자들의 뒤에 간수들이 총을 겨누고 있는 모습이었다. 아, 공화국이 미쳤구나. 이런 미친 공화국에서 인민들이 충성하며 살아가고 있다는 말인가. 누구를 원망하고 누구를 미워해야 하는가? 지옥이란 세계가 있다면 바로 이런 데를 두고 지옥이라 말할 것이라고 춘희는 생각하고 있었다.

헌법절인 국경절에도 수용자들은 노동을 했다. 국경절에 이곳으로 이송된 수용자들도 적지 않았다. 낮전 노동을 끝내고 점심을 마친 후 수용소에는 특별한 행사가 진행되고 있었다. 중무장한 간수들이 수용자들을 광장에 집결시킨 다음 감옥에서 한 죄수를 데리고 나왔는데, 곧 공개총살이 진행되었다. 춘희는 처형장에 매달린 그 죄수를 보고 머리를 쇠망치로 얻어맞은 듯한 충격을 받았다. 자식들에게 몽둥이로 구타를 당하던 바로 그 나이 지긋한 어른이었는데 구타를 하던 그 자식들이 아버지의 죽음을 바로 앞에서 지켜보고 있었던 것이다.

총살당한 시체들이 수용소 군데군데 나뒹굴고 있었다. 처리가 늦어졌던 탓인지 기중기를 설치한 차량이 와서 시체들을 실어갔다. 너덜너덜하게 헤어진 옷가지처럼 찢어지고 부러지고 뱃속의 장기臟器까지 튀어나온 시체들은 일제히 구덩이에 매몰되었다. 마른 장작을 주검 위에 쌓은 다음 기름을 붓고 불을 붙였다. 처형을 당한 죄수들은 이처럼 아

무렇게 매몰되거나 구덩이에 묻힌 채로 화형을 당했다. 살아있는 채로
불구덩이에 던져지는 죄수도 있었다.

　시체들이 불에 타는 모습을 지켜보고 숙소로 돌아오는 길에 콘크리
트 담벼락 아래 개방된 장소에서 한 무리의 수용자들의 치욕적인 모습
이 보였다. 남녀가 뒤섞인 채로 하얀 엉덩이를 드러내놓고 대변을 보고
있었다. 춘희는 낯부끄러운 모습을 눈에 담지 않으려고 재게 고개를
획 돌려버렸다.

　– 볼만 하지요?

　– …… ……

　– 중국에서 북송되어 낮전오전에 들어온 수용자들이오.

　– …… ……

　– 돈을 항문 안에 숨겨 들어온 죄수들이 많지요.

　춘희는 작은 소리조차 겉으로 내뱉지 못했고, 그날은 저녁을 먹지
못했다. 배가 고파 연신연신자꾸 꼬르륵 소리가 났지만 한 입도 넘기지
를 못했다. 도륙당한 살점이 장작더미에서 타오를 때 훅 내면에 끼쳐
들어온 냄새는 결코 코끝만이 기억하는 것이 아니었다.

　살점의 영혼들이 그녀의 살점 속에 바쳐 시시각각 냄새를 피워 올렸
다. 이런 처지에서 음식을 앞에 두고 먹을 수가 없어서 구토를 하는 것
은 사람이라면 당연한 생리현상일 것이다. 또한 시체가 타서 재가 되
면 그 재를 채소밭에 뿌려 비료로 사용한다는 얘기를 듣고 그녀는 밤
새 구역질이 끊이질 않았다.

2

헌법절을 맞아 공화국은 이번에는 특별한 행사를 하지 않을 것이라고 했다. 노동당은 중앙당의 위치에서 하급 당에 지시를 전달했고, 보위부 역시 중앙에서 이런 사실을 하달했다. 다른 국경절과 달리 특히 헌법절에는 헌법제정의 의미를 되새기는 데 집중했다. 그러기 때문에 헌법의 준수와 체제의 찬양이 이날을 기리는 핵심적인 의미라고 할 수 있다.

중앙 보고대회 등을 준비할 필요도 없지 않은가. 중앙 노동당이나 혹은 중앙 보위부, 총정치국의 고위간부라면 국경절이 오히려 더욱 분주한 하루가 되었을 것이다. 총정치국장이나 부위원장 등 고위간부들은 김정은 위원장과 함께 김일성, 김정일의 시신이 안치되어 있는 금수산태양궁전을 참배하기 위해 밤잠을 설치며 준비해야 했다. 최고인민회의에서 '노동교화형'에 처해진 죄수들을 사면한다는 대사령을 발표한 까닭에 관련된 기관에서는 밤새도록 업무를 처리하느라 경황이 없을 것이다.

하지만 태산에게는 헌법절을 틈타 탈북하려는 사람들을 탐색하고 국경의 경계를 강화하는 일 이외에는 한가로운 날이었다. 통상적으로 기념일이면 늘 해왔던 익숙한 업무가 아닌가 말이다. 국경지역을 중심으로 검열을 강화하고 보안서와 협조 아래 이미 전화 음파탐지 차량까지 배치한 상태였다.

태산은 그동안 명호 동무 일을 처리하느라 많이 지쳐 있었지만 한편으론 무엇보다 김정은 지존을 위한 기쁨조를 조직해 만족할만한 성과를 거두었다는 것에 만족감을 느끼고 있었다. 태산이 가동하고 있는 조직은 말이 지존의 만수무강이지 실상은 성적 쾌락과 여흥을 상납하기 위한 조직이었다. 또한 20대 중반을 넘어 퇴기退妓나 다름없는 김정일 시대의 기쁨조들을 불협화화음不協和音 없이 무사히 해체하게 되니 한편을 짓누르던 무거운 마음마저 벗어버린 듯 만족감에 젖어 있었다.

게다가 중국 단동과의 어로협약 역시 순조롭게 항해하고 있었다. 시보위부에서 진급하여 도 보위부 소속이 되었지만 태산이 애초 협약의 선봉에서 조직관리를 했기 때문에 여전히 그의 손안에서 어로협약의 실적 등이 무르익어가고 있었다. 그리고 태산이 지금도 생각만 하면 밤잠을 설치곤 하는 것은 중앙보위성 4국과의 은밀한 만남에 대한 것이었다. 승 부장 동지의 제안으로 만나게 되었음에도 4국의 방 국장은 직접 손전화를 해댈 정도로 태산을 신임하고 있었다.

훌렁 머리가 벗겨진 4국의 방 국장은 태산에게 힘을 실어주겠다는 약속까지 했던 상황이었다. 노동당 통일전선부나 군 총참모부 정찰총국, 보위사령부가 합심해서 김정은 최고의 자리를 위협하고 있는 김정남을 제거하려는 계획을 세우고 있는 것에 밀리지 않고 당장 남조선에서 반동행위를 일삼고 있는 탈북자들을 제거하자는 데 뜻을 같이 모은 상태였다. 중앙보위성 4국에서 힘을 실어준다고 약속했던 까닭에 태산은 마음속에 품어온 남파간첩 작전의 밑 작업을 하는 데에 자신의 의지를 관철할 수 있는 기회를 잡은 셈이었다.

헌법절을 하루 앞둔 밤에 서류철을 가방에 잔뜩 담아 고층살림집에 돌아왔을 때 태산은 깜짝 놀라지 않을 수가 없었다. 홍용희 동무가 마치 제집처럼 당당하게 응접실 소파에 앉아 있었기 때문이었다. 덕순 동무의 조의장에 난데없이 들이닥친 용희 동무를 마주쳤을 때 음식을 훔쳐 먹은 사람처럼 피꺽질을 했었다. 그런데 이번에도 용희 동무를 보는 순간 본능적으로 태산의 머릿속에서는 참이와 정숙 동무의 얼굴이 떠오르며 피꺽질이 시작되었다. 조의장에서 정숙 동무를 홀대하며 눈을 흘기던 일과 참이를 불러 앉히더니 상철이 곁에 얼씬하지 말라고 비양비아냥거리는 것을 고함을 치며 제압했던 것이었다. 참이와 정숙 동무를 생각하면 습관처럼 굳어진 불안함 때문에 몸이 먼저 반응을 보였는데 이런 자신의 은밀한 비밀을 들키지 않으려고 해도 태산의 몸이 먼저 반응을 보여주고 있음이었다.

— 딸꾹∼ 딸꾹∼

— 흐응, 부뚜막에 오른 도둑 고양이마냥 느닷없이 상철 아버진 어이 나만 보면 피꺽질딸꾹질을 하오?

— 딸꾹∼ 딸꾹∼

태산은 피꺽질을 멈춰보려고 목에 잔뜩 힘을 주었다. 하지만 한번 터진 피꺽질은 한참동안 멈추지 않았고, 태산은 갈마渴馬가 시냇가로 내달리듯 위생실에 들어가 벽거울을 쳐다보며 진정을 시켰다. 목에 가래가 끓며 거르렁거르렁 목이 편치 않았다. 찬물을 머금어 천장을 쳐다보고 목을 한번 갈면서 피꺽질을 가다듬은 다음 밖으로 나왔다.

— 리혼離婚을 한지 어느 세월인가? 내우내외를 해도 시원찮을 판에 척, 하니 그저 남의 살림집에 안석按席 : 눌러앉음을 하려 들어?

— 참새가 방앗간 틀에 끼어 죽어도 짹 하고 소리를 낸다더니∼

용희 동무의 성깔이 여전히 팍팍했다.

— 내야 짹 하고 죽든 다리가 찢어져 죽든 어이 용희 동무가 상관하나 응? 어서 썩 꺼지라 어이∼

태산은 난데없이 나타나 사내의 기를 죽이는 용희 동무를 대하자니

심기가 몹시 불편했다. 그래서 마룻바닥을 컹,컹 발뒤꿈치로 찍으며 소릴 질렀다.

― 급한 성미 여전하시구려, 상철이 아버지~

― 그 상철이 아버지 소리 듣기 싫다는데~ 에이 국경절에 몸 좀 편히 놀릴까 했더니 언~

― 너무 나들대면까불면 탈 나는 거 모르오? 어찌 하늘에 방망이를 달고 도리질도리깨질을 하려든다 말이오?

― 아니 머이 어떻다고? 나더러 나들대? 아 나 보자 하니까 정말~

태산은 자신의 순간 치오르는 성질을 다스리지 못했다면 자칫 용희 동무에게 손찌검을 했을지도 모른다. 하지만 곧이어 꿈에서도 예상치 못한 광경이 눈앞에서 일어났다.

― 도 보위부 부부장 동지 성미 늘어지는 줄 알았더니 아주 꽁한 성미 여전하구나~

안쪽에 몸을 숨기고 있다 거실로 걸어 나온 사람은 도당위원장이었다.

― 아니 도, 도당위원장 동지께서 여기 어, 어찌된 영문이오?

태산은 순간적으로 말을 더듬었다. 한때, 가시아버지장인라 부르던 사람으로 평안도 제일의 힘군힘꾼이라는 두두룩한 패기 앞에서 순간 얼어붙고 말았다.

― 흐응, 하룻강아지 범 무선 줄 모른대더니~ 네놈이 감히 내게 골탕을 먹여?

― 상철이 외조 할아버지, 무슨 오해가 있으신 모냥인데~

좋은 일에 마魔가 끼더라고 하는 일이 척척 달라붙는다 할 정도로 앞길이 열리고 있지 않은가? 공연히 대거리를 해서 자신에게 좋을 게 있을 턱이 없으리라.

– 뭐이야? 오, 오해라 지껄여댔니 응? 네놈이 내 뒤통수에 총을 겨누기로 한 것이 아니고서야 김정은 위원장 아, 아니지 김정은 수령님의 행사를 망가트려놔?

– 아니 정말 무슨 말씀을 하시는지 모르겠단 말입니다.

태산은 가슴이 쿵, 하고 내려앉는 느낌이 왔지만 시치미를 뗐다. 저쪽에서 상철이가 빤히 지켜보고 있었기 때문이었다. 태산은 도당위원장과 자신은 피 한 방울 섞이지 않았지만 상철이와 도당위원장은 핏줄이 반쯤 섞인 관계라는 것이 순간 떠올랐다.

– 내래 평양에서 책임비서 하던 때 말야, 반혁명분자로 몰렸을 때도 죽지 않고 살아 돌아온 사람이란 말이야~ 감히 그런 내게 네 놈이 코올가미를 놓다니~

– 저 상철아, 넌 그저 네 방에 들어가서 공부나 하라. 어른들 일에 애들이 끼어드는 게 아니다 응?

태산은 아들애 상철의 눈알이 돋아나오는 듯 노려보는 모습을 순간 목도했다. 아버지를 바라보는 아들애의 시선이 따가운 것을 태산은 못마땅하게 쏘아붙였다. 중요한 시기에 괜한 행동으로 후방망이보복를 당하게 되면 영락없이 체면에 물리는 꼴이 아니겠는가 말이다. 상철이 뭐라고 지껄이려는 순간 도당위원장이 먼저 입을 열었다.

– 내래 4년 만에 저승 문턱에서 되살아 나온 거를 너들 제대로 알고 있지? 받들었던 장성택이 처형을 당했으니 언놈이 그저 제정신이었겠냐 말이야. 나야 다행히 운이 좋아 다시 여 도당책임자가 되었는데~ 아이쿠 그때 일을 생각하니 등골에 땀이 괸다야~

태산은 1호행사의 아침에 분주했던 부하들의 움직임을 떠올렸다. 태산의 성미에 그렇게 하지 않고서는 무의무욕증에 빠져서 일이 손에 잡히지 않을 것만 같았던 것이다. 도당위원장의 이마에는 정말 땀이 돋아 있었다.

― 나를 죽이지 않고 복권을 시킨 것은 김정은 위원장의 통 큰 결단이 있었기 때문이 아니겠는가 말이야. 한데 내래 충성심을 보여줄 절호의 기회를 아래 놈들한테 도둑맞은 심정을 언놈한테 하소를 하가서? 내 등 뒤에서 힘을 실어주질 못할망정 앞길을 가로막고 욕을 보이다니 흐응 괘씸한 놈들~

태산은 도당위원장의 말이 사실이기에 고개를 똑바로 쳐들지 못했다. 간번 1호 행사 때 도당위원장이 불참한 자리를 도당 부위원장이 대신했고, 시 도 인민위원장이 참석해 자리를 빛내주었다. 장성택의 처형으로 기록영화에서도 삭제된 도당위원장 입장에서는 김정은에게 충성심을 보여줄 수 있는 절호의 기회를 빼앗긴 셈이었다. 하지만 당시 태산으로서는 자신의 체면이 구겨진 데 따른 분함을 참아내기 힘이 들었었다. 그는 그때까지 당시의 일에 대해서 후회해 본 적은 없었다.

― 날 음해하려는 놈들은 그저 머리에 녹이 쓸었느니 어떻느니 사상 문제로 매도하려고 안달들을 했다는 거야. 그저 내래 독감이 들어서 꼼짝 못하게 생겼는데 최고 영도자의 건강이 염려되어 감히 나서지 못했다구 재창뿜듯 곧장 변명을 했더니 이튿날 최룡해 부위원장 동지께서 손수 손전화까지 주셨더란 말이지 허어 나 참~

태산은 도당위원장의 말에 깜짝 놀랐다. 김정은 지존의 마음이 크게 상하지 않았다는 데는 다행이었지만 최룡해 부위원장과 긴밀히 손전화까지 했다는 사실에 놀라고 있었다. 태산은 자신에 대해서 도당위원장이나 최룡해 부위원장이 속속들이 들여다보고 있다는 것에 대해 유쾌하게 받아들일 수는 없는 일이었다. 태산이 급조해서 조직한 기쁨조에 대해 도당위원장이 알게 되는 것이나 정숙과 아들애 참의 문제에 대해 최룡해 부위원장이 알게 되는 것이 그로서는 달가울 것이 없었기 때문이었다.

도당위원장이나 최룡해 부위원장 역시 한바탕 고난을 겪은 경험이 있기에 대방의 사생활에 깊게 관여하려들지 않을 것임은 당연한 이치일 것이라고 태산은 생각하고 있었다. 그럼에도 그의 치부를 누구이든 대방에게 드러내는 것이 반가울 까닭이 없는 것이다. 저 앞에서 노려보는 아들애 상철의 시선마저 태산은 부담이 되었다. 홍용희 동무는 아들애의 이런 모습을 보고 거만한 자세로 소파에 앉아 팔짱을 두르고 있었다. 마치 자식 앞에서 아비 꼴이 좋다고 말없는 다그침을 하는 모습이었다. 태산은 난데없이 쳐들어와 기다리고 있던 객客들 앞에서 구석으로 내몰리는 자신을 생각하며 속으로 한숨을 토해내고 있었다. 도당위원장이 말을 이었다.

— 아주 날 잡으려고 은밀히 체포조까지 보냈다는 거 모르는 줄 아니응? 한 때는 가시아버지였던 도당위원장 체면을 바닥에 떨어뜨려? 하~ 내 생각할수록 억이 막힐 일이누나. 박 동지는 쓴 개고기만도 못한 인간이란 말이지~ 내 아끼는 외손자 앞에서 이런 말포를 놓는 게 양판체면 좋은 일은 아니다만 그때 당한 수모 생각하면 견딜 수가 없다 이 말이야. 이렇게라도 뱀풀이화풀이를 해야 숨을 쉴 수 있을 것 같은데~

— 도당위원장 동지, 나도 한 말씀 올리겠습니다. 보위부의 번쩍이는 견장 위에 흙탕물을 누가 먼저 튀겼습니까? 인민보안성 분주소 애들한테 당한 수모를 생각하면 자다가도 경풍驚風을 일으킨단 말이지요. 뒤에 숨어서 저 보안성과 보위부 대결 구도를 누가 만들어냈느냐 이런 말입니다. 도당위원장 동지 아닙니까? 아주 대놓고 노동당하고 보위

부하고 한판 벌여보자 하지 그러십니까, 예?

　태산은 아들애 앞에서 무너지고 있는 체면을 건져 올리려고 도당위원장에게 **빳빳이** 응대했다. 상철이 외조 할아버지만 아니었다면 태산의 성품에 도당위원장의 목을 잡아 흔들어도 시원찮을 판이었다. 도당위원장이 상철이와 서로 몇 번 만나본 적은 있겠지만 그가 홍용희 동무와 리혼한 이후 래왕이 거의 끊겼을 것이라고 태산은 믿고 있었다. 홍용희는 여전히 소파에 앉아 거만하게 팔짱을 두른 채로 태산을 노려보고 있었다. 도당위원장이 말을 이었다.

　― 천하에 보 배운보고 배운데 없는 종자 같으니~ 상철아, 너 좀 저 방으로 들어가 있으라. 네가 들으면 아니 될 우리들 얘기가 있으니 어서~

　그러나 상철은 도당위원장인 외조 할아버지의 말씀에도 꿈쩍하지 않고 있었다. 난데없이 고층살림집까지 처들어와 아버지에게 화풀이를 하고 있는 도당위원장의 모습에 불안한 듯 몸을 움츠리며 고시랑거리고 있었다. 상철이 도당위원장의 말 중에 끼어들었다.

　― 아버지하고 외조 할아버지하고 무슨 일로 얽혔는지 모르지만 저도 이제 나이 어린 철부지는 아닙니다. 무슨 일이 얽혀서 한 가족끼리 총을 셔누게 되있는지 모르지만…

　― 상철아, 입은 비뚤어져도 말은 똑바로 하랬다고 우리가 어찌 한 가족이니 이거 클날 소리 하구나. 네 외조 할아버지야 상철이 너하고 끊을 수 없는 관계다만 아버지는 너 외가 쪽하고 생판 남이야. 아니 네 어머니하고 의절한 지가 언제 적에 일이니 응?

　상철의 말을 중간에서 뭉텅 자르며 태산이 말했다. 태산의 말은 평소 그가 지녀온 생각이었다. 리혼을 하고서부터 일체 홍용희 동무와는 남남으로 생각했다. 더군다나 참의 존재를 알게 되고 정숙 동무를 마음속에 품은 뒤로는 꿈속에서조차 멀리했다. 용희 동무가 몰래 상철을 만나러 살림집에 들락거린다는 사실을 알았을 때 태산이 기겁을 했던 것은 당연한 반응이었던 것이다. 태산의 말을 듣고 홍용희 동무는 팔을 풀면서 여태 참아온 성질풀이를 하려는 듯 소파에서 불쑥 일어서고 있었다.

— 츳, 츳~

— 용희야, 수령 찬양할 노랠 불러야 하는 네 입 더러워지니 너는 빠지라. 여 박 동지가 이케 세상물계를 모르나 응?

도당위원장이 홍용희를 막아서며 답답하다는 듯 말했다.

— 아버지, 얼굴이 벌건 데 아침에 혈압낮춤약은 챙겨 드셨나요? 게서 계시지 말고 소파에 좀 앉으시라요.

용희는 걱정스런 낯빛으로 아버지 도당위원장을 바라보았다.

— 걸렀는지 먹었는지 요즘엔 그저 기억이 오락가락해서 말이야. 저 상철아, 해쪼이햇빛 받음한 수건 있나? 수건에 시원한 물 좀 적셔오라. 신경을 도사리니 뒤통수에서 열이 뻗치는 모양이구나.

상철이 도당위원장의 말에 재빨리 몸을 움직여 수건에 물을 적셔왔다. 태산은 이런 저들의 움직임을 보면서 불쑥 밀려오는 고독함에 몸을 파르르 떨었다. 흐응, 아주 상철이 이놈이 용희 동무에게 세뇌당해 자신이 모르게 한통속으로 살아왔는지도 모른다는 생각이 들었다. 순간, 태산의 머릿속에 갑자기 참이와 정숙 동무 얼굴이 떠올랐다.

상철이 적셔온 수건으로 용희 동무가 도당위원장의 뒤통수에 문지르기마사지를 하고 있었다. 태산은 늙은 도당위원장을 생각하는 순간 마음이 심란했다. 체면을 일으켜 세우려다 너무 무리한 사건을 만들어 낸 것은 아닌지~ 미움이라는 벽을 아무리 높이 둘러친다 해도 상철이가 있는 한 떼려야 뗄 수 없는 사이임을 인정해야 하는 것이 아닐까.

- 공화국에서 내래 이만큼 버티고 살아나온 게 거저 되는 일이 아니라는 거 한시도 잊지 말고 살라야~ 이제 나이 들어 령감 소리 듣고 산다마는 내 촉촉감이라는 거는 거 박 동지도 따라올 수 없다는 거 모르지는 않겠지~

- 상철아, 너 방에 어서 들어가 있으래두 그런다. 도당위원장 동지, 내게 무슨 얘길 하려고 이러십니까?

- 흐응, 제 발 저리지 않니 응? 1호 행사 날 너들 하는 짓들이 그저 어찌나 엉성하던지 내래 너들에게 당하고 돌아오면서 실소를 터뜨리지 않았나. 하하하, 하기는 조선공화국이야 엉성한 데도 딱, 딱 돌아가는 하더란 말이야~

태산은 도당위원장의 말에 가슴이 조마조마하며 타들었다. 도내 서열 1위라는 자리가 거저 얻든 자리는 아닐 것이고, 거저 얻든 위치 역시 아닐 것이다. 노인이 관절 무슨 얘기를 하려고 변죽을 울리고 있는가? 태산은 아랫배에 힘을 주어 정신을 가다듬었다. 용희 동무는 부엌방주방에 가서 수건에 다시 물을 적셔왔다.

- 박 동지 머리에서 나온 거이지? 내게 들이댔던 것이~

- 아니 무슨 얘기를 하시려는지 영 리해가 되지 않는 말씀을 하시려드니~

태산의 기억 속에 확연히 박혀있는 그날의 사건을 당장 말로써 부정하려 하니 낯바닥이 화끈거리기 시작했다.

- 김정은 위원장이 화장품 공장에 도착하는 시간에 정확히 맞춰 너들이 나를 보위부에 붙들어다 놓았지? 1호 행사 날에 너들 뭐하자는 짓들이니, 하고 노발대발하니 슬며시 고삐를 놓아주었지 않니 응? 이

게 다 박 동지 아이디아 아니었냐 말이야~

태산은 도당위원장의 말에 한마디도 응대하지 못했다. 홍용희의 날카로운 시선을 받아내기 어려웠을 뿐만 아니라 상철이가 저만치에서 모든 얘기를 듣고 있었기 때문이었다. 태산은 민망하여 혼자서 쩝, 쩝 입맛을 다시고 있을 뿐이었다. 태산은 이제 더는 그날의 얘기를 도당위원장의 입을 통해 듣고 싶지 않았다. 하지만 도당위원장은 아주 작정을 하고 온 것처럼 얘기를 멈추지 않았다.

– 더욱 기가 찰 노릇은 뭔가 하니~

– 도당위원장 동지, 내 아들애도 듣고 있는데 얘기를 그만하시지요.

하지만 태산의 간절한 요청에도 도당위원장의 말은 계속되었다. 위원장의 입에서 어떤 말이 튀어 나올지 태산은 아직 예상하지 못하고 있었다.

– 보위부 동무가 탄산단물을 권하더란 말이야. 흐음 머 너들은 거염진엄청난 프로젝트를 은밀히 실천했다 여겼겠지만 내 눈엔 그저 못난이 놀음을 획책하고 있는 하룻강아지처럼 보이더란 말이지~

도당위원장의 말이 태산의 귀에 크게 거슬렸다. 용희 동무나 상철이 앞에서 겨우 이를 악물어 참고 있는데 하룻강아지라는 말이 튀어나왔을 때 태산의 성질로 보아 더는 참지 못할 듯했다. 태산은 불같은 성격 탓에 허리춤의 권총갑권총집을 본능적으로 어루만지고 있었다. 못난이 놀음이란 말까지는 참아낼 수가 있었지만 하룻강아지라는 말은 그의 성품에는 참을만한 한계를 뛰어넘는 말이었기 때문이다.

– 그 탄산단물 속에 설사내기약설사약을 은밀히 부어났지 응? 내에 약계방약방에 들락거리다가 1호행사장 문턱도 밟아보지 못했는데 그거 박 동지가 내 발목 붙들어 골탕을 먹이려 했던 거 아니냐 말이야 응?

태산은 도당위원장의 콕 집어대는 말에 대꾸를 하지 못했다. 도당위원장은 이미 모든 비밀을 파악하고 있는 것 같았다. 태산은 반사적으로 어루만지던 권총갑에서 손을 떼며 머리를 긁적거렸다. 아들애와 용희 동무의 송곳 같은 시선이 한꺼번에 그에게 덤벼들었고, 송곳에 심장을 찔린 듯 태산은 몸을 떨었다. 그는 아들애의 시선을 피하려고 공연히 헛기침을 내뱉을 뿐이었다.

– 아버지가 정말 1호 행사 날에 외조 할아버지 발목을 얽어매었습니까, 예?

– 상철아, 아 아니다. 괜한 오해 하지 말라. 얼굴을 잊은 지도 까마득한데 어이 네 외조 할아버지 발목을 얽어놓겠느냐 응?

태산은 시치미를 떼며 펄쩍 뛰었다.

– 아주 그냥 자식 앞에서 하는 소리 보오. 흐응 머 외간 자식 공민증에 아비 노릇 하겠다고 힘을 쓰려 했던 거 내 모를 줄 아오?

용희 동무까지 가세하고 있었다.

– 거 용희 동무, 애 앞에서 어이 쓸데없는 말을 지껄이나 응? 내 떳떳하단 얘기는 하지 않을 테니 어서 아버지 뫼시고 집에 가오.

태산은 목에 힘을 주고 핏대를 세워봐야 소용없는 짓임을 모르지 않았다.

– 내 눈에 흙이 들어가기 전에는 상철이 앞에 후오마니게모 들이는 꼴 못 봅네. 참이라는 아이 곁에 빙, 빙 도는 꼴도 보지 못하니 그리 아오. 흐응~

용희의 말이 끝나기 전에 태산은 상철의 등을 떼밀었다. 아버지로서 정당하지 못한 모습을 아들애의 앞에서 낱낱이 폭로하려 드는 용희 동무의 행동이 태산에게는 두렵게 느껴졌기 때문이었다. 하지만 상철은 모든 것을 지켜보겠다는 결기를 드러냈다. 떼밀던 태산의 손바닥을 등으로 밀어내고 있었다.

 ─ 박 동지는 밉지만 내 손자를 봐서 여태 참아왔다는 거를 명심하라. 조선공화국이 어떤 데라는 거를 눈치군눈치꾼인 박 동지가 나보다는 더 잘 알겠지~ 눈치 차림을 하지 못하면 언제든지 목숨이 달아날 수도 있는 데가 여 공화국이란 말이야. 보위부가 날아가는 직승기도 떨어뜨린다는 데라는 거를 모르는 인민들은 없겠지. 하지만 보위사령부나 총정치국이 너들을 호시탐탐 지켜보고 있다는 거를 명심하라.

 태산은 대체 령감이 무슨 말을 하려고 이러나 생각하며 도당위원장을 뚫어지게 바라보았다. 이제 나이도 많은 탓에 어깨가 구부정해 보였고, 몸은 쪼그라들어 지쳐보였다. 안경 너머로 촉기 없는 눈동자가 약한 불빛에도 흔들리는 것 같았다. 하지만 그의 목소리에서는 까닭모를 힘이 느껴졌고 듣는 이에게 위압감을 줄 수 있는 내공이 엿보였다. 태산은 도당위원장의 말을 밀어내지 못하고 듣고 있었다.

 ─ 박 동지 생각해 보라. 공화국에 지금처럼 살얼음판이 어데 있나? 오늘 내딛는 발자국이 내일의 무덤자리가 될 수 있다는 사실을 많이 지켜보지 않았나, 응? 어로협약을 주관해서 정치자금 줄을 대고 수령의 심신을 쉬게 한답시고 은밀히 머인가 했대는 거 내 모르지 않아~

 태산은 도당위원장의 정보력에 놀라지 않을 수가 없었다. 쥐도 새도 모르게 은밀히 조직한 기쁨조에 대해 령감은 이미 알고 있는 모양이었다. 낮말은 새가 듣고 밤말은 쥐가 듣는다는 말이 하나도 그르지 않음이었다. 령감은 물 만난 고기라도 된 듯 목소리에 힘을 주어 말을 이었다.

 ─ 최룡해 부위원장 동지가 과거에 어드래서 혁명화 당한 줄을 아니? 과욕을 부린 거이야 응? 박 동지도 잘 알고 있겠지만 조직지도부

5과 소속 녀성 동무들은 건드리지 말았어야 했다는 말이지~

수령의 열렬한 사랑을 받는다고 해도 무너지지 않는다는 보장은 없음이었다. 사랑이 깊을수록 무너질 때는 일순간에 산사태처럼 무너지는 것이 이 바닥이었다. 김정일의 사랑을 독차지하면서도 최룡해의 사단은 한때 흔들렸었다. 아무리 사로청을 호령하는 최룡해라 해도 보위부의 검열에 맞선 부당한 행위는 김정일이 눈감아줄 여지조차 사라지는 것이다. 태산은 령감의 말을 들으면서 도당위원장이란 사람의 막강한 정보력에 대해 놀라지 않을 수가 없었다. 도당위원장이 어디까지 자신의 비밀을 알고 있는 것인지 태산은 가늠하기조차 어려웠다.

– 너들, 너무 막나가는 짓들 아니니 응?

– 도당위원장 동지, 아니 관절 무슨 말씀이신지~

태산의 머릿속에 몇 가지 편린들이 떠올랐지만 아닌 척 시치미를 뗐다.

– 관절 무슨 말씀이냐니깐 내 말하는데~ 허어 너들 훌렁 대머리 진방 국장 동지하고 4국에서 밤을 패며 머릴 맞댔다지, 응?

– 아니 걸 어떻게~

태산은 령감에게 뭐라 저항을 해보려는 의지마저 꺾이었다. 아아, 조선공화국에서 낮말은 새가 듣고 밤말은 쥐가 듣는다는 말은 말 그대로였다. 령감의 정보력은 대체 어디서 비롯된 것일까?

문득 언제인가 용희 동무가 들려주었던 말이 떠올랐다. 태산을 번번이 끌어내리려는 동무들을 막아 세운 사람이 상철이 외조 할아버지인 도당위원장이라는 것이었다. 기백이 동무의 묘비를 세워주고 묘비를 폐쇄한 것까지 들여다보고 있었던 모양이었다. 대북 송금 브로커한테 꿍돈을 받은 것도 알고 있었으며, 압록강 려관에서 젊은 녀자를 불러서 몸을 담근 것까지 알고 있었다. 공타공개타도동무 얘기도 꺼냈고, 뒤에서 빈둥거리는 까투리 당원들에 대한 얘기도 꺼내지 않았던가 말이다.

이런 비밀스런 얘기의 출처가 도당위원장이었음을 홍용희 동무 입으로 밝혔었다. 정당情報당수확고라는 말이 괜한 말이 아니었음을 이제야 태산은 느끼고 있었다. 용희는 들쥐나 산토끼처럼 날뛰는 먹잇감들을 순식간에 나꾸어 채는 소리부엉이처럼 태산의 귓전에다 대고 앙칼진 소리로 말했었다. 조선공화국에서 승리자는 비밀정보를 은밀히 습득하는 사람이 되는 것이다. 용희 동무의 정보가 도당위원장으로부터 획득한 정보라면 노동당이야말로 보위부를 은밀하게 들여다보고 있다는 립증立證이 되는 셈이다. 태산의 생각이 여기에 미치자 긴장감에 몸이 본능적으로 파르르 떨렸다.

― 정찰총국에서 은밀히 지령을 내린 프로젝트에 대해 네들이 론의를 했다는 거 알고 있지~ 승 부장 동지 하는 일이란 게 노동당에선 그저 소득 없이 설치는 짓이라고 악평을 하더라니 말이야. 승 부장 동지 말인데, 거 모란봉 구역인가 어데 있는 평양 제1인민병원에 들락거리지 아마 응?

― 도당위원장 동지, 아니 어떻게 그런 시시콜콜한 정보까지 알고 계십네까?

태산은 도당위원장의 정보력에 정말 깜짝 놀라지 않을 수가 없었다. 보위성 4국에 론의하러 가는 길에 승 부장은 분명 평양 제1인민병원에 들렀었다. 공화국 간부라면 더 이름 있는 병원에서 검진을 받을 수도 있었을 것이다. 병증을 남기지 않으려는 승 부장의 기지機智를 태산 역시 넌지시 읽었던 일이었다. 그런데 이런 것까지 도당위원장이 이미 알고 있다는 데는 혀를 내두르지 않을 수가 없었다.

― 태산아, 나는 너를 여전히 가족처럼 여기고 있단 말이지~ 아낙네

하고야 의절을 하고 살지만 핏줄이란 거는 어찌 바꿀 수가 있는가 말이야. 상철이 앞길이 내 염려되어 오늘 여기 온 거니까 너무 야속하게 생각하지 말라~

— 도당위원장 동지, 간번의 일은 내래 실례를 저질렀습니다. 그저 상철이로 봐서 한번 용서해 주시지요.

태산은 용희 동무가 팔짱을 두른 채 거만하게 지켜보는 것도 잊은 채 완전히 꼬리를 내리고 있었다. 도당위원장의 말을 새겨듣지 않으면 언제든지 위험한 상황에 직면할 수도 있겠다는 생각을 하고 있었기 때문이다. 긴 침묵이 흘렀고, 도당위원장이 고개를 푹 떨어뜨리는 태산의 앞에서 더욱 늠름한 태도로 말했다.

— 너 조선 인민공화국 정찰총국에 대해서 얼마나 알고 있니 응?

— 그야 공작활동을 총괄하는 기관이 아닙니까?

태산은 막상 도당위원장의 물음에 대답을 하려니 정작 정찰총국에 대해 아는 것이 별로 없었다. 조선인민군 총참모부 산하에 있는 막강한 권력기관, 그의 머리에 번쩍 떠오르는 생각이었다.

— 거기 총국장 자리가 어드런 자리라는 거는 너도 알고 있지?

정찰총국에 대한 말대포를 늘어놓기 시작한 도당위원장의 의도를 태산은 얼른 간파하지 못했다. 이제 숫제 동지, 라는 호칭도 무시한 채 말대포를 놓고 있었다. 대체 어째서 이런 말을 하는 것인가? 총국장 자리야 그저 공화국에서 수도 없이 바뀌고 바뀌던 자리가 아니던가. 태산은 얼른 대답하지 못했다. 생각의 무중력 상태에서 허우적이는 자신의 모습을 태산은 느끼고 있었다.

— 너 그 자리가 시소게임 하는 자리라는 거를 모르니 응?

— 그야 알고 있지요. 누구누구 힘이 더 세나 하냥 겨루기 해대는 자

리 아닙니까?

– 옳지~ 한데 문제는 말이야, 그 겨루기라는 게 그저 밀고 당기는 줄다리기가 아니라 목숨이 왔다 갔다 하는 총질 게임이라는 말이지~

평소 권총갑을 자랑처럼 차고 다니던 태산으로서도 도당위원장의 입에서 총질 게임이라는 말이 흘러나왔을 때 등골이 오싹했다. 그저 빵, 하는 총질 한방에 사람의 목숨이 끊어지는 살벌한 현장이 아니던가 말이다. 총국장을 하다 이슬처럼 사라진 기라성 같은 간부들의 모습을 여럿 보았었다. 공화국 인민들 사이에도 파다하게 소문난 사건들이었다.

– 지지난 겨울 교통사고로 죽은 거 누구인가? 아니 나이 드니 이케 머리가 가끔 꿀 먹은 벙어리가 된단 말이야 응?

– 김양건 노동당 비서지 누굽니까?

태산은 이제 제법 도당위원장과 대결의 구도에서 느슨한 방관의 관계로 전환된 느낌이었다. 태산과의 사이에 게임은 끝났다는 표정으로 홍용희 동무는 소파에 앉아 팔짱을 풀고 발을 꼬아 거만하게 까닥거리고 있었다. 사내의 자존심이 무너지는 소리를 태산은 내심 느끼고 있었다.

– 그야 응당 들먹일 거두 없는 직책이구~ 거 통일전선부장을 하지 않았나, 응?

– 그렇지요. 국방위원회 참사대외사업 담당, 35호실에서 통일전선부장으로 전임한 게 아닙니까? 통일전선부장을 아마 꽤나 오래 꿰찼지요?

윗선의 요직의 인물들이 어떤 과정을 어떻게 밟고 있는 정도야 호시탐탐 야망을 버리지 못한 태산으로서는 모를 리가 없을 일이다.

– 너무 오래 머물렀지~ 야 오래 앉아 있는 새가 포수의 총알받이가

되는 거야. 다들 아는 리치 아니니 응? 너 김양건 동지 죽고 그 자리를 누구가 꿰찬 줄이나 아니 응?

도당위원장의 말은 다발성 로켓처럼 기다렸다는 듯이 곧장 튀어나왔다. 태산에게 생각할 겨를도 주지 않고 령감이 묻고 령감이 답하고 있었다.

— 김영철 동지 아니니 응? 그 자리가 말이야 저승사자가 시도 때도 없이 들락거리는 데란 거를 너들도 모르지는 않지 응? 김격식이 자다가 급사를 당하고 현영철이 고사포에 흔적도 없이 날아가고 이게 다 괜한 사건이 아니야. 그저 힘겨루기를 하다 힘 빠지는 놈이 나가 떨어진다는 말이지~ 황병서, 김영철, 최룡해, 김수길, 머 이게 저승사자 눈에는 그저 이마에 사자밥 붙이고 다니는 경우가 아니겠느냐 말이야~

태산은 도당위원장의 말에 한동안 대꾸하지 못했다. 힘이 세어질수록 힘겨루기를 하지 않으면 안되는 것이 권력인 것이다. 황병서나 김영철이 묘한 중력의 힘으로 적당히 균형을 이루고 있다는 사실을 태산은 모르지 않았다. 그럼에도, 최룡해 부위원장의 권력만큼은 무너지지 않는 힘을 지니고 있다고 믿었다. 최룡해 부위원장의 위치는 김정은 지존의 뒤를 이어 명실공히 서열 두 번째라는 것을 부인할 수가 없었다.

— 정찰총국의 심기를 건드리지 말라는 말이야. 너들이 무슨 재간으로 정찰총국하고 힘겨루기를 하나 말이야 응? 옛날 인민무력부 정찰국이 아니란 거는 너들이 잘 알지? 35호실, 당 작전부 끌어들여 얼마나 몸집이 커졌는가 말이야 응? 반세기도 넘었다만 남조선 청와대 공격한 김신조 사건, 울진 삼척 무장침투 사건, 이거 다 인민무력부 정찰국 프로젝트였어야~ 미얀마 아웅산 폭파에 머인가 칼기 폭파, 천안함 공격, 이 어마어마한 프로젝트를 추진했던 데란 말이지~

태산의 입술 끝에서 한숨 소리가 흘러나왔다. 혈기 충만한 태산이었지만 놀란 사람은 다름 아닌 태산이 자신이었다. 도당위원장이 쉬지도 않고 말대포를 제대로 갈겨대며 마지막 당부를 마치 명령하듯 늘어놓았다.

— 청송연합이란 거를 모를 리는 없을 테고~ 공화국 공작금을 조달하는 최전방 기관 아니니? 호화 요트 제작에 무기 수출을 해서 달러벌이를 해야 하는데 요즘 전 세계에서 제재가 들어오니 영 꼴이 우스운 모냥이야. 김정은 지존 볼 낯이 없는 거야 응당 당연한 일이고~ 거 코나에 몰려서 이번에 은밀한 프로젝트 하나 하고 있는 모양인데 너들이 선수를 치면 뭐가 되겠냐 말이야 응?

— 도당위원장 동지, 뭔가 오해가 있는 게 아닙니까? 보위부 4국에서 론의한 프로젝트야 그저 총정치국에서 은밀히 추진하고 있는 그런 프로젝트가 아닌뎁쇼. 이거 잘못 오해하신 게 맞지 말입니다.

— 거 어이 됐든지간 너들이 먼저 여기저기 들쑤시지 말라는 말이야. 박 동지, 내 상철이 외조 할아버지 자격으로 당부를 하려는 거야. 상철이 어미 힘들게 하지 말라야. 아니 너도 이제 공화국을 짊어지고 나갈 보위부 간부 아니나 말이야~ 사내가 어찌 쩨쩨하게 아낙네의 가슴을 긁어 대니 응?

— 도당위원장 동지, 무슨 말씀 하시는지 알았습니다. 오늘은 너무 늦었으니 이만 돌아가시오. 용희 동무, 어서 앞장서서 위원장 동지 모시고 돌아가오. 내 용희 동무가 여게 온 뜻을 잘 알았으니~ 알고 한번 모르고 한 번이란 말도 있지 않소? 내 하나를 보고 열백을 헤아리는 사람이니 염려 말고 돌아가오.

그들이 돌아간 것은 자정이 넘은 밤이었고 공화국은 이미 헌법절이 시작되고 있었다. 상철은 이미 제 방에서 잠에 빠진 모양이었다. 태산은 뒷목이 **뻣뻣**하고 머릿속이 복잡한 생각들로 가득차서 쓰러질 것만 같았다. 도당위원장 일행이 돌아간 상태라서 거느즉한 몸으로 소파에 등을 기댄 채로 잠깐 눈을 붙이고 있었는데 난데없는 전화벨 소리가 울렸다. 태산은 깊은 밤의 적막을 깨뜨리는 전화벨 소리에 이끌려 피곤한 몸을 그대로 소파에 의지한 채로 손을 **뻗**어 전화기를 들었다.

– 밤이 깊었는데 어디십네까?

– 로동자구에 있는 분주소인데 잠깐 기다려 보오.

태산은 난데없이 밤늦은 시간에 걸려온 전화에 긴장을 하고 있었는데 분주소라는 말에 더욱 신경을 곤두세웠다. 국경절에 지역의 특성상 경계를 강화하는 것은 당연한 일이고 이미 음파탐지 차량까지 배치한 상태가 아닌가. 더군다나 밤새 관내에서 심각한 일이 발생했다 하더라도 군이 도보위부 부부장 집으로 전화를 해대다니~ 태산은 순간 목석증이 걸린 사람처럼 긴장하고 있었다.

– 저 태산이 동무~

– 아니 이거 저, 정숙이 아니니 응?

태산은 정숙의 목소리에 깜짝 놀랐다. 한밤의 고요가 산더미 같은 파도를 만나 일순간에 흩어지고 있는 느낌이었다. 밤이 깊은데 이 시간에 정숙 동무가 무슨 일로 분주소에 있다는 말인가? 태산은 직업상 몸에 밴 습성으로 몸을 털며 정신을 가다듬었다.

– 나 좀 도와주오.

– 정숙 동무가 어이 분주소에 있니 응? 대체 무슨 일이야?

– 통금에 걸려서 그만~

– 아니 머이야? 내 당장 달려갈 테니 기다리라. 잠깐 보안원 좀 연

결해 달라.

태산이 보안원에게 자신의 신분을 밝히자 보안원은 깍듯이 예의를 갖추었다. 태산은 자동차를 몰고 정숙 동무가 잡혀 있는 분주소를 향했다. 통행금지 덕에 텅 비어버린 도로를 태산의 자동차는 쏜살같이 달렸다. 쉭, 쉭 흩어지는 어둠을 뚫고 달리면서 태산은 사르시살며시 미소를 지었다. 공화국에서 정숙 동무에게 자신의 힘을 과시할 수 있는 기회가 기대보다 빨리 찾아온 사실에 흡족해하고 있었다. 정숙 동무가 이런 식으로 자신에게 의지하다 보면 그녀를 자연스레 품을 수 있는 날도 머지않으리란 생각이 들었다. 공화국에서 녀자 혼자 몸으로 어이 세상 풍파를 헤쳐나갈 수가 있다는 말인가.

– 도 보위부 바, 박태산 부, 부부장 동지 맞지요?

보안원은 태산의 앞에서 말까지 더듬었다.

– 그래, 한데 무슨 일인가?

– 통금에 걸려 붙들어다 조사를 하는데 오, 오정숙이란 녀성 동무가 그저 버, 번갯불에 담배 붙이듯 거, 거짓말을 해대서 말이지요.

– 아니 분주소에선 그저 통금에 걸린 공화국 주민들에게 벌금을 부과하면 될 일이지 너들이 머 지금 보위부 이마내흉내를 한답시고 사상 검열까지 하니, 응?

태산은 옛 전 분주소에서 있었던 체면이 무너지던 일까지 생각나서 말단 보안원에게 호통을 쳤다. 보안원은 태산의 호된 질타에 말을 더 듬거리면서도 입을 놀렸다.

– 거, 거짓말을 해대는데 승합차에 있던 남편이란 사람 이름을 물어도 엉뚱한 대답을 하고, 고, 공민증 꺼내 조회를 해보는데 남편이란 사람은 그저 정, 정치범으로 수용된 사람이더라 말입니다. 녀성 동무를

앞장세우고 분주소로 돌아오는 길에 승합차에 함께 있던 가족들이 그저 뒤따라오는 줄 알았는데 어디로 줄행랑을 쳐버렸어요. 이상하지 않습니까?

태산은 어떤 심각한 일이 정숙 동무에게 일어나고 있다고 생각했다. 태산은 문득 자신의 지위와 힘이 과거에 비해 크게 달라졌다고 해도 정도를 넘지 않아야 한다는 생각이 들었다. 조금 전 다녀간 도당위원장의 말이 귀에 여전히 쟁쟁 울리는 듯했기 때문이다. 총정치국에서 벌어지는 일들을 보면 어떤 순간 어떤 장소에서도 긴장하지 않을 수가 없었다.

― 보안원 동지, 지금 오정숙 동무는 어데 있는가?

― 안쪽에 자울자울 졸고 있지요. 우네들로서도 어떻게 처리해야 할지 막막한 터에 부부장 동지께서 와주시니 한결 수월해졌지요.

― 보안원 동지, 내 좀 전에 동지한테 말이 거칠었는데 리해하오. 오정숙 동무는 나와 각별한 사이니 보위부를 믿고 내게 리계하오. 내 벌금은 책정한대로 내어드릴 테니~

― 어이쿠, 부부장 선생님, 어느 안전이라굽쇼. 그저 우린 없던 일로 할 기니 모서 가십쇼. 예~ 예~

보안원이 안쪽에서 정숙 동무를 데리고 나왔다. 정숙은 부스스한 머리에 얼굴에는 피곤한 기색이 역력했다. 태산을 보자 정숙 동무는 안도의 한숨을 내쉬는 모양이었다. 하얗고 고른 치아를 드러내며 태산을 향해 살짝 웃어주기까지 했다. 태산은 정숙을 생각할 때마다 떠오르던 가지런하고 하얀 치아와 단아한 얼굴을 바라보며 마치 청년 시절로 돌아간 듯 마음이 설레 옴을 느끼고 있었다. 정숙 동무를 찾아가 연분의 노래를 불러주던 때의 모습이 순간 떠올랐다.

태산은 정숙 동무를 자동차에 태우고 천천히 차를 몰았다. 여전히 아름다워 보이는 정숙 동무를 곁에 태우고 깊은 밤에 단둘이 도로를 달리는 기분은 뿌듯함과 설렘으로 가득 찼다. 봉긋한 젖무덤을 의식하지 않으려 하면서도 자꾸만 정숙의 젖가슴 쪽으로 시선이 쏠렸다. 정숙을 안아보고 싶은 간절한 마음을 한뉘^{평생} 가슴속에 품고 살아온 사람이다. 태산은 고개를 뒤로 젖힌 채 잠들어 있는 듯한 정숙 동무에게 방해가 될까 봐 아무런 말을 걸지 않았다. 태산의 생애에 가장 설레었던 카세트 음악을 낮은 소리로 켰다.

어젯밤에도 불었네 휘파람 휘파람
벌써 몇 달 째 불었네 휘파람 휘파람
그녀의 집 앞을 지날 땐 이 가슴 설레여
나도 모르게 안타까이 휘파람 불었네~

태산은 이 노래를 들으면 항상 청년 시절의 기억으로 한달음에 달려갔다. 한달음에 달려간 바로 거기에는 언제나 정숙의 단아한 모습이 자리 잡고 있었다. 카세트에서 흘러나오는 녀성동무의 가냘픈 목소리를 따라 부르며 태산은 휘, 휘 휘파람까지 불었다. 공화국의 어둠은 짙고 넓게 내려앉아 있었지만 태산의 가슴에는 밝고 뜨거운 기운이 타오르고 있었다. 태산은 정숙을 향해 노골적인 구애를 하던 간날의 감회에 젖어 있었다. 하지만 태산의 이러한 노래가 정숙에게는 당시 씁쓸한 흉기가 되었었다는 것을 알지 못했다. 사상적 해이의 정점에서 당국이 금지하던 노래를 쫓아다니며 불러대던 태산이 동무의 적대적 행위에 놀라 명호 동무에게 구원 요청을 했던 사실을 태산은 알 턱이 없었을 것이다.

　─ 태산이 동무, 누가 들으면 어쩌려고 금지된 곡을 켜오?

　─ 아니 정숙 동무 눈을 붙이고 있는 줄 알았는데 깨어 있었구나, 응?

　태산은 정숙이 이렇게 깨어 있는 게 더 좋았다.

　─ 보위부 간부답게 조심하지 않고~ 지위가 올라갈수록 삼가야 할 일들이 그만큼 많다는 거를 모르오?

　─ 정숙이가 내 걱정을 해주다니 이거 꿈이니 생시니 응? 이렇게 단둘이 있으니 옛날 생각이 나서 말이야~ 한데 정숙 동무, 관절 무슨 일로 분주소에 가게 되었니? 보안원 얘기는 대체 무슨 말이야? 승합차에 남편이라니~ 아니 가족들이 줄행랑을 했다는 거는 또 무슨 말이야 응?

　태산은 정숙을 태우고 오면서 머릿속이 복잡했다.

　─ 말 못 할 사정이 있어 그러니 묻지 마오. 태산이 동무, 통금 시간이니 날 집에까지 태워다 주오.

　─ 태워주는 거야 뭐가 어렵겠나? 아무리 통금 시간이라도 감히 조선공화국에서 누구가 나를 막아 세운단 말이니 응? 한데 말 못 할 사정이 있음 나한테 얘길 해야지~

　태산은 모처럼 정숙과의 애틋한 분위기를 깨지 않기 위해 더는 알려고 하지 않았다. 그는 명호 동무와 정숙의 관계가 곧 끊어질 것이고 그렇게 된다면 굳이 서두를 필요가 없다고 생각했다. 조선공화국에서 나그네 없는 고단한 삶을 살아내기란 불피코 쉬운 일이 아니기 때문이다. 그녀가 오늘처럼 이렇게 불쑥 손을 내밀 때 사내답게 당당한 모습으로 나타나면 되지 않겠는가. 태산은 설레는 마음에 마음속으로 휘휘 휘파람을 불고 있었다.

　태산은 한쪽 팔을 뻗어 정숙의 어깨에 가볍게 손을 얹었다. 태산은 순간 놀라지 않을 수가 없었다. 옛날 같으면 태산의 이런 행동에 대해 정숙의 저항은 날카롭기 그지없었다. 하지만 정숙은 미동微動도 하지 않았다. 정숙의 목덜미에서 태산은 온기를 느끼고 있었다. 그녀의 몸에 이렇게 다가갈 수 있다는 것만으로도 그의 기분은 형언할 수 없는 기쁨으로 젖어들었다. 명호 동무가 감옥에 들어오기 전에는 느껴 볼 수 없는 기분이었다. 손바닥에 느껴지는 그녀의 온기에 태산의 몸이 달아올랐다.

　태산은 그녀의 어깨에서 천천히 손을 뗐다. 이상하다. 그녀의 목덜미에 그를 매혹시키는 어떤 향기라도 숨어 있는 것일까? 자신의 성정性情은 이상하게 녀성의 목덜미에 민감한 모양이라고 생각했다. 아니 어쩌면 녀성에 따라 다른 것일지도 모른다. 홍용희 동무라면 목덜미 아니라 젖무덤에 손을 얹는다고 해도 무감각했을 것이다. 정숙 동무의 향기는 대체 어디에서 오는 것인지~ 목덜미의 감촉, 거기에 더해지는 머리카락에서 느껴지는 감미로운 촉감, 조용하게 다가오는 숨소리, 애를 태우던 그리움의 기억, 이런 것들이 복합적으로 그의 몸을 뜨겁게 만드는 것인지 몰랐다.

　- 태산이 동무, 날 안고 싶소?

　- 저, 정숙아~

　태산은 숨이 막혀 자동차를 도로가에 세웠다. 잠시 창유리를 내렸다. 뜨거워진 몸을 식히고 싶었기 때문이었다. 차갑게 얼어붙은 공기가 훅 밀려 들어왔다. 몸이 진정되고 마음이 가라앉은 다음 태산은 창유리를 올렸다.

　- 나그네 없는 몸이 무언들 못 하겠소~

　- 정숙 동무, 아니 내가 너무~ 에이 그저 정숙이가 훅 들어오니 내

가 어떻게 해야 할지 모르겠단 말이야~

태산은 정숙의 곁에서 여전히 안절부절 못하고 있었다.

- 태산이 동무 몸을 아는 내가 두 번 그 몸을 안들 뭐가 문제겠소.

- 아 나 이거~ 아니 이마에 땀이란 게~

태산은 정숙의 말 몇 마디에 도무지 숨이 막힐 지경이었다. 아아, 정말 정숙이란 녀성은 자신에게 무엇이란 말인가? 몇 마디 말로도 이토록이나 황홀한 순간을 만들어낼 수 있다는 사실이 정말 태산은 믿어지지 않았다. 태산의 이마에 땀이 돋았고, 태산은 손수건을 꺼내 이마의 땀을 닦았다.

태산은 다시 자동차를 천천히 움직이기 시작했다. 정숙 동무는 눈을 지그시 감은 채로 자동차의 등받이에 상체를 기댄 채로 침묵하고 있었다. 곁눈질로 훔쳐보는 정숙 동무의 몸은 단아하면서도 우아해 보였다. 녀자의 품위란 게 있다면 정숙에게 뿜어 나온 향기를 두고 말하는 것이라고 태산은 생각했다. 안고 싶으냐고 물어본 정숙 동무의 말은 무슨 의미일까? 태산은 정숙의 내면을 들여다볼 수는 없지만 세상 살면서 들었던 소리 중에 가장 기분 좋은 소리였다고 생각했다.

딜곰한 기분으로 천천히 자동차를 몰았는데 어느새 정숙의 집 근처에 당도했다. 태산이 겸연쩍어 정숙에게 말했다.

- 어젯밤에 말이야~ 달식이 동무가 얼근하게 술에 취해 전화를 해대는데 명호 동무 집에 갔더니 보안원 동무에 기자 동무에 무슨 집데 꼬라나 머라나 응? 머 기자 동무가 염소 도둑 취재를 하러 왔다는 둥 어떻다는 둥 횡설수설을 하는데~

태산이 여기까지 말을 하자 정숙 동무가 등받이에서 상체를 일으켜 세웠다. 태산은 분명 정숙 동무의 주변에 무슨 일이 일어나고 있다는 생각이 들었다.

─ 달식이 동무라면 덕순이 동무 장례에 왔던 그~

정숙이 머리를 한번 찰랑 흔들어대면서 말했다. 정숙의 찰랑거리는 머릿결을 곁눈질로 바라보던 태산의 몸이 다시 뜨거워지는 느낌이었다.

─ 그래, 기계전문학교 나온 헐렁한 동무 말이야. 연구 작업실에 박혀 농기구니 생활용 도구랍시고 개발하는 놈 말이야~ 한데 술을 얼마나 마셨는지 횡설수설 해대는데 도대체 무슨 말인지 알아들을 수가 있어야지 응? 정숙 동무, 무슨 일 있음 이번처럼 즉각 내게 말을 해야 내무슨 수를 내지 않겠느냐 말이야~

─ 알았어요. 남의 눈도 있을 테니 골목 입구에서 내려주오.

태산은 정숙 동무와 헤어져야 하는 게 아쉬웠지만 같은 공간에서 잠시나마 함께 숨소리를 느끼며 황홀한 감정을 지닐 수 있었다는 사실만으로도 매우 만족한 시간이었다고 생각했다.

골목 입구까지 아주 천천히 자동차를 몰았다. 태산은 천천히 달리기 시합이라도 하는 냥 숫제 자동차의 바퀴가 천근 쇠를 먹은 하마처럼 아주 천천히 차를 움직였다. 정숙 동무와 함께 조금이라도 더 같은 공간에 있고 싶은 간절한 마음이 천천히 굴러가는 바퀴에 배어 있었다. 이윽고 자동차가 완전히 멈추었고, 정숙이 자동차의 문을 열고 몸을 밖으로 내밀었을 때 그 아쉬움에 태산이 말했다.

─ 정숙 동무, 오늘 이제 헌법절이 아니니 응? 국경절에 우리 참이랑 셋에서 오붓하게 평양에 나들이나 가자. 냉면도 먹고 불고기도 먹고 물큰하게 한번 놀다 오자 응?

─ 태산이 동무, 그런 일은 나중에도 얼마든지 할 수 있으니 기다리오. 것 보다 명호 동무는 지금 어디에 있는지 말해 주오. 명호 동무는

국경을 넘었소?

태산은 한참동안 정숙의 물음에 대답하지 못했다. 달콤한 분위기에 오래 젖어 있고 싶었는데 갑작스런 물음에 감정의 소용돌이를 느꼈다. 명호 동무의 현재 상황에 대해 어디까지 정숙에게 얘기를 해줘야 할지 얼른 결정하지 못했다. 명호 동무의 탈북을 반탐사업에 이용하려는 자신의 아이디어를 그 누구한테도 노출시키지 않고 있었다.

태산이 대답을 하지 못했고, 정숙은 자동차 문을 거칠게 닫고 골목을 향해 걸어가고 있었다. 태산은 가녀린 정숙의 뒷모습을 오래오래 바라보다 자동차의 방향을 바꾸어 다시 한쪽에 자동차를 멈추었다. 태산은 자동차를 세워놓고 차에서 내려 담배 하나를 품에서 꺼내 태우면서 수세미 방죽을 향해 걸었다. 명호 동무와 격투를 했던 지난날의 기억이 떠올랐다. 맹렬한 추위가 강가에서 그를 향해 덤벼들었지만 태산은 개의치 않았다.

수세미 방죽 너머에서 태산의 기억을 멈추도록 한 것은 맹렬한 추위가 아니었다. 품에서 꺼내려던 담배가 모두 떨어져서도 아니었다. 과거의 기억에서 역류하려던 의도적인 몸짓에서도 아니었다. 쌓인 눈에 밤새껏 아롱져 흘렀던 겨울 새벽의 달빛에 반사된 한 켤레의 털신발이 거기 얼어붙은 채로 가지런히 놓여 있었기 때문이었다. 태산은 차갑게 얼어붙은 털신발을 천천히 집어 들면서 강의 수면으로 시선을 향하고 있었다.

3

국경절 아침 봉 선생 일행이 가장 먼저 했던 일은 장마당에서 손전화기를 구입하는 일이었다. 조선공화국에서 사용할 수 있는 그런 전화기가 아니라 중국 통신을 사용할 수 있는 전화기였다. 하나를 이미 구입했지만 봉 선생은 동실과 만룡에게도 각각 싸구려라도 전화기를 아침 일찍 구입하도록 했다. 국경을 넘었을 때 일행들끼리 예상치 않게 헤어질 수 있는 상황에 대비하고 연락책과도 연락을 취한다는 설명이었지만 만룡은 혼자서 툴툴거렸다. 변발의 머리 모양 때문에 승합차에서 함부로 밖으로 나갈 수 없는 동실 일행은 봉 선생에게 인민폐를 건넸다. 연락책이 은밀히 거래를 트고 있는 데라서 눅은 금액으로 손전화기를 구매할 수가 있었다.

－ 참아, 상철이 동무 영원히 보지 않게 돼서 이제 좋지?

－ 아니야, 그런 사소한 감정 때문에 떠나는 것은 아니지~

－ 상철이 어머니가 울 오마니 장례 때 참이 동무 무릎 꿇리고 뭐라 나무라시는 것 같던데 무슨 얘길 하시더나, 응?

참은 동실 동무를 슬쩍 한번 바라볼 뿐 대답하지 않았다. 상철이 근처에 얼씬도 하지 말라며 냉갈령을 부렸던 상철 어머니를 떠올리기조차 싫었다. 상철이 어머니란 사람이 자신의 어머니를 핍박하는 것도 지켜보았다. 상철이 아버지의 입에서 큰소리가 터지고 나서야 싸늘한 기운이 잠잠해졌었다. 참은 자신이 무엇 때문에 이런 홀대를 당해야 하는지 아무리 생각해도 리해가 되지 않았었다.

낮전에 장마당에서 압록강을 건너는데 도와줄 두 사람과 접선했다.

약속한 시간이 되어 장마당 근처에서 기다리고 있던 일행들은 연락책
이 반대쪽에서 승합차를 향해 걸어오는 것을 보고는 숨을 죽이며 바라
보고 있었다. 동실이 코를 벌렁거리며 숨이 넘어가는 듯 말했다.

　― 야야 만룡이 동무, 저기 보라. 봉 선생이 접선한다는 사람들이 쟤
들 맞나 응?

　― 그러게 말이야암~ 저거 견장을 보니 국경 경비대 군인들 같은데
아니 그러니?

만룡이도 깻잎 덮어놓은 듯한 머리를 습관적으로 어루만지며 말했
다. 연락책과 함께 반대쪽에서 걸어오고 있는 사람들은 스물 두어 살
쯤 되어 보이는 군인들이었다. 만룡은 어머니를 따라 깊은 산속에 기
도를 다니면서 제법 군인들과 연인인연을 맺어온 경험이 있었다. 군인
들의 모습을 보자 만룡의 기분이 한결 가벼워졌다. 연락책과 군인들이
승합차에 더욱 가까이 왔을 때 만룡이가 말했다.

　― 저거 딱 보니 부분대장 정도 되어 보이는데~

　― 부분대장이 장마당에 나올 수가 있나 응?

참이가 만룡을 향해 물었다. 연락책과 함께 군인들이 건들거리며 승
합차에 아주 바짝 다가왔을 때 만룡의 눈동자가 무엇인가에 놀란 듯
갑자기 반짝거렸다.

　― 국경절이니 업무 보러 장마당에 나올 수야 있지, 망치 못도 사고
네모풍 치는 천막도 사고 말이야 흐흐~ 야 동실아, 근데 저 형 가만
보니 가까이 올수록 내가 아는 군대 형인 거 같은데~ 키만 크던 허약
형이 있었는데~

　― 만룡이 동무가 어데서 군대 형들을 만났다는 거니 응?

참이와 동실이 둘 다 만룡이 동무의 말이 믿어지지 않은 모양이었

다. 네댓 살 형인 군인과 인연을 맺는다는 것은 공화국에서 가족, 친지가 아니고서야 결코 쉬운 일이 아니었다. 하지만 만룡은 백두장군인 어머니를 따라 령산 산속의 기도굴을 다니면서 초대소에 말뚝 박은 군인들이나 초대소에 대기하던 군대 형들을 여럿 알게 되었는데 둘 중 한 명이 특별히 만룡을 아껴주었던 군대 형처럼 보였던 것이다.

— 어머니 따라 기도굴에 다니면서 군대 형들을 여럿 만났지~ 여 장마당에서 업무 보러 나온 군대 형을 우연히 만난 적도 있단 말이야. 령산 기도굴 근처 초대소에서 만난 형들 중에 국경 경비대에 배치되는 군대 형들이 많다니 까는~

승합차 아주 가까이에서 연락책과 군인들이 걷던 걸음을 멈추고 애기를 주고받고 있었다. 표정으로 보아 매우 진지한 애기를 하는 듯이 보였다. 만룡은 기억에 있는 듯한 군대 형의 출현 때문인지 어둡던 얼굴색이 환하게 밝아졌다. 참이와 만룡은 창유리 너머로 몸을 숙여 연락책 일행을 바라보고 있었다. 만룡은 기분이 최고조에 달했을 때 나오는 행동인 펄쩍 펄쩍 상체를 추스르는 행동을 하며 계속 말을 이었다.

— 주복이 형이라고 하하하~ 별명이 '허약'이었는데 저 아래 황해도 사리원이 고향이라 했댔었지~ 그 주복이 형이 날 무척 예뻐했는데~ 꼭 저기 건들건들 걸어오는 형이 그 허약체질 군대 형 같은데 저거 응~

만룡이가 허리를 잔뜩 웅크리며 뚫어지게 차창 밖을 바라보았다. 연락책 일행이 애기를 끝냈다는 듯 성큼성큼 승합차 쪽으로 걸어왔다. 만룡은 연락책 일행이 승합차 바로 앞에 다가왔을 때 재빠르게 창유리를 내리고 탄성을 질렀다.

— 어이 주복이 형~

— 만룡이 동무 정말 아는 군대 형이 맞나 응?

동실은 여전히 믿어지지 않는다는 표정이었다.

– 맞아~ 야 저거 보라. 허약 아니니 저거 응? 키만 수수대$_{수숫대}$처럼 훨씬 크지 않나 말이야 응? 저거 허약 주복이 형 맞네~

이윽고 승합차의 문이 열리고 연락책이 말했다.

– 학생 동무들, 한 명씩 나오라.

연락책은 한 명씩 따로따로 불러서 밖으로 나오게 했다. 만룡은 자신을 특별히 아껴주었던 군대 형을 기적처럼 만나게 되었다는 사실에 어쩔 줄을 몰라 했다. 참이 동무가 제일 먼저 연락책의 지시에 따라 밖으로 나갔다. 연락책은 참이와 군인들 사이에 적당한 거리를 두고 참이를 마치 신체검사를 하듯 한 바퀴 빙 돌게 했다. 군인들은 참이 동무의 모습을 머릿속에 담는 모양이었다. 그다음에는 동실이 동무가 불려나갔고 동실이 역시 참이처럼 연락책의 지시에 따라 한 바퀴 빙글 돌았다. 한 바퀴 빙글 돌고 승합차로 돌아온 동실이 동무는 입술을 샐쭉거리며 못마땅한 표정을 지었다.

– 키 쪼그만 학생 동무 나오라.

연락책이 명령하듯 말했다.

– 에, 봉 신생 동무~

만룡의 버릇없는 듯한 대구에 연락책의 표정이 또 살짝 찡그려졌다. 만룡의 말투에는 빙두$_{마약}$를 시작할 때 괜히 기분이 좋아지는 것과도 같은 설렘이 묻어 있었다. 만룡은 승합차에서 내려 우스꽝스럽게 몸을 한번 흔들며 춤을 추듯 한번 뛰었다. 승합차에서 웅크리고 앉아 있었던 데다가 밤부터 잔뜩 긴장했던 터에 팔다리가 뻣뻣했기 때문이었다.

만룡의 머리 모습은 우스꽝스러운 자신의 모습을 더욱 우습게 보이게 하였다. 연락책이 만룡에게 눌러쓴 모자를 벗게 했다. 만룡이가 연락책의 지시에 따라 모자를 머리에서 걷어내던 순간 군인 동무들이 키득키득 웃어젖히는 것이었다.

－ 학생 동무, 한 바퀴 빙 돌아보라.

연락책의 지시에 만룡이가 마치 춤을 추듯 제자리에서 한 바퀴를 돌았다. 만룡이는 아는 군대 형을 놀려줄 생각을 하고 있었다. 한 바퀴를 빙 돌면서 자세히 보니 분명 주복이 형이 맞는 듯했다. 두꺼운 옷에 가려 가슴에 달려있을 명찰을 보지 못했지만 '허약'이란 별명을 가진 황해도 사리원이 고향이라는 '박주복' 형이 분명해 보였다.

－ 주복이 형~

만룡이 갑자기 아는 체를 하자 군인 동무들은 입을 닫은 채로 묵묵히 바라볼 뿐이었다.

－ 주복이 형, 기도굴 초대소에서 만났던 만룡이 몰라요?

－ 학생 동무 사람 잘못 보았어~ 주복이가 누구야 응? 난 그런 사람 이름도 들어보지 못했는데~

다른 군인이 시치미를 떼는 듯 대답했다.

－ 에이 허약 주복이 형 맞는데 왜 아닌 보살시치미을 피우고 그러오? 황해도가 고향이랬잖아 응?

－ 뗑한 학생 동무가 단단히 착각을 하고 있네. 난쟁이골뱅이처럼 생겨 가지고 흐흐~

다른 군인이 만룡을 향해 핀잔을 주듯 씨부렁거렸다. 만룡이는 이에 물러서지 않고 확신 있는 태도로 말했다.

－ 에이 날 감쪽같이 떠넘기려속이려 해도 다 알지~ 밥 잡샷시꺄? 이제 집에 갑니꺄? 울 오마니 보면 황해도 사투리까지 촌스럽게 써대면서 인사 했잖아? 주복이 형 별명이 허약 맞지 않소, 응?

– 학생 동무 이제 됐으니 어서 차 안으로 들어가라. 허약도 틀렸고 주복이도 틀렸어~ 네들은 호상 얼굴 특징만 기억하면 되지 이름 따위 는 알아야 할 리유가 없단 말이야~ 자 어서 들어가라~

연락책이 만룡이를 다그치기 시작했고, 만룡이는 마뜩찮은 표정으 로 차안으로 들어왔다. 연락책과 함께 건들건들 장마당 쪽으로 멀어 지는 군인들을 만룡이는 시무룩이 바라보고 있었다. 뜻밖에 이런 데서 만나게 되어 몹시 반갑다는 인사를 했는데 착각이라며 핀잔을 주고 떠 나가는 군인들이 야속하다는 생각이 들었다.

– 만룡이 동무, 헛다리 짚은 게 아니나 응?

– 아니지~ 허약 형이 맞다니까. 내가 허약 형 목소리까지 알고 있는 데 가만 보니까 주복이 형 말고 다른 군대 형이 대답했잖아~

– 그런 것도 같은데~ 근데 왜 모른 척을 하나? 동무가 반가우면 대 방상대방도 반가울 텐데 말이야~ 숫제 그런 사람 이름도 들어보지 못 했다 하지 않았니?

동실이도 고개를 갸우뚱하면서 의아하게 생각하고 있었다.

– 응 그래, 분명 그렇게 말한 거 같은데~ 착각을 하고 있다는 말도 분명 했어~

참이 역시 동실의 말에 맞장구를 치고 있었다. 주복이 형이 맞다면 어째서 만룡이가 아는 체하는 것을 무시했을까? 만룡은 이런 생각을 하며 확신을 가지고 입을 열었다.

– 에이 주복이 형 맞다니깐~ 명찰을 까보자 했어야 하는 건데~ 에 이 지랄, 허약 주복이 형이 우릴 돕는다는 말이지 응? 에헤헤~

연락책이 돌아올 때까지 동실 일행은 승합차 안에서 자울자울 졸고 있었다. 바깥 날씨는 차가웠지만 햇볕이 차창을 뚫고 차 속으로 쏟아져 들어온 탓에 냉기가 차 있던 차 안에 온기가 퍼지면서 졸음이 몰려 들었기 때문이었다. 참은 어머니가 혹시 나타나지 않을까 기대를 했지만 끝내 모습을 보지 못하고 떠나게 되었다. 연락책이 승합차에 타자마자 서둘러 출발했기 때문이었다.

승합차가 움직이자 동실은 정신을 차렸다. 동실이가 눈을 감고 있는 만룡이를 흔들어 깨우면서 만룡이 동무를 위로해 주듯 말했다.

─ 허약 박주복 하전사가 정말 맞긴 맞는 모양인데~ 한데 군대 형들이 우리를 어떻게 돕는다는 말입니까? 봉 선생님~

─ 쪼그만 학생 동무가 착각을 한 거라니까는~ 아니 자꾸 허약, 허약 노랠 불러대나 응? 어데 조선공화국 군인 동무들 가운데 허약이 한 둘이냔 말이야 응? 너들이 무사히 압록강을 건너 중국 땅 밟으면 되는 게 아니나 응?

─ 예, 맞습니다.

동실이가 분위기를 전환하려는 듯 허리를 굽실거리며 제법 큰 소리로 대답했다.

승합차가 장마당을 뒤로하며 쏜살같이 달리기 시작하자 참은 참았던 눈물을 쏟아내고 있었다. 참은 이제 가족의 모습은 기억 속에나 남겨둬야 한다고 생각하니 울컥 목이 메이며 굵은 눈물방울이 솟아 나왔다. 만룡이 동무 역시 눈물을 흘리는 참이의 모습을 보자 어머니를 혼자 남겨두고 이제 영원히 공화국을 떠난다는 생각이 들며 두 눈에서 눈물이 양 볼을 타고 흘러내리고 있었다.

─ 학생 동무들, 지금부터 내 말을 잘 새겨듣기 바란다.

─ 예, 말씀 하십쇼.

연락책이 탈북 일정에 대해 말하기 시작하자 참이와 만룡은 허리를 일으켜 세우며 자세를 고쳐 잡고 울음 머금은 목소리로 대답했다.

– 학생 동무들이 압록강을 건너는 시간은 내일 새벽 세 시에서 네 시 사이다. 우리는 지금부터 달려서 국경 지역에서 대기할 것이다. 국경절이 끝나는 시간이라 국경경비대의 경계가 삼엄할 것으로 예상된다.

– 새벽에 꼭 건너야 하나요?

참이 동무가 연락책에게 물었다. 가족에 대한 생각이나 하고 있을 때가 아니었다. 동실이 역시 승합차가 막상 국경을 향해 달리고 있다는 것을 느끼고 잔뜩 긴장하는 모습이었다. 속력을 더 끌어올리면서 연락책이 말했다.

– 밤에는 경계가 삼엄할 뿐만 아니라 발각되면 즉각 집결소로 끌려가게 된다. 자정이 지나야 경계가 조금 느슨해지기는 하지~ 아까 장마당에서 만난 군인 동무들이 자정부터 새벽 네 시까지 경비중대 직일근무를 선다.

참이 일행은 연락책이 장마당에서 군인들과 은밀히 접선한 까닭을 이제 알 것만 같았다. 연락책의 말을 듣고 만룡은 빙그레 기대에 찬 미소를 지었다. 허약이 연락책과 이런 이상한 관계를 맺고 있다는 것이 믿어지지 않았다. 만룡은 여전히 아까 만났던 군인 중의 하나가 허약이란 별명을 지닌 황해도 사리원 출신 박주복 하전사라고 믿고 있었다.

– 밤 열 두 시에 우리는 아까 그 하전사와 1차 접선을 하게 될 거다.

– 어디에서 접선을 합니까?

동실이 연락책에게 물었다. 참이 일행은 점점 자신들에게 펼쳐질 알 수 없는 내일날에 대한 두려움으로 불안이 가중되었다.

– 중대 밖에서 만난다.

– 봉 선생님, 군인들을 한번 보고 믿을 수가 있습니까?

참이가 연락책을 향해 물었다. 동실이나 만룡이 역시 참이와 같은 의구심을 갖고 있었다. 연락책이 그렇게 물어올 줄 알았다는 듯이 제법 긴장하며 설득력 있게 대답했다.

– 네들이 그렇게 물어올 줄 알고 있지~ 이런 일을 한두 번 해온 게 아니니까는 말이야~ 국경경비대 군인들을 매수하려고 내래 일 년을 넘게 공을 들였어~ 그러니깐 말이야 군인 동무들이 비록 나이는 어리지만 나와는 친구나 다름없단 말이지~

– 봉 선생 동무, 허약 형하고 어떻게 친구가 되었다는 말입니까?

만룡이가 믿기지 않는다는 표정으로 연락책에게 물었다.

– 어른한테 말하는 짓거리 하고는~ 주복인지 개복인지 아니라니까는 자꾸 에이~ 내 저 군인들 매수하려고 중대 근처에서 천막을 치고 생활을 했어~ 그래 저 동무들이 직일근무 설 때마다 만나 담배도 사주고 초코파이도 사주고 달러도 찔러주었지~ 그래 나더러 아버지, 아버지하고 부를 정도로 가까운 사이가 되었는데 이렇게 압록강을 건너야 하는 사정이 생기니까 그저 한 번씩 눈을 감아주다가 그냥 이렇게 은밀히 거래하는 사이가 되어버렸지 뭐냐 응? 너들 이제 리해가 되니 응?

– 아무리 그러해도 믿을 수가 있을지 말입니다. 자칫 딴 맘을 먹게 되면 우덜 목숨이 왔다 갔다 하는 일이 아닌가 말이오.

참이 동무가 연락책에게 우려 섞인 목소리로 말했다. 동실이 역시 참이 동무와 같은 생각을 하고 있다. 하지만 연락책은 그들의 이런 물음에도 자신감 넘치는 태도로 대답을 하고 있었다.

– 학생 동무들에게 말은 하지 않았지만 이번 프로젝트 때문에 사흘 동안 저 군인 동무들하고 약속을 세 차례 변경했다. 우리가 압록강을 건널 날짜와 시간도 미리 저 동무들한테 떠보았고, 비밀접선도 장마당

근처가 두 번째 약속이었다. 그런 시도를 통해서 아직 믿음을 가질 수 있다고 판단을 했단 말이지~ 오늘 밤, 중대 밖에서 만나는 것도 열두 시에 한 번, 두 시에 한 번, 두 번의 약속시간 이후 세 시에 전격적으로 압록강을 건널 것이다. 늦어도 새벽 다섯 시 전에는 도강渡江을 해야 한다. 다섯 시면 중대 소대 군관들이 중대구간 검열을 나오는 시간이기 때문에 이후에는 당연히 엄두도 낼 수가 없어. 우리가 도강渡江하게 될 위치는 저 군인 동무들이 경비를 서는 바로 그 구역이다.

연락책의 목소리에 힘이 실려 있었다. 참이 일행은 연락책의 설명을 듣고 고개를 끄덕이고 있었다. 장마당 근처에서 군인 동무들과 접선을 하게 되었던 배경을 이제 리해할 수 있을 것만 같았다. 군인들을 매수하기 위해 연락책이 노력했던 모습을 생각하니 까닭모를 감동이 밀려오는 것을 그들은 느끼고 있었다.

― 너들, 경비중대에 도착하면 한순간도 졸아서는 안 되고 경계를 늦춰서도 아니 된다. 그저 거기 당도할 때까지 잠을 자두도록 하라. 이제 10호 초소검문소를 지나가게 되는데 내 여의치 못할 때를 대비해 꾹 돈을 준비해 두었으니 너들은 한껏 자세를 낮추라. 학생 동무들 내 말 무슨 말인지 알아듣겠나, 음?

연락책의 말에 참이 일행은 대답 대신에 고개를 묵묵히 끄덕거렸다. 운전석에서 슬며시 승합차의 뒷좌석을 바라보던 연락책은 낯바닥에 가벼운 미소를 지었다. 이런 그들의 모습을 한 번 더 흘긋거린 다음 연락책은 카세트를 밀어 넣었다. 썩은자본주의 노래가 카세트에서 나직하게 흘러나오고 있었다. 공화국의 노래보다 감미로운 썩은 노래에 빠져드는 듯 참이 일행은 잠에 빨려들고 있었다.

제45장 첩보소설

1

동씨董氏는 탈북하여 남쪽에 정착해 십여 년을 살아오던 중에 최대의 위기를 맞고 있었다. 남쪽에 새로운 삶의 터전을 마련하고 살아오면서 조선공화국 국경을 넘어 남쪽으로 내려오려는 탈북자들을 돕는다는 것이 정작 자신의 발목을 옭아매는 형국이 되고 말았던 것이다.

— 동막동董幕童이란 이름은 본명이야?

국정원 대공수사국 젊은 수사관이 이마에 엷은 주름살을 만들며 물었다. 동씨는 북쪽에서 사용하던 부모님이 지어주신 이름을 북쪽을 떠나왔다고 해서 이름조차 버릴 수가 없어서 그대로 사용하고 있었다.

— 예, 선생님.

동씨는 이미 주눅이 들어 있었다. 한국에 도착한 순간부터 정보 수사관들의 감시와 검열에 시달리지 않은 것은 아니었지만 십여 년을 한국 국민으로 살아온 자신에게 아직도 의심의 눈초리를 들이대는 것이 무섭고 두려웠던 것이다.

— 앞으로 불러도 동막동, 뒤로 불러도 동막동, 참 이름 한번 희한하네.

— 부모님이 지어주신 이름인데 어찌 하겠습니까, 예?

동씨는 겸연쩍은 표정으로 수사관의 말에 이렇게 대꾸했다. 하나원에서 표기하는 주민등록증에도 본명을 쓰게 되어 있었다. 한국에서 살다가 북한식 이름이 싫어서 개명改名하는 동료들도 있었다. 또한 북한의 정치범으로 몰려서 북한의 추적의 대상이 되면 북한에 남은 가족에게 위험을 끼칠 수가 있어서 개명을 하는 사람들도 있었다. 하지만 동씨는 부모님이 물려주신 이름을 결코 바꾸고 싶지 않았다.

– 이 새끼가 감히 여기가 어디라고 따박따박 말대꾸를 하나 응?

동씨가 수사관을 배려한다고 대답한 것이 오히려 반항한다고 받아들였던 모양이었다. 동씨는 막내 동생뻘이나 되는 젊은 수사관을 고개를 쳐들어 한 번 쳐다보고 나서 다시 고개를 떨어뜨리며 대답했다.

– 죄, 죄송합니다.

동씨는 공연히 입을 잘못 놀렸다가 경을 치게 될지도 모른다는 생각에 가만히 입을 다물었다. 수사관이 대뜸 이름을 물고 늘어진 것은 처음 한국에 들어와 조사를 받은 이후 처음 있는 일이었다.

– 동막동 씨는 본本이 어디야?

– 본이라면 뭐하는 본을 말씀하시는 겁니까?

– 거 자꾸 모른 척할 거야 응? 임마, 광주 동씨냐 수원 동씨냐 황주 동씨냐 이런 거 몰라 응?

동씨는 수사관의 설명을 듣고서야 무슨 뜻인지 알았다. 북한에서 이런 족벌을 따지는 것은 자본주의 반동사상으로 낙인이 찍히는 일이었다. 그런데 한국에서 새터민으로 자리 잡게 되면서 같은 성씨를 지닌 사람들을 만나게 되었고, 친목 모임에도 몇 번 초대를 받았었다.

– 예, 잘은 모르지만 광천 동씨라고 알고 있소.

– 내가 동씨 성을 살펴보니까 광천이 8할이야. 고향이 북쪽 어디라고 했지?

숫제 반말조로 수사관이 물었다. 남한에서 살면서 고향을 물어오는 사람들이 동씨는 제일 싫었다. 가슴속에 품은 고향이야 가장 소중하고 그리운 곳이지만 남한 사람들에게 고향을 말하는 것이 죽도록 싫었기 때문이었다.

– 함경북도 명천입니다.

─ 그래 말투 보니 함경도 말투가 아직 남아 있군 그래~

─ 서울 말씨를 써야 하는데 몸에 그저 오래 배어서 말입죠.

동씨는 누군가와 말을 할 때는 되도록 탈북자 티를 내지 않으려고 노력했다. 남쪽에서 살면서 자신은 같은 국민이라 생각을 하는데도 말투만 가지고도 이방인 취급을 받기 일쑤였다. 동씨의 말에 수사관이 별 뜻 없이 한번 씽긋 웃었다. 그러더니 난데없이 그의 머리를 날카로운 흉기로 찔러대는 듯한 소름이 돋는 말을 뱉어냈던 것이다.

─ 함경도 명천에도 동씨들이 좀 모여 사는 걸로 나오는데~ 동막동이 너 북한 정보원들하고 은밀히 접촉하고 있지?

─ 애먼 사람 잡지 마오, 수사관 선생님. 아랫동네 오고 싶은 북한 동포들 돕겠다고 몇 번 중국 땅을 밟은 것뿐이오.

동씨는 억이 막혀서 단숨에 펄쩍 뛰었다. 조선공화국을 떠나 어렵게 남한에 내려와서 정착하며 살고 있는 세월이 얼마인지~ 그런데 난데없이 사람을 간첩으로 몰아가려는 수사관의 말에 몸이 파득파득 떨렸다.

─ 흥~ 그래? 내가 문제 하나 낼 테니 대답해 보겠는가?

─ 무슨 문제를 낸다는 말이오?

남쪽에서 살면서 수사관이 문제를 내겠다는 것도 동씨에게는 처음 있는 일이었다.

─ 왕재산旺載山이 어디에 있고 어떤 산인지 대답해 보시지~

─ 그거를 어찌 여기서 내게 묻는 겁니까?

동씨는 정말 수사관의 의도를 알 수가 없었다. 왕재산이라면 조선공화국 인민들에게 혁명 전적지로 알려진 함경북도 온성에 소재한 나지막한 산이었다.

─ 묻는 말에 대답이나 해!

－ 그야 북쪽 온성에 있는 산이지요.

동씨는 불길한 느낌을 받았기 때문에 그 산이 어떤 산이라는 것을 얼른 입에 담지 못했다. 남쪽 국정원의 수사관 앞에서 조선공화국 인민들로부터 혁명사적지로 추앙받는 산이란 말을 그의 입으로 꺼낼 수가 없었기 때문이었다.

－ 내가 그걸 몰라서 묻는 것 같아? 대답이 왜 그렇게 짧아 응? 거기에서 김일성이 항일 유격대를 조성해서 항일무장투쟁 회의를 열었다는데 맞아?

동씨는 순간 무슨 말을 어떻게 해야 할지 얼른 판단이 서지 않았다. 광화문에서 촛불집회를 하던 시민들의 모습을 찍어 북쪽의 동료에게 전송한 것이 죄라면 죄가 아닐까?

－ 북한 주민들은 모두 그렇게 알고 있습니다.

－ 혁명사적지로 추앙받는 산이라면서?

수사관의 입에서 터져 나온 '혁명'이란 단어가 동씨의 귀에 무섭게 꽂혔다.

－ 예, 그렇지요. 청년 동지들의 의지가 불타는 곳입니다.

그가 이렇게 대답하자 수사관이 불쑥 몇 장의 사진을 들이밀었다. 광화문 촛불집회 모습이 담긴 사진이었는데 동씨는 자신이 찍어 국경의 브로커 동무에게 전송한 사진이란 것을 알았다. 촛불의 규모에 놀라고 정연한 질서에 놀라고 엄청난 군중이 몰렸는데도 경찰과 대치하지 않음에 놀라면서 찍은 사진이었다.

－ 청와대를 배경으로 사진을 찍은 거는 무슨 의도였어, 응? 아주 청와대를 사진 속에 담으려고 애를 쓴 흔적이 보인다 말이야 응?

동씨는 고개를 힘껏 흔들었다. 남쪽의 국정원은 북한의 보위부보다 더욱 악랄하다고 북쪽에서 들었었는데 막상 처음 한국에 입국해서 조사를 받고 심문을 당하면서 느낀 것은 북한 보위부에 비하면 아무것도 아니라는 생각이 들었었다.

— 광화문에서 청와대 사진 찍는 게 죄가 된다는 말이오? 그런 사진 몇 장 때문에 날 이렇게 불러 족치겠다는 얘기예요?

— 흐응, 머라? 대한민국이 살기 좋다니까 네들한테도 천국 같지 응? 서울 시민이 찍는 사진하고 북에서 내려온 네놈들이 찍어대는 사진하고 같다고 생각하냐 응? 네들은 대한민국 땅 밟는 순간 반쪽짜리 인생밖에 되지 않는다는 말이야!

수사관이 서류뭉치로 동씨의 **뺨**을 내리쳤다. **뺨**에서 차륵차륵 소리가 들리며 낯바닥 보다 가슴이 더 찢어지는 듯 아픔을 느꼈다.

— 머이요? 거 수사관 선생이 말을 함부로 하시누만요. 우리도 엄연한 대한민국의 국민인데 이렇게 잡아다 죄인 취급을 하오? 북조선이나 남조선이나 그저 정보원들은 다 똑같구먼요. 어이쿠 서러운 내 팔자야 고저~

어디에서 그런 용기가 생겼는지 동씨는 수사관을 향해 짖어댔다. 북한의 보위부 앞에서라면 감히 이런 태도는 꿈에서도 쉽지 않은 일이었다. 동씨는 정말 남쪽의 정보원이 의심하고 있는 그런 사상을 가졌다면 양심에 더러운 털이 났을 것이라고 생각했다. 양심에 비추어 추호도 찔리는 행동을 하지 않았다고 생각했다.

— 북한 225국이 뭐하는 데라는 거는 알지?

— 225국이요? 모르겠습니다.

조선공화국에서의 버릇처럼 우선 도리질부터 했다.

— 새끼야, 조선노동당 대외연락부 몰라, 응?

– 모릅니다.

다그치는 데는 정보원들이라면 어디나 매한가지인 모양이다. 강압적인 기선에 제압당하지 않으려고 동씨는 거듭 도리질을 했다.

– 모르기는 임마! 여기 이렇게 옛날 기록에 다 쓰여 있는데~

– 내 오래된 일이라 머라 썼는지는 당최 모르겠소.

동씨는 북쪽에 살면서도 225국이란 데를 알지 못했다. 남한에 내려와 생활하면서 알게 된 이름이었고, 얼떨결에 거기 조직원들이란 사람들을 몇 번 만났다가 호된 고통을 치렀었다.

– 인천 부평에서 김 아무개, 임 아무개, 유 아무개 만났다고 했잖아 임마~

– 머 탈북을 해서 살다 보니 탈북자 모임에도 나가고 토론회도 나가고 하다 보니까 만나는 사람들이야 많이 있지요.

– 임마, 네가 만났던 자식들이 북한 225국 지하당 조직원들이었다는 거는 알았잖아 응?

– 예, 거야 사건이 불거지고 나서 알게 된 게지요. 당시 탈북해서 남한에 정착한 사람들은 다 알고 있는 얘기란 말입니다. 왕재산 간첩단 사건이라 떠들썩했으니까 모를 턱이 없잖소?

– 이 새끼야 근데 어째 시치미를 떼는데 응? 너 다 알고 있는 사건이잖아 어?

– 예, 하지만 내가 조직원이 아니니까 나는 모르는 일이 맞지요. 정보원에서 그때 불러다 조사를 했잖소? 내 털끝만큼도 죄가 없는 사람이니까 놓아주었고 이렇게 자유롭게 살고 있는 게 아닌가 말이오.

왕재산 사건이라면 듣기조차 거북한 말이었다. 조선공화국 지령을 받아 간첩행위를 했던 조직, 간첩행위라는 혐의를 받은 탓에 여러 명이 검거되었고, 핵심조직원은 중형까지 선고받은 사건이었다. 동씨는 사건이 발각되기 전에 우연히 이 조직원들을 만난 적이 있었다. 철저히 조직원들의 낚시에 걸려든 만남이라는 것을 깨달았을 때는 이미 정보원들이 쳐놓은 덫에 발목이 걸려 넘어진 상황이었던 것이다.

하지만 뚜렷한 간첩행위를 한 것이 없는 데다 당시 조서까지 확실히 받고 풀려난 일이었다. 대체 수사관들은 무엇 때문에 다시 그를 불러 심문을 하는 것인지~ 촛불집회 장면을 찍어서 국경 지역의 동무에게 보낸 일로 이런 사달이 났다고 생각했는데 난데없이 왕재산 사건을 들이대다니 대체 까닭을 모를 일이었다.

― 그럼 어디 제대로 한번 가르쳐줄까, 응?

― 대한민국 국민으로서 죄를 지었다면 응당 죄값을 치러야지요. 나는 떳떳한데 날 심문하는 이유가 대체 뭡니까?

동씨는 정말 이런 밀폐된 조사실에서 수사관들의 심문을 받아야 하는 이유를 찾을 수가 없었다. 조선공화국이라면 없는 죄를 뒤집어씌워서 처형까지 일삼던 데니까 그렇다 치겠는데 대한민국이란 민주주의 나라에서라니~

― 동막동이 당신이 얼마 전에 송규철이란 사람 한국에 데려온 거 맞지 응?

― 예, 내가 탈북을 시킨 게 맞습지요. 남조선을 끔찍이 동경한 사람이었으니까~ 한데 송규철 동무 지금 합동신문센터에서 조사받고 있지 않습니까?

북한에서 남한에 내려온 탈북자들은 경기도의 모처某處에서 정보원, 경찰, 군 당국 등 관계부처로 구성된 합동신문센터에서 심문을 받게 된다. 최장 6개월 정도 탈북 경위에 대해 조사를 받게 되는데 간혹 탈북자로 신분을 위장한 북한 공작원이 남한에 잠입하는 경우가 있었는데 이들을 색출해내기 위해서다.

- 송규철이 이놈이 죽었단 말이야~

- 예? 규철이 동무가 죽어요? 에이 농담하지 마오.

동씨는 수사관이 거짓말을 하는 것이라고 생각했다. 젊은 사람이 어떻게 하루아침에 죽는다는 말인가?

- 짜식이~ 할 일 없어서 네들한테 농담을 하겠나, 응? 숙소 샤워실에서 이 새끼가 목을 맸다는 말이야. 자살, 자살이라고 알아 응?

- 규철이 동무가 그저 목숨 하나 붙들고 악착같이 남쪽 땅을 밟은 동무인데 자살이라니 믿어지지 않습니다. 고생 고생 끝에 남쪽으로 내려왔는데 자살이라니 언~

동씨의 생각에 송규철이 동무만큼 목숨에 대한 집착이 강한 사람은 보지 못했다. 남한에 정착하면 돈을 모아 중국에서 북송된 아내와 딸애를 데려오리라 다짐을 했던 사람이었다.

- 동막동 선생, 송규철이가 어째서 자살을 했다고 생각하오?

사람을 불러놓고 장난을 치는 것도 아닐 텐데 수사관은 표정을 싹 바꾸어 예의를 차리며 물었다.

- 수사관 선생님, 나는 규철이 동무의 자살이 정말 믿어지질 않소. 내 어떻게 남한으로 데리고 왔는데~ 규철이 동무 시신이라도 보여 주오.

동씨는 송규철 동무의 시신을 직접 확인해야 죽음을 받아들일 수 있을 것만 같았다. 남한 땅을 밟은 순간 이제 정말 자유를 찾았다며 좋아했던 얼마 전의 기억이 생생하게 되살아났다.

- 시신은 경찰한테 인도했는데 현장검증도 절차에 따라 실시했고, 국과수에 의뢰해서 부검까지 마쳤소. 물리적인 외부 힘에 의한 손상이

없는 것으로 나타났고, 목 부위에 상흔이 나타난 것으로 봐서 백 퍼센트 자살이라고 판명된 사건이오. 송규철 사건은 일단락되었는데 문제는 무엇 때문에 이놈이 자살을 했느냐는 거요~ 동막동 씨, 이놈이 왜 자살을 했다고 생각하오?

동씨는 수사관의 말을 도무지 믿을 수가 없었다. 규철 동무의 죽음도 믿을 수가 없었지만 자살을 했다는 것은 더욱 믿을 수가 없었다. 자살이 사실이라면 대체 규철 동무는 어째서 자살을 했을까? 목숨을 악착같이 지켜내고자 했고, 자유를 목숨보다 더 소중히 여겼던 사람이었다. 수사관이 혹 심문을 하면서 폭행이나 고문을 했을까? 동씨는 이런 의심도 들었지만 이내 고개를 흔들었다. 탈북해서 내려온 북한 동포들에게 고문 같은 것은 없었는데~ 심문과정에서 탈북자가 사망하는 경우는 매우 드문 것으로 동씨는 알고 있었다.

- 동막동 씨, 그렇게 고개를 흔들어대는 뜻은 뭐요?
- 믿어지지 않아서 내래 혼자 그래 본 게요.

동씨는 흐느낌이 묻은 목소리로 대답했다. 정말 규철 동무의 죽음이 믿어지지 않았고 남한에 데리고 내려오기까지 여러 차례 죽을 고비도 겪었기에 서러운 마음도 들었기 때문이었다. 수사관이 심문하던 습관을 억누르지 못하고 다시 폭언을 하기 시작했다.

- 웃기지 마라 이 새끼야! 너 연극하는 거지 응?
- 아, 아니오. 머 괜한 오해를 하시는 모양인데~

동씨의 뺨을 수사관이 찰싹 소리가 나도록 올려쳤다. 동씨가 대한민국 사람으로 남쪽에서 살아오면서 겪은 수모야 셀 수가 없을 정도지만 막내동생 벌 되는 젊은 수사관에게 맞았다는 치욕스러움보다도 여전히 의심을 받으며 살아가야 한다는 처지가 더욱 비참한 생각에 빠져들게 만들었다.

 ― 머 오해? 임마, 사람이 자살을 했는데 오해라고? 송규철이가 탈북자 신분으로 위장해서 들어온 북한 공작원이라는 게 드러났는데 오해란 말이야 새끼야 응?

 ― 규철이는 그런 사람 아니오. 함경도 산골에서 나뭇짐이나 나르는 벌목공 주제밖에 못되는 사람이 공작원이라니~ 애먼 사람 잡지 마오.

 ― 이 새끼가 대한민국 정보원을 허수아비로 아나, 임마 너 한글을 모른다고 발뺌하지는 않겠지~ 이거 송규철이 적은 자술서야 임마, 두 눈이 있으면 똑똑히 읽어봐 자식아. 에이 재수 없는 새끼들~

 수사관이 동씨 앞에 자술서를 내밀었다. 송규철 동무의 자술서를 동씨는 꼼꼼히 읽어보았다. 자술서를 읽어 내려가면서 동씨는 눈을 찌르고 들어오는 까닭모를 통증 같은 것을 느끼고 있었다. 동씨는 자신의 눈을 의심하기 시작했다. 송규철의 필적을 그가 자세히 알 수는 없었지만 자술서를 이렇게 기러기 날아가듯 갈지자로 성의 없이 써 내려갔을 사람이 아니었다. 지장이라고 이름 위에 누른 손도장도 이상하게 급조된 느낌을 받았다. 동씨는 저도 모르게 고개를 흔들어대기 시작했다.

 어허, 큰일 날 소리, 동씨의 마음속에서만 터져 나온 외마디 소리였다. 자술서의 핵심은 규철이 동무가 북한 공작조직으로부터 지령을 받아, 남한 내의 선교단체를 파악하고 선교원들의 신원을 파악하며 보고報告 후에 잠복한다는 내용이었다. 동씨는 국정원 수사관이 자신을 감시한 까닭을 이제 알 것만 같았다. 동씨는 아무리 생각해도 이해가 되지 않았다. 정말 송규철 동무가 피를 나눈 형제처럼 아껴주었던 자신까지 속이는 조선공화국 공작원이었을까? 동씨는 이내 절레절레 고개를 흔들어대고 있었다.

2

　명진은 밤이 늦도록 잠을 이루지 못하고 있었다. 텔레비전 뉴스를 보면 나라의 운명 앞에 검은 먹구름이 잔뜩 끼어 있어서 당장 내일 일도 종잡을 수가 없을 것처럼 보였다. 시국이 이렇게 어지러운 데다 동씨마저 전화통화 중에 끊긴 탓에 명진은 잔뜩 가슴을 졸이고 있었던 것이다. 휴대폰을 압수당한 때문인지 여전히 동씨의 휴대폰은 꺼져 있었고, 집으로 전화를 해도 역시 연결이 되지 않았다. 동씨는 대체 어디에 있다는 말인가?

　명진은 마음이 어수선할 때 생긴 버릇인 서랍의 사진첩에 곱게 간직하고 있는 아우네 가족사진을 꺼내 한참동안 바라보았다. 아버지로부터 받은 북쪽의 아우네 가족사진에는 목소리만 들었던 아우 명호와 용모 단정해 보이는 제수씨와 조카들이 웃고 있었다. 그리고 대조적으로 가운데에 헐렁하게 앉은 아버지는 모든 시름을 끌어안은 듯한 모습이었다. 그런 아버지 옆에는 채뜨리면 당장 넘어질 듯 가냘픈 모습으로 허공을 바라보고 있는 작은 어머니가 앉아 있었다.

　작은 어머니의 모습이 명진에게 오래도록 잔영으로 남아 있었다. 돌아가신 어머니와 아버지를 북쪽의 작은 어머니는 얼마나 원망하며 살아왔을지는 가늠조차 할 수 없었다. 아우네 사진을 뚫어지게 바라보고 있는데 이상하게 눈물이 맺혔다. 까닭모를 감정의 소용돌이에 휘말리고 있기라도 하는 듯 사진 속에 박힌 아우와 작은 어머니의 모습에서 생애를 다해 풀어나가야 할 운명의 매듭 같은 것이 담겨있다고 느껴졌다.

　지난밤 사진을 들여다보며 잠이 들었던 탓인지 새벽이 되어 상서롭지 못한 꿈을 꾸었던 것 같았다. 북쪽의 작은 어머니가 흰옷을 입고 나타나 우울한 모습으로 그를 바라보고 있었는데 작은어머니 뒤쪽에서는 사진 속의 아우가 물에 빠져 허우적거리고 있는 모습이 보였다. 아무리 생각해도 길몽吉夢은 아니라는 생각이 들었다. 까닭모를 불안한 징조가 느껴지는 새벽의 악몽인지도 모를 일이었다.

그런데 새벽의 꿈이 불길한 꿈이었다는 것을 깨닫는 데는 그리 오랜 시간이 걸리지 않았다. 아침 식사를 하고 출근을 하려고 막 현관문을 나서는데 별안간 낯선 사내 둘이 명진의 집에 들이닥쳤던 것이다. 명진은 낯선 사내들의 갑작스런 방문에 새벽의 꿈자리가 순간 떠올랐다.

- 어디서 오셨습니까?

명진은 사복들의 정체를 짐작하고도 남았지만 이렇게 물었다.

- 이명진 선생 맞소?

되물어 오는 사복들을 향해 명진은 뻔히 쳐다보며 고개를 힘없이 끄덕거렸다.

- 잠깐 함께 갑시다.

명진은 바로 자신의 집 앞에서 승합차에 태워졌다. 광화문의 촛불집회 이후 자신을 감시하는 듯한 묘한 분위기를 감지하기 시작했었다. 외출 중에 낯선 사내들이 찾아온 일들이나 동씨에게 걸려온 전화, 통화 중에 끊긴 이후 연락이 닿지 않고 있는 상황들을 보면 예사로운 일이 아닌 것이었다.

명진을 태워 어디론가 이동하면서 사복들은 일체의 말을 하지 않았다. 무슨 이유인지, 어디로 데리고 가는지 물어도 묵묵부답이었다. 침묵의 깊이가 명진의 마음을 더욱 조여 오는 느낌이었다. 차창에는 커튼이 쳐져 있었는데 햇빛을 가리기 위한 것보다 보안을 위한 것처럼 느꺼졌다. 커튼 사이로 보이는 풍경은 승합차가 도심에서 벗어나 외곽도로를 달리고 있는 것 같았다. 외곽도로에 접어들면서 사복 중에 나이 지긋해 보이는 사람이 선루프를 열고 담배를 피워 물었다.

외곽도로는 차량들이 붐벼 모든 차량들이 서행을 하고 있었다. 한 시간 넘게 달린 뒤에 승합차가 도착한 곳은 내곡동의 한 정보기관이었다. 이런 기관이야 일찍부터 드나들었던 탓에 낯설지 않았지만 까닭 모를 압박감에 숨을 제대로 쉴 수가 없었다. 포로군인이었던 아버지의 존재만으로 자신의 의지와 관계없이 죄인이 되었다는 사실에 무력감이 느껴지기 시작했다. 심문이 시작되면 무슨 명분을 내세워 변명거리를 찾아야 할지 아득할 뿐이었다.

— 동막동 씨와는 어떤 관계요?

조사실에 앉자마자 틈도 주지 않고 수사관이 물었다. 동 선생 신변에 무슨 일이 일어나고 있는 모양인데 이런 심문을 받게 되니 간담이 서늘해졌다. 정보원들의 심문이 어떻다는 것을 모르는 그가 아니기 때문이었다.

— 그저 알고 지내는 사이입니다.

— 그래요? 이명진 선생은 박근혜 정부를 지지하오?

난데없이 찌르고 들어오는 수사관의 말에 명진은 머리가 어지러웠다. 대체 박근혜 정부를 지지하느냐는 황당한 질문을 던지는 까닭은 무엇이란 말인가.

— 왜 내게 그런 말을 하십니까?

— 묻는 말에 대답이나 하오.

수사관은 아직까지 명진에게 예의를 갖추어 말을 하고 있었다.

— 대한민국 국민이 정부를 지지하지 않으면 누가 지지한단 말이오?

- 미국이 주적이라고 말을 하지 않았소?

북한의 인민들이 상식처럼 말하는 것이 미국이 주적이란 말이었다. 명진은 심장이 쿵 무너지는 느낌이었다.

- 사람 잡지 마오. 내가 언제 그런 말 같지 않은 말을 했단 말이오?

명진은 대답하면서 순간적으로 과거의 기억을 떠올려보았다. 미국에 대한 얘기를 언제 누구에게 했다는 말인가.

- 미 제국주의 놈들 때문에 통일이 물 건너갔다고 떠들고 다니지 않았소?

- 생사람 잡지 마오. 하지만 설령 표현의 자유가 보장된 대한민국에서 그런 말을 하고 다녔다한들 무슨 문제가 된다는 것이오?

명진은 젊은 수사관의 물음에 반문하면서 머릿속으로는 동씨와 나눈 얘기들을 더듬어보고 있었다. 북한에서 쏘아 올리는 미사일 얘기를 했고, 핵을 소유하는 것이 북한이 사는 길이라는 얘기를 했고, 간첩행위를 하지 않았으니 떳떳하다는 얘기를 하면서 감시를 당하며 살아야 하는 처지에 대해 함께 토로했던 것이다.

- 당신의 사상에 한 치의 오점도 없다는 말이오?

- ~ ~

- 북한에 이복異腹 동생이 있지요?

- ~ ~

대체 무슨 얘기를 하려고 얘기를 이렇게 몰아가는 것인가? 평생 죄인처럼 숨죽이며 살아올 수밖에 없었던 색깔 논쟁의 피해자로 있었던 사람으로서 감히 대답할 용기가 서지 않았다. 명진은 후~ 한숨을 내쉬며 고개를 숙일 수밖에 없었다.

- 민주주의의 나라 대한민국에서 북쪽에 이복동생 하나 있다고 죄

를 탓한다고 생각하오? 당신은 마치 우리 같은 사람을 낯가죽 두꺼운 후안무치라고 생각하겠지~

– ~ ~

수사관의 말이 명진의 귀에 빈틈없이 꽂혀들었다. 명진은 어릴 때부터 사복들을 우리와 똑같은 사람으로 보지 않았었다. 사람의 탈을 썼지만 사람이라 할 수 없는 짐승으로 취급했던 것이다. 인면수심人面獸心이었다. 그들은 민주주의라는 인간의 존엄과 자유, 평등의 꽃 속에 교묘히 숨어 다양한 방법으로 사람들을 괴롭히는 흉악하고 간특한 집단이라 여겨오고 있음이었다.

그럼에도, 명진은 수사관의 말을 듣고 아직까지 놀라지는 않고 있었다. 수없이 끌려다니며 심문을 받았던 경험이 있었기에 그는 이런 정도의 겁박에 크게 놀라지는 않았다. 하지만 수사관이 전혀 예측하지 못한 부분을 헤집고 들어온 순간 그는 온몸에 전기가 오른 듯 숨이 멎고 제대로 몸을 움직이지 못했다.

– 북한 동생하고 몰래 통화한 적이 있소?

– ~ ~

– 왜 대답을 하지 못하는 것이오?

명진은 더는 자신을 속일 수가 없어 부인하지 않았다. 동씨의 도움으로 연락책브로커을 통해 북쪽의 아우와 은밀히 통화를 한 사실이 있기 때문이었다. 그런 일이 있었지만 여태 그 일로 정보원의 의심을 받지 않았었는데 뒤늦게 얘기를 꺼내다니~ 도청이나 감시를 통해 알아낸 정보는 아닐 것이라고 생각했다.

– 탈북 브로커 핸드폰으로 북쪽 아우 목소리 한번 들었소. 죄송하게 되었습니다.

- ~ ~ ~

이번에는 수사관이 그의 말을 듣고도 한참동안 대꾸하지 않았다. 정보원에서 휴대폰까지 은밀히 들여다보고 있었다는 말인가? 군사독재가 끝나고 문민정부가 들어선 지도 어제오늘의 일이 아니지 않은가. 생각하니 등골이 오싹해졌다. 아무리 정보원이라 해도 설마 대한민국 국민들의 사생활까지 은밀히 감시하고 있다는 말인가? 명진은 자신의 잘못을 인정하면서도 공연히 정부의 감시와 숨어있는 폭력을 생각하니 화가 치밀었다.

- 대한민국 정부가 아직도 내 사생활까지 감시한 겁니까?

- 국가라는 것이 자유와 민주만 가지고 굴러간다고 생각하나? 천만에 착각이지~

수사관은 이제 숫제 반말조로 말했다. 명진은 수사관과 이런 이념의 논쟁거리로 휘말려 들고 싶지 않았다. 대학시절 운동권 활동을 하면서 단련된 사상이 저들과의 이념논쟁에서 승리를 가져다주었던 적은 없었다. 수사관의 눈빛이 섬광처럼 번쩍였다.

- 인간이란 존재가 아무리 만물萬物의 영장靈長이라 해도 공동체 사회에서 개인의 자유만을 주장할 수는 없는 거 아니야?

대체 수사관이 마치 철학사상가라도 되는 냥 모호한 말들을 늘어놓았다. 명진은 수사관이 운동권 이력의 소유자들에게 말로 제압을 받지 않으려고 이론으로 무장한 것인지도 모른다는 생각이 들었다.

- 어떤 행위에 책임이 따른다면 무슨 문제가 되겠소. 먼저 그쪽에서 고지식한 말을 꺼내니 드리는 말씀입니다. 이 시대는 전지전능한 신도 인간에게 영향력을 행사할 수 없는 세상이란 말이오.

- 당신 대학시절에 골수 운동권 학생이었지? 당신들처럼 사상으로

단련된 작자들과 노닥거릴 시간은 없고~ 내 숙제를 하나 내어주겠소.

– 예? 내게 무슨 숙제를 내어준단 말이오?

명진은 갑자기 혹을 한 대 얻어터진 기분이었다.

– 동막동 씨에 대해 여기에 한 번 써보오. 동씨가 언제 어디에서 남한에 내려왔고, 북한에서 어떤 일을 했는지 또 남한에서는 어떻게 살고 있는지 아는 대로 써 보시오.

탈북자들이 정보부에서 조사를 받을 때 몇날 며칠 동안 자술서를 쓴다는 말을 들었다. 문제는 사실에 입각해서 아무리 자술서를 잘 쓴다고 하더라도 수사관의 마음에 들지 않으면 반복해서 마음에 들 때까지 써야 한다는 것이었다. 명진은 자술서 용지를 받아들고 그가 지금까지 알고 있는 동막동 씨에 대해 기술하기 시작했다. 동씨에게 들었던 내용이 명진이 알고 있는 동씨에 대한 정보의 전부였던 것이다. 함북 명천 사람이란 것에서 시작해 동씨의 가족은 북한 고난의 행군 시기에 모두 죽었다는 것, 지금 북한에 형님의 가족이 살고 있다는 얘기, 남한에 자리 잡고 살면서 간혹 국경을 넘은 탈북자를 남한에 안전하게 데려오는 일을 하고 있다는 것, 탈북자들이 정기적으로 모임을 갖는 모양이라는 얘기, 자신과는 북한의 이복 아우의 일로 가까운 사이가 되었다는 얘기 등을 두 시간에 걸쳐서 아는 대로 꼼꼼히 기술했던 것이다.

– 이명진 선생, 지금 나하고 장난하고 있소?

– 왜 그러십니까? 내가 아는 사실을 빠짐없이 적은 것이오.

– 제대로 써오란 말이야! 이게 감상문이지 자술서야 응?

수사관은 명진이 정성껏 적어 제출한 자술서를 한번 훑어본 다음 뿌지직 소리가 나게 구겨버리고 있었다. 그래서 명진은 자술서를 다시 작성했다. 앞 번의 기억을 더듬어 적어나간 다음 얼마 전에 동씨를 통해 들었던 '탈북한 사람이 함경도 출신의 벌목공'이라는 얘기를 하나 덧붙여서 제출했다. 그러나 수사관은 앞 번에 그랬던 것처럼 대충 형식적으로 훑어본 다음 다시 작성하게 했다. 명진은 이번에도 심사숙고한 끝에 '박근혜 정부 탄핵'에 대해 동씨와 나누었던 얘기와 '탄핵 시국에 북한의 이상 동향이 감지되면 남한에서 계엄령을 선포할지도 모른다.'는 얘기 등을 나누었다고 덧붙여서 다시 제출했다.

– 계속 그런 껍데기를 끼적거릴 거야! 아주 그냥 첩보소설을 쓰지 그러나 응?

수사관은 다시 제출한 자술서를 훑어본 다음 또 뿌지직 뿌지직 짓이긴 상태로 쓰레기통을 향해 힘껏 내던져버렸다. 대체 아무리 생각해도 더는 쓸 내용이 떠오르지 않았다. 몇 번을 끙끙대고 나니 차라리 무슨 내용을 써보라고 귀띔이라도 해주면 좋을 듯 싶었다.

하지만 그런 순간도 잠깐, 명진은 정신을 바짝 차리지 않으면 안 된다는 것을 마음속에 거듭 되새기고 있었다. 청년 시절부터 한번 의지를 꺾어 잘못 써낸 자술서가 어떻게 자신의 인생길에 걸림돌이 되었는지 뼈저리게 각인되어 있기 때문이었다.

박근혜 탄핵? 네들이 대한민국을 아주 들어먹으려고 작정을 했구나. 북한의 이상 동향이 감지되면 남한에서 계엄령을 선포할지도 모른다고? 아주 네놈들이 그냥 되바라진 사상을 가지고 있구나, 응?

수사관이 갑자기 책상을 주먹으로 내리쳤다. 명진은 너무 민감한 내용을 적은 것은 아닌지 순간 후회했다. 하지만 아무리 머리를 쥐어짜도 더는 쓸 거리가 없었던 것이다. 대한민국 국민이 이런 얘기를 나누었다 해서 죄가 된다는 생각은 들지 않았다. 군사정부 때는 몰라도 세상이 분명 달라지기는 했으니까 하는 생각이었다.

탈북자들을 통해 들은 말은 남한이 탄핵국면으로 어지럽게 되면서 북한에서 동요가 일어나기 직전이라는 것이었다. 북한 사람들은 이번에 아주 전쟁이라도 치를 기세라는 말까지 탈북자들 사이에 나돌고 있었다. 하지만 명진은 전쟁 같은 예민한 말은 자술서에 기록하지 않았다.

― 남한 정부의 탄핵하고 북한의 이상 동향이 무슨 관련이 있는데? 남한이 혼란스런 틈에 북한 놈들이 전쟁을 일으킨다는 거야 뭐야? 이거 누구한테 주워들은 얘기야, 응?

― 탈북자들 사이에 떠돌고 있다는 얘기를 들었습니다. 정말 믿어 주십시오.

― 북한에 이상 동향이 일어나면 남한에서 계엄령을 선포한다는 말이 대체 무슨 말이야? 탈북자들은 그저 전쟁이 일어나기를 바란다는 얘기야?

― 깊은 뜻은 모르겠습니다. 그저 동씨와 함께 나눈 얘기일 뿐이라오.

명진은 수사관의 말에 이제 대응하지 않을 생각이었다. 감방에서 읽은 방대한 양의 철학 사상서를 토대로 말의 꼬리를 비틀고 늘어지는 사변적인 논쟁에서 누구에게 밀린 적은 없었지만 수사관을 상대로 더는 공격의 빌미를 제공하고 싶지 않았다.

명진은 북한에서 이상 동향이 일어나면 남한에서 당연히 관련법에 따른 절차를 거쳐 계엄을 선포할 수 있는 것은 당연한 것이라고 생각하고 있었다. 대한민국의 헌법 제3조에 '대한민국의 영토는 한반도와 그 부속도서로 한다'라고 명시되어 있었다. 또한 헌법 제77조에는 비상시에 대통령이 계엄을 선포할 권한이 있음을 규정하고 있기 때문이었다. 실제로 대한민국 정부에서는 1948년 제주 4.3사건, 여순사건, 6.25 전쟁, 4.19혁명, 5.16군사정변, 6.3항쟁, 10월 유신, 부마항쟁,

10.26사태 등과 관련해 계엄을 선포했었고, 마지막 계엄은 광주민주화운동으로 연결되는 아픈 역사를 가지고 있었다.

– 광화문 촛불집회가 뭐 대한민국의 위기라도 된다는 말이야? 당신 그렇게 생각하는 거야 응?

수사관은 혼자 화를 내며 목소리의 톤까지 날카롭게 끌어올렸다. 명진은 수사관의 펄펄 끓는 태도에 일절 대답하지 않았다.

– 대한민국이 좀 불안하면 북한이 공격할 수 있다 이런 논리지 당신들? 하 이것들이 정말~ 야 계엄이 선포되면 당신 같은 놈들은 어떻게 되는 줄이나 알아 응? 전쟁이 일어나면 아마 네들부터 감옥에 잡아들일 걸~ 아니 그러겠나, 응?

귀에 거슬린 말이 수사관의 입에서 계속 탁구공처럼 튀어나왔지만 명진은 대응하지 않았다. 대체 정보부에서 심문을 하려 했던 진짜 목적은 무엇일까? 저들은 그에게서 어떤 대답을 들으려고 하는 것일까. 그의 머리에는 이렇듯 복잡한 생각의 줄기들이 거미줄처럼 얽혀 있던 것이다. 자술서를 네 번 다섯 번 반복해서 작성한 이후에야 수사관이 명진에게 뼈가 있는 물음을 던졌다. 명진은 그때에서야 자신이 정보부에 끌려와 심문을 받게 된 까닭을 이해할 수 있을 것 같았다.

– 함경도 출신의 벌목공 얘기를 동막동이 한테 들었다고 했나?

– 예~ 지나가는 말로 들은 듯합니다.

명진은 정신이 번쩍 들었다.

– 송규철이란 놈이 저기 합신센터중앙합동신문센터에서 자살을 했다. 동막동이한테 송규철에 대해 어떤 얘기를 들었는가?

자살이란 말을 수사관으로부터 듣고 그가 심문을 받게 된 까닭을 넌지시 짐작해 볼 수 있었다. 명진은 정신을 가다듬었다.

- 송규철이 누굽니까?

한 번도 들어본 적 없는 이름이었다.

- 동막동이 데려온 벌목공이란 놈 말이야~

- 예~ 함경도 출신의 벌목공을 데려올 거라는 얘기밖에 듣지 못했소. 더는 다른 얘기를 들은 적이 없습니다.

명진의 말은 사실이었다. 동씨로부터 들은 탈북자에 대한 얘기는 함경도 출신의 벌목공이라는 것이었다. 동씨로부터 벌목공에 대해 다른 얘기는 들은 적이 없었다. 설령 다른 정보를 들었다 하더라도 기억하지 못할 수도 있을 것이다. 벌목공이란 사람이 심문을 받는 중에 자살을 했다는 말을 수사관으로부터 듣는 순간 정보원의 시각이 동씨에게 향하는 것은 당연한 순서일지도 모른다는 생각이 들었다.

- 이명진 선생, 당신 생각에는 송규철이란 동무가 심문을 받다가 왜 자살을 택한 거 같나?

수사관이 불쑥 이렇게 물었다. 자유를 찾아서 잘살아 보려고 목숨 걸고 남한으로 넘어왔을 사람이 자살을 했다는 것은 쉽게 이해가 되지 않았다. 대한민국의 정당한 국민이 되어보지도 못하고 정보원 심문 중에 자살을 택했다면 분명 어떤 이유가 있을 텐데~

- 글쎄 말입니다. 죽음을 택했다는 게 믿어지지 않습니다. 남쪽에 오기까지 쉽지는 않았을 텐데~ 심적인 변화가 있지 않았을까 뭐 이런 안타까운 생각뿐입니다.

- 당신이 보기에 동막동이란 사람은 왜 남쪽으로 내려온 사람 같나?

수사관의 말에 명진은 수사관의 얼굴을 빤히 올려다보았다. 동씨와는 비교적 터놓고 지내는 사이가 되었지만 이런 예민한 질문에 대답할 만한 위치는 아니라는 생각이 들었다.

- 내 전화통화하고 간혹 만나는 사이지만 그런 깊은 내막이야 모르지요. 자유로운 데서 행복하게 살려고 내려온 게 아니겠소?

- 동막동이란 사람이 간첩조직이라면 믿어지나, 응?

- 예? 남한에 정착해 착실히 살고 있는 사람인데 난데없이 간첩이라니~

- 우리가 할 일 없어서 당신을 불러들였겠어? 괜한 사람 불러놓고 말싸움하고 있겠냐 말이야!

수사관이 빽 소리를 질렀다. 명진은 정신을 바짝 차리지 않으면 안 되리란 생각이 들었다. 동씨가 수사관 말처럼 간첩이라면 간첩과 오랜 시간 접촉해온 자신의 신변에 문제가 있으리란 것은 당연했다.

- 아니 수사관 선생, 나는 정말 아무것도 모르는 일이오. 동씨가 간첩이라니 정말 말이 되지 않는다 생각합니다.

- 자살한 송규철이가 다 불었는데? 탈북자로 신분을 위장시켜서 동막동이 이놈이 은밀히 데리고 들어온 거란 말이야!

명진이 동막동 씨와의 그동안의 만남을 되돌아보면 동씨가 적어도 그럴 사람은 아니었다. 동씨를 만나면서 단 한 번도 수상한 점을 감지히지 못했다. 정보원이 동씨를 간첩조지으로 파악하고 있다면 이는 판단 착오 아니면 모함이 분명하다는 생각이 들었다. 명진은 저도 모르게 도리질을 하고 있었다.

바로 그때, 수사관이 그의 앞에 서류 하나를 들이밀었다.

- 이게 무업니까?

- 눈이 있으면 한번 읽어보란 말이야~

명진이 받아든 서류는 심문 중에 자살을 했다는 송규철이란 사람의 자술서였던 것이다. 기러기가 황급히 날아가듯 날려 쓴 글씨로 보아

쫓기고 있다는 느낌이 들었다. 빨간 펜으로 밑줄이 쳐진 곳이 눈에 띄어 빠르게 살펴보니 북한 공작조직으로부터 지령을 받았다고 적혀 있었다. 남한 내의 선교단체를 파악하고 선교원들의 신원을 파악한 뒤에 잠복한다는 행동요령까지 적혀 있었던 것이다. 명진은 이런 자술서를 읽으며 손이 바들바들 떨리고 있었다. 간첩사건에 연루된다는 생각만으로도 그의 몸은 얼어붙는 듯했다. 사건의 진위眞僞를 따지지 않아도 단박에 숨이 막혀버릴 지경이었다.

─ 동막동 씨는 지금 어디에 있습니까? 내가 한번 만나볼 수 없겠소?

─ 두 사람이 만날 필요까지야 있나? 설령 있다 해도 아직 너무 이르지~ 동막동이 한국에서 무슨 일을 했는지 죄 숨기지 않고 말해준다면 당신을 여기 붙잡아두지 않겠어. 자, 오늘 중으로 집에 돌아가고 싶으면 여기에다 동막동의 행적을 빠짐없이 적어봐!

수사관이 명진에게 다시 자술서 용지를 건네주었다. 그가 자술서 용지를 받아들었을 때 그의 머릿속은 암흑처럼 캄캄한 느낌이었다. 어떤 생각도 떠오르지 않았던 것이다. 차라리 바보 백치白痴라도 되어버렸으면 좋겠다는 생각이 들었다. 동씨의 행적에 대해 그가 적을 수 있는 내용이 무엇이란 말인가. 그는 저녁이 가까워질 때까지 한 줄도 써 내려가지 못하고 있었다. 동씨의 소식이나 들었으면 여한이 없겠다는 생각이 들었다.

3

찬열이가 제대날짜를 손꼽아 기다렸던 시간도 막상 민간인이 되니 이제 추억처럼 멀어지고 있었다. 현역 군인이 되어 병장으로 만기 제대를 하기까지 짧지 않았던 시간은 감옥 속에 갇힌 듯 더디 흘러갔었다. 아버지 나이 때의 군대는 거의 삼 년여 기간 동안 국가방위와 자유민주주의의 수호, 조국 통일에 이바지한다는 이념으로 정신무장을 했었다. 삼 년이란 시간은 집을 떠나온 병사들에게는 길고 긴 세월이었을지도 모른다.

복무기간이 짧아졌어도 아버지 나이 때의 군대나 현재의 군대나 민간 사회와 차단된 공간에서 복무해야 한다는 점에서는 크게 다르지 않다. 제대날짜가 가까워질수록 하루하루가 더욱 더디게 흘러가는 듯한 그 느낌 또한 크게 다르지 않을 것이다. 남북이 세계 유일한 분단국이라는 현실 아래 대한민국의 자유와 평화, 독립을 보전하고, 국토를 방위하며, 국민의 생명과 재산을 보호하고 나아가 국제평화의 유지에 헌신해야 한다는 사명감을 젊은 청년들은 자연스럽게 받아들이고 있었다.

찬열은 사단본부에서 전역 신고식을 마치고 부대에서 그리 멀지 않은 읍내 정류장에서 직행버스에 올라 부대와 멀어지면서 처음 자대배치를 받아 군용트럭에 긴장한 몸을 싣고 사단예비대를 향하던 때와는 사뭇 다른 긴장감과 설레임이 교차했다. 불투명한 미래에 대한 불안함을 안고 가족이 기다리고 있을 서울을 향해 다가갈수록 모든 것이 낯설게 느껴졌다. 하루가 다르게 변모하는 서울이라는 도시는 새롭게 느껴졌고, 한때 알았던 사람들도 뭔가에 쫓기는 듯 분주한 모습이 조금은 생경했다.

군대라는 울타리 안에서는 군율의 통제하에 절도 있는 생활을 했었다. 하지만 울타리를 벗어나면서부터 해이해진 마음은 하루하루 일상까지 느슨하게 만들었다. 한때 패기 넘쳤던 대학 동기들은 불확실한 미래의 그림자 안에 갇혀 방향을 잃고 있었다. 출구를 모를 동굴 같은 데 갇혀 탈출구를 찾지 못하고 있었다. 그런 삶의 회오리 속에 찬열 역시 갇히게 되었던 것이었다.

― 네들이 자유를 얻은 게 아니었구나. 그래 친구들은 좀 만나 보았느냐?

입대 전에는 입에 대지도 않았던 소주까지 마시며 흠뻑 취해 들어오는 찬열을 향해 조심스럽게 아버지가 물었다. 아버지의 말씀에는 어떤 나무람의 분위기는 느껴지지 않았지만 덤덤한 말투로 보아 유쾌한 기분도 아닌 것 같았다.

― 너무 조급해 하지 마라. 더디다고 일을 그르친 거는 아니지 않느냐?

아버지의 물음에 찬열은 당황했다. 군복무를 마치고 학교로 돌아온 친구들이나 대학을 마치고 사회로 진출한 친구들이나 미래의 모습은 밝지 못했다. 청년들은 직업을 구하기가 쉽지 않았고, 대학의 졸업과 동시에 취업준비생이라는 실업자 아닌 실업자로 편입이 된 친구들도 적지 않았다. 졸업을 미루고 휴학을 하거나 아예 대학을 자퇴하는 친구들도 있었다.

― 아르바이트를 먼저 해서 어느 정도 돈을 마련하고 싶습니다. 그런 다음 복학을 해볼 작정입니다.

― 그래 너도 이제 홀로 서는 법을 배워야지~ 제대도 했으니 이제는 비현실적인 이상은 경계를 하는 게 좋을 거야. 마음속에 품은 포도 맛

과 직접 깨문 포도 맛은 달라도 많이 다르다는 것을 잊지 말아라.

아버지의 말씀이 콕, 콕 찬열의 귀에 내리꽂히는 느낌이었다. 더더다고 조급해하지 말라는 말은 제대를 하고 사회로 돌아온 아들에 대한 아버지의 형식적인 위로일 가능성이 높았다. 비현실적인 이상을 경계하라는 말은 군대에서 집으로 돌아오는 내내 머릿속에 맴돌았던 잡념들을 한순간에 몰아내게 했고, 포도 맛에 대한 아버지의 비유는 앞으로 찬열에게 펼쳐질 일들이 결코 순탄하지 않을 것임을 예고하는 포음 砲音과도 같았던 것이다.

– 그래 군대에서 무엇을 배웠느냐?

– 여보, 찬열이 생각 없는 애 아니니 미리부터 재촉하지 마세요.

흰머리가 희끗희끗 보이기 시작한 어머니는 아버지의 당부 하나마다 아들을 힘들게 하는 채근採根이라 여기는 모양이다.

– 내가 아들에게 재촉한다 생각하지 마시오.

아버지가 어머니를 향해 불편한 심기를 드러내자 찬열이 어색한 분위기를 메우려고 곧장 틈을 주지 않고 응대했다.

– 예, 아버지. 군대에서 승부의 정신을 배웠습니다. 군인정신의 핵심은 바로 싸움에서 승리하는 거니까요.

– 그래, 이 세상은 곧 전쟁터야. 아비가 젊었던 때나 네들이 사는 지금이나 사는 게 다 전쟁터지~

– 필승의 신념으로 죽음을 무릅쓴다면 이루지 못할 일이 뭐 있겠어요.

찬열의 마음 한구석에는 여전히 강인한 군인정신이 남아 있었다.

– 너의 그런 자세는 마음에 든다만 모든 일에는 책임이 따른다는 것도 잊지 말아라. 오직 이기기 위한 싸움만 한다면 세상을 포용하는 법을 잊게 될 수도 있지 않겠느냐. 네가 군대에서 명예를 존중하고 오직

조직에 충성하며 진정한 용기로써 싸움에 임해 물러서지 않음을 배웠겠다만 우리가 살아가는 세상은 승리하는 것도 좋다만 그것보다 더불어 살아갈 수 있는 방법을 익히는 것이 더 소중하다는 것도 명심하도록 해라.

– 예, 아버지.

찬열은 아버지의 말씀을 깊이 새겨들었다. 사회에 나가면 불굴의 군인정신 하나로 그 어떤 것도 이루지 못할 것은 없다고 생각했었다. 하지만 몇 년 만에 만난 친구들에게서 하나같이 들었던 말은 아무리 노력을 하는데도 만족할만한 결과를 얻기 어렵다는 점이었다. 치열한 경쟁사회, 제한된 자리, 사회 곳곳 많은 분야에서 심각한 불균형이 나타나고 있다는 것을 알아가고 있었다.

– 네가 군기라는 것을 익혔겠지~ 군기의 생명이 무엇이냐? 질서를 지키는 거 아니냐? 세상에도 군기처럼 지켜야 하는 법도라는 것이 있어. 가정에는 가정의 법도가 있고, 학교에는 학교의 법도라는 것이 있지 않겠냐. 네가 군대조직에서 법규를 준수하고 상관의 명령에 복종했듯 가정에서 학교에서 직장에서 사회에서 지켜야 할 것들이 많다는 얘기야~

– 여보, 이제 그만 하세요. 찬열이도 애가 아니잖아요.

어머니는 아들을 위해 훈육을 하려드는 아버지의 태도에 서운하다는 듯 입을 열었다.

– 예, 어머니 말씀이 맞습니다. 저도 이제 어엿한 성인입니다. 아버지가 제게 무슨 말씀을 하시려는지 모두 이해할 수 있습니다. 그러니 너무 염려 마세요.

찬열은 이제 도움이 필요한 사람이 아니라 의젓한 사회인이라는 자부심으로 응대했다.

– 오냐 알았다. 요즘 취직이 어렵다고 또는 결혼자금을 모을 수 없다고 삶을 포기하는 청년들이 많은 모양인데 부디 찬열이 너는 사기를 잃지 말기 바란다. 가족이란 게 뭐냐, 함께 고민하고 함께 힘을 합쳐서 헤쳐나가라 해서 가족이 아니냐.

– 예, 아버지. 위로의 말씀을 해주시니 고맙습니다.

찬열은 아버지의 어떤 말씀보다 가족이란 말을 들었을 때 감동이 느껴졌다. 그가 살아갈 이유의 핵심 중에 가족이 존재하고 있다고 생각하기 때문이었다. 군대에서 찬열에게 가장 깊이 각인된 것이 있다면 아마도 사기士氣라는 단어였을 것이다. 어떤 어려움이 닥쳐도 사기가 높은 사람은 능히 그 어려움을 극복할 수 있을 것이다. 상황에 대한 이해와 자신감을 통해 굳센 정신력을 키우는 것 그리고 튼튼한 체력을 기르는 것, 그가 군대 생활을 경험하지 못했다면 이처럼 값진 인생의 가치들을 느껴보지 못했을 수도 있었을 것이다.

제46장 南과 北, 혼돈(混沌)의 시대

1

찬열이 사회로 돌아와 C일보사의 인턴사원으로 들어간 것은 복학 이전이었다. 복학 이전에 학과 교수를 통해 참여하게 된 인턴업무에서 그는 기자라는 직업과 운명적인 만남을 하게 되었다. 운명적인 만남이라함은 그가 장래의 진로를 선택하는데 결정적인 계기가 되었기 때문이었다. 그가 C일보사의 인턴 생활 중 만난 주명성 기자의 일을 도우면서 기자라는 직업에 대해 동경하기 시작했다. 주명성 기자가 추진하고 있는 기획 프로젝트 '북한인권탐구'에 관한 일을 한 달 동안 거들면서 장차 북한 관련 전문기자의 길을 걸어야겠다고 결심했다. 하나의 역사적 사건이 한 사람의 인생을 통째로 변화시킬 수 있다는 사실에 크게 놀랐다.

주 기자를 만나기 전에 찬열은 자신이 갖으려는 미래의 직업에 대해 아무런 결정도 내리지 못하고 막연한 안개 숲을 떠돌고 있었다. 세상에 직업의 종류가 수 만 가지라고 하지만 막상 자신의 직업을 선택하는 데는 그리 선택의 폭이 넓지 않았다. 대학에 진학해서 학문을 본격적으로 시작하기 전까지는 친구들과 춤에 빠져 방학 중 하루의 절반을 춤을 추는데 소비했었다. 비트박스를 하며 열정적으로 익혔던 힙합 춤까지 그의 몸에 자연스럽게 배어 있었다.

그렇지만 찬열이 청소년기에 읽어야 할 책들과 거리를 두었던 것은 아니었다. 교육자인 어머니와 출판업에 종사하는 아버지의 피를 받은 탓인지는 몰라도 이런 비트박스나 힙합만으로 삶의 갈증들이 해소되지는 않았던 것이다. 그래서 하루종일 춤을 추다 집에 돌아오면 지친 몸을 핑계 삼아 넙죽 눕거나 밤새도록 잠에 빠지지는 않았었다. 인문 소양의 책이나 문학, 사회과학 등의 장르를 가리지 않고 상당히 많은 분야의 책을 읽기도 했던 것이다.

음악을 입으로 표현할 수 있는 한계치를 뛰어넘은 것이 비트박스였다. 입을 통해 드럼소리를 내고 악기로 나타낼 수 있는 효과음을 낼 수 있다는 독특한 유형인데 사람의 마음을 사로잡기에 충분했다. 음성으로 리듬을 따라가는 보컬의 사이에 비트박스가 얹힐 때는 마치 작은 규모의 악단의 구성원으로 참여하는 듯했다. 연습에 따라 다양한 종류의 비트박스를 할 수 있다는 점이 커다란 매력이라고 생각했다.

입과 입술, 혀와 목소리를 적절히 사용해서 만들어내는 비트박스는 수많은 음악 장르 중 엄연히 하나의 장르로 자리 잡고 있었다. 여기에 다양한 변주를 통해 여러 리듬, 디제이 스크래치 등을 표현하는 음악이었다. 길거리에서 음악을 하는 사람들이 드럼이 없어 그 드럼 소리를 대신하는 소리를 찾다가 입으로 박자를 맞추었던 것이 하나의 장르로 자리를 잡게 되었다고 알려진 이런 비트박스 문화는 상대적으로 비싼 장비를 대신해 어디서나 비트를 만들어낼 수 있다는 휴먼 비트박스로까지 그 영역이 확장되어 가고 있었다.

미국 뉴욕 할렘가의 흑인들 사이에 생겨나기 시작했다는 힙합 역시 랩이나 현란하게 움직이는 브레이크 댄스가 가미된 새로운 형식의 댄스 음악으로서 지구촌 전역의 청소년들을 중심으로 다양한 영역에서 하나의 스타일을 만들어내고 있었다. 이런 문화는 세계를 하나의 힙합 문화로 들뜨게 만들었던 1,990년대 초기 힙합에서 시작해 주기적으로 변화하기 시작했다. 2,010년대의 힙합은 이런 기조 속에서 랩의 형태가 다양화되고 현실 비판적 요소를 가미하여 다시 포장되어 더욱 활발히 펼쳐지고 있었다. 최근의 힙합은 다양한 음악적 형태로 발전하며 여전히 청년 대중들 사이에서 확고히 자리 잡아가고 있었다.

그러나 이런 언더그라운드 음악이 청년들의 인생을 책임진다는 보장은 없다. 미칠 듯 음악에 빠져 열정의 순간에 빠져든다 해도 그들 앞에 놓인 삶이라는 것은 모두가 겪어야 할 녹록치 않은 여정인 것이다. 그런 음악들이 청년들의 삶을 한순간 열정적으로 불타오르게는 하지만 안정된 미래까지 보장하는 것은 아니었다. 인생에 전부일 것처럼 열정을 바쳤던 이런 음악적 장르는 청년들에게 그저 하나의 추억거리를 만들어주는 데 지나지 않음이었다. 그런 음악에 모든 것을 걸었던 찬열에게도 현실이란 장벽은 새로운 세계를 준비하도록 긴장의 고삐를 늦추어주지 않았던 것이다. 그런 까닭으로 고삐를 풀고 자기 인생의 바다에 처음 돛을 펼친 것이 바로 C일보사의 인턴사원이었던 것이다.

― 거기 좀 앉아~ 미디어 정보학 전공하는 이찬열 학생이라고 했지?

― 네, 이찬열이라고 합니다.

찬열은 엉거주춤 철제의자에 걸터앉으며 대답했다.

― H대 윤상현 교수님의 제자라고? 난 주명성 기자라고 하네.

― 네, 만나 뵙게 되어 반갑습니다.

팀장이란 사람이 명함을 건넸고 찬열은 지도교수로부터 받은 것과 같은 명함을 공손하게 건네받았다.

― 군복무는 마친 걸로 되어 있는데 어디에서 군대생활을 했나?

C일보사의 국제부 외교 안보 팀장이라는 주명성 기자가 찬열의 이력서를 한번 훑어보더니 이렇게 물었다. 개방된 공간인 탓에 쉴 새 없이 울리는 전화벨 소리와 다급한 통화 소리, 자판을 두드려대는 소리가 복잡하게 섞여 들리고 있었다. 하지만 이런 복잡음들이 그에게는 혼란

스럽지 않고 절도 있는 소리처럼 들렸던 것 같다.

– 맹호부대에서 군대생활을 했습니다.

– 맹호부대? 그 부대는 어떤 특기가 있는 부대인가?

마치 면접을 하는 분위기 같아 찬열은 바로 대답하지 못하고 팀장을 한번 쳐다본 다음 진지한 태도로 대답했다.

– 수기사라는 부대입니다. 수도권 기계화 보병사단이라고~

– 뭐, 수기사?

– 예. 중부지역 방어가 최대의 임무지요. 전쟁이 일어나면 무조건 북쪽으로 진격을 하는 선봉부대라 할 수 있고요.

사내들의 세계에서만 가능하다는 군대 얘기를 할 때는 부대 이름만 들어도 흥분부터 하게 되어 있었다. 군대 얘기에 찬열은 갑자기 몸속에서 뜨거운 기운이 용솟음치는 것을 느끼고 있었다.

– 서울을 방어한다는 수방사는 들어 보았는데~ 방패부대라나 뭐라나~

맹호부대를 들어본 기억은 있어도 수기사라는 부대를 들어본 기억은 없다는 식으로 대부분의 사람들은 말했다. 찬열이 여전히 상기된 표정으로 물었다.

– 팀장님은 어디에서 군대생활을 하셨습니까?

– 미안하네만 대한민국이 나를 원하지 않아서 나는 군대생활을 하지 못했네.

팀장의 말투에는 푸념 섞인 분위기가 섞여 있었다. 찬열은 팀장의 푸념 섞인 말에 순간 미안한 마음이 들었다. 그가 팀장과 얘기를 나누고 있는 사이에 바로 옆 팀의 기자들이 우루루 가방을 메고 출구 쪽으로 걸어 나가는 모습이 보였다.

– 아니 입대하지 못할 무슨 사정이라도 있었습니까?

– 사정이야 있었지~ 난 북쪽에서 탈북해 내려온 사람이니까 말이야~

팀장의 얘기는 전혀 예상 밖이었고, 찬열은 적지 않은 충격으로 적이 놀랐다. 지도 교수로부터 팀장의 명함을 건네받았을 때도 듣지 못했던 말이었다. 팀장이 탈북한 기자라는 사실을 알게 된 순간 찬열은 이런 만남이야말로 운명적인 만남이라는 생각이 들었다. 찬열의 집안 내력을 상담을 통해 알게 되었던 학부 지도교수의 은밀한 배려인지도 몰랐다.

– 예? 괜히 군대 얘길 꺼내 결례를 했네요. 이거 죄송하게 되었습니다.

– 아니지~ 내가 먼저 꺼내 물은 얘기니 미안해 할 거 없네. 한데 왜 그렇게 얼굴이 붉어지나 응? 무슨 죄를 지은 사람같이 말이야~

팀장의 예감이 빗나가지 않았음을 찬열은 부인할 수가 없었다. 언제부터 몸에 배게 된 건지는 몰라도 북한 얘기만 나오면 찬열은 마치 자신이 죄인처럼 느껴졌다. 이것은 부모님이 느끼던 것과 크게 다르지 않을 것이다. 감정동화, 아니 감정이입이라 해야 옳을지도 모를 일이다. 어쩌면 부모님의 감정이 자식인 찬열에게 그대로 이입되어버린 결과일는지도 모른다. 찬열은 순간 북한에 자신의 할아버지 가족이 있다는 사실을 공개해야 할지 망설여졌다.

– 앞으로 팀장님 앞에서 군대 얘기는 꺼내지 않겠습니다.

– 찬열 학생 그저 마음이 강단지지 못하구나. 언론과 표현의 자유가 맘껏 보장된 나라에서 나 때문에 군대 얘기를 하지 못한다는 거는 나를 편협한 사람으로 만들겠다는 심보 아닌가, 응? 하하하~

찬열은 팀장의 허심탄회한 말을 듣고서야 덩달아 웃음을 지어 보였다. 그러면서도 자신의 집안 내력에 대해 말을 해야 할지 말아야 할지 망설이는 중이었다. 어쩌면 학부 지도교수로부터 사전에 자신의 집안 내력에 대해 들었을지도 모른다고 생각했다. 그렇다면 망설이지 말고 허심탄회하게 먼저 고백을 하는 것이 낫지 않을까? 자신이 공연히 죄인처럼 비쳐지는 것도 싫었기 때문에 먼저 이실직고하고자 마음먹었다.

– 팀장님께 자백할 말이 있습니다.

– 자백? 무슨 범죄 사실이 있나 응?

팀장은 찬열의 말에 약간 긴장하는 표정이었다.

– 그게 아니라~ 사실은 제 할아버지께서 전쟁 때 포로군인이 되어 북한에서 사셨습니다.

– 아니 뭐? 게 정말이야? 윤 교수님한테 그런 얘기는 듣지 못했는데~

찬열은 팀장 앞에서 마치 낯부끄러운 죄인이라도 된 듯 고개를 숙였다. 창문 틈으로 예리하게 뚫고 들어온 햇빛에 입자 작은 먼지들이 어지럽게 떠다니고 있는 모습이 보였다.

– 기자는 언어의 선택이 중요한 직업이지~ 장차 기자가 되려고 한다면 찬열 학생은 어휘력 공부부터 매달려야 할 것 같은데~ 자백이 아니라 고백이라 해야 맞지 않아? 할아버지가 북한에서 사셨다는 게 찬열이 학생 잘못이 아니잖나 말이야, 응?

– 예, 많이 부족하니 지도편달 부탁드립니다.

탈북해서 내려온 기자라는 부제를 빼면 팀장은 깨끗한 외모에 따뜻한 성품을 지닌 사람이었다. 외교안보 팀장이던 주명성 기자와의 인연은 이렇게 시작되었다. 분단된 남북의 상처를 함께 지니고 있다는 동질성이 무엇보다 둘의 관계를 각별하게 만들었다. 찬열은 시간이 흐를수록 주명성 기자를 형처럼 대하며 서로 깊은 내면까지 공유하는 사이로 발전하게 되었다. 기자로서의 책임감과 사명감에 대하여 주명성이 명확하게 들려주는 얘기를 듣고 찬열의 머릿속에는 복잡한 생각들이 떠다녔다.

－ 찬열 학생, 내가 왜 기자가 되었는지 아는가?

하루 일과를 마치고 조촐한 저녁식사 자리에서 주명성이 물었다. 주명성은 소주 석 잔을 연달아 따라 마신 다음 안주도 먹지 않은 채로 찬열에게 물었다. 찬열은 갑작스런 물음에 어떤 대답도 하지 못하고 빤히 쳐다보았다.

－ 북한의 민낯을 남한 사람들에게 알리는 게 목적이었지~ 이 지구상에서 가장 혹독한 인권유린이 일어나고 있는 곳이 북한이란 사실을 세상에 알리는 길은 기자가 되는 것만이 유일한 방법이라 생각했던 거지~

주명성은 남한에서 정당하게 기자가 되어 북한 관련 전문기사를 끊임없이 게재했다는 것이다. 북한이 끊임없이 협박하고 있는 탈북자에 관한 기사, 북한의 여성 자살 특공대 이야기, 기쁨조 정치, 장성택 처형과 그 추종자들 공개처형, 북한의 권력 게임 등등 북한의 민낯을 낱낱이 파헤치는 기사를 작성해내게 되었다고 했다. 외교 안보 기자로서의 전문적 지식과 정보를 습득하기 위한 노력 또한 남달랐다고 얘기했다.

－ 북한 출신의 기자가 여기 남한 출신의 기자를 무슨 수로 상대하겠니? 한국 출신 기자들은 말이야 정말 능력 많고 똑똑하단 말이지~ 그래 나는 여기 기자들로부터 남다른 기자정신도 배우고 전문기자로서의 능력도 배우게 되었지. 내가 처음 통일에 대한 사명감을 가지고 통일부도 출입하고 국방부 같은 데도 출입을 하게 되었는데 처음에 군대조직에 대한 지식과 정보를 구하려다 크게 코를 데인 적도 있었지~

술기운 탓인지 아니면 불안했던 경험을 입에 올린 탓인지 주명성 기자의 얼굴은 붉은 기운이 퍼져 있었다. 찬열은 되도록 끼어들지 않으면서 주 기자의 얘기를 경청했다. 탈북해서 남한에 내려온 탓에 짧지 않은 세월을 가족과 헤어져 지낼 수밖에 없었던 기자의 고독감과 그리움이 동시에 묻어난 얘기들이었다.

– 헤어진 가족이 어찌 그립지 않겠는가. 그럴수록 북한의 실상을 세상에 알려야 한다는 사명감으로 가득 찼지. 북한에서 지금 어떤 일들이 일어나고 있는지 알기 때문에 외롭고 그리움 따위는 생각할 겨를도 없었단 말이지.

차라리 기러기 아빠처럼 언젠가는 만난다는 기약이라도 있는 입장이라면 머지않아 활짝 웃으며 그리움의 옷자락을 움켜잡을 날을 기다리고 있을지도 모른다. 하지만 어떤 고독감도 어떤 그리움도 기약할 수 없는 아픔일 수밖에 없는 현실 앞에서 가슴에 상처밖에 남기지 못할 것임을 알기에 술잔이 거듭될수록 회한悔恨의 깊이가 더해지는 느낌이었다.

– 대한민국 국군의 심장이 어디인지 찬열이 학생은 아는가?

– 그야 뭐 국방부가 아닙니까?

찬열은 불쑥 묻는 기자의 질문에 얼른 대답했다. 찬열 역시 술기운이 번진 탓에 얼굴이 달아오르는 느낌이었다. 제한된 공간에서 취객들의 난무한 목소리로 주위가 혼란스러웠지만 찬열은 오직 주 기자에게 흠뻑 빠져있었다.

– 거야 그저 사무를 관장하는 중앙행정기관이지~ 혹시 암호명 '6.20계획'에 대해서 들어 보았나?

찬열은 대답을 하지 못하고 도리질을 했다. 중부전선에서 군대생활을 했을 뿐인 그로서는 전혀 알지 못한 내용들이었다. 이런 질문을 던지는 것으로 보아 주 기자는 찬열이 생각한 것보다 군사에 대한 전문적인 지식의 폭이 훨씬 넓을 것 같았다.

– 전략적으로 안정성을 확보하고 지역의 균형발전을 내세워 육, 해,

공 본부가 중부지방에서 하나로 통합되지 않았나. 계룡대 말이야~

계룡대를 모르지는 않았지만 막상 술자리에서 들여다본 주명성 기자의 지식과 정보는 막연히 군대생활을 마쳤을 뿐인 찬열과는 비교할 수 없을 정도였다.

— 내가 계룡대를 취재하다 괜한 오해를 샀던 일이 있지~ 기자의 근성 탓에 신기한 정보물들을 취재하여 외부에 노출시키는 사건이 있었던 거야~ 더군다나 사진기에 찰칵찰칵 박혀 저장되었고, 남쪽의 이런 모습들이 신기해서 탈북한 동무들과 공유하게 되었단 말이지. 그런데 이게 문제가 돼서 군사 분야 취재반에서 퇴출당한 건데 말이야 만약 내가 남한 출신 기자였다면 괜한 오해를 사지는 않았을 게 아닌가? 찬열 학생 어떻게 생각하나, 어이? 내 말이 틀렸다고 생각하나, 응?

찬열은 대답 대신에 무의식적으로 고개를 끄덕여주었다. 불빛이 흔들리고 먼지가 날고 온갖 소음들이 어지럽게 뒤섞였지만 주 기자의 의식은 또렷해 보였다. 또렷한 의식을 한바탕 밟고 지나가듯 옆 테이블에서 건배를 외치는 목소리가 잠시 주위를 환기시켰다. 찬열은 힘겹게 흔들리는 불빛의 여운 너머로 기자의 눈시울이 붉어지는 것을 어렴풋이 포착했다.

술자리가 길어지자 기자의 동향同鄕이라는 탈북자들이 몇 명 합석했다. 그들은 술잔을 몇 순배 돌리더니 주위의 눈치도 아랑곳하지 않고 노래를 불렀다.

인생에 꿈도 희망도 자식위해 다 바치시고
검은머리 희어지신 분 어머니 나의 어머니
자신은 굶으시면서도 이내 입에 떠 넣으시고

혹한 속에 헐벗으면서도 이내 몸을 감싸주었네

다 자라도 찾는 어머니 백발 돼도 찾는 어머니

엄마 없이 나는 못살아 어머니가 제일로 좋아

- 어머니, 작사 작곡 미상.

고난의 행군 시기에 불리어졌던 노래인데 최근 북한에서 다시 불리어지고 있는 노래라고 했다. 찬열은 탈북자들과의 이런 만남이 태어나서 처음이었기 때문에 색다른 느낌을 받고 있었다. 할아버지의 삶이 깃들어 있는 북한이란 존재는 그에게 낯설게 느껴질 대상은 아니었다. 그에게 뼈와 살을 물려준 할아버지의 나라라고 생각했다.

- 탈북 기자 신분으로 군부대 취재를 지속한다는 건 어렵게 되었지만 기자로서 정말 대한민국 군대를 이해하고 싶었지~ 그래서 대한민국 군대 계급별로 하나씩 공부를 시작했는데 그때 익혔던 지식들을 여전히 머릿속에 기억하고 있단 말이야. 찬열 학생은 대한민국 사병들의 어깨 위에 걸린 작대기가 무엇을 의미하는지 아는가?

2년여 동안 군대생활을 했지만 찬열은 사병들의 어깨위에 걸린 작대기의 의미를 알지 못하고 있었다. 태극기를 안다는 것과 태극기의 궤를 모두 이해한다는 것에는 차이가 있는 것과 같은 맥락이었다. 이등병, 일병, 상병, 병장이란 계급을 아는 것과 작대기와 작대기 개수의 의미를 이해한다는 것에는 차이가 있는 것이다. 주명성 기자야말로 진정한 기자라는 생각이 더욱 굳어지는 느낌이었다.

- 지구 구성요소인 4개의 층을 표시하는 의미를 가지고 있는데 군의 기반형성을 상징하는 것이야. 작대기가 늘어날수록 전투능력이 향상된다는 뜻이고 업무능력 또한 높아진다는 의미를 지니고 있다는 말

이지~

주 기자의 설명을 듣고 찬열은 공연히 얼굴이 붉어졌다. 지구를 구성하는 네 개의 층이라면 뭐가 있을까? 찬열은 그 짧은 순간에 빠르게 머리를 굴려보았다. 대한민국 토박이 군인이라면 누구나 한번은 들어보았을 말인데 전혀 기억에 없었기 때문이었다. 하늘대기, 땅지구, 물바다, 사람생명체, 이렇게 나열해 놓고 보니 육, 해, 공, 해병대 같은 네 단위의 조직이 하나의 범주에 들어왔다.

복학 전에 하게 되었던 C일보사의 인턴 생활은 찬열에게 삶의 지향점을 찾게 한 매우 의미 있는 시간이었다. 기자에게 필요한 양식과 지식, 기사작성의 실무, 취재원의 발굴과 메시지, 채널, 수신자, 효과, 피드백 같은 전문적인 영역을 아주 짧은 기간에 이해하고 기사작성의 실무에도 도전함으로써 커뮤니케이션의 과정을 실제 경험해 볼 수가 있었다. 경영학을 공부하면서 부전공으로 틈틈이 들었던 미디어 정보 관련 수업이 많은 도움이 되었던 것 같았다.

– 신문사에서 인턴하는 거는 해볼만 하니?

부모님이 식탁에서 아침 식사를 하는 중에 물었다.

– 예, 지도교수님이 정말 좋은 팀장님을 소개해 주셨어요.

– 그래 장차 대학 졸업하면 신문사에 입사할 생각이야?

– 아직 시간이 많이 남았는데 잘은 모르겠지만 능력만 된다면 그럴 생각도 있어요. 마침 부전공으로 열심히 들었던 미디어 저널리즘 수업이 많은 도움이 되고 있습니다.

– 그렇다면 다행이구나. 그런데 찬열이 너 시간이 많이 남았다고 생각하지 말아라. 시간처럼 훌떡 빨리 지나가버리는 게 없어~ 세상 살아봐라. 나이 쉰만 되면 시간이 어찌나 빨리 달음박질치는지 말이야~ 뭐

를 하든 최선을 다해야지~

– 예, 아버지. 명심하겠습니다.

신문사에서 잠시 인턴을 하게 되면서 부모님의 눈에는 그가 아마 생애 가장 대견한 아들로 비쳐졌을지도 모른다. 제대한 이후의 삶은 춤이나 추면서 미래에 대한 어떤 목표도 없이 방황했던 시절과는 전혀 달랐던 것이다. 찬열은 C일보사의 주명성 기자에 대해 부모님께 말씀드렸고, 부모님은 몹시 놀라는 눈치셨다.

– 아버지, C일보는 보수 성향의 신문사죠?

– 아비는 그런 식으로 구별 짓는 사고방식을 싫어하는 사람이다. 언론의 생명이야 그저 육하원칙에 따른 객관성 하나면 되는 것이지 자꾸 이런저런 옷을 입혀 본모습을 호도糊塗하려는 행위는 사이비들이나 하는 짓들이지~

찬열 역시 아버지와 같은 생각이었다. 오다가다 사람들의 얘기를 들어보면 보수신문의 대표주자로 C일보를 지목했고, 진보신문의 제1주자는 H신문이었다. 민주주의를 상징하는 국회는 정당정치가 꽃을 피우는 곳이니까 진보정당, 보수정당 같은 성향으로 구분 지을 수도 있겠다는 생각이 들었지만 객관성이나 사실성이 생명인 언론매체가 색깔 논쟁이나 진영논리에 빠지는 것은 공허한 소모전에 지나지 않는다는 생각이 들었다.

– 장교의 세 가지 계급이 네들 뭔 줄 알아?

– 위관, 영관, 장관을 말하는 게 아니야? 뭐 아무리 취사병으로 세월을 조졌어도 그쯤은 알고 있지~

군대의 동기들을 만난 자리에서도 찬열은 팀장 밑에서 인턴을 하면서 습득한 지식과 정보를 은근히 뽐내고는 했었다. 외교 안보라는 전문분야에서 기자라는 직업인으로서 갖추어야 할 지식과 능력을 쌓는 일의 소중함을 뛰어넘어 인생이란 고해苦海에서 매사에 어떻게 살아가야 하는지 깨닫는 계기가 되었던 것이다.

─ 그래, 위관소위, 중위, 대위을 상징하는 다이아몬드는 지하를 의미하는데 국가 수호의 굳센 의지를 표현하는 거야. 영관소령, 중령, 대령을 상징하는 아홉 개의 대나무 잎은 지상을 의미하는데 사계절 푸른 기상과 절개를 나타내고, 장관준장, 소장, 중장, 대장을 상징하는 별은 우주를 나타내는데 스스로 빛을 발산하듯 경륜을 익힌 완숙한 존재를 나타내고 있다는 뜻이지~

한때 흘려들었던 것들이 이토록 소중한 지식과 정보였다는 사실을 깨닫는 계기가 되었고, 비록 짧은 C일보사의 인턴생활이었지만 치열한 삶의 현장을 뼈저리게 느끼게 되었다. 어떤 자리에서 어떤 일을 하든 최선을 다하는 삶의 방식을 습득한 것은 그의 인생에서 가장 가치 있는 일이라고 생각했다. 주명성 기자의 존재는 그 자체로서 찬열에게 벅찬 감동과 깨달음을 선물해주었다.

그러던 어느 하루, 주명성 기자의 의외의 부탁에 찬열은 어리둥절했다.

─ 찬열 학생의 아버지를 한번 찾아뵙고 싶은데 어찌 생각하나?

─ 생각해 보지 않았는데 너무 갑작스런 제의라서 얼떨떨하네요.

찬열은 탈북한 기자출신과 아버지의 만남을 탐탁찮게 생각했다. 어릴 적부터 낯선 사람 만나는 것을 경계하던 아버지의 모습이 떠올랐기 때문이었다. 부모님은 사복에게 시달렸던 지난날들의 사건들이 뇌리에 각인되어 낯선 사내들과의 만남을 철저히 경계해 온 삶이었다. 찬열의 기억에도 아버지가 수사기관에 끌려가 밤샘 조사를 받고 들어오는 것을 수차례 보았고, 어떨 때는 몇 밤이 지나서 들어오신 적도 있었다.

이런 모든 사건들이 전쟁 중에 포로가 된 할아버지 때문에 벌어진 일이라는 것을 모르지 않았다. 탈북한 기자를 만나는 것은 아버지의 처지에는 여전히 조심스러운 일이라고 생각했다.

그러나 아버지는 뜻밖에 탈북한 기자와의 만남을 주저하지 않았다. 주명성 기자에 대해 아버지는 이미 관심을 가지고 계셨던 모양이다. 마침 C일보를 구독하고 있었던 터라 북한과 관련한 기자의 글을 많이 접했던 모양이다. 아버지와 주명성 기자와의 만남 또한 운명적인 일이라는 생각이 들었다. 아버지의 직장인 출판사에서 처음 만남을 가졌을 때 찬열 역시 함께했다.

의례적인 인사를 하고 차를 나눠 마시고 대화가 진행되면서 아버지와 주명성 기자와의 분위기는 서먹함이 금방 해소되어 갔는데 주명성 기자의 탈북 사연을 들으면서 아버지의 눈에서 닭똥 같은 눈물이 양볼을 타고 흘러내리는 것을 찬열은 또렷이 목도했던 것이다. 이 만남은 아버지와 탈북한 기자와의 사사로운 만남이 아니라는 것을 그때서야 찬열은 깨닫게 되었다. 퇴근 후에 가진 여러 차례의 술좌석에서는 한 번도 꺼내놓지 않았던 탈북 사연을 마치 고해성사를 하듯 아버지 앞에서 털어놓고 있었다.

― 나는 북한에서 아주 하층 출신성분으로 살았습니다. 외할아버지께서 6.25때 남쪽의 포로 인민군이 되었다는 이유로 모든 가족이 차별을 받고 살았지요. 조선공화국에선 말이죠. 계급 중에서도 남쪽 출신 국군 포로 가족이 최하급이고요, 월남자 가족이 그다음이란 말입니다. 출신성분이 이러니 어데 좋은 일자리는커녕 괄시받고 살지 않음 다행이지요. 전쟁 통에 태어난 어머니는 마을 주민들의 등에 업혀 젖동냥으로 자랐답니다.

-~~~

아버지는 탁자에 놓인 휴지통에서 휴지를 꺼내 눈물을 닦았다. 얘기를 하는 쪽에서나 듣는 쪽에서나 너무 진지한 나머지 찬열이 끼어들 틈이 보이지 않았다. 할아버지의 월북과 외할아버지의 월남이란 대조적 사건은 나른히 녹아들고 있는 오후의 적막을 단숨에 증발시켜버리는 폭풍과도 같았다.

- 외할아버지는 전쟁터에 나가고 외할머니는 만삭의 몸으로 뒤척이다가 어머니를 낳고 산후 후유증으로 돌아가셨답니다. 제 어머니는 전쟁 중에 그렇게 외롭게 태어났답니다. 전쟁 중에도 외할아버지가 딸애를 보러 와서 이름까지 지어줬다 합니다. 마을 분들 품에서 어머니는 자랐으니 제게로 치자면 마을 분들이 은인인 셈이지요. 사람 목숨이 질긴 것이 또 사흘 나흘을 젖 한 모금 빨지 못했는데도 죽지 않더라는 것이지요.

주명성 기자의 눈가 역시 촉촉이 젖어있는 모습이 보였다. 고요했던 출판사 사무실이 어느 순간 한 사람의 인생사를 통하여 우리 역사의 아픈 상처를 더듬어 보는 자리가 되고 있었다. 기자의 본능이 작동해서 그대로 카메라를 들이댄다면 우리 역사의 치유되지 못한 운명적 상처가 여전히 존재하고 있다는 사실을 되새기게 하는 자리가 되었으리라는 생각이 들었다.

- 월남한 외할아버지의 피를 몸속에 물려받은 어머니는 월남자의 자식이라는 반동 낙인이 찍힌 죄인처럼 살아왔는데 성인이 되어서는 인민군 하전사를 하다 무거운 죄를 지어 생활제대불명예제대를 하신 제 아버지를 만나 강제로 혼인을 하고 살게 되었답니다.

목이 메는지 주명성 기자는 한참동안 말을 멈추고 고개를 쳐들어 천장을 바라보았다. 뜻밖에 너무 무거운 자리가 되고 보니 찬열의 마음 역시 편치 않았다. 아버지는 어떤 생각에 잠겨 있는지 소파에 등을 기댄 채로 눈을 지그시 감고 있었다.

－ 아버지의 죄는 가벼운 죄가 아니었답니다. 그저 경미한 죄라면 완전군장으로 연병장에서 구보나 시키면서 반성을 하게 하면 그만이었겠지요. 한데 아버지가 지은 죄는 지금까지도 결코 가볍지 않은 죄가 아니었겠습니까. 부화사건여군과 연애으로 적발이 되었으니 말이지요. 그저 명령권자인 중대장의 명에 따라 생활제대를 할 수밖에 없었다지요. 억지로 버텨보았다지만 대대장까지 승인한 마당에 무슨 재간이 있었겠습니까. 그저 벼락 얻어맞은 듯이 불명예제대를 하고 말았으니 어떻게 사람구실을 하고 살았겠어요? 출세는 꿈도 꿔보지 못하고 사회로 진출하는데도 제약을 받을 수밖에요. 어머니 신분도 하층이다 보니 그렇게 생활제대 해서 돌아온 하층 청년과 강제로 혼인을 하게 된 게지요.

주명성 기자가 자신의 치부를 숨김없이 드러냈던 것은 어쩌면 전쟁 중에 북쪽의 삶을 택한 아버지를 두었던 자식의 삶이 감당하기 어려웠을 것이라고 믿었기 때문이 아닐는지 찬열은 생각하고 있었다. 그래서 허심탄회하게 동병상련의 마음으로 자신의 치부를 드러내게 되었을 것이다.

－ 적대계층이 되어 산간지방으로 이주를 당하고, 식량배급까지 중단 당하고 말았으니 하루하루 사는 꼴이 말이 아니었겠지요. 고난의 행군 시기를 넘지 못하고 죽어나간 인민들이 수백만이라는 소문이 나돌았는데 김정일이 아예 적대계층이 전멸하도록 나 몰라라 했다는 평양 특파원의 증언도 있었다고 해요.

고단한 한편의 인생사를 듣는 내내 찬열은 주 기자보다 아버지의 눈가에 흘러내린 눈물에서 더욱 깊은 슬픔을 느꼈다. 남의 얘기에 이처럼 깊이 빠져들어 눈물 바람을 하시는 아버지의 모습을 본 적은 이번이 처음이다. 하나의 역사를 두르고 살아가는 민족에게는 아픈 상처의 모습도 같을 수밖에 없었다. 동족의 심장에 총부리를 겨누고 있는 분단의 역사에서는 어쩌면 당연한 일이었을지도 모른다.

－ 아버지와 누이동생은 바로 고난의 행군 때에 죽었습니다. 누이동생은 굶어 죽었고, 아버지는 전선줄 절도범으로 몰려 아주 본보기로 공개총살을 당했지요. 선생님, 아버지는 달라붙은 뱃가죽을 움켜쥐며 밥을 달라는 누이동생을 살려보려고 통구리이며 전선줄을 훔친 것인데 옥수수 알맹이 하나 마련하지 못하고 그만 총살을 당하고 말았습니다. 북한 김일성, 김정일, 김정은 삼대는 지구상에 태어나지 말았어야 했던 종자들이에요.

북한은 그저 인류의 감옥이라 해도 틀린 말이 아니지요. 선생님, 총살부대라는 것이 존재하는 나라가 저 조선민주주의인민공화국이예요. 훈련된 총살부대가 있으니 강가, 공원, 공터, 시장, 밭이나 언덕 등에서 무자비하게 총살이 진행되지요. 죄수는 변명 한번 제대로 할 수도 없단 말입니다. 무자비하게도 죄수들은 죽기 전에 한 번 더 자신의 이름 앞에 치욕적인 얘기를 들어야 하지요. 공개처형 직전에 바로 그 현장에서 약식재판이 열린다 말입니다. 변호인도 없이 그저 혐의를 공포하고 판결이 낭독되는 과정을 몸소 지켜보는 것이 살아서 마지막 돌아보는 자신의 모습일 겁니다. 구리 전선을 훔쳤다고 주민을 공개총살하는 나라가 과연 제대로 된 나라입니까?

주명성 기자는 끝내 머리를 움켜잡았다. 기자는 얘기 중에 앙다물었던 입에서 끝내 울음이 흘러나오고 말았다. 말을 잇지 못하고 흐느끼는

데 찬열은 공연히 자신이 죄를 지은 것처럼 좌불안석하고 있었다. 아버지 역시 같은 마음이었는지 눈을 지그시 감은 채로 머리를 크게 흔들었다. 아버지가 흥분을 가라앉히며 주 기자를 향해 당부하듯 말했다.

― 힘든 과거를 공연히 떠올리지 말게. 북한 주민들의 생활이 어떠하다는 것은 우리도 모르는 바가 아니네. 오늘 주 기자 얘기 듣고 보니 새삼스럽게 북한에 사시다 돌아가신 아버지 생각이 간절하네 그려~ 자네 가족이나 우리 가족이나 반쪽 신분으로 한세상 견뎌내며 살아왔을 텐데 그 기구한 사연이야 어련하겠는가 말이야.

― 시장의 한쪽 공터 공개처형장 가족석에 앉아 아버지가 총살당하는 모습을 고스란히 지켜보았지요. 한데 저들의 부당함에 대해 어머니나 저나 한 마디 항변도 해보지 못하고 말았어요. 앙상한 뼈만 드러난 누이동생은 그때 공개총살 가족석에서 굶주림과 충격으로 숨을 거두었습니다. 아버지와 함께 죽어서 천국에 갔을 테지요. 손수레에 죽은 아버지와 누이동생을 싣고 마을로 돌아와서 이웃들 도움으로 공동묘지에 함께 묻었지요.

이 못난 자식을 선생님이 대신해서 용서 하십쇼. 남쪽에 둥지를 틀고 살아오면서 처음 꺼내보는 얘깁니다. 지금 이렇게 쏟아내지 못하면 가슴속에서 울화가 치밀어오를 것만 같아서 말이지요. 남쪽에 살고 있는 동무들 사이에는 절대 북쪽에서 경험한 얘기들을 하지 않는 버릇이 있습니다. 피차 상처가 된다는 것을 알기 때문이기도 하지만 숨기고 싶은 과거를 들추어 보이고 싶지 않은 간절함이 더 커서 그러는 게지요.

주기자의 울음이 다시 터진 것은 어머니에 관해 언급하는 대목에서였다. 가슴속에 영원히 묻어 두어야 했다는 어머니에 대한 말을 기자가 꺼낼 때 아버지는 손사래까지 치며 마음에 내키지 않은 말을 구태여 꺼내지 말라고 위로까지 보냈다. 하지만 가슴속에 응어리져 살아왔던 얘기를 마지막까지 토해내야 맺혀진 한을 풀어낼 수가 있다는 듯이 기자는 계속 말을 이어나가고 있었다. 기자의 어머니에 대한 말을 들을 때는 세상에서 가장 잔인한 것이 인간집단이란 생각까지 들었다.

－ 제 어머니를 생각하면 사람의 욕심이 어디까지일지 가늠이 되지 않습니다. 먹고 사는 일이란 추악한 짓을 동반하지 않으면 어려운 것인가 하고 생각했던 적이 많지요. 어머니와 함께 먹고살 곳을 찾아 여기저기 떠돌다 두만강을 건넜답니다. 어머니는 조선공화국에서는 희망이 없다고 생각하셨지요. 당신은 살 만큼 살았으니 오직 아들애라도 좋은 땅에 가서 살기를 바라셨습니다. 저는 어머니가 없는 세상은 의미가 없다고 생각했지요. 그래서 살아도 같이 살고 죽어도 같이 죽자 맹세를 했어요.

2

어머니는 애초부터 중국이 목적지가 아니었다. 삼이웃들의 의심을 피하기 위해 세간은 그대로 둔 채 은밀히 집의 거주권만을 팔았다. 중국에 가서 오직 돈을 벌기 위해 두만강을 건널 생각을 했다면 거주권까지 정리하지는 않았을 것이다. 함경도 무산 읍내에서 어머니와 함께 목숨을 걸고 집을 나섰다. 무산에서 무작정 북쪽을 향해 걷기 시작했다. 두만강 북쪽 기슭에는 강폭이 좁아 도강하기에 그나마 위험이 덜하다고 판단했기 때문이었다.

읍내에서 국경까지 10여 킬로미터를 몸을 낮춰 걸었다. 산속에 숨어

쪽잠을 잤고, 주로 밤에 이동했다. 국경지역에 당도하여 다시 두만강을 옆구리에 끼고 오리는 족히 넘는 험한 산을 죽음을 무릅쓰고 이동해야 했다. 암석이 둘러진 절벽을 아스라이 넘을 때 어머니와 함께 있다는 사실로 위로를 받았다. 먼동이 틀 때까지 걸어서 평지에 닿았을 때는 배와 백살구가 유명하다는 과수원이 넓게 펼쳐져 있었고, 한쪽으로는 채소밭이 주를 이루며 농경지가 펼쳐져 있었다.

손에 잡힐 듯 바라다보이는 두만강 너머에는 중국 화룡의 남평 변방이 뿌연 안개에 휩싸여 있는 게 보였다. 현재는 북한의 무산과 중국 화룡 간에 국경다리가 연결되어 있지만 당시에는 중국으로 직행하자면 앞에 거세게 흐르는 두만강을 건너야 했다. 강의 폭이 생각보다 넓었는데 화룡 방향의 끝이 어렴풋이 시야에 들어올 정도였다.

그래서 다시 왔던 길을 되짚어 강폭이 좁은 상류 기슭을 향해 계속 걸었다. 강물을 마시며 허기를 달래며 몇 시간을 몸을 숨기면서 걸어 마침내 두만강의 상류 기슭에 당도했다. 도강하기에는 물결도 완만하고 수면의 깊이도 건너기에 안전해 보였지만 강폭이 200여 미터는 족히 되는 곳을 경비대의 감시를 피해 건넌다는 것은 쉬운 일이 아니었다. 국경지역에는 초소가 일정한 간격으로 배치되어 있었는데 상류 쪽일수록 경비가 삼엄하다고 했다. 더군다나 밤이 되면 초소의 병사들과 보안원의 순찰까지 더해져서 감시가 더욱 치밀했던 것이다.

결국 두만강 국경을 어슬렁거리다가 경비병에 발각되었으나 오히려 전화위복이 되었다. 군복을 입은 경비병이 주명성 모자母子를 목격하고 바지가랭이에서 비파 소리가 날 정도로 빠른 걸음으로 걸어왔다. 초소장이라는 경비병은 바짝 말라 바람이 불면 날아갈 듯 헐렁해 보였는데 얼굴이 창백한 탓인지 경비병이라 하기에는 사람이 몹시 순해 보였다.

– 나는 경비초소 초소장인데 동무들은 여기서 뭐를 하오?

갑자기 경비병을 맞닥뜨리게 되어 그들은 얼어붙은 채로 대답을 하지 못했다.

– 동무들, 신분증과 여행증명서는 있소?

– 한 번만 도와주오. 애 아버지 죽고 살아갈 방도가 없어 화룡 남평촌 친척집에 가는 중인데 경황이 없어 증명서를 발급받지 못했으니~

– 여행증명서도 없이 동무들은 어떻게 국경을 넘으려 하는가? 일단 저기 초소로 갑시다. 조국을 배반하고 비법월경을 하는 게 얼마나 위험한 짓인지 아오? 험한 경비병 눈에 띄었다면 당장 잡아들여 변방대로 보내졌을 거란 말이오. 동무들, 알아듣겠소?

– 예, 예, 초소장 동무. 그저 우리 아들애를 봐서 모른 척 한번 도와주오.

어머니는 갑자기 초소장의 소매를 잡아끌더니 저쪽 언덕을 향해 걸어갔다. 어머니를 기다리며 주명성은 강둑에 앉아 흐르는 두만강을 바라보고 있었다. 두만강 푸른 물 위를 물새들이 자유롭게 날고 있었다. 도강을 하다 검거되면 총살을 당할 수도 있는 긴박한 순간이었다. 주명성은 어머니의 모습에서 가슴시린 모성애를 느꼈다. 어머니는 위험에 노출된 순간 아들애를 구하기 위해 불구덩이에라도 뛰어들 기세로 초소장에게 매달렸다. 조금 지난 뒤에 어머니는 혼자서 돌아왔다. 어머니의 얼굴에는 희망의 기운이 서려 있었다.

– 명성아, 하늘이 우리를 돕는갑지~

– 어머니, 초소장 동무는 어떻게 따돌렸씀까?

까다롭다는 국경의 경비대를 물리치고 돌아온 어머니의 모습이 명성은 신기해 보일 따름이었다.

– 꾹돈을 초소장 동무한테 은밀히 주었지~ 목숨이 칼날 우에 섰는데 돈을 아껴 뭐를 하게씀~

– 예~ 잘 주어스꼬마~

– 어두워지면 저 위 초소 쪽 가까이 가야한다이~

– 경비병들이 있는데 위쪽으로 올라가다니요?

– 초소장이 여 두만강 건널 때를 맞춰 은밀히 신호를 줄 거라는데~ 저기 숲속 바위 밑에 숨어 있으면 초소장이 밤 열 시에 한 번 다녀갈 거란다. 그런 다음 병사들을 따돌릴 때 신호를 보내면 그때 무조건 앞만 보고 뛰라는 게지~ 저 강물의 군데군데 깊은 데는 어미 키를 넘는다는데 명성이 너는 키대가 크니 어미 손을 꼭 붙잡아야 하지 않겠음?

헤엄을 치는 것은 자신이 있었다. 명성은 이제야 어머니를 향해 해맑갛게 웃어 보였다. 살아도 같이 살고 죽어도 같이 죽을 각오라면 어머니 하나쯤 업고서라도 두만강을 건널 자신이 있었다. 명성의 나이 스물을 바라보니 이제 다 자란 청년이었다.

그들은 어둠이 깊어지기를 기다려 강의 상류를 향해 걸었다. 어둠 속에 멀리 초소가 희미하게 보였고, 초소와는 상당한 거리를 두고 숲속 바위 밑에 몸을 숨겼다. 밤이 깊어질수록 명성은 어머니의 손을 꼭 붙잡았다. 콩닥거리는 가슴을 진정시키느라 어머니 역시 깊은 한숨을 연신 토해내고 있었다. 그런데 초소장이 다녀간다는 열 시 몇 분 전에 뜻밖의 사달이 나고 말았다. 순찰을 하는 보안원에게 발각되고 말았던 것이다.

– 동무들은 이 깊은 밤에 여기서 뭐를 하고 있소?

두 명의 보안원이 손전등을 얼굴에 들이대며 고압적으로 물었다. 손전등의 강렬한 빛이 눈에 부셨다. 주명성 모자는 깜짝 놀라 대답을 하지 못하고 부들부들 떨고 있었다. 몇 분만 버티면 초소장이 오겠다고 약속한 시간이었다.

－ 증명서 좀 봅시다.

－ 내 누구를 좀 기다리는 중이라오.

어머니가 애걸하듯 말했다.

－ 아니 깜깜한 깊은 밤에 어이 궁산유곡窮山幽谷에서 사람을 기다린다는 말이오?

어머니는 어떻게든지 초소장이 나타날 때까지 버텨볼 생각이었다.

－ 피치 못할 사정이 있으니 한번 모른 척 해줍소.

－ 이 청년은 아들애요?

보안원의 물음에 모자母子는 동시에 어둠 속에서 고개를 끄덕거렸다.

－ 청년은 이름이 뭔가?

－ 애는 말을 하지 못합지요.

명성은 입을 떼려다가 어머니의 말씀에 깜짝 놀라며 입을 다물어버렸다.

－ 아니 벙어리라는 말이오?

보안원의 물음에 모자의 고개는 동시에 끄덕여졌다.

－ 나는 안금옥이라 하오.

－ 하하~ 어찌 내 고향 누이 이름하고 같소. 금지옥엽, 귀하디귀한 외동딸이었겠소?

－ 예, 귀하지 않은 딸애 어데 있으려고요.

주명성은 자신이 갑자기 벙어리로 만들어지는 순간 어머니의 숨은 뜻을 알아차렸다. 자칫 보안원의 물음에 엇갈리는 대답을 할 수 있기 때문이었다. 명성은 보안원 앞에서 절대로 입을 떼서는 안 된다고 스스로에게 다짐을 하고 있었다.

― 벙어리 청년은 여기서 기다리고, 금옥이 동무는 저쪽에 가서 나하고 얘기 좀 하오.

― 아니 무슨 이야그를~

― 흐응 금옥이 동무래 잘 알믄서 그러이그런다~ 내 탈 없이 보내줄 테니 염려 마오.

조선공화국의 군인이나 보안원은 문화어표준말를 사용해야 한다는 지침도 잊고 지껄이는 것을 보니 흥분된 모양이었다. 보안원이 어머니의 옷자락을 덥석 움켜잡고 걸음을 떼는 순간 명성의 머리에는 치욕적인 생각이 떠올랐다. 설마, 저 두 놈이 사람의 탈을 쓰고 어머니를~ 당장 돌멩이를 집어 들어 머리를 내려치고 싶었지만 어깨에 걸린 88식 보총에 압도되고 말았다. 그런데 하늘이 도왔는지 운명의 신은 명성이 자신 편이었다.

어머니를 데리고 보안원들이 저쪽으로 한참 멀어지던 바로 그 순간, 초소장이 손전등을 흔들며 명성이 있는 데로 허겁지겁 달려왔다.

― 동무 어머니는 어데를 갔나?

하고 초소장이 명성을 향해 물었다.

― 저어기, 보안원이 데리고 갔다이~

명성은 손전등의 희붐한 빛을 등지고 저쪽을 가리켰다. 초소장이 헐레벌떡 그쪽으로 뛰어갔다. 명성은 역시 초소장이 구세주라도 되는 냥 초소장을 뒤따라 뛰어갔다. 두만강은 어둠 속에서도 제 갈 길을 잃지 않고 흘러가고 있었다. 명성은 한 줄기의 손전등 불빛을 놓치지 않고 두만강을 따라 소리 없이 울면서 어머니를 향해 뛰어갔다.

– 거기 보안원 동지들 게 좀 서시오.

– 아니 초소장 동지가~

초소장이 헐레벌떡 나타나자 보안원들이 놀라며 걸음을 멈췄다.

– 난 저기 경비총국 3중대 소속 초소장이오.

– 알고 있습니다.

– 경비대 보안원들이 녀성 동무를 어찌 험한 산속으로 데려가려 하오?

– 오해하지 마시오. 우린 그저~ 옛소, 녀성 동무 데려가오.

– 동지들 그저 사상이 좀먹은 게 아니오? 게 아니라면 어찌 이런 짓들을~ 썩 저리 가오.

– 예, 예~ 에이 따분해서 그저 재수놀음 한 건 하게 되나 과망대열 기쁨(기쁨)에 **빠졌더니**~

보안원들은 어머니를 마치 상품처럼 초소장에게 인계하고 왔던 길을 터덜터덜 걸어 내려갔다. 순찰 보안원들이지만 초소장 앞에서는 쩔쩔맸다. 김정일 시대부터 펼쳐지기 시작한 선군정치先軍政治의 영향이었다. 북한의 모든 영역에 군軍의 영향력을 반영시켰고, 혁명과 건설에 있어서도 군대를 기둥으로 내세우는 통치방식 때문이었다.

명성은 보안원들이 어머니를 한순간 욕정을 풀기 위한 먹잇감으로 취급했다는 사실을 확신했다. 보안원들이 멀어지자 초소장이 말했다.

– 내 누이하고 나이도 같은 데다가 누이 생각이 간절해서 금옥이 동무를 도와주는 것이오.

– 그저 고맙습죠, 초소장 동무~

– 남평촌엔 정말 친척네가 있소?

– 예, 두만강만 건너면 됩죠.

그러나 어머니한테 뾰족한 방법이 없다는 것을 명성은 모르지 않았다. 지옥 같은 조선인민공화국 땅만 벗어나면 살 수 있을 것만 같은 믿음으로 애써 태연한 척하고 있다고 생각했다. 자유로운 공기 하나면 어떤 고난이라도 겪어낼 것만 같은 심정이었다.

　－ 오늘 밤 열두 시에 초병들 교대가 있소. 내 그 틈에 병사들 주의를 다른 데로 따돌릴 테니 강을 건너가시오.

　－ 예, 초소장 동무~

　－ 손가락으로 휘파람을 불면 건너라는 신호이니 무사히 건너시오. 중국에서 공안에 붙들리면 이쪽 변방대로 재깍 북송되니 절대 조심하시오.

　－ 초소장 동무, 그저 동무에게 탈이라도 없어야 할 텐데~

　－ 내 걱정일랑 마시오. 나도 정말 고향에 있는 누이 생각이 간절해서 이러는 것이오.

　－ 이 은혜 어찌 잊겠소?

　－ 살갗 스친 인연이면 족하오. 인민폐까지 만지게 되었으니 내 더 고맙소. 에이 대신 건너 줄 수도 없고 그저 금옥이 동무, 목숨이나 잘 간수하기를 촉원囑願하오.

　－ 복 많이 받으시오.

　－ 뒤에서 누가 소릴 질러대도 뒤돌아보면 아니 되오. 무조건 앞만 보고 뛰시오. 초소병들이 중국을 향해 총을 쏠 수 없으니 냅다 앞만 보고 뛰어야 한단 말이오.

　－ 예, 예~

명성이 고마운 마음을 듬뿍 담아 대답했고, 초소장이 어머니의 어깨를 두들겨주었다. 명성은 신이 존재한다면 오직 자신의 편에 있다는 생각이 들었다. 모든 것들이 감사하다고 느껴졌다. 초소장의 힘에 납작

무릎을 꿇고 떠나던 순찰 보안원들마저 감사하다는 생각이 들었다.

초소장과 헤어져 잔뜩 긴장을 하며 어머니와 함께 두만강을 건널 준비를 하고 있었다. 강물이 깊은 데를 만나면 자칫 목숨도 위험할 수가 있을 것이다. 그러나 경비대의 송곳 같은 감시를 생각하면 이런 난관이야 극복할 수 있을 것만 같았다. 명성은 밧줄의 한쪽 끝으로 자신의 허리를 묶고 밧줄의 나머지 끝으로 어머니의 허리를 묶었다. 이렇게 하고 나니 깊은 강물을 만나더라도 서로 멀어지지 않고 헤엄을 칠 수가 있기 때문에 새로운 용기가 솟아났던 것이다.

얼마나 지났을까. 초소 쪽에서 약속한 대로 휘파람 소리가 들렸다. 두만강 이편 강둑 기슭에서 들리는 청둥오리의 울음소리와는 구별되는 소리였다. 시계포에서 구입한 손시계손목시계를 보니 정확히 열두 시를 막 지나고 있었다. 명성은 어머니와 떨리는 손을 잡고 강둑에서 강을 향해 걸어 내려갔다.

차가운 강물에 첫발을 내딛는 순간 그들은 깊이가 상당하다는 것을 깨달았다. 명성의 목까지 잠긴 강물의 물살이 생각보다 강했다. 어머니를 부축하며 한 발짝씩 앞으로 나아갔다. 하늘에서 달빛이라도 비춰 준다면 괜찮을 터인데 달빛 한 점 보이지 않았다. 십여 미터를 걸어 나가자 물살이 약해졌는데 그 이유는 강을 건너는 첫발을 내딛는 곳이 바로 뗏목을 내려 보내려고 물을 가둬두던 뗏장이었기 때문이었다. 그래서 수면이 깊었던 것 같다.

그런데 뗏장을 막 벗어나던 순간, 뒤쪽에서 누군가 소리쳤다.

– 서랏!

– 서랏!

명성은 어머니를 부축한 채로 초소장의 당부를 떠올리며 뒤돌아보지 않고 뛰었다. 뒷덜미를 후려치듯 호각소리가 요란하게 들렸다. 뒤쪽에서는 손전등이 빛살을 쏘아 보내 물결 위에서 어지럽게 흔들렸다. 죽어라고 앞만 보고 달려 떼장에서 한참 멀어지니 요란하게 흘러가는 강물 소리가 들렸다. 명성 모자는 흐르는 강물 소리가 또렷이 들리는 곳을 향해 뛰었다. 흘러가는 강물 소리가 들린다면 그쪽은 바로 수면의 깊이가 얕을 것이기 때문이었다.

강의 바닥이 다행히 얕아 숨을 몰아쉬며 달렸다. 뒤쪽에서 연신 서랏! 서랏! 하는 고함소리가 들렸지만 일절 뒤돌아보지 않고 냅다 앞을 향해 첨벙첨벙 달려 나아갔다. 낮이었다면 총알이 날아왔을지도 모를 일이었다. 칠흑처럼 어두웠기 때문에 설령 경비병들이 낌새를 챘더라도 아무 데나 총을 쏘아대지는 못했을 것이다. 한참 죽을힘을 다해 건너다보니 경비병들의 소리가 더 이상 들리지 않았다. 나중에 알게 된 사실은 북한의 경비병들이 중국을 향해 총을 쏘지 못하는 것은 국제법의 규정 때문이었다.

이백여 미터의 강폭을 건너는데 반시간이 걸렸다. 반시간을 건너 국경을 넘을 수 있다는 사실이 믿어지지 않았다. 물속의 깊이가 명성의 키를 훌쩍 넘는 데가 두 군데 정도 있었고, 명성은 그곳에서 깊이 숨을 들이마시며 어머니를 끌어당겼다. 여름의 성수기인데도 두만강 수온은 몸이 움츠러들 정도로 차가웠다. 두만강을 무사히 건넜으니 이제 살아 있는 목숨이란 생각이 들었다.

명성은 잠시 어머니와 끌어안고 호흡을 가다듬었다. 온몸은 부들부들 떨리는데 이마에는 땀이 맺히는 이상한 현상이 몸에서 일어났다. 흥분된 마음을 가라앉히고 두만강 너머 조선공화국 저편을 바라보았다. 칠흑의 어둠에 갇힌 조선공화국의 하늘에는 별들만 초롱초롱 반짝이고 있었다. 아아, 수령제일주의도 없고 생활총화도 없는 이곳에서 이제 죽어도 여한이 없을 것만 같았다. 그러나 지옥 같은 땅에서 벗어나 이제 새롭게 자유를 찾았다는 생각이 들었음에도 이내 중국이라는 막막한 세상에 놓여 있다는 생각을 하니 이내 황량한 느낌이 들었다.

젖은 옷을 벗어 물기를 짜낸 다음 비닐로 몇 겹을 두른 가방을 손전등을 켜고 정리했다. 두만강을 건넜다는 사실이 기적처럼 여겨졌다.

– 화룡까지 해뜨기 전에 당도하기는 어려울 텐데~

– 남평서 화룡까지 50킬로가 넘는다는데 열 시간은 족히 걸어야 하지 않겠습니까?

– 버스를 타든 자동차를 타든 연길까지만 가면 조선족들이 많이 있으니 도움을 받을 수 있다는데~ 거기 만장초소를 지나기가 어렵다 하지~

어머니는 나름대로 두만강을 건너서 취할 행동요령에 대해 준비를 하신 모양이었다. 남평에서 화룡, 화룡에서 용정, 용정에서 연길까지의 행선지에 대해 정보를 습득해놓고 있었다. 최대의 난적은 연길까지 가는데 만장초소를 통과하는 문제였다. 그런데 문제는 만장초소 이전에 어떻게 두만강 기슭을 벗어나는가의 문제였다. 치밀하게 연락책이나 브로커를 접촉하지 않고 두만강을 건넌 탓에 자력自力으로 도로를 찾아 화룡을 향해 걸음을 옮겨야 했다.

한편, 두만강 기슭 철조망을 막 넘으면서 명성은 신이 정말 자신을 위해 존재한다는 것을 다시 한번 느끼게 되었다. 강둑 철조망을 막 넘어서는데 앞쪽에서 시커먼 그림자들이 나타났다. 가까이에서 자세히 살펴보니 경비병들은 아닌 옷차림이었다.

– 댁들은 누구요?

중국 사람들 역시 아닌 모양이었다. 북한 사투리처럼 들리지도 않았는데 같은 말을 사용하고 있어서 매우 반갑다는 생각이 들었다.

– 두만강을 건넌 게요?

– 도와줍쇼. 애 아버지 죽고 살아갈 방도가 없어 돈 벌러 가는 중입죠.

– 목적지가 어디이요?

중년 사내의 물음에 얼른 대답을 하지 못했다.

– 화룡, 용정은 아닐 테이고~

– 예~ 연길에 친척 오라버니가 있습죠.

그래도 결국 생각해낸다는 것이 연길의 친척 오라버니라는 말이었다.

– 그럼, 우리 차로 함께 가요.

– 글케만 해주시믄 그저 고맙습죠. 예~ 예~

무작정 사내들을 따라나섰다. 사람이 죽으라는 법은 없다는 말이 생각났다. 초소장이 나타나 도와주지를 않나, 낯선 사내들이 처음 만난 사람에게 친절하게 호의를 베풀지 않나~ 일이 이렇게만 풀려나간다면 장차 남한 땅에 내려가는 일까지 수월하게 진행될지 모른다는 기대감이 들었다.

승합차에 올라타니 퀴퀴한 냄새에 비릿한 냄새까지 가득했다. 승합차는 비포장도로를 덜컹거리며 달렸다. 남평에서 화룡을 지나 용정까지 가는 동안 명성은 사내들의 대화를 통해 이들이 밀수꾼들이라는 사실을 알게 되었다. 함경도 산악지대에서 산출된 한약재, 개구리, 너구리, 곰, 뱀, 농산물 등 온갖 물품을 넘겨받아 의류, 잡화, 식료품, 가전제품 등의 물품으로 교환하는 일을 하는 사람들 같았다.

– 아주머니, 두만강 건널 때 노출이 됐다면 여기 변방대에 보고가 되었을 수도 있소. 연길까지 가자면 검문소를 몇 군데 통과해야 하는데 조선공화국 공민증은 아무짝에 쓸모가 없소. 물론 여권은 없을 테

고~ 그저 인민폐를 몇 푼 집어줘야 안심할 수 있을 텐데~

- 그야, 드리고 말굽죠. 예~ 예~

- 우리 하는 일도 예전만 못하오. 그저 조선이나 중국이나 변방엔 말이요, 기생충들이 너무 많다는 말이지이~ 에이 이쪽에 늘어난 쏘토군 놈들 때문에 우리가 죽을 지경이야~ 그 쏘토군 놈들이 압록강 두만강 건너와서 자동차며 오토바이를 마구잡이로 훔쳐가는 바람에 이걸 노리는 압착꾼들 배만 두두룩해졌다는 말이요~

국경지대 주민들을 상대로 돈을 뜯어먹는 사람이 바로 압착꾼이었다. 압착꾼들은 국경담당 보위원과 보안원들로 정권이 부여한 권한을 이용해 끈질긴 감시를 하면서 뇌물을 받아 사리사욕을 챙기는 사람들이었다. 북한 쪽의 경비대와 중국 쪽의 경비대가 은밀히 거래를 하는 바람에 어느 쪽에서나 밀수꾼들의 약점을 치고 들어오는 복병伏兵들이었다.

어둠을 뚫고 얼마를 달렸는지 모른다. 명성은 어머니와 손을 꼭 잡고 졸다 깨다를 반복했다. 도로 사정이 매우 나쁜 탓인지 속도가 생각보다 느렸고, 진흙탕 도로를 지날 때는 차에서 내려 뒤에서 차를 밀어서 통과할 지경이었다. 그런데 얼마나 지났을까. 승합차를 세우고 밀수꾼 사내가 명성 등을 차에서 내리게 했다.

- 여기서 200여 미터 앞에 초소가 있시오. 여기는 걸렸다 하면 당장 변방대로 끌려가니 저쪽으로 돌아가서 마을을 감싸고 올라오기요. 초소병들이 까다롭기 그만이니 수고스럽지만 그렇게 하기요. 같은 동포이니 우릴 믿고 짐은 여기 두고 가오. 이런 보따리가 놈들 눈에 띄면 오히려 의심을 할 거우다~

- 예~ 그럽죠.

승합차에서 내려 사내가 일러준 대로 마을 뒤쪽으로 반원을 그리듯이 돌아 오른쪽에 마을을 끼고 약간 언덕길을 걸어 올랐다.

– 어머니, 저 사람들 믿을 수 있겠소?

– 여기까지 태워다 준 것을 보면 고맙지 않고~ 그저 동포인데 믿어야지~

동포인 데다가 친절까지 베풀어주는데 의심을 할 수는 없었다.

– 거주권 처분한 돈을 설마하니 보따리에 두고 오지 않았겠지요?

– 아이구나, 에미 정신 보라. 아이구 이를 어쩌니 응? 밀수군이 하두 서두르는 통에 그저 비닐에 둘둘 말아 보따리에 넣어둔 돈지갑을 차에 놓아버렸구나~

돈만큼은 몸에 지니고 있어야 하는데 순간 경솔했다는 생각이 들었다.

– 어머니, 이제 우리는 죽은 목숨이우다. 거주권 넘기고 받은 인민폐에 의지해서 떠나온 몸이 아니오꺄?

– 흐흑~ 흐흑~

명성은 정말 숨이 막힐 것 같다는 말을 그때 톡톡히 실감했다. 어머니는 몸을 부르르 떨며 울부짖고 있었다. 열에 아홉은 밀수군들에게 당했다는 생각이 들었다. 조금만 더 차분하게 행동했더라면 이렇게 어리석게 보따리를 차에 두고 내리지는 않았을 것이었다. 후회가닥을 붙들고 한탄한들 이미 하늘이 낮다 하고 펄쩍 뛰는 꼴이었다. 명성은 목숨을 걸고 두만강을 건넌 처지에 당연히 닥칠 운명이었다고 생각했다.

– 어머니, 울지마요. 물 건너는 호랑이도 조심한다는 걸 우리가 못했으니 후회하면 뭐를 하오? 호랑이 굴에 들어가도 정신만 차리면 산다잖소?

– 어미가 쥑일년이지이~ 에구 이럴 바엔 초소장 동무한테 인심이나

후하게 쓰고 올 거를 쯧, 쯧~

투덜거리며 그들은 마을을 에돌아 약속한 지점에 도착했다. 깜깜한 도로 위에는 이따금씩 털털거리며 쌔앵 하고 차가 지나갔다. 도로 위에 약속한 승합차는 보이지 않았다. 허탈한 심경으로 길을 따라 터덜터덜 걸어갔다. 그런데 저쪽에서 그들이 가고 있는 쪽으로 경비병들이 걸어 오고 있었다. 어머니의 입이 순간 떡 벌어졌고, 명성은 간이 콩알처럼 오그라들 듯 긴장하고 있었다. 다행히 경비병들은 그들을 보고도 별다른 의심 없이 지나쳐버렸다.

명성은 아직까지 여전히 행운이 자신을 따르고 있다고 마음속으로 믿었다. 100여 미터 걸어 올라갔을 때 반대편 도로에서 차가 지나가며 삑, 하고 경적을 울렸다. 고슴도치한테 혼난 범(虎)이 밤송이 보고 놀란다는 속담처럼 차가 울린 경적에도 그들은 놀라고 있었다. 털털거리며 지나치던 승합차 한 대가 저만치에서 방향을 바꾸어 접근하더니 다시 경적을 울렸다.

– 아주머니, 어서 타기요.

– 에구 명성아, 그 밀수꾼 동무들이 맞지 않슴?

사내들이 나타나서 깜짝 놀랐다.

– 예, 어머니~

– 아니 어서 올라타라는 데도~ 그 꼴에 동 뻔히 트면 중국 공안들 눈을 어찌 피해가려고 늑장을 부리는 게요?

승합차에 올라타서 저도 모르게 명성 모자는 한숨을 토해냈다. 다른 밀수꾼들은 잠을 자는지 코를 고는 소리가 크게 들리고 있었다. 경비병들이 앞쪽에서 걸어오고 있어서 차를 전진시켰다가 경비병들이 지나간 것을 확인하고 다시 돌아왔다고 했다. 명성은 어머니의 손을 꼭 붙들었다. 밀수꾼을 잠시 오해했다는 생각에 얼굴이 벌겋게 달아올랐다. 평온한 마음이 동녘의 햇살처럼 몸속에서 피어나는 느낌이었다. 도로 좌우 펼쳐지는 들판을 따라 먼동이 트고 있었다.

– 아주머니, 연길에 친척 오라버니는 정말 있소?

– 거짓말을 해서 미안하오. 친척은 커녕 아는 사람 하나도 없수다~

어머니가 속이지 않고 사실대로 대답했다. 어머니는 만장초소의 일을 지켜보면서 비록 밀수꾼들이지만 믿을 만은 하다고 생각했을 것이다.

– 후후~ 공안 눈은 속여도 내 눈은 못 속이지~ 중국에 돈 벌러 온 게 아니고 저 남쪽 아랫동네에 탈북하려는 게 맞지요?

– 아, 아니오. 목구멍에 풀칠을 할 수가 없어서 그저~

– 한국이란 나라도 살기는 만만찮은 곳이라오. 사기, 협잡, 온갖 술수가 판을 친다는데~ 서울에는 눈 뜨고도 코를 베이는 데라오.

조선공화국은 남한에 대해 주민들에게 일찍부터 세뇌를 시켰다. 밀수군의 말처럼 험악한 데라서 먹고 사는 문제를 자신이 알아서 해결해야 하는 치열한 경쟁 사회라고 했다. 하지만 이제 북한 인민들 중에 남한에는 거지도 많고 북한에서 내려온 탈북자들은 정보부에서 무조건 구타, 폭행하고 끝내 처형시킨다는 말에 속는 사람은 하나도 없었다. 남한의 문화를 숨어서 동경할 정도로 북한 내부에도 남한의 문화, 물품, 체화품재고품들이 은밀히 거래되고 있었다.

– 어이 됐든 북조선 사람이라는 걸 알면 당장 공안에 체포가 되오. 북조선 보위부 추적조 체포조들이 나와서 여기저기 염탐을 하고 다닌다는 말이지요예~ 중국 공안에다가 북조선 보위부까지 머 범법자들한 테는 연길이란 곳이 지옥이 될 수 있다 이런 말이라오예~

– 도와줍쇼. 내 이 은혜 잊지 않겠으니~

– 아니 글쎄 내 말만 잘 들으면 탈 없이 아랫동네 내려갈 게요.

사내의 말에 명성 모자의 마음이 복잡하게 얽혀들었다.

– 연길에는 남조선 사람이 운영하는 교회가 여러 군데 있다는데 거기로 좀 데려다 주오.

– 그런데는 위험하오, 예~ 체포가 되더라도 하나님 찾고 성경책을 보았다면 재깍 정치범수용소행일 텐데~ 중국 공안들이나 북한 보위원들이 그런 델 샅샅이 뒤지고 다니니까예~ 우선 몸부터 숨긴 다음 머리도 다듬고 의복도 갈아입어야지요, 예~ 척 보면 북한 사람들인데 스타일부터 바꿔야지요, 예~

명성 모자는 이렇게 두만강 기슭에서 만난 '백곰'이란 별명을 지닌 밀수군에게 의지하게 되었다. 백곰은 그들을 친척집이란 곳으로 안내했다.

연길에는 조선족들이 세 집 건너 한집에 살 정도로 많이 살고 있다고 했다. 연길 시내의 번화가에는 한글 간판이 눈에 많이 띄었는데 옆에는 한문이 나란히 쓰여 있었다. 국경지역에 인접한 도시여서 탈북자들에게 연길은 매우 중요한 곳이라고 했다. 탈북자들은 이곳을 거쳐 내륙의 오지로 이동하고 어떤 탈북자들은 제3국으로 이동한다는 것이었다. 탈북 녀성들 중에는 오지로 팔려가는 경우도 있고, 오지에 숨어 살다 돈을 벌기 위해 연길에 유입되는 경우도 많다는 것이었다.

명성 모자가 다른 밀수군들과 헤어져 안내된 친척집이란 곳은 번듯하고 단정해 보이는 이층집이었다. 그런데 이층집의 단정한 외관과는 달리 막상 명성 모자는 일층의 뒤쪽에 있는 어두컴컴한 골방으로 안내되었다. 백곰과는 이렇게 인연이 되었는데 백곰과 친척이란 사내는 중년의 뚱뚱한 몸집이었다. 키대가 명성이보다 훨씬 컸고 살집이 좋아서 첫날부터 어머니와 은밀히 '뚱보'라는 별명을 붙여 불렀다. 백곰은 근처 시장에서 먹을거리를 사다주었다.

연길에서의 첫날은 이렇게 정신없이 허둥대며 지나갔다. 이튿날, 아침 일찍 친척집을 찾아온 백곰은 뚱보와 같이 어머니를 데리고 어디론가 나갔다. 명성은 하루종일 골방에 갇혀 집밖에 나가보지 못했다. 어머니는 저녁 무렵이 되어서야 돌아왔다. 그런데 명성은 처음 어머니를 알아보지 못했다. 진한 화장에 머리는 구불구불 파마를 했고, 조선공화국에서 입고 온 옷은 온데간데없고 연한 풀색 달린옷원피스을 입고 있었기 때문이다.

명성은 이런 어머니의 모습에 깜짝 놀랐다. 검정 비닐 구두까지 신었다는 사실을 알고 더욱 놀랐고, 거울을 들여다보며 웃어 보이는 듯한 어머니의 모습을 보고 당황한 나머지 오드드 떨었을 정도였다. 다음날부터는 어머니는 새벽에 일어나 골방을 빠져나갔다. 명성은 칙칙한 골방에서 온종일 어머니를 기다렸다.

중국 땅에서도 그의 하루는 어둠에서 벗어나지 못했다. 햇빛을 보고 싶었지만 공안이 두려워 밖에 나갈 수가 없었다. 그런데 어머니는 밤이 늦어서야 비틀거리며 들어왔다. 어머니 손에는 검정 비닐봉지가 들려 있었다.

– 먹어라~

하루 종일 그리웠던 어머니 목소리에는 피곤기가 묻어 있었다. 화사한 모습으로 변한 어머니의 모습에는 자본주의의 물이 묻어 있었다. 냄새조차 맡아보지 못했던 자본주의 냄새가 어머니 몸속에 묻어 있었다. 돼지고기 굽는 냄새, 어머니의 몸과 의복에는 돼지고기 굽는 냄새가 묻어 있었다. 자본주의, 살찐 돼지를 굽는 냄새를 묻혀 들어온 어머니는 몸을 제대로 가누지도 못하고 시든 파처럼 늘어져 잠을 잤다.

명성은 시든 파처럼 축 늘어져 깊은 잠에 빠진 어머니를 밤새 바라보았다. 어머니의 얼굴에서 슬픈 냄새가 맡아졌다. 돼지고기 굽는 냄새가 슬픈 냄새로 명성의 가슴에 밀어닥쳤다. 명성은 살며시 어머니가 가져온 검정 비닐봉지를 밀어냈다. 배에서 끌어들이는 허기진 식욕을 이를 악물고 밀어내면서 명성은 눈물을 흘렸다.

열흘 정도 되던 날은 상상할 수 없는 일이 벌어졌다. 어머니는 몸을 가누지 못할 정도로 비틀거리며 들어왔다. 찐한 백주白酒 : 배갈 냄새가 코와 입에서 흘러나왔다. 혀 구부러지는 말을 했지만 무슨 말인지 알아들을 수가 없었다. 조선공화국 인민들이 숨어서 부르는 썩은 노랫가락을 흥얼거리는 모양이었다. 그때 방바닥에 엎어진 채 흐느낌을 섞어 부른 썩은 노랫말은 명성의 귀에도 똑똑히 들렸다.

때로는 쓰라린 이별도 쓸쓸히 맞이하면서
그리움만 태우는 것이 사랑의 진실인가요~

어머니는 썩은 노래를 흥얼거리다가 이내 잠이 들었다. 명성은 밤새도록 어머니의 얼굴을 들여다보았다. 수건에 물을 적셔 진한 화장을 닦아냈다. 밤새 어머니 얼굴을 들여다보는데도 어머니가 그리운 것은 무슨 까닭이란 말인가. 어머니가 분명히 곁에 누워 있는데도 어머니가 부재不在한 느낌을 이해할 수가 없었다. 동이 트는 모양인지 농촌이 아닌데도 멀리서 닭이 우는 소리가 들렸다. 명성은 깜박 졸았다. 깨어났을 때는 골방의 문틈으로 빛살이 새어 들어왔다. 어머니는 보이지 않았고, 명성의 머리맡에 인민폐 몇 장이 놓여 있었다.

그날 이후, 명성은 어머니를 보지 못했다. 어머니는 칙칙한 골방으로 다시는 돌아오지 않았다. 백곰도 보이지 않았다. 머리맡에 놓여있던 인민폐를 가지고 시장에서 음식을 사먹었다. 뚱보한테 어머니 행방을 물어보았지만 모른다는 대답만 되돌아왔다. 그런데 얼마 뒤에 언제까지 골방을 내어줄 수 없다며 뚱보는 그 골방에서 명성을 야멸차게 내쫓았다. 명성은 어머니가 저들에게 속아서 사기를 당하고 인신매매를 당했을 것이라고 짐작하고 있었다. 명성은 조심스럽게 조선말을 쓰는 사람에게 접근해 남한 사람이 운영하는 교회를 물었고, 다행히 그런 교회를 찾아 훌륭한 목사를 만나게 되었던 것이다.

– 그래~ 자네가 많이 힘들었겠네. 세월이 많이 흘렀을 텐데 지금 어머니는 어디 계시는가? 다시 만나기는 했던가?

– 아닙니다. 그게 어머니와 마지막이었지요. 내 골방에서 들은 어머니 마지막 노래가 아직도 생생히 떠오릅니다. 때로는 쓰라린 이별도 쓸쓸히 맞이하면서 그리움만 태우는 것이 사랑의 진실인가요. 이런 노래를 흥얼거리며 잠이 드셨으니까요. 선생님, 어머니는 저를 사랑했을까요? 어머니는 저와 헤어질 것을 미리 예견했겠지요? 머리맡에 인민폐를 놓아둔 것을 보면 어머니가 저를 버린 것은 아닐까요? 그런 생각을 하면 아무것도 손에 잡히지 않아요. 죽은 가족을 생각하면 저만 여기에서 호강하고 사는 것 같아 죄인이 되는 것만 같고 말입니다.

아버지는 주 기자의 손을 덥석 부여잡았다. 아버지 손이 주 기자의 손을 붙든 순간 찬열의 가슴에서 울컥하며 뜨거운 기운이 올라왔다. 그들은 모두 눈가에 눈물이 맺혔다. 아버지가 말했다.

– 그런 생각 하지 말게. 세상에 자식 아끼지 않은 부모가 어디 있으며, 어느 어미가 자식을 버린다는 말인가. 어머니를 만나는 날이 반드

시 찾아올 걸세. 내게도 북쪽에 명호라는 아우가 있네. 연락책 도움으로 전화통화까지 했지. 북쪽에 계신 아버지 돌아가셨으니 이제 우리끼리 만나야 하지 않겠는가. 동同 핏줄인데 거리낄 것이 뭐가 있겠느냐 말이야. 배가 다른 이복동생이요 일면식도 없는 동생인데도 요즘 들어 부쩍 아우 생각이 나네. 조카들 생각도 나고 계수씨 생각도 나고, 꿈자리 사나울 때는 북쪽 아우네 걱정에 마음이 아플 따름이지~ 북쪽에 계신 작은 어머니는 살아 계시는지 알 수도 없으니 원~ 자네 어머닌 피치 못할 사정이 있었을 게야~

주명성 기자와 아버지는 그렇게 인연을 맺었다. 주 기자의 도움으로 C일보사에서 인턴을 마치던 날, 찬열은 정오가 되지 않아 어머니로부터 다급한 전화를 받았다. 사무실에 아버지가 출근하지 않았다고 편집장이 전화를 걸어왔다는 것이었다. 아침에 분명 회사에 간다며 집을 나섰는데 출판사에 아버지가 나타나지 않았다고 했다. 찬열은 아버지에게 통화를 시도했지만 휴대폰은 꺼져 있었다.

– 팀장님, 아버지가 행방불명되신 모양입니다.

– 뭐? 혹시 교통사고라도 당했는지 수소문 해봐야 하지 않나?

– 정보원에 불려가서 조사를 받은 적이 몇 번 있어요. 아마 시국이 어지러우니 사복들이 아버지를 연행해간 것인지 모릅니다.

– 대한민국이란 나라에서 이런 일이 있을 수 있단 말이야 응? 우리가 이러고 있을 때가 아니잖나~

주명성 기자의 승용차를 얻어 타고 찬열은 광화문으로 향했다. 대낮인데도 광화문에는 촛불시위에 참여하려는 군중들로 어지러웠다. 시청 쪽에도 도로의 절반에 바리케이드가 쳐져 있고, 광화문 쪽은 아예 사거리 전체를 차량 통제하고 있었다. 광화문 방향을 포기하고 방향을 돌려 서소문 쪽으로 달렸다. 시내의 곳곳에는 시민들이 떼를 지어 행진을 하고 있었다.

군중들은 '박근혜 탄핵'이란 팻말을 흔들면서 광화문을 향해 행진하고 있었다. 신촌 쪽에서 금화터널로 겨우 진입했다. 터널은 길고 어두웠다. 터널의 입구부터 꽉 막혀 있었다. 찬열은 통인동 집으로 가기 위해 이제 이 어두운 터널 말고 다른 방법이 없다는 것을 깨달았다. 방향을 돌리기에도 너무 늦었다. 운명처럼 터널에 갇힌 찬열의 손을 꼭 잡아준 사람은 주명성 팀장이었다.

- 찬열 학생, 너무 걱정하지 마. 아버지는 죄가 없으니까. 세상이 소란스럽지만 좀 더 나은 세상을 바라는 민중들의 함성이라 생각하네.

- 예, 맞습니다. 민주주의의 가치는 절대 훼손되어서는 안 되니까요.

찬열은 가슴에서 까닭모를 분노 같은 기운이 올라오는 느낌이었지만 감정을 억누를 수밖에 없었다. 그나저나, '박근혜 탄핵'이란 함성이 광화문과 전국의 광장에서 일제히 터져 나올 때 하필 아버지의 행방이 미궁에 빠진 것은 불안하기 그지없는 일이었다. 터널 안은 차량들이 울려대는 경적소리로 더욱 소란스러웠다.

제47장 황당무계

1

명호는 도 보위부 감옥에서 까닭모를 극진한 대접을 받고 있었다. 독방에 갇혀있는 것은 전과 다름이 없는데 끼니때마다 평소와는 다른 음식이 들어왔다. 쌀밥에 고기국물이 하루도 빠지지 않았다. 태산의 배려로 은밀히 집에 들러 가족을 만나보았었다. 어머니와 작별인사를 하였고, 아버지가 묻힌 공동묘지에 올라 성묘까지 마쳤다. 태산이 동무의 계획에 의해 도강을 해서 아랫동네에 내려갈 사람이라 하더라도 보위부의 지나친 배려는 명호를 매우 불안하게 만들었다. 벽에 기대어 종일토록 곰곰이 생각을 해보아도 불피코 예삿일이 아니라고 생각되었다.

하찮은 일로 찌룩째룩 하던 예전의 태산이 동무가 아니었다. 도 보위부 간부가 되더니 달라진 태도인지 모른다는 생각이 들었다. 하지만 아무리 그렇더라도 영문모를 일은 정숙 동무와의 마지막 잠자리를 만들어준 일이었다. 아무리 생각해봐도 한뉘生涯를 통틀어 가장 소중했던 한 시간이었다.

정숙의 몸은 여전히 눈부시고 아름다웠으며 농익은 과일마냥 완전 성숙한 달콤 그 자체였다. 정숙을 처음 안았던 말골[馬谷]에서의 순간보다 격정적인 순간이었다. 초병처럼 지켜보던 소나무들 대신 태산이 동무가 바깥에서 지켜보고 있을 것임을 알았지만 문제가 되지 않았다. 명호의 단단한 남성男性은 절박한 순간에도 이성理性을 잃지 않았다. 정숙의 몸을 조심스럽게 노크하며 문을 열기 시작했다.

조선공화국에서 정숙의 몸을 품어볼 마지막 순간이 될 수도 있다는 사실을 알았기 때문이었다. 정숙과의 사이에 만들었던 그날의 정사는 어떤 남녀의 육체적 결합보다 화려한 순간이었다. 교미 후에 암컷에게 기꺼이 목숨을 바칠 준비가 된 버마재비처럼 모든 것을 불태웠다. 정숙 역시 나그네의 몸을 느낄 수 있는 마지막 순간임을 깨달았던 듯 명호에게 내어줄 수 있는 모든 것을 오롯이 바쳤다.

명호는 이별 이후 쌓이게 될 그리움들을 정숙의 몸속에 모조리 쏟아부었다. 정숙의 몸은 이런 그의 간절함을 알았던 듯 여한 없이 명호의 남성을 받아들였다. 그녀의 교태는 방탕하지 않았으며 넘치려는 찰라 절제와 다시 격정이 반복되며 숨이 멎을 것 같은 순간들이 이어졌다. 정숙의 몸은 용광로처럼 타올랐고 명호를 안고 있는 두 팔에 격한 힘이 가해지며 단말마처럼 터지는 교성과 함께 명호의 몸은 마치 제어할 수 없는 소용돌이에 한없이 빨려 들어가는 극감의 느낌이었다.

명호는 안해와의 교감이야말로 인생의 가장 행복한 가치라고 생각했다. 서로의 몸을 통한 육체적인 교감도 삶의 중심에서 중요한 부분이지만 무엇보다 안해와의 정신적 교감은 생활의 활력소가 되어주었다. 이런 정신적 교감 위에 마치 양념처럼 얹히는 안해와의 잠자리는 그 행복감을 한층 끌어올려 주었다.

1호행사가 있던 날 느닷없이 잡혀 들어온 감옥에서 몸은 야위어 가는데 그리움은 비례하여 팽창하고 있었다. 정숙동무를 생각할수록 허기가 밀려왔다. 감옥에 깃든 어둠의 농도는 더욱 또렷하게 정숙의 하얀 살결을 부각시켰다. 말골에서의 첫날의 기억 속으로 빨려들면 푸두둑 가슴을 풀어 젖히며 덤벼들던 젖내의 몽롱한 기억에 마비되는 듯했다. 문득 숨이 막히는 짜릿한 의식에서 명호는 정숙과 동정童貞을 주고받았다.

– 명호 동무, 정신 차리라.

명호는 말골의 추억에 빠져들어 있다가 난데없는 소리에 깜짝 놀랐다.

– 누, 누구요?

명호는 본능적으로 소리쳤다.

– 이제 벗의 목소리도 잊어 먹었나, 응?

– 태산이 동무로구나~

태산이 품속에서 '여명'이란 담배를 하나 꺼내 불을 붙여 명호의 입에 물려주었다. 태산의 주머니에는 늘 '여명'이란 담배가 숨겨져 있었다. 조선공화국에서 은밀히 지위를 말해주는 물품 중의 하나가 사내들이 피우는 담배였다. 공화국 주민들 사이에서 가장 흔한 꾹돈뇌물이 있다면 단연 담배였다. 차단소검문소에서 심문에 걸려도 '고양이' 담배 한 막대기보루를 주면 무사하게 통과했다. 담배는 곧 화폐나 다를 바가 없었다. 어떤 사내가 사람들 앞에서 '고양이' 담배를 태우면 한 조직의 간부라는 말이었다. 담배곽에 검은 고양이가 그려져 있어서 주민들 사이에 '고양이' 담배로 통했다.

그런데 태산이 동무가 내민 담배는 '고양이'보다 훨씬 지위가 높다는 것을 과시하는 '여명'이란 담배였다. 김정은이 애용한다는 7.27 담배보다 인기가 높았다. 역사와 전통을 자랑한다는 '건설' 담배보다 간부들이 더 애용하고 있는 담배였다. '묘향'이나 '광명', '천지' '백두산' '금강산' 등 공화국에 존재하는 수많은 종의 담배 중에서도 간부들은 이처럼 '여명'을 선호했던 것이다.

– 동무는 그저 팔자가 늘어지는구나.

– 한 대 쭉 빨아라.

태산이 독방 입구에 서서 명호를 향해 서두르듯 말했다.

– 태산이 동무, 내 묻고 싶은 말이 있는데~

한없이 초라한 모습으로 태산을 올려다보며 명호가 말했다. 명호 바로 앞에 태산이 동무가 마치 거대한 산처럼 서 있었다.

– 짜식 거 되게 말이 많다이. 담배부터 한 모금 쪽 빨라니까는~

명호는 공연히 마음이 급해진 탓에 담배를 쪽, 쪽 빨아들였다. 감옥의 독방에서 음미하는 담배 맛은 그 무엇과도 비교할 수가 없는데도 마음이 불안한 탓에 그 맛을 음미하기 힘들었다. 그런 중에도 태산이 찔러준 담배는 냄새부터 다르다는 것이 느껴졌다. 처음 정숙 동무의 젖가슴에서 맡아지던 냄새처럼 코를 간지럽게 만들었다.

– 정숙 동무는 잘 있더나?

– 정숙이 안부를 어찌 내게 묻나 어이?

– 어머니는 어찌하고 계시더나? 울 애들도 다 잘 있을 테지, 응?

명호의 말에 태산이 물끄러미 내려다보다 한숨을 토해냈다. 이런 태산의 태도에 명호는 마음이 더욱 불안해지는 느낌이었다.

– 어찌 한숨을 내쉬나, 울 집에 무슨 일이 있는 게야 응?

– 아 나~ 게 아니야. 명호 동무 꼴을 보니 한심해서 그런단 말이지~ 죄를 몸에 두르고 태어난 불쌍한 동무 말이야~

– 반쪽으로 태어난 게 뭐가 죄이니? 네놈들이 죄인 취급을 하니 죄인이 되는 거지~ 태산이 동무, 정숙이 한 번만 더 만나게 해주라, 응?

말이 되지 않는 소리임을 알면서도 명호의 입에서 이런 간절한 말이 흘러나왔다. 밤새 정숙의 몸이 눈앞에 아른거려 죽을 지경이었다. 늙은 어머니나 철없는 애들의 모습도 눈앞에 암암쟁쟁한 모습으로 덤벼들었지만 정숙 동무에 대한 그리움의 두께는 밤새 쌓이고 쌓여 정신이 혼미할 정도였다.

명호는 꿈속에서 안해와 미치도록 사랑을 나누었다. 몸이 달떠 주체할 수 없는 순간에 이르러서는 허탈하게 꿈속에서 깨어났다. 쌀밥과 고깃국을 맛보면서 몸의 기운이 한가운데로 뭉쳐지는 느낌이었다. 사방이 어둠 속에 묻혀 있는데도 성욕이 살아서 꿈틀대는 자신의 몸을 명호는 이해하지 못했다. 그럼에도 그녀에 대한 그리움을 밀어낼 방도가 없었던 것이다.

― 흐응, 그저 정숙이 동무하고 쌍 붙는교접 재미에 흠뻑 빠졌었구나야~ 내 하나 묻겠는데 그날 정숙 동무 몸속에 명호 동무 자지自持를 담그기는 했니 응? 하하하~

명호는 태산이 동무의 말에서 치욕스러움을 느꼈다. 정숙과의 잠자리에 대해 숭고한 행위라고 생각하고 있었는데 마치 방탕한 짐승의 행위처럼 빈정거리고 있기 때문이었다. 명호는 태산이 동무의 가랑이 위로 고개를 쳐들어 물끄러미 바라보았다.

자지타령을 했던 사람이 바로 명호 자신이었다. 자지를 정숙이 몸속에 담갔느냐고 묻고 있는 게지 응? 태산이 동무의 비웃음에 명호는 마음속으로 자신에게 되묻고 자신에게 대답했다. 빤한 걸 묻지 말게 이 어리석은 동무야. 자질 담근 정도가 아니라 죽어도 여한 없는 시간이었지, 흥~

― 명호 동무, 내 퇴마루에 앉아 들어보니 아주 그냥 너들 하라는 씨름은 않고 도란도란 수군거리던데 무슨 얘길 한 거니 응? 아휴 그하냥 궁금해 죽갔구나야, 좀 말해 달라~ 무슨 말을 지껄였어~ 머 설마하니 발가벗고 호상서로 바라보며 지저귀는 소리는 아니었겠지 응?

명호는 더는 입을 열고 싶지 않았다. 주위가 어두울수록 또렷해지던 생각의 문도 단단히 닫아버렸다. 태산이 동무와 이런 실랑이를 할 때면 명호는 이상하게 사람이란 존재에 대해 혐오증이 일어났다. 사람은 관절 어디까지 추악하고 어디까지 타락할 수 있는 것인가. 타락분자들이 세상에 나와 이렇게 짐승처럼 너절하게 살아가는 모습을 보는 것으로도 피색疲色:피곤기이 느껴지고 있었다.

— 조선공화국에 나 같은 벗이 어데 있나? 오랜 친구라고 감옥에 있는 죄수 꺼내 교방기생방까지 차려주고 말이야 응?

— 흐응, 나쁜 자식~ 내 아낙네를 품었는데 교방이라니~ 그저 인민들한테 욕이나 바가지로 얻어먹을 놈, 욕을 먹고 사니 오래는 살겠구나. 흐응, 나쁜 자식~

입을 닫겠다고 수없이 다짐을 했는데도 태산이 동무의 비위 상한 말에 도저히 참을 수가 없어 명호는 순간적으로 욕설을 뿌리고 말았다.

— 하하하~ 그날 밤 기백이 동무 안방에서 불이 꺼질 때 내 무릎걸음으로 퇴마루를 기어 내려와서 담배 한 대를 피워 물었지~ 담벼락에서 벌레들이 똬르르 똬르르 울음통을 여는데 내 꼴이 처량하더라니~ 관절 견딜 수가 있어야지 응? 재미는 네놈들이 보는데 어찌 내 몸이 달아오르느냐 말이야 응? 엉덩이 데인 강아지처럼 빙, 빙 맴돌다 퇴마루에 뛰어올라 안방을 엿보는데 정숙이 동무 입에서 그저 무너지는 소리가 들리지 않겠나, 응? 아아 나, 그때 생각하니 또 가슴팍에서 방울소리가 나는구나, 응~

— 나쁜 자식, 넌 아무리 곱게 생각을 해주려 해도 문제투성이야. 기생이나 넣어주고 관음觀淫:엿봄을 하든가~ 아니 가짜 손오공 짓을 하려거든 제대로 해야 응? 태산이 너 안까이아내의 속어 괴롭히는 기벽 탓에 리혼한 거 맞지 응? 나쁜 자식~

이번에는 태산이 동무의 입이 한참동안 닫혀 있었다. 태산은 산처럼 우뚝 서서 가쁜 숨을 쉬며 노려만 볼뿐 입을 열지 않았다. 사내의 자존심을 긁는 말을 명호 동무가 지껄였다고 생각했기 때문일 것이다. 태산이 동무의 입이 열린 것은 가쁜 숨을 가다듬은 이후였고, 뜻밖에 진지한 투로 목소리까지 낮추었다.

— 명호 동무, 안다 알아~ 내 문제투성이란 거를 안다. 하지만 명호 네놈도 사내놈은 맞지 응? 우리 불고환불알 달고 나온 사내답게 까놓고 얘기해 보자. 동무도, 계집질은 싫지 않지 응? 동무만 원한다면 내 얼마든지 색다른 계집 맛보게 해줄 수도 있어 응? 계집들 배꼽 맛이야 그저 눕는 쪽 쪽 장마당 젓물젓갈처럼 색다른 맛이란 말이지~

명호는 이제 더는 입을 더럽히고 싶지 않았다. 공연히 응대를 하다 태산의 꼬임에 휘말려드는 느낌이 들었다. 태산은 대체 무슨 말을 하려고 그날 이후 모른 척하다 이제 나타나서는 이상한 소리를 지껄이는 것인가. 명호는 입을 꼭 다물고 귀를 틀어막고 있었다. 태산의 입에서 고운 말이 흘러나오지 않을 것이기 때문이었다. 태산이 동무가 무릎을 굽혀 쭈그려 앉더니 귀를 막고 있는 명호의 두 팔을 힘껏 끌어내렸다. 그리고 헛목을 가다듬어 목소리를 고른 다음에 듣기에도 불편할법한 작은 소리, 아주 소름 돋을 듯이 작은 소리로 명호에게 물었다.

— 춘희 계집 편지를 모조리 읽었지, 응?

— ~ ~

— 죽은 기백이 동무 안방에서 네들이 뒹굴고 놀기 전에 말이야 응? 정숙이 동무한테 조곤조곤 무슨 말을 속삭였나 응?

— ~ ~

— 명호 동무, 내가 춘희 계집 몸에 손댔다고 정숙이 동무한테 죄~ 까발렸지, 응?

명호는 이제야 태산이 동무가 방문한 까닭을 알 수 있을 것만 같았다. 태산이 우려했던 것은 춘희를 짓밟은 추악한 짓거리에 대해 정숙이 동무가 알게 되지는 않을지 두려웠던 모양이다. 명호는 제자 춘희를 능멸한 태산의 행위에 대해 차마 입에 올릴 수가 없었다. 입에 올리는 순간 자신의 입이 더러워지는 수모를 당하는 일이라고 생각했다. 명호는 자신 있게 고개를 가로저었다. 태산이 절박한 목소리로 물었다.

  – 명호 동무, 정말 믿어도 되나 응?

  – 그래, 태산이 동무 말처럼 내 불고환 달고 나온 사내답게 맹세하지~ 한데 내도 태산이 동무한테 묻고 싶은 말이 있는데~

  – 나한테 묻고 싶은 게 있단 말이지? 어이 그래 머든 물으라.

태산은 자신의 추악한 짓이 정숙에게 전해지지 않았다는 사실을 알고 기분이 갑자기 좋아지는 모양이었다.

  – 김국기라는 동무는 지금 어데 있나, 응?

  – 머이? 김국기 동무가 누구이니? 내 퍼뜩 떠오르지 않는단 말이지~

  – 캐나다 국적을 가진 목이 기다란 동무 말이야~

키에 비해 목이 길다는 신체적 특징을 명호가 말해주었지만 태산은 정말 기억을 못하고 있는 모양이었다.

  – 캐나다 국적? 목이 기다랗다 말이니?

태산은 정말 머리까지 갸우뚱하고 있었다. 명호는 자신의 목을 오히려 김국기 선교사처럼 길게 빼내어 태산을 올려다보다 끝내 입에 담고 싶지 않은 말을 꺼내버렸다.

  – 그래, 춘희 제자 편질 시 보위부 감옥에서 내게 전해준 동무 말이야~

  – 으흠, 이제 생각이 나누나~ 그 예수군예수꾼 말이지 응?

명호는 대답 대신에 고개를 끄덕여주었다. 아주 짧은 시간 함께 했던 김국기라는 선교사가 눈앞에 어룽거렸다. 춘희 제자와 연인인연을 공유한다는 사실 때문에 관심을 갖지 않을 수가 없었고, 명호 자신에게 춘희의 편지를 전해주러 오다 감옥에 붙들려 왔다는 생각을 하면 죄책감에서 자유롭지 못했다.

－ 내가 죄수들의 행방을 어떻게 모조리 기억하겠니 응? 명호 동무, 조선공화국에서 하나님 믿는 예수군들이 가장 무서운 정치범이라는 거는 알지?

－ 그 선교사는 조선공화국 인민이 아니잖나~ 캐나다 사람을 마냥 조선공화국 법의 잣대로 들이대면 국가 간에 말썽이 나지 않겠느냐 말이야. 그 미국 청년처럼 말이야 응?

명호는 마치 애절한 목소리로 말했다. 그의 말이 태산에게 씨알도 먹히지 않을 것임에도 그의 목소리는 애절하고 진지했다. 그 선교사에 대한 마음의 부채는 춘희가 떠안게 될 마음의 부채까지 한데 섞여 있었다.

－ 개소리 집어치우라~ 공화국에서 절대신은 김일성 수령님이란 말이지~ 수령만이 절대존재라는 말이야. 수령을 빼놓고 공화국에 대안이 어데 있니 응? 감히 눈에 보이지도 않고 손에 잡히지도 않은 헛된 환상을 가지고 조선공화국을 흔들어댄다 말이니 응? 머? 쭈그려 앉아 기도만 하면 하나님이 입을 의복도 주고 먹을 식량까지 준대나 어쩐대나 응? 나쁜 종자들~ 아니 허리 꺾고 일을 하지 않는 인민에게 누가 끼니를 해결해준다 말이니 응?

태산의 감정이 갑자기 격해지기 시작했다. 명호는 더는 응대를 하지 않으려다 문득 강철이 생각이 났다.

－ 태산이 동무, 강철인 어찌 되었나 응? 내 아끼는 제자란 말이야.

동무한테 강철이 뒤 좀 봐달라고 부탁하지 않았나? 또한 동무 아들에 상철이의 친한 벗이 강철이 아니나, 응? 불쌍한 애들이야, 동무가 뒤를 봐주지 않음 공화국에서 하바닥 생활할 게 빤한 애들이란 말이야~

— 기백이 동무 옛정 때문에 동실이 그저 감옥에서 꺼내주고 덕순이 동무 장례 치르게 했음 나도 깜냥에 노력공수努力工數 백100％을 발휘한 거란 말이지~ 강철이 짜식 죄목이 머인가 아니? 야, 겁대가리 없이 영생탑에 돌팔매질을 했단 말이지 응? 수령모독죄라는 게 당장 처형되지 않음 다행 아닌가 말이야~

명호는 이런 일로 더는 문제를 만들고 싶지 않았다. 턱까지 호흡이 치밀어 오른 탓에 명호는 한참동안 숨을 몰아쉬었다.

— 태산이 동무, 쌀밥에 고깃국을 어찌 내게 상납하는 거니 응? 혹날 총살하는 거는 아니지 응? 네들이 내게 베푸는 일들이 믿기지 않아서 말이야, 나 여게 있음 하루가 백날 같단 말이야. 동무, 내게 어찌 후한 대접을 하는지 모르겠구나, 그저 응?

— 조선공화국에 당장 죽어나갈 죄수 목구멍에 들이밀 쌀밥, 고깃국이 넘쳐나는 줄 아니 응? 그저 머를 실하게 먹어야 공화국에서 장한 사내구실을 할 게 아닌가 말이야 응? 장한 사내구실, 내 말 알아듣겠어, 어이?

— 장한 사내구실이라니? 사내구실이 머이니 응? 정숙 동무 곁에 더 이상 나란히 누울 팔자 아니란 거 모르는 내가 아닌데~

— 흐흐~ 사내구실이란 게 머 마누라 조지는 좆심 얘기하는 줄을 아니? 에이 그저 삐딱한 사상 가진 나쁜 동무 말이야. 조선공화국에서 하는 일을 내 동무한테 죄 얘기해 줄 수는 없고, 그저 사내답게 한번 살아내자면 힘을 키워야 하지 않겠니, 응? 감옥 독방에 있어도 독하게

마음만 먹으면 공화국 충성분자로 얼마든지 거듭날 수가 있대는 거를 기억하라, 동무~

태산은 밤새도록 골머리를 써도 풀리지 않은 이상한 말을 남기고 뒤꽁무니 빼듯 사라져버렸다. 콕, 콕 발자국을 새기며 멀어지는 태산의 뒤통수를 향해 명호가 물었다.

– 태산이 동무, 날 언제까지 여 보위부 감옥 독방에 가둬놓을 텐가 응?

하지만 태산의 대답은 돌아오지 않았다. 명호는 밤새 골머리를 앓으며 태산이 동무가 지껄였던 말들을 떠올려보았다. 그러나 아무리 생각을 집중해도 말의 의미를 이해할 수가 없었다. 보위부 감옥 독방에서 사내구실이란 말을 듣다니~ 사내답게 살자면 힘을 키워야 한다는 둥, 감옥 독방에 갇혀있어도 마음만 독하게 먹으면 공화국 충성분자로 거듭날 수가 있다는 둥 관절 뒤통수치는 소리로밖에 들리지 않았다.

명호는 밤새 몸을 뒤척였고, 잠을 이루지 못했다. 꿈속에서 어머니는 명호를 향해 흰옷을 곱게 입은 모습으로 손을 흔들어주었다. 정숙 동무를 보는 꿈도 꾸었는데 낡은 구두를 버리고 빨간색의 새 구두를 신고 뒷모습을 보이며 어디론가 걸어가고 있었다. 대문 앞에서 퇴마루를 바라보고 있는데 애들의 모습이 보이지 않았다. 참이의 모습도 동실의 모습도 보이지 않았고, 슬픈 표정으로 투덜거리며 들어오는 봄이의 희미한 모습만 보았던 것 같다.

꿈에서 깨어보니 온몸이 땀으로 흥건히 젖어 있었다. 몸이 개운하지 않는데 결코 기분 좋은 꿈이 아니라는 생각이 들었다. 간밤의 꿈은 마치 현실에서 경험한 일처럼 머릿속에 또렷하게 남아 있었다. 대체 어찌하여 이런 경우에 평소에 없던 꿈까지 꾼다는 말인가. 흰옷 입고 손을 흔들어주시던 어머니의 모습은 몹시 슬퍼 보였고, 빨간 구두를 신고 어디론가 걸어가는 아내의 뒷모습에서 까닭모를 쓸쓸함이 묻어 나왔다.

하루 뒤에 명호는 호송차에 태워졌다. 보위부 감옥에 수감되어 있던 다른 죄수들과 함께였다. '평북20'이란 번호판의 보위부 차량이 죄수들의 차량을 앞장서서 이끌었다. 죄수들의 팔목에는 수갑이 채워졌고, 창문에는 검은 창가림커튼이 쳐져 있었다. 아침 해가 떠오르기도 전에 호송차는 겨울 안개로 덮인 도로를 달렸다. 어디로 가는지 영문도 모른 채 동무들은 호상 바라보며 눈을 희번덕거릴 뿐이었다.

죄수들은 찬바람이 창문 틈으로 들어오자 몸을 움츠렸다. 명호는 호송차가 앞을 향해 달릴수록 가족들과 작별한 듯 멀어지고 있다는 것을 깨달았다. 차가 속력을 내기 시작하면서 대체 어디로 가는지 죄수들 모두 겁에 질린 표정이었지만 감히 입을 열어 묻는 죄수는 나타나지 않았다. 명호 역시 입을 열어 묻지 못했다. 호송차를 안내하는 것으로 보이는 '평북20' 번호판의 차에 태산이 동무가 동행하고 있을지도 모른다는 생각이 들었지만 이내 고개를 저었다. 도 보위부 부부장이란 지위가 그처럼 작은 일로 동행할 것 같지 않았기 때문이었다.

죄수들은 하나둘씩 자울자울 졸기 시작했다. 차량이 덜컹덜컹 흔들리는데도 죄수들은 묵묵히 눈을 감은 채로 숨을 죽였다. 호송차는 운전석과 죄수석이 분리가 되어 있었으며, 쇠창살이 공간을 분리하고 있었으므로 죄수들은 앞쪽을 자세히 볼 수가 없었다. 명호는 직감적으로 호송차가 북쪽으로 달리고 있다는 느낌을 받았다. 아침 해가 중천에 오를 시간에는 삭막한 기온이 조금 눅어져야 하는데도 갈수록 추위가 옷깃을 파고들었다. 이렇게 갈수록 춥다는 것은 차가 죄수들을 짐짝처럼 싣고 북쪽으로 달리고 있다는 반증이었다.

예감이 좋지 않았고, 명호는 밤새 악몽에 시달리던 생각을 떠올렸다. 생각할수록 간밤의 꿈은 악몽이라는 생각이 들었다. 악몽 끝에 이런 호송차에 타게 되고 정처모를 어디론가 끌려가고 있다는 생각에 이르자 공연히 눈물이 흘렀다. 어머니는 꿈속에서 왜 흰옷을 입고 자신에게 손을 흔들어주었을까. 정숙은 빨간 구두를 신고 슬픈 모습으로 어디를 향해 걸어가고 있었던 것일까. 별의별 생각들이 떠올랐다가 다시 사라지곤 했다.

참이와 동실의 모습은 보이지 않았는데 집으로 투덜거리며 들어오는 봄이의 희미한 자취는 어이해서 꿈속에 그런 모습으로 나타났던 것일까. 조선공화국에서 독방 감옥이란 어디나 그저 한 평도 안 되는 공간일 것이다. 그런 좁은 공간에 갇혀있었던 탓에 명호에게는 깜깜절벽을 맞보고 있는 것 같았다. 태산이 동무한테 속았다고 생각하니 눈앞에 당장 캄캄한 절벽이 하나 나타나는 느낌이었다.

2

명호가 동료 죄수들과 함께 호송차에서 내린 것은 저녁 무렵이었다. 뺨이 얼어붙을 정도로 세찬 바람이 불었고, 죄수들은 온통 몸과 마음이 잔뜩 얼어붙은 상태였다. 호송차에서 계호원의 지시에 따라 내리는 순간 죄수들에게는 일제히 두려움이 엄습했다. 어둠이 깔리고 있는 낯선 공간에는 이상한 기운이 감돌고 있었다. 명호는 태어나서 처음으로 느껴보는 이상한 냄새를 맡았다. 비릿한 냄새인지 노릿한 냄새인지 분간이 가지 않는 고약한 냄새가 코를 찔렀다. 명호가 나중에 알게 되었지만 시체를 태우는 냄새였던 것이다.

－ 동무, 무슨 냄새가 이렇게 지독하지 응?

－ 글쎄 말이야~ 이런 냄새는 조선공화국에 살면서 내래 처음 맡아 보는데~

죄수들이 호송차에서 내리면서 코를 큼큼거리며 가장 먼저 내뱉은 말이었다. 수용소 정문을 통과하면서 경비대가 경비를 서고 있는 모습이 보였다. 군복 차림의 경비병들이 자동소총과 수류탄으로 무장하고 감시를 하고 있었다.

－ 우린 재수가 없어~ 말로만 듣던 전거리 교화소야~

－ 에이 젠장, 가까운 교화소 놔두고 우덜을 어찌 회령 산골짝으로 끌고 왔나 응? 저기 보니 성벽 포대에 기관총이 걸려 있는 모양인데~

호송차에서 내려 우왕좌왕하며 죄수들이 불평을 늘어놓았다. 명호 역시 전거리 교화소라는 말에 기가 막혀버렸다. 흉악한 정치범들이 수용된다는 가장 악랄한 곳이라는 소문을 들었는데 자신이 이렇게 지옥 같은 수용소에 들어왔다고 생각하니 막막한 생각뿐이었다. 명호의 가슴에 가장 먼저 불을 지른 것은 태산이 동무였다. 모든 것을 태산이 동무에게 속았다는 생각을 하는 순간 명호의 가슴에는 뜨거운 불이 타오르는 느낌이었다.

－ 여긴 죄수들이 마치 정치범들처럼 평생 갇혀 산다는 수용소 아니오? 내가 무슨 정치범도 아닌데 어이 이런 데로 끌려 왔나 응? 이런 뼈새바보 같은 놈들~

죄수 하나가 수갑 찬 손을 들어 올려 머리를 쥐어뜯었다. 곁에서 동료 죄수 하나가 심심풀이 삼아 슬쩍 물었다.

－ 동무는 무슨 죄목을 받았는데 그러오?

– 무슨 죄목이라니? 그저 김정은 떼떼~ 한마디 했을 뿐인뎁쇼.

죄수의 표정에는 여전히 억울한 감정들이 묻어 있는 느낌이었다.

– 동문 억울할 게 없소. 말 반동 죄를 지었으니 벌을 받을 만은 합죠. 난 그저 열심히 충성분자로 살아온 공민인데 연좌제를 받았소. 억울해 죽겠단 말이오.

– 연좌제라면 동무도 억울할 게 없소. 뼛속부터 반동인데 뭘 그러쇼?

공화국에서는 삐딱하게 쳐다보는 것으로도 죄인으로 몰릴 수가 있었다.

– 난 조선공화국을 위해 하루도 허투루 살지 않았소.

– 흐응 머이? 반동분자의 자식이 어찌 애국자의 탈을 썼소?

다른 죄수가 끼어들었다.

– 아니 머이요? 이런 막 돼 먹은 새끼 보라. 아니 머라구, 어이~

손에 채워진 수갑이 아니었다면 죄수들은 육박전을 치르고도 남을 기세였다. 호송차에서 죄수들을 넘겨받은 간수인看守人:간수 동무가 보다못해 조용히 해 자식들아! 하고 욕설을 퍼부으며 죄수들의 대열을 정리했다. 죄수들은 간수인 동무의 날카로운 한마디에 기가 완전히 꺾였다. 그런데 바로 이 순간부터 명호에게 이상한 일들이 벌어지기 시작했다. 간수인 동무의 명령에 따라 동료 죄수들이 정렬을 하던 바로 그 순간에 명호는 따로 어떤 관리자로 보이는 동무의 안내를 받게 되었던 것이다.

– 리명호 선생이 누구요?

선생이라는 호칭에 명호는 눈앞에서 번갯불이 번쩍이는 것 인양 놀랐다.

– 예, 내가 리명호란 사람이오.

명호의 목소리는 떨리고 있었다. 황소바람이 옷깃을 헤집으며 쌩 쌩 지나갔다. 혹독한 추위에 몸이 오들오들 떨렸다.

— 리명호 선생은 나를 따라 오시오.

명호의 손에 채워진 수갑이 풀렸고, 동료들과 분리되어 명호는 관리 자에 의해 안내되었다. 명호는 분명 자신의 신변에 이상한 일이 벌어지 고 있다는 생각이 들었다. 그 이면에는 태산이 동무가 관여되어 있다 는 것을 미루어 짐작하고 있었다.

— 나는 보위부에서 파견 나와 있는 사람이니 어려워 마시오. 리명호 선생은 죄수로 분류되지 않았소. 조선공화국의 번영을 위해 만났으니 호칭은 피차 동지로 부르는 게 좋겠소, 리명호 동지~

명호는 어안이 벙벙해서 아무런 대꾸를 하지 못했다. 태산이 동무가 도강을 하도록 유도했다면 이렇게 악랄하다는 전거리교화소에 자신을 보내지는 않았을 것이다. 지금의 이런 상황을 도저히 명호는 이해할 수가 없었다. 영문을 모른 채 명호는 보위원을 따라 담화실이라는 곳 으로 안내되었고, 담화실에서 간단히 서류작성을 마친 다음 관리소장 사무실로 안내 되었다.

— 리명호 동지, 먼길 오느라 로한勞汗: 수고이 많았소.

— 소장 동지, 죄수의 몸으로 수용소에 끌려온 나를 이렇게 대하는 리유를 모르겠소.

— 하하하~ 거야 우리도 상부의 지시니 깊은 뜻은 모르오. 그저 씻 고 편히 쉬도록 하시오, 리명호 동지~

지금 혼탁한 꿈을 꾸고 있는 것은 아닐까? 명호의 머릿속이 복잡하 게 얽혀버린 느낌이었다. 지난 기억도 닥쳐올 고난이 무엇일지도 한 치 앞을 내다볼 수가 없었다. 관리소장 사무실에서 나와 보위원 동지의 안내로 관리자 식당에서 끼니를 때웠다. 그리고 수용자들과 격리되어 있는 숙소로 안내되었다.

- 상부의 지시가 무엇인지 보위원 동지는 알고 있소?

- 상세한 내막은 모르오.

- 보위원 동지, 나는 여기서 머를 하오?

여전히 명호는 안개가 짙게 깔려 있는 미로의 세계에서 헤매고 있는 느낌이었다.

- 나도 모르오. 위에서 하는 일은 아무리 보위부 동료라도 실행 직전까지 알 수가 없소. 정보에 대한 비밀유지가 조선공화국 보위부의 생명이잖소.

보위원 동지가 말하면서 갈아입을 의복을 건넸다. 계급장 같은 것이 붙어있지 않은 의복은 수용자들이 착용한 의복과는 다른 모습이었다.

- 환복換服하고 행정실로 올라오시오.

- 예, 보위원 동지~

명호는 짐을 숙소 한쪽에 밀어놓고 옷을 갈아입었다. 벽의 중앙에 매달려 있는 거울에 얼굴을 비쳐보았다. 오랜만에 만난 자신의 얼굴이 명호는 낯설게 느껴졌다. 자신의 얼굴을 잊어버릴 정도로 지옥 같은 시간이 흘렀던 것이다. 행정실로 올라가니 보위원이 명호를 기다리고 있다가 수용자들의 학습현장으로 안내했다.

수용자들이 유일사상체계 확립의 10대원칙을 와글와글 암송하는 모습을 명호는 보위원 동지와 함께 지켜보았다. 여러 개의 집단으로 수용자들을 분류했고, 배정된 간수인들이 지도와 감시를 맡았다. 암기를 하지 못한 수용자들은 간수인들에게 구타를 당했고, 상당한 분량의 유일사상10대원칙을 써내려가도록 지시를 받았다. 밤이 깊었는데도 암송하지 못한 수용자들은 사상학습장을 떠날 수가 없었다.

명호는 이런 모습을 지켜봐야 하는 상황이 리해되지 않았다. 보위부 감옥에서 이곳에 함께 왔던 동료 죄수들과 함께 있는 것보다 더욱 불안했다. 지옥과 같다는 수용소에 끌려 왔는데 특별대접을 받고 있는 지금의 이런 상황 앞에는 대체 무슨 일들이 펼쳐질 것인가. 자정이 되어서야 피곤한 몸을 숙소에 눕혔지만 명호는 밤새 잠을 이루지 못했다.

발을 맘껏 뻗을 수도 있고 방바닥의 온기도 느껴진 방이었다. 지하감옥의 독방에서 발을 제대로 펴지 못하고 밤을 새웠던 날들을 생각하면 분명 비교할 수 없는 안락한 방이었다. 그러나 몸도 마음도 편하지 못했다. 명호에게 이런 낯선 환경은 오히려 어색하고 불편함을 줄 뿐이었다. 보위부의 지하 독방에서 몸에 밴 탓인지 발을 맘껏 펴는 것보다 구부리고 있는 것이 편한 느낌이 들었다.

몸은 낯선 환경에 바로 적응하지 못하고 달라진 환경을 거부하는 것 같았다. 세뇌라는 것은 정신과 사상의 영역에만 해당되는 것이 아니었다. 명호는 조선공화국이 공화국 주민들에게 신체마저 세뇌를 강제하고 있다는 사실을 새삼 깨닫고 있었다. 명호의 신체는 조선공화국으로부터 세뇌를 당해 몸을 뻗을 수 있는 넉넉한 공간인데도 팔과 다리를 쭉 펴면 오히려 불편함이 느껴졌다.

보위부 감옥의 독방에서처럼 몸을 웅크린 채로 잠이 들었다. 잠이 들었던 것도 거의 새벽이 되어서였던 것 같다. 온기가 있는 방인데도 잠에서 깨어났을 때는 몸이 얼어붙은 듯 오그라들었다.

다음날, 명호는 수용자들처럼 새벽 다섯 시에 일어났고, 수용자들은 아침 식사를 대충 때우고 노동현장으로 이동되었다. 수용소 규모는 그리 크지 않았는데 특별히 많은 수의 경비병들이 감시하고 있었다. 나

중에 들은 얘기지만, 2,000여 명 정도 되는 수용자들을 감시하기 위해 300여 명의 경비병을 배치하고 있다는 것이었다.

명호는 보위원 동지와 함께 수용자들의 작업현장을 견학했다. 구리 광산 입구에서 막장에서 먼지를 뒤집어쓰고 올라오는 수용자들을 목격했다. 수용자들은 아무런 표정 없이 부지런히 움직이고 있었다. 막장에서 나오고 막장으로 들어가는 노동자 중에 몸이 온전한 사람은 없어 보였다. 수시로 채찍질과 폭행이 일어나는 것도 명호는 고스란히 볼 수 있었다.

벌목장에서는 작업 중에 숨진 수용자를 목격했다. 혹한의 날씨인데도 제대로 의복을 갖춰 입지 못한 수용자들이 채찍을 맞고 있었다. 얼어붙은 땅을 곡괭이로 파다가 그대로 쓰러지는 모습도 눈에 들어왔다. 명호는 지옥이나 다름없는 이런 모습들을 지켜보면서도 감히 보위원 동지에게 한마디도 묻지 못했다. 태산은 어째서 자신을 이런 지옥 같은 수용소로 보내서 이런 모습들을 보여주고 있는지 명호는 짐작조차 할 수가 없었다.

명호는 며칠 동안 보위원 동지와 간수인 동무의 안내를 받으며 수용소의 이곳저곳을 둘러보았다. 식사 때에는 죄수들의 참상이 어른거려 음식이 목으로 넘어가지 않았지만 억지로 음식을 삼켰다. 보위원과 간수인 동무들의 시선이 의식되었기 때문이었다. 임신한 녀성들에게 가해지는 징벌, 굶주림에 허덕여서 쥐를 잡아먹던 죄수들, 늙은 부모를 울면서 채찍으로 구타하는 죄수의 모습, 소각장에 던져지던 시체들, 발가벗은 채로 널뛰기하는 녀자 수용자들, 국경을 넘었다가 중국 공안에 붙들려 북송되어온 탈북자들이 나란히 엉덩이를 드러내고 똥을 싸는 장면을 보면서 더 이상 이곳 수용소에 붙들려 들어온 죄수들은 공화국 공민이 아니라 한낱 짐승만도 못한 존재라는 생각이 들었다.

그리고 또 하나 새롭게 목격한 것은 감옥 속의 감옥이었다. 이중감옥이라 하면 딱 들어맞을 것만 같았다. 어두운 복도 좌우로 감옥 속의 감옥이 펼쳐져 있었던 것이다. 압축기로 손바닥을 조이는 형벌을 받으며 비명소리로 저항하면 죄수의 손이 순식간에 잘려나갔다. 얼어있는 세멘트 벽에 맨몸으로 기대어 경련과 구토를 하고 있던 녀성 죄수들은 실오라기 하나 걸치지 않은 몸이었다. 구토와 경련이 몽둥이찜과 채찍에 대한 저항이란 것을 복도 너머로 지켜볼 때는 느끼지 못했다. 간수들의 끈질긴 성적 요구를 거부한 녀성들에게 괘씸죄를 씌워 온갖 고문과 학대를 가하기에 더는 저항할 방법이 없고 구토와 경련만이 보여줄 수 있는 최후의 저항이었다.

녀성 죄수자들이 감옥에서 간수들의 성적 노리개가 되고 있다는 생각을 하니 문득 태산에게 농락당한 제자 춘희 생각이 났다. 지금 춘희는 어디에서 무엇을 하고 있을까? 중국 공안들의 감시가 심해 움직일 수 없다고 했지~ 또한 국수공장에서 노예처럼 하루 열 시간 이상 노동을 했다지 않는가~ 이런 어려움을 극복하고 춘희는 어머니가 있는 아랫동네에 무사히 내려갔을지~

감옥에서 제자의 편지를 단숨에 읽고 명호는 무엇보다 먼저 가슴이 무너져 내렸다. 용길이란 청년에게 춘희의 편지를 전달한 일이 두고 두고 후회가 되리라는 생각이 들었다. 선교사로부터 청년에게 전달할 편지를 받은 즉시 불에 태워버리라는 춘희의 긴박한 내용은 이미 엎질러진 물이 되어버린 운명의 장난이었다.

태산은 어째서 조작된 연락처를 건네주고 정체 모를 편지를 명호로 하여금 전달하게 하였을까. 밑도 끝도 없는 200달러에는 무슨 계략이 숨겨져 있었단 말인가. 춘희가 말하는 보위부 간부라면 태산이 동무가 분명하지 않은가 말이다. 봉투 상단에 동부인同夫人이라 쓰여진 글씨에는 무슨 뜻이 담겨져 있을까. 모든 것이 한 치 앞을 내다볼 수 없을 만큼 막막하기만 했다.

태산은 어째서 춘희로 하여금 안전하게 압록강을 건널 수 있도록 도와주었을까. 생각을 거듭할수록 머리가 복잡하게 얽혀들었다. 분명한 것은 태산이 동무가 춘희를 이용해서 자신을 수렁에 빠뜨리려는 음모를 꾸몄다는 점이다.

즉, 명호가 춘희의 편지에서 분명하게 읽은 것은 태산이 동무가 자신을 반동분자로 몰아 당장 검열하고 체포하려 했다는 정황이었다. 공화국에서 지옥이나 다를 바 없다는 정치범들의 감옥에 수용된 것이 태산이 동무의 간교한 계책이었다는 의문을 갖지 않을 수가 없었다.

도저히 예상할 수 없었던 마지막 잠자리, 귀신 곡할 노릇만 같았던 아버지 묘소에 대한 성묘, 꿈속에서도 예상하지 못했던 지옥 같은 수용소에서 지금 겪고 있는 이 특별한 상황까지 대체 상황 정리가 되지 않아 머리가 어지러울 지경이었다. 명호는 지금까지 상황을 고려한다면 장차 이곳에서 어떤 일이 벌어질지 모른다는 생각에 이르자 등골을 타고 소름이 돋아 올랐다.

― 리명호 동지, 무슨 생각을 그렇게 골몰히 하오?

― 말이 나온 김에 하나만 묻겠소. 대체 나는 신분이 무엇이오?

명호는 어정쩡한 자신의 위치 때문에 떳떳하지 못한 느낌이었다.

― 동지가 걸 모르면 누가 안단 말이오.

― 보위원 동지, 나는 지금 이 교화소의 죄수 아니오?

명호는 차마 입에 담기 싫은 말을 뱉어냈다.

- 죄수복을 입고 들어왔지만 지금은 죄수복을 벗었잖소. 우린 그저 조선공화국의 번영과 발전을 위해 함께 걸어갈 동지라고 생각하오.

- 정말 알 수 없는 일이오. 내가 여기에서 장차 무슨 일을 할 수 있단 말이오?

이런 환경에 놓인 자신의 처지가 명호는 얼른 리해되지 않았다.

- 낸들 알 수가 있소? 우린 그저 상부의 지시를 받아 움직일 뿐이오.

- 상부라면~ 누가 이런 지시를 내린다는 말이오?

- 리명호 동지~ 조선인민공화국 보위부에서 상부의 일이라는 것은 지시를 내린 사람도 지시를 받은 사람도 일절 비밀이지요.

보위원 동지의 말처럼 명호는 더 이상 이 상황에 대한 의문을 풀어줄 어떤 정보도 얻지 못했다. 공화국 보위부가 그를 정말 죄수로 취급하지 않을지도 모른다는 기대도 해봤다. 그런데도 불안한 까닭은 그의 목을 둘러매고 있는 보이지 않는 올가미 때문이었다. 다른 동료 죄수들과는 달리 그에게 특별한 대우를 해주고 있는 것은 맞지만 울타리를 그 맘대로 넘을 수가 없다는 사실이 현실인 것이다.

명호는 울타리를 뛰어넘으려고 애를 쓰지 않았다. 발버둥을 친다한들 목에 둘리매진 올가미를 잘라낼 수 있는 방법은 없었기 때문이다. 발버둥을 칠수록 결국 자신의 숨통을 조여들게 하는 올가미 씌워진 짐승의 신세와 다를 바가 없다고 생각했다. 그는 냉정하게 자신이 처한 처지를 들여다보았다. 울타리 안에서는 다른 죄수와는 다른 대우를 받고 있다는 것과는 관계없이 그는 한 마리의 짐승 신세였다. 따라서 그는 여전히 죄수라는 이름의 굴레를 쓰고 있는 것이라고 분명히 생각했다.

그런데 이런 생각에 갇혀 여전히 혼란스럽기만 하던 휴식날공휴일 아침에 다시 이상한 일이 벌어졌다. 명호는 수용소 담화실로 호출을 받앗고, 담화실에서 명호를 기다리고 있는 사람은 미모가 빼어난 젊은 녀성이었다. 녀성은 젖가슴이 놀랍도록 크게 도드라져 있었고 달린 옷 원피스을 말쑥하게 차려입었는데 그 위에 따뜻하고 부드러운 느낌의 외투를 걸치고 있었다. 보위원 동지가 뭐라 귓속말로 그녀에게 지시를 하고 곧장 담화실에서 나가버렸고, 담화실에는 명호와 그 녀성 동무만이 남게 되었다.

– 내게 무슨 용무가 있는 게요?

명호는 얼떨떨한 목소리로 녀성 동무에게 물었다.

– 예, 잠깐이면 됩니다.

녀성의 목소리는 맑고 또렷했다. 보위부 감옥에서 만났던 녀성 보위원을 빼면 외간 녀성 동무와는 처음 맞대면하는 자리였다. 녀성 동무로부터 물씬 연대화장품 냄새가 풍겼다. 명호는 순간 명치끝이 컥 막히는 느낌을 받았다. 사내라는 사실을 새삼 떠올리며 얼굴을 붉히는데 녀성 동무가 불쑥 한 발짝 다가서며 이상한 말을 했다.

– 조금 올려주세요.

– 아니 뭐요? 대체 무, 무슨 말이오?

명호는 심지어 말을 더듬었다. 녀성 동무의 젖가슴이 명호의 가슴에서 물컹하게 느껴지는 순간이었다.

– 두 팔을 좀 올려 달라 말입니다.

명호는 영문을 모른 채로 두 팔을 어깨높이로 들어 올렸다. 그러자 녀성 동무가 타래자줄자를 펼쳐 명호의 가슴에 둘렀다. 명호의 낯바닥이 붉게 달아올랐다.

– 지금 뭐를 하는 것이오?

– 신체 치수를 재는 겁니다.

녀성 동무의 젖가슴이 명호의 눈앞에서 출렁거렸다. 명호는 시선을 어느 곳에 둘지 몰라 큼, 큼 마른기침을 하며 침을 삼키고 있었다.

— 신체 치수요? 아니 무슨 리막裡幕 : 내막으로 내 신체 치수를 잰단 말이오?

— 그저 상부 명령에 임하는 것이지 리막은 우리도 모릅니다.

녀성 동무의 대답에 명호는 더욱 궁겁다는 표정을 지었다. 신체 치수를 재는 까닭은 무어란 말인가. 의복을 맞추는 일이 아니라면 신체 치수를 이렇게 잴 일이 없다고 생각했다. 녀성 동무는 명호의 신체 치수를 잰 다음 또박또박 기록을 했다.

— 차림새가 람루襤褸해서 이러는 게로구만이요. 동무는 어디에서 일을 하오? 저 위생초소에서 봤던 얼굴인데~ 이곳 관리소가 녀성 동무의 직장이오?

— 개체위생개인위생을 맡고 있습니다.

녀성 동무의 대답에 명호는 머리를 갸우뚱했다.

— 예? 그럼, 수용자들의 위생을 동무가 담당하고 있다는 말이오? 수용자들 중에 제대로 걷지 못하는 동료들이 태반이었소. 수용자들이 모두 개탈병신경쇠약에 걸려 황천벽저승이 멀지 않아 보이더란 말이오.

— 죄수들의 개체위생에 대해서 나는 모르오. 난 그저 여기 관리소 관리원들의 개체위생만을 보살피는 책임일군일꾼이란 말이오.

녀성 동무는 명호와 대화하는 것을 꺼리는 듯했다.

— 녀성 동무에게 하나 더 묻겠소. 나는 이곳에서 죄수요 관리원이요?

— 심란한 얘기 하지 마오. 내 임무를 모두 마쳤으니 이만 갑니다.

뒷모습을 보이며 걸어가는 개체위생 담당 녀성 동무를 명호는 물끄러미 바라보았다. 녀성 동무는 위생초소를 향해 빠른 걸음으로 걸어가고 있었다.

정치범수용소에서 죄수들은 매일 할당받은 작업량을 달성하기 위해 쉬지 않고 노동을 한다고 했다. 문화일토요일과 일료일 조차 쉬지 못했다. 년 중 쉬는 날은 고작 1월 1일 하루라고 했다. 수용자들은 병에 걸리지 않으려고 무척 애를 쓴다는 것이었다. 병에 걸린 사실이 발각되면 비밀리에 처형을 당한다고 했다.

명호 역시 전거리 교화소에서 엄청난 사건들을 목격할 수 있었다. 폭행, 고문, 감금이 일상화되어 있었고, 죄수들의 목숨이 파리 목숨보다 가볍다는 것을 깨닫는 데는 그리 오랜 시간이 걸리지 않았다.

탈출은 절대로 할 수 없다. 잡힌 즉시 총살이다. 서로가 서로를 감시한다. 관리소의 법과 규칙을 어길 시 즉시 총살한다. 남녀 간의 접촉은 절대로 금지한다. 남의 물건을 훔친 자는 총살한다. 보위지도원에게 절대복종해야 한다. 지옥의 현장, 이런 곳에 와서 죄수들과 격리되어 지내는 시간이 명호에겐 더욱 견딜 수가 없는 시간이었던 것이다.

개체위생 담당 녀성 동무가 신체 치수를 쟀던 까닭은 며칠 뒤에 저절로 밝혀졌다. 보위원 동지가 불쑥 담화실로 불러 한 벌의 신사옷을 내밀었다. 담화실에는 관리소장도 동석하고 있었다. 명호 앞에 놓여진 것은 한 벌의 검정색 신사옷신사복이었다.

― 리명호 동지, 상부에서 하사한 선물이오.

관리소장이 감동이 듬뿍 담긴 목소리로 말했다.

― 이 귀한 신사 옷을 어, 어찌 내게~

명호의 목소리가 떨렸다.

― 경애하는 최고령도자 동지께서 탄생일을 기념하여 내린 물품이라 하오.

– 아니 어, 어떻게 이, 이런 일이~

명호는 벽에 걸린 김정은의 초상화 앞에 정중히 허리를 숙여 절을 하고 나서 보위원 동지 앞에서 무릎을 꿇었다. 김정은 지존이 하사한 선물이라니 경천동지할 일이었다. 생애를 두고 반쪽짜리로 살아온 사람에게 최고령도자의 선물이란 아무리 생각해도 믿어지지 않았다. 태산이 동무의 뜻이 반영되어 있으리란 생각을 하면서도 명호는 동지들 앞에서 이런 벅찬 감동에 대한 연기습작을 해야만 했던 것이다.

– 리 동지, 어서 일어서오.

관리소장의 목소리는 아직도 떨림의 기운이 묻어 있었다. 관리소장이 계속 말을 이어나갔다.

– 우리 관내의 경사예요. 김정은 최고령도자의 은덕이 우리 관내에 내려지다니 이 보다 더한 경축이 어디에 있단 말이오. 하하하~

명호는 난데없이 상상할 수 없는 꿈을 꾸고 있는 것만 같았다. 그 앞에 펼쳐지고 있는 믿기지 않은 일에 대해 명호는 공연히 불안해지고 있었다. 그의 신분이 당장 바닥에서 기어 다니고 있을 처지이지 불피코 날아오를 수 없는 몸이었기 때문에 어리둥절하면서 불안감을 감출 수 없었다. 김정은 탄생일인 1월 8일에 즈음하여 명호에게 이런 선물이 내려진 것은 태산이 동무를 떠나서는 설명할 방법이 없을 것이다.

조선공화국에서는 김정은의 생일에 대해 아직 국경일로 정해놓지 않고 있었지만 한편에선 그에 대한 우상화 작업이 대대적으로 진행되고 있었다. 공화국은 최고령도자라는 호칭을 사용하면서 김정은을 김일성이나 김정일과 동등한 반열에 올려놓으려는 작업을 착착 진행하고 있었다. 탄생일에 즈음하여 공화국 몇몇 간부들에게 의복을 하사하는 계획에 태산이 동무가 잽싸게 편승하여 이상한 음모를 벌이는 것이라는 생각이 들었다. 갑자기 명호는 등줄기에서 식은땀이 흘러내리는 느낌이 들었다.

명호는 수용소에서 이상한 경험을 하면서 자신에게 불현듯 닥칠 일들을 생각해 보았다. 조선공화국에서 살아갈 수 없는 처지가 되어 탈북을 준비한 마당에 갑자기 이런 수용소에 보내졌던 것이다. 이제 희망은커녕 꼼짝없이 최악의 수용소라는 지옥에서 목숨을 마감하게 되었다고 생각했는데 까닭모를 특별대접을 받고 있는 상황인 것이다. 지금은 명호에게 꽃길이 펼쳐지는 모양 같지만 꽃길이 다하는 데는 곧 지옥으로 향하는 낭떠랑낭떠러지이 대기하고 있을 것이라는 것을 모르지 않았다.

명호는 수용소에서의 하루하루가 불안하기 짝이 없었다. 바람벽에 걸린 신사 옷이 명호를 비웃으며 노려보는 느낌이었다. 그들의 말처럼 최고령도자의 은덕을 입은 탓인지 어떤 사람도 명호에게 눈치차림눈치놀음을 하도록 대하는 사람은 없었다. 관리자들 중에서도 간부급에 해당하는 동지들과 나란히 앉아 식사를 하였고 양치물을 명호에게 바치는 사람도 있었다. 관리자들을 마주하는 명호의 마음이 불안한 것은 당연한 일이었다. 밤에는 창문이 덜컹거리는 소리에도 깜짝깜짝 놀라서 잠을 이룰 수가 없었다.

대체 지금의 이런 상황을 어떻게 받아들여야 하지? 선물로 받은 신사 옷을 맘껏 입는 날이 그에게 돌아오기는 하는 걸까? 명호는 별의별 생각을 하며 밤잠을 설쳤다. 그런 중에도 명호는 태산이 동무의 뜻에 따라 움직이는 로보트로봇가 되고 있다는 생각을 하고 있었다. 태산이 동무와 연관을 짓지 않고서는 지금의 이런 상황을 상상조차 하지 못할 것이었다. 명호는 바람벽에 걸린 신사 옷을 물끄러미 올려다보며 자신의 앞날에 어떤 일이 기다리고 있을지 곰곰 생각하고 있었다.

그런데 불길한 예감은 생각보다 일찍 닥치고 있는 것인지 신사 옷을 받은 지 사흘째 되던 날의 밤이었다. 보위원 동지가 똑, 똑, 똑 숙소의 방문을 두드렸다. 명호는 잠을 이루지 못하고 이리 뒤척 저리 뒤척 궁색한 몸세몸짓로 밤 시간을 보내고 있었다.

- 리명호 동지~

명호는 밖에서 부르는 소리에 이불을 걷어내고 상체를 일으켜 세웠다. 숙소로 찾아와 문을 두드리는 것이 마음에 걸려 명호는 불안한 마음으로 서둘러 바지를 꿰어 입었다.

- 밤이 깊었는데 무슨 일이오, 보위원 동지?
- 상부에서 호송명령이 떨어졌습니다.

늦은 밤에 예고 없이 떨어진 상부의 호송명령이란 말에 명호는 이제 자신에게 고난이 시작되고 있다고 생각했다.

- 상부라면 공화국 보위부 말이오?
- 관할 직속 보위부에서 지시가 내려 왔소.

이곳 수용소에서 다른 곳으로 호송된다는 자체로는 명호는 나쁘지 않다고 생각했다. 구타와 가혹행위, 중노동 그리고 굶주림과 전염병. 처형 등으로 날마다 사망자가 속출하고 있는 지옥 같은 곳에서 벗어난다는 자체로 다행스런 일이라고 생각했다. 주섬주섬 옷을 꿰입고, 지시에 따라 한 꾸러미의 짐을 챙겨 밖으로 나왔다. 심산유곡深山幽谷에서 독버섯의 포자처럼 목숨을 위협하는 듯한 보위원 동지의 목소리가 귀청을 울렸다.

- 최고령도자의 은정품을 어째서 가방 속에 구겨 넣었소?
- 아차! 경황이 없어서 그저~

명호는 다시 숙소로 돌아와서 김정은 최고령도자가 하사한 검정색 신사 옷을 단정하게 차려입었다. 최고령도자의 하사품을 소중히 다루지 않는다는 것은 어떤 의미에서 당장 반동분자로 몰릴만한 위태로운 행동이기 때문이었다. 개체위생 담당 녀성 동무가 직접 신체의 치수를 쟀던 탓에 몸에 철석 달라붙었다. 입때껏 조선공화국에 살아오면서 이처럼 몸에 꼭 맞는 신사 옷을 입어본 적이 없었다.

명호는 얼떨떨한 심정으로 숙소에서 걸어 나왔고 행정실 앞에 대기하고 있던 호송차에 올라탔다. 명호가 밖으로 나오기 전부터 호송차는 일찍 거기에 대기하고 있었던 모양이다. 명호는 잠깐 고개를 쳐들어 하늘을 쳐다보았다. 깊은 산속의 적막한 어둠 속에 달빛이 눈부시게 비춰지고 있었다. 화사한 보름달을 보니 정숙이가 만들어 가져왔던 동지 오그랑죽을 먹은 지가 벌써 한 달이 흐른 모양이다.

세월은 미처 돌아보지 못한 사이에 쉬지 않고 흘렀다. 세월을 앞당기려고 기를 쓰지도 않았는데 문득 고갤 쳐들어 보니 류수流水처럼 빨리 지나온 듯했다. 풍상고초風霜苦楚라는 말이 무색하게 힘겹게 지나온 세월이 머릿속에 빠르게 펼쳐지며 떠올랐다. 머리오리머리카락가 희끗해질 정도로 이제 머잖아 반백을 바라보는 나이이니 더는 젊은 청춘이란 말은 어울리지 않았다.

– 어서 차에 타시오.

– 날 어디로 데려가는 겁니까?

하지만 보위원 동지는 입을 열지 않았다. 명호는 지프차의 뒷좌석에 몸을 실었다. 지프차안에는 놀랍게도 개체위생 담당 녀성 동무가 동승하고 있었다. 명호가 차에 오르자 곧 지프차는 쏜살같이 달리기 시작했다. 당장 앞에서 벌어질 일도 예측할 수 없는 암흑속의 숲길을 명호는 달리고 있었다.

개체위생 담당 녀성 동무를 처음 마주했을 때에 느꼈던 야릇한 감정은 이미 달아난 지 오래였다. 예측할 수 없는 앞날이 명호를 주눅이 들게 만들어버렸다. 대체 이들은 나를 어디로 데려가는 것인가. 까닭모를 불안감이 엄습했고, 쇠붙이에 닿으면 쩍 쩍 달라붙는 추위보다 더 명호의 마음은 얼어붙어 있었다.

지프차가 멈춘 곳은 잘 정돈된 특각별장이었다. 간부초대소라는 말답게 불빛이 아늑해 보였는데 부부장급 정도 되는 고위간부가 방문할 때 숙식을 하는 곳이었다. 지프차에서 내린 명호는 봉사원에 의해 특각 안으로 안내되었고, 보위원 동지와 개체위생 담당 녀성이 대동했다. 명호의 가방을 녀성 봉사원이 받아 들었고 이어서 곧장 지하로 향하는 계단을 밟아 내려갔다.

– 날 어디로 데리고 가는 거요?

명호는 문득 두려운 마음이 들었다. 지하 계단을 타고 두 층을 내려간 듯했는데 어둑한 지하 공간에는 겨울인데도 퀴퀴한 냄새가 배어 있었다. 지하실 복도를 돌아 꺾어들자 대기실 비슷한 공간이 나타났고, 불빛에 반짝거리는 투명유리가 깔린 탁자 앞에 앉도록 안내 받았다. 지금의 이런 상황에 대해 명호는 아무것도 상상할 수 없었다. 탁자에 앉자마자 녀성 봉사원이 미리 준비한 듯한 음료수를 건넸다. 명호는 거리낌 없이 녀성 봉사원이 내민 음료수를 받아 마셨다. 탄산단물 맛 중에서도 달달해서 그의 입맛에 제격인 배 탄산단물 맛이 났다. 명호는 녀성 동무 앞에서 체면을 구겨서는 안 된다는 생각에 한 잔 더 마시고 싶었지만 애써 강한 욕구를 억눌렀다.

그러나 채 1분도 되지 않아 체면 따위는 헌신짝처럼 버리게 되었다.

명호는 탄산단물 한 잔을 더 받아들어 서슴없이 마셨다. 마치 혀가락 헛바닥에서 조갈증이 일어난 듯 음료수 한잔을 더 받아마셨는데 잠시 후 감정이 격해지면서 온몸이 달아오르는 느낌이 들기 시작했다. 태산이 동무의 배려 덕에 쌀밥과 고깃국을 여러 차례 얻어먹었지만 몸이 이렇게 달아오른 적은 없었던 것이다.

명호는 흥분된 마음을 가라앉히려고 깊게 숨을 들이마셨다. 대체 이들은 자신에게 무슨 일을 벌이려고 하는 것일까. 명호는 이를 악물고 길게 숨을 내쉬면서 마음을 다잡으려 애를 썼다. 그래도 흥분된 마음이 가라앉지 않았다. 가슴이 콩닥콩닥 뛰는데 이상하게 기분이 좋아지는 것이었다. 이런 감정은 살아오면서 처음이었다.

탄산단물을 마시면 그저 상긋할 정도로 기분이 좋아질 뿐인데 지금 상태는 무언가 이상했다. 탄산단물에 혹시 백색 가루를 섞은 것이 아닐까? 이런 생각을 하니 정신이 번쩍 들었다. 무슨 짓을 하려고 그런 짓을 벌인단 말인가. 최고령도자로부터 선물까지 받은 사람에게 이런 짓을 벌인단 말인가? 명호는 절레절레 고개를 흔들며 정신을 가다듬으려고 애를 썼다.

그들은 명호를 지하 대기실에 잠깐 머물게 한 다음 분주하게 움직였으며, 대기실과 연결된 통로를 바삐 오갔다. 명호는 몸이 여전히 흥분된 상태에서도 정신을 바짝 차려야 한다는 생각이 들었다. 그런데 이상한 것은 시간이 흐를수록 감정이 격해지며 몸이 뜨겁게 달아오른다는 점이었다. 언젠가 고등중학 학급 반원들이 절반이 넘게 결석을 했을 때 교원들과 나누었던 말들이 생각났다.

기분이 좋아 날뛰는 애들, 말을 쉼 없이 지껄이는 애들, 구름을 잡겠다고 붕, 붕 뛰다 자빠지는 애들, 이런 애들은 죄다 한 모금씩 빨아대던 애들이라는 말을 들은 적이 있었다. 명호의 지금 기분은 구름을 잡아보려고 붕, 붕 뛰고 싶은 기분이었다. 그의 생각이 여기에 미치자 명호는 자기를 가지고 저들이 이상한 실험을 하는지도 모른다는 생각이 들었다. 그런 생각 중에 저쪽에서 저들이 작은 소리로 속삭이는 소리를 들었다.

– 얼음은 충분하오?

보위원 동지의 목소리인지 분간할 수 없었지만 낮고 굵직한 사내 목소리였다.

– 1그람이면 족하지 않소?

그 목소리는 개체위생 담당 녀성 동지의 목소리임이 분명했다. 이 추운 겨울에 얼음을 찾는다면 대체 무슨 일을 벌이려는 것일까. 얼음 일 그람이라니? 설마~ 명호는 이런 중에도 고개를 냅다 흔들었다. 그가 고개를 흔들어대는 모습을 그 누구도 보지 못했을 것이다.

얼음이라면 마약을 말하는 은어가 아니던가 말이다. 설마~ 하지만 명호가 부정하는 설마는 다음 순간 명호의 의식을 송두리째 틀어잡고 말았다.

– 상대는 준비가 되었소?

– 충분하오.

– 그럼, 작대기를 가져오오, 정연심 동지~

– 예 남 동지~

저들은 대체 명호에게 무슨 짓을 벌이려 한단 말인가. 상대는 준비가 되었느냐는 말은 무슨 뜻일까. 명호는 힘을 주어 어금니를 앙다물었다. 상대의 준비는 무엇이며, 충분하다는 대답은 무엇을 의미하는 것일까. 그리고 무엇보다 얼음과 작대기는 마약 세계에서 쌍을 이루는 말이 아니던가. 작대기라니, 대체 놈들이 무슨 짓을 벌이고 있는 거지 응? 작대기라면 주사기를 빗대는 말이었다. 술히로뽕, 얼음마약, 작대기주사기 등은 조선공화국에서 퇴폐적인 환각 파티를 즐기려는 자들 사이에 은밀히 통용되어 오던 말이었다.

명호는 녀성 봉사원을 따라 대기실에서 나왔다. 어둑한 통로를 꺾어 돌 때 그가 물었다.

– 대체 내게 무엇을 하려는 겁니까?

– 난 아무것도 모르니 묻지 마오.

어떤 공간인지 모르지만 명호는 대기실에서 가까운 곳으로 이동했다. 구두를 여전히 벗지 않은 것으로 보아 숙소는 아니었다. 낯선 공간에 들어서자마자 명호는 체수가 무척 커 보이는 두 명의 사내에게 제압당했다.

– 무, 무슨 일이오?

– 잠깐이면 되오.

사내들은 억센 손을 빠르게 놀려 명호를 제압하고 곧장 명호의 눈을 검정 천으로 가렸다. 명호는 기를 쓰고 몸을 비틀어 저항해 보았지만 사내들의 억센 힘을 감당할 수가 없었다.

– 아니 동무들 대, 대체 나한테 왜 이러는 거요?

– 우린 공무公務를 수행 중이오.

명호는 꼼짝없이 저들에게 몸을 내맡길 수밖에 없었다. 이런 중에도 정신을 놓지 않으리라 수없이 다짐을 하고 있었다. 명호의 팔을 사내 하나가 붙들었고 개체위생 담당 녀성 동무가 그의 팔에 주사바늘을 꽂았다. 명호는 자신의 몸에 심각한 일이 벌어지고 있다는 것을 알아챈 순간 발악하듯 저항했다.

- 내 몸에 무슨 짓을 하~

그러나 저항의 몸짓은 아무런 힘을 발휘하지 못했다. 저들의 힘은 이겨낼 수 없도록 강했고, 명호는 무기력하게 팔뚝을 그들에게 내어줄 수밖에 없었다. 입을 제압하는 사내의 힘에 억눌려 목소리마저 제압당하고 말았다.

- 남 동지, 이제 되었으니 데리고 가면 되오.

- 정 동지, 수고 많았소.

명호는 아직까지 그들이 무슨 말을 하는지 정확히 이해하지 못하고 있었다. 이어서 몸이 뜨겁게 달아오르면서 나른해지는데 정신을 잃을 정도는 아니었다. 대체 저들은 자신의 몸속에 무엇을 주입한 걸까? 명호는 사내들의 힘에 끌리어 가면서도 그런 생각에 골몰해 있었다. 하지만 그런 생각도 잠시에 지나지 않았다. 명호는 통제할 수 없을 정도로 흥분이 되어 몸을 주체하지 못할 것만 같았다. 이곳 특각에 오고 나서 변화된 몸의 상태였다.

과연 저들은 나의 몸속에 무엇을 주입했다는 말인가. 주사기를 통해 몸속에 무엇을 주입한 것은 분명한데 대체 무엇을 투입하였기에 몸이 이렇게 흥분된다는 말인가. 하늘에 뭉실뭉실 떠가는 뭉게구름을 붕, 붕 떠올라 움켜잡고 싶은 마음이 솟아올랐다. 조선공화국에서 살아오면서 이처럼 주체하기 힘들 정도로 몸이 흥분되었던 적은 없었다. 본능과 이성의 경계를 허물어버리고 싶은 충동이 솟구쳤다. 이렇듯 가파른 감정의 꼭대기에 도달한 것은 특각에서 탄산단물을 마시고 팔뚝에 어떤 주사액을 주입당하면서 일어난 일련의 일이었다.

명호는 특각 지하실의 어느 방에 떠밀려 넣어졌다. 지하실에 위치한 방이지만 분홍빛의 은은한 조명이 비추고 있었고, 화사한 빛의 침대도 놓여 있었다. 명호의 눈에 비치는 것은 모든 것이 화려해 보였고, 성욕을 자극하는 오묘한 냄새에 취해 휘청거릴 정도였다. 뭉클뭉클한 그 냄새는 정숙 동무가 암내를 풍길 때에 맡아졌던 야릇한 냄새와 흡사했다. 욕정이 타오르며 안해의 육체를 갈망하고 있는 찰라 침대 머리맡에 창가림막커튼이 걷히며 곱게 단장한 녀성이 나타났다. 그 녀성에게서 풍기는 냄새가 정말 정숙 동무로부터 맡아온 냄새처럼 느껴지며 안해로 착각하고 있었다.

– 정숙 동무나 응?

– 선생님~

목소리가 환상처럼 들렸다.

– 정숙 동무 맞지 응?

– 선생님~

명호는 흥분된 나머지 분명 제정신이 아니었다. 창가림막 뒤에서 곱게 단장을 하고 나타난 녀성에게서 분명 안해의 향기를 맡았는데 '선생님'이라 호칭을 하다니 까닭모를 일이었다. 명호는 녀성 동무에게 미친 듯이 다가갔다. 정숙 동무 냄새가 분명한데~ 정숙 동무가 정말 여기에 왔단 말인가? 태산이 동무가 또 무슨 도깨비 같은 일을 벌인 것은 아닐까? 명호는 몸이 격하게 달아오르는 것을 억누르려고 애를 썼다.

– 정숙이 동무가 내게 와주었구나~

– 선생님, 저예요.

명호는 녀성 동무를 정숙 동무라 착각한 탓에 와락 끌어안았다. 명호는 안해의 향기에 취한 나머지 녀성동무를 품에 안아 침대 위로 무너졌다. 몸이 달아올랐고, 배꼽 밑에 통증이 느껴질 정도로 남경男莖 : 생식기이 불끈 일어섰다.

- 애들은 어찌하고 왔나 응?

명호의 마음은 급했고, 흥분된 몸은 당장 안해의 몸을 눕히고 싶었다.

- 선생님, 우리 어떡해요?

- 정숙아, 이제 함께 남쪽으로 내려가자.

명호는 침대위에 엉키어 안해의 몸을 더듬기 시작했다. 안해의 향기는 명호의 후각을 마비시켰다. 그는 꿈속에서조차 보고 싶어 했던 안해의 모습이 눈에 띄자마자 그의 시선은 강력하게 포획당해버렸다. 명호의 의식은 마치 안해의 향기에 취한 듯 황홀했다. 녀자의 향기에 명호는 숨이 막힐 지경이었다. 명호의 손이 안해의 옷자락을 하나씩 걷어내는데 녀자는 흐느끼면서 아무런 저항을 하지 않았다.

명호는 마치 미친 사람처럼 안해와 한 몸이 되었다. 태어나서 이런 기분은 처음이었고, 지칠 줄 모르는 격정에 쌓여 온 힘을 쏟아냈다. 밤마다 감옥에 누워 기다린 세월의 깊이처럼 명호의 혈기는 안해의 몸속으로 끝없이 빨려 들어갔다. 명호는 지금껏 살아오면서 이토록 강렬하고 격정적인 방사房事 : 성교는 처음이라고 생각했다.

안해와 살면서 수많은 잠자리를 같이 했었다. 그때마다 안해의 입가에서 흘리나오는 교대로운 신음소리를 들으며 황홀감에 젖었던 적도 있었지만 이토록 혼이 빠진 순간은 없었던 것 같다. 안해의 황홀한 몸짓, 표정, 소리들이 정말 환상처럼 느껴지는 것을 명호는 넋이 나간 사람처럼 음미하고 있었다.

명호의 온몸이 땀에 젖었다. 명호는 안해의 몸속으로 자신의 온몸이 빨려들어 가는 느낌이었다. 온갖 세상의 고뇌가 흥분의 도가니 속으로 송두리째 빨려 들어가는 것을 비몽사몽 느끼고 있었다. 이제 죽어도 안해와의 이런 잠자리를 떠올리면 여한이 없겠지~ 여전히 젊고 아름다워 보이는 안해의 모습, 풋풋한 향기, 오오, 안해의 팔과 다리가 뱀처럼 그의 등허리를 감아 조여 오고, 뱀의 혀처럼 홀곤홀곤 가슴팍을 샅샅이 핥아대는 안해의 혀가락햣바닥은 혼인해서 처음 맛보는 극감極感이라 생각되었다.

명호는 안해의 몸뚱이 위에서 정신을 잃고 잠이 들었다. 혼곤한 잠 속에서 깨어났을 때 명호는 등을 보이며 경대 앞에 앉아 흐느끼는 안해의 모습을 바라보았다.

— 정숙 동무, 여기에는 어떻게 오게 된 거야 응?

명호는 여전히 혼미한 정신을 가다듬으며 안해를 향해 물었다. 안해는 멈칫하며 대답이 없었다. 다소곳이 경대를 향하여 앉은 안해의 모습이 명호는 참 젊고 고와 보인다고 생각했다.

— 정숙 동무, 어찌 말이 없니 응?

상체를 흔들며 흐느끼던 안해를 향해 명호는 조심조심 걸어갔다. 어깨가 흔들리며 흐느끼는 몸짓으로 그를 향해 돌아서는 안해의 모습을 마주하자 명호는 순간 망부석처럼 몸이 굳어졌다.

— 선생님, 정신 차리세요.

아니 이건 대체 누구의 목소리인가. 혹시 춘희의 목소리이냐? 명호는 제자 춘희의 목소리가 분명해 보이는 그 소리를 듣고 어딘가 모르게 이상한 분위기라는 것을 깨닫기 시작했다. 서서히 의식이 정리되며 흐릿했던 눈동자에 안광이 회복되자 꿈속에서 깨어났을 때와 같은 이상한 허탈함이 순간적으로 엄습해 들어왔다. 명호는 자신의 몸이 알몸이라는 것을 순간 깨달았고, 헐레벌떡 속옷을 챙겨 입었다.

— 춘희야, 네가 여기에 어인 일이니? 국경을 넘지 않았냐 말이야 응?

이제야말로 명호는 자신이 꿈을 꾸고 있는지도 모른다고 생각했다.

– 선생님, 이제 우리 어찌하면 좋아요?

– 춘희야, 이거 보라. 우리 이거 꿈속에서 만나는 거겠지 응?

여전히 꿈을 꾸는 느낌이었다.

– 선생님, 춘희를 용서하오.

– 아니 관절 무슨 용서를 하란 말이냐?

– 춘희는 살고 싶어서 거절하지 못했어요. 흑~

춘희가 흐느끼며 울었다.

– 춘희야, 뭐를 말이냐? 내 관절 기억이 참담해서 무슨 말인지 모르
겠구나~

– 잡귀신닭은 사상을 쫓아내고 조선공화국에 충성분자로 살겠다고 맹
세를 했습니다. 무엇이든 시키는 대로 하겠다고 다짐을 했다 말입니다.
명령표창임무수행을 받게 되면 공화국 충성대열에 당당히 참여할 수 있
다 해서 이렇게 선생님인 줄을 알면서도 거부하지 못했단 말입니다.

– 아니 춘희 네가 뭐를 거부하지 못했단 말이니 응? 내 앞에서 네가
어찌 속옷차림을 하고 있는 거냐, 어이? 어서 거 맨살부터 가리라~

명호는 정말 자신 앞에 펼쳐진 일들이 분간이 가지 않았다.

– 선생님, 정신 차리오. 우리는 이미 몸을 섞었다 이런 말이오.

– 아니 머? 누가 누구하고 몸을 섞었단 말이니 응? 난 분명히 꿈
에서 안해를 안았을 뿐인데~ 깨어보니 꿈이었지 않아? 춘희야, 맞지
응? 한데 네가 어떻게 여기에 온 거니?

춘희가 명호를 와락 끌어안았다. 명호는 여전히 영문을 몰랐다.

– 선생님, 선생님~

– 아니 춘희야, 이거 립장 난처하게 어찌 이러니 응? 벽에도 눈이 붙
어있다는 거 모르니 응? 스승과 제자 사이라는 걸 딴 동무가 알게라도

되면 이거 흉허물 잡히는 일이 아니니 응? 춘희야~

명호는 힘껏 춘희를 밀어냈다.

― 선생님, 용서하오. 이 못된 춘힐 용서하시란 말이오.

춘희가 미끈한 몸으로 다시 명호의 품속에 안겼다. 명호는 춘희의 몸을 밀어내려 애를 썼지만 그녀는 더욱 그의 가슴팍을 가열차게 파고들었다. 그러면서 춘희는 갑자기 명호의 손을 끌어다가 자신의 아랫도리로 가져갔다. 어느새 춘희의 아랫도리는 질퍽하게 젖어 있었다. 명호는 숨이 막혀 죽을 지경이었고, 체면이 곤두박질치는 것을 느끼면서 버럭 소리를 질렀다.

― 이게 무슨 짓이니 응? 당장 나쁜 손을 거두지 못하니 응?

명호는 힘껏 춘희의 가슴을 밀어냈다.

― 선생님, 용서하오. 우린 이미 부부의 몸이란 말이오.

― 이런 못 된 것~ 감히 선생님 앞에서 걸 말이라고 하는 게야, 응? 스승과 제자 사이는 엄연히 내우_{내외}를 하는 사이 아니니 응?

명호는 춘희의 뺨을 때리려던 손을 가까스로 멈췄다.

― 그저 혼자말_{혼잣말}이라 여기겠어요, 선생님.

춘희가 다시 명호의 품속으로 파고들었다.

― 용길이란 청년 동무한테 춘희의 순결을 맘껏 바친 거라고 생각하면 아니 되겠니 응? 춘희야, 난 그저 머에 홀려서 안해하고 마냥 사랑놀음을 하는 줄로만 알았단 말이지~

― 선생님, 이제보니 옹졸한 평안도 참빗 장사로구만요. 춘희는 제자 따위 싫단 말입니다. 나도 곧 서르나문_{서른} 살 바라보는 녀자란 말이에요. 우리 이미 부부의 몸이 되었으니 함께 남쪽으로 내려가오이~

명호는 낮은 소리로 타이르듯 말하면서 힘없이 춘희를 밀어내려 했다.

– 아이 에구나~ 어찌 사내 입에서 그저 이런 간지러운 말이 튀어나오게 하니 응? 춘희 너 정신 차리려무나, 응? 춘희야, 너도 팔뚝에 작대기주사기를 꽂았니? 어서 말을 하려무나. 우리가 지금 저놈들의 술히로뽕판에 놀아나고 있는 게 아니냐 말이야~ 리춘희, 어서 말을 해보라 응? 이 력사 생코한테 어서 말을 하라니까는 으응? 아흐흐흐~

명호는 끝내 흐느끼고 있었다. 꺼이꺼이 흐느껴 우는 명호를 바라보는 춘희의 눈빛이 흔들리기 시작했다. 춘희는 검은 단발머리를 찰랑거리며 한참동안 명호의 눈을 뚫어지게 쳐다보았다.

– 선생님~ 선생님~ 춘희 어찌하면 좋아요, 예에?

춘희의 입술이 격렬하게 명호의 입술에 포개졌다. 아직도 몽롱한 의식 속에서 명호는 흥분된 감정을 가라앉히려고 이를 앙다물었다. 더는 저들의 놀음에 놀아나지 않으리라 수없이 다짐을 하는 데도 명호에게 춘희의 몸은 여전히 아름답고 너무 뜨겁게 느껴지고 있었다.

– 춘희야, 못난 스승을 용서해다오.

– 일 없습니다. 선생님과 함께라면 죽음도 두렵지~

명호의 입술이 새처럼 조잘거리면서 흐느끼고 있는 춘희의 입술을 덮었다. 춘희의 입술은 명호가 대어니 맛본 어떤 맛보다 상큼했고, 이내 그의 혀끝을 마비시켜버렸다.

– 춘희야, 미안하다. 내 심장을 너에게 주마~

– 선생님, 춘희 몸에 힘껏 심장을 넣어주오.

명호는 춘희를 보듬고 침대로 쓰러졌다.

– 오냐, 춘희야~

– ~ ~

춘희는 이미 명호를 사내로 받아들이고 있었다.

- 춘희에게 넣어줄 것이 심장뿐이더냐. 자~

- 오마나, 선생님. 어마~ 어쩜 좋아요~

혈기 방만血氣放漫한 육체적 본능이 사제師弟라는 두 사람의 관계마저 완벽하게 밀어냈다. 한번 터진 봇물이 거침없이 흘러가듯 둘의 밤은 먼동이 트도록 뜨겁게 타올랐다. 사제 간의 내외심을 벗어나니 춘희의 탐스런 육체에서 풍겨 나오는 암컷 냄새에 빠져 밤새도록 명호는 수컷 치레를 톡톡히 해냈다. 당장 아침이 오면 절망의 나락에 떨어진다 해도 지금 이순간 만큼은 피하지 못할 숙명이라고 명호는 생각하고 있었다.

3

김정은 체제에 대한 비난이 은밀하게 인민들 사이에서 포자를 드러내기 시작했다. 이러한 현상은 공포통치에 대한 저항이었고, 파쇼독재와 썩을 대로 썩어가고 있는 부정부패에 대한 아우성이었다. 낙서나 투서의 형태로 드러난 사건은 처음 평양의 김종대金日成綜合大學校를 중심으로 발생했고, 이런 사건은 공화국을 발칵 뒤집히게 만들었다. 학생들이 평양의 모든 체신소우遞局에 익명의 편지를 보냈는데 받는 사람은 '김정은 동지께'라고 적혔던 사건이었다.

조선공화국 체제에 대한 신랄한 비난과 함께 사회주의 제도를 더는 믿을 수가 없다는 것이었다. 지금처럼 낡은 사회주의로는 국가발전을 이끌 수가 없다고 씌어 있었다. 마르크스 자본론의 치명적인 모순점, 프롤레타리아 독재의 비창조성이 경제발전의 걸림돌이라는 것을 학생들은 조목조목 비판했던 것이다. 무엇보다 중요한 것은 조선공화국의 체제가 결코 공산주의 이념을 추구하지 않는다는 점이었다. 따라서 결코 무계급사회가 아니라는 점이었고, 그래서 공화국은 가혹할 정도의 노예사회이며 인민에 대한 치명적인 착취사회라고 비판을 쏟아놓았던 것이다.

국가보위부에서 김일성종합대를 투서의 진원지라 단정한 것은 편지의 내용에 공화국 주민들이 이해하기 쉽지 않은 아주 철학적인 사상의 깊이가 담겼기 때문이었다. 이를 뒷받침하듯 김종대 인근의 체신소에서 많은 투서가 발견되었다. 무엇보다 보위부가 투서자를 지목할 수 있었던 것은 필적이 드러나는 등사를 활용했기 때문이었다.

보위부 지도원들이 김종대 학생들의 생활총화 노트를 모두 회수해서 필적 조회를 실시했다. 대학생들 틈에 섞여 감시의 눈초리를 멈추지 않던 보위부 첩자들은 지목된 학생들을 면밀히 감시했고, 끝내 학교에서 빠져나가려는 학생들을 모조리 체포해버렸다. 운 좋게 학교를 빠져나간 학생들도 잠복한 보위부 요원들의 손에 체포되고 말았다. 체포된 학생들은 보위부 감옥에서 즉시 처형되었다.

김정은과 조선공화국의 체제를 비난하는 전단배포나 낙서행위는 대학뿐만 아니라 평성이나 사리원, 남포를 비롯해 공화국 전역에서 산발적으로 발생했다. 김정은을 일컬어 '제 아버지, 제 할아버지보다 백배나 더한 살인자'라 칭하였고, 심지어는 지역의 한 구역당 위원회의 담벽에는 '미군 환영한다. 너희는 나가라'고 적은 낙서까지 등장한 것이다. 이런 현상은 어떤 공화국 주민 개인이 아니라 단체나 조직의 소행임을 의심할 정도로 전국적으로 발생했다.

발각되면 처형을 당하는 짓임을 알면서도 김정은 체제에 대한 비판은 더욱 과감해졌다. '김정은을 타도하자' '인민의 적, 김정은을 처단하라'와 같은 체제 전복을 부추기는 낙서까지 등장했다. 지어는심지어는 김일성 광장, 여명거리, 금수산 태양궁전, 대성산 혁명열사릉 과 연결되는 4.25문화회관에서까지 낙서가 발견되었던 것이다. 이곳은 조선공화국을 대표하는 문화와 예술, 정치집회, 회의 및 회담, 노동당 대회 등이 개최되는 상징적인 장소였던 것이다. 이렇듯 지금껏 기업소나 대학, 가옥, 골목 등에 발생했던 낙서나 투서사건과는 달리 조선공화국의 뜨거운 젊은 심장에 기름을 붓는 사건이 일어나자 조선공화국 전역이 발칵 뒤집힌 것이다.

그러자 조선공화국 전역에서 대대적으로 필적조사에 들어갔다. 보안원들이 필적을 채집하기 위해 집집마다 방문하고 있었다. 정숙 동무네 또한 예외가 아니었다.

– 동무네 인간식구들은 다 어데 있소?

정숙은 떨리는 마음에 가슴을 졸이며 퇴마루에 걸터앉아 얼른 대답을 하지 못했다.

– 리 명호 동무는 어데 있소?

키가 작은 보안원이 물었다. 보안원의 양쪽 귀에 귀마개가 걸려 있었다.

– 교원 나갔지요.

– 아니 오늘이 문화일토요일인데 상학수업을 나가나? 밤도 깊어지는 시간인데 말이야~ 나나이 늙은 녀성 동무도 있는데~

서류를 뒤적거리면서 키가 큰 보안원이 날카롭게 톡, 톡 쏘는 말을 했다.

– 시어머니 노망나 집나간 지 꽤나 됐다오.

정숙 동무의 얼굴이 붉어졌다.

– 나 이런~ 학생 동무들이 둘인데 어찌 아무도 보이지 않소?

키가 큰 보안원이 불편한 심기를 드러내 보였다.

– 딸애는 잠을 자고 있는데~

– 아니 이케 늦은 때에 필적조사 나온다고 인민반에서 죄 공지를 했을 터인데~ 조선공화국 보안원을 어찌 보고 동무네는 그저 간덩이가 부었소?

키가 작은 보안원이 앞 번 보다 **빳빳**한 표정을 지으며 앙칼지게 대꾸했다.

– 보안원 선생님, 그저 사정 좀 봐주오. 대가정_{대가족}도 아니고 톱톱한_{보통} 가정인데 시어머니 노망난 터라 사정이 여의치 않게 되었소.

– 언 나~ 지금 리참이란 아들애는 어데 있소?

– 몸이 아파서 그만~

정숙은 번갯불에 담배 붙이듯 순간적으로 자신도 모르게 대답했다.

– 아들애가 이 세상을 떠났다 이런 말이오? 아니 여게는~

– 아이 에구나 보안원 선생님, 말씀이 어찌 그리 심하오. 세상을 떠나다니~ 몸이 아파 린근_{인근} 진료소에 누워있다 이런 말이지요.

정숙은 여전히 능청_{능청}을 떨고 있었다. 정숙의 얼굴이 한껏 달아올랐지만 밤의 어둠 탓에 보안원들이 알아차리지는 못했다.

– 설마하니 거짓말 지껄이는 거는 아니겠지요, 동무?

– 거 믿지 못하겠음 보안원 선생이 몸소 가서 료해_{了解 : 알아봄}해 보오.

– 아 나~ 그럼, 딸애나 깨워서 데려 오오. 에구 춥다~

담벼락 쪽에서 쌩 한 무더기의 바람이 쓸고 지나갔다.

– 봄이야, 어서 일나 이리 나오너라.

– 우선 동무부터 여기에 받아 적어 보오.

보안원들이 추위 탓에 몸을 연신 흔들어대며 말했다. 키가 작은 보안원이 정숙 동무로 하여금 글을 받아 적을 수 있도록 정숙에 대한 신상정보가 담긴 백지를 한 장 꺼내 들이밀었다. 키가 큰 보안원이 정숙에게 원주필볼펜을 건네며 손전등을 바짝 백지 위에 들이댔다.

　－ 오른손으로 '타도' 한 번 써 보오.

　－ 예 오른쪽 '타도'~

정숙이 보안원의 지시에 따라 '타도'라고 썼다.

　－ 이번에는 왼손으로 '타도' 한 번 써 보오.

　－ 예 왼쪽도 '타도'~

정숙이 왼쪽 손에 원주필을 들고 '타도'라고 썼다. 쓰면서도 정숙은 아들애 참에 대해 제발 탈 없이 넘어가 주기를 빌면서 애가 타들고 있었다.

　－ 이번에는 '처단' 한번 써 보오.

　－ 손 바꿔요?

　－ 아니 쓰던 손으로 계속 쓰오.

　－ 예, 왼쪽 '처단'~

　－ 오른손 써 보오.

　－ 예~ 오른쪽도 '처단'~

　－ 이번엔 '김자 정자 은자' 한번 써 보오.

정숙은 원주필을 불끈 쥐고 '김정은'이라고 썼다. 세상에 살면서 누가 이렇게 모진 낙서를 했단 말인가? 목숨을 걸고 누군가는 '김정은 타도' 라고 썼을 것이다.

　－ 아니 김자 정자 은자 이렇게 쓰라니까, 지존의 이름을 어찌 한달음에 쓴다 말인가 응?

– 아 예 예~

정숙은 '김자, 정자, 은자' 하고 딱 딱 끊어서 썼다.

– 옳지~ 옳지~

– 아이구 손이 곱아서 글씨 쓰기가 잘 안 되네~ 머 또 써요?

– '할아버지' 한번 써 봐요.

정숙은 얼어붙은 손에 입김을 불면서 번갈아 가며 착실히 '할아버지' 하고 썼다.

– 아버지도 써요?

– 할아버지 바로 밑에 '아버지' 쓰오.

정숙은 이런 글씨를 쓰면서 살이 부들부들 떨렸다. 처음 있는 일도 아닌데 이번 낙서나 투서 사건의 범인을 잡기 위해 사력을 다하는 모양이었다.

– 이번에는 오른손으로 '인민' 한번 써 보오.

– 인민의 적, 하고 한꺼번에 쓰면 쉬울 걸~

– 거 녀성 동무가 잔말이 많아~ 그저 지시하는 대로 '인민' 이렇게 쓰란 말이오.

– 예, 예 그러지윰~

정숙은 떨리는 손으로 '인민' 이렇게 썼다. 추위에 얼어붙어 곱은 손으로 엉거주춤 쭈그려 쓰고 있을 조선공화국의 주민들을 생각하니 처량하다 생각 되면서도 한편으론 우스꽝스럽기 그지없었다.

– '적' 자 써 보오.

– 예, 왼쪽 '적'~ 또 오른쪽 '적'~

정숙은 심호흡을 하면서 보안원의 지시대로 번갈아 '적' 자를 썼다.

– 또 머 더 쓸 글자 아직 있어요?

― 이제 여기에 '백배' 쓰오.

정숙은 으슬으슬 추위에 몸을 크게 한번 흔들어대면서 '백배'라고 썼다. 이제 거의 끝나가는 모양이라고 생각하고 있었다. '백배'를 쓰고 보안원들을 올려다보았다. 정숙이 썼던 글씨들을 보안원들이 쭉 훑어보고 있었다.

― '살인자' 라고 여기에 쓰오.

― 예, 오른쪽 '살 인 자' 왼쪽도 '살 인 자'~

― 오정숙 동무, 거 따박따박 흉한 말을 입에 올릴 거야 응? 입 꾹 다물고 쓰란 말이오. 오른쪽 왼쪽이 다 뭐야 응? 외려거든 오른손 왼손 이케 외야지 아 나~

― 예, 예~

정숙은 얼결에 쓴다는 것이 입에 흉한 말을 올리고 보니 순간 등골이 오싹했다. 이런 예민한 순간에는 작은 실수 하나가 큰 화를 불러올 수도 있기 때문이었다.

― 딸애, 불러오오. 리참이란 아들애는 린근 진료소에 있다니 나중에 필적기록 하면 될 테고, 노망 난 시어머닌 엄동설한에 죽었는지 살았는지 모르겠구만이요?

― 예, 모르지요. 봄이야, 어서 나와서 필적검사 받으라니까~

봄이가 이마를 가린 머리를 찰랑 흔들고 투덜대며 잠옷 바람으로 퇴마루에 나왔다. 보안원들이 봄이를 쳐다보자 봄이가 예의를 다해 턱 인사를 하였다.

― 보안원 선생님, 울 딸애 나나이 어린 학생이니 간단간단 검사 하오.

― 추위막이옷_{방한복}을 입었는데도 이케 추우니 머 그렇게 합세다.

조선공화국 주민을 상대로 이렇게 대대적인 필적검사를 하는 행사는 이번이 처음이 아니었고 주민들의 마음속에는 불만이 쌓여가고 있었다. 이런 필적검사 자체가 주민을 통제하려는 수단임을 알기에 더욱 그랬지만 보안원들 앞에서 불평을 늘어놓지는 못했다. 그래도 이번에는 낱글자로 투서의 내용을 눈치채지 못하게 쓰란 얘기는 않고 무더기로 쓰게 하니 한결 수월했다. 보안원이 해당 서류를 봄이 앞에 제시했다.

– 여기에 '고모'라고 써라.

– 예~

봄이가 군말 없이 '고모'라고 또박또박 썼다. 또박또박 썼는데도 보안원이 뜸을 들이자 봄이가 오히려 서두르듯 말했다.

– 김경희, 써요?

– 아니 왼쪽 손 바꿔 '고모' 쓴 다음에~

봄이가 손을 바꿔 '고모'라고 쓴 다음 다시 보안원을 쳐다보았다.

– 머 써요? '김경희' 써요?

– 거는 됐고, 녀학생 동무들이 리설주 여사 욕을 많이 한 대지 응? '리자 설자 주자' 왼손 오른손 번갈아 써 보라.

– 예~

봄이가 '리설주'라는 이름을 뜻밖에 아주 작게 쓴 다음 보안원을 향해 물었다.

– 이제 '김여정'이 써요?

– '김'자는 썼으니 됐고~

– 아니 보안원 선생님들, 날씨가 이케 추운데 대충 끝내고 들어가게 해주오.

정숙이 발을 동동 구르며 보안원에게 애걸을 하듯 말했다.

– 여게 '여정' 한번 써 보라.

봄이가 왼손과 오른손으로 번갈아 '여정'이라고 쓰고 보안원들을 올려다보았다. '여정'에 대한 필적을 조회한 까닭은 요즘 부쩍 조선중앙텔레비전에 모습을 비친 김정은의 녀동생 김여정에 대한 험담까지 나타나고 있기 때문이었다.

― 에, 이제 녀학생 동무 쓰고 싶은 말을 여 공란에 머든 한번 써 보라.

― 예~

봄이가 시무룩이 대답한 다음 공란에 쓰고 싶은 말을 썼다. 뜻밖에 '현송월 갈보'라고 봄이가 공란에 썼고, 보안원이 삐딱한 시선으로 봄이를 노려보았다. 그런데 봄이가 쓴 글씨를 보고 정작 놀란 사람은 정숙이었다.

― 아이 에구나, 철딱서니 없는 것들~ 보안원 선생님, 애들이 세상물겔 몰라 이러니 거, 울 딸애가 공란에 쓴 거 지워주오~ 예?

― 너 현송월이를 어이 갈보라 하니 응? 히야 이게 조선공화국 녀학생 동무들 사이에 떠돌아다니는 입소문이라 말이니 응?

― 내 동무 현송월이 말하는 거예요. 잘났다고 으스대는 되바라진 내 동무 말이에요.

― 보안원 선생님, 공란에 적은 거는 좀 지워주오. 울 딸애 학교 친구 중에 현송월이란 애가 있긴 있다오. 에구~ 철딱서니 없어 끼적거린 거니 어지간 하믄~

― 너 학교 동무 중에 정말 현송월이란 동무가 있대는 말이지, 응?

― 예, 기쁨조 뽑혀나가 우쭐대는 동무 있단 말입니다. 흐응, 이제 보아하니 현송월이 쌤통이다 그저 하하하~

― 허 참, 녀학생 동무들이란 게 이거 시샘이 담장을 넘는구나, 응? 그러믄 여게 쌍괄호_{소괄호} 치고 우리 학교 동무, 라고 써라.

- 예~

봄이가 공란 아래쪽에 쌍괄호를 열어 '우리 학교 동무'라 쓰고 쌍괄
호 닫고 끝점마침표을 찍자 필적검사는 끝이 났다. 필적검사를 받지 못
한 다른 인간들의 필적을 받기 위해 다시 들른다는 말을 남기고 보안
원들은 돌아갔다. 정숙은 참의 부재不在에 대한 당장 급한 불은 껐다
는 생각에 마음이 놓였다.

봄이는 필적검사를 마치자 후다닥 방으로 들어가 버렸지만 정숙은
맘 편히 방바닥에 등을 붙이고 잠을 이룰 수가 없었다. 아고阿姑는 이
추운 겨울에 대체 어디에 있을까. 참이와 동실, 애들은 탈 없이 이제
압록강을 건넜을까. 명호 동무는 아직도 지하 감옥에 있을까. 태산이
동무한테 손전화를 하는 것도 정숙은 이제 겁이 났다. 그녀의 목덜미
를 뱀의 혀처럼 핥아대는 나쁜 손이 떠올랐기 때문이었다. 장독대 너머
담벼락에서 휘영청 밝게 떠 있는 보름달을 바라보며 정숙은 추위에 떨
면서 소리 없이 흐느끼고 있었다.

4

도 보위부 간부 회의실에서는 아침 일찍부터 이번에 불거진 투서사건
에 대해 심각한 표정으로 머리를 맞대고 있었다. 간부들이 머리를 맞댄
것은 한두 차례가 아니었다. 각처에서 발생한 투서의 내용에 대해서는
호상 입을 벌려 되짚지는 않았지만 그 내용에 대해 모르는 간부는 한
사람도 없었다. 보안성과 보위부가 급한 나머지 공조를 하면서도 필적
조회 시에 주민들이 투서의 내용을 알아차리지 못하게 은밀히 핵심 어

휘 중심으로 조사하라는 지시가 상부로부터 내려졌던 것이다.

－ 필적검사 통계숫자 따위나 장악해서는 아니 된다는 말입니다.

－ 그럼, 이번 사건에 대해 각자 반영문反映文 : 의견을 써서 제출합시다.

한 시간을 넘게 머리를 맞대고 회의를 하던 간부들은 각자 책상 바닥에 이마를 처박고 반영문을 쓰기 시작했다. 태산은 범인 색출 마감일이 림박臨迫하자 밤을 패가며 필적에 대한 정보를 취합해 왔다. 관내에서 회수한 낙서, 투서지를 토대로 내용을 분석하고 손으로 직접 쓴 낙서, 투서의 글씨를 면밀히 분석했다.

간부회의를 통해 취합한 필적검사에 대한 반영문을 분석한 다음 태산은 따로 도 보위부 부장 등과 얼굴을 맞댔다. 승 부장이 정치부장에게 물었다.

－ 정치부장, 이 투서 글씨에서 머 좋은 단서 될 만한 게 없겠소?

－ 범인은새려범인은 말할 거 없고 여수었다는엿보았다는 놈이라도 한 놈 잡아들이면 족쳐본다지만 에잇 고약한 것~

－ 부부장 동지, 어찌하면 좋겠소, 응? 이거 끼적거린 낙서 투서 사건 가지고 도 보위부에서 대여섯 번 문제를 세운다는토론 게 말이 되는 소리인가, 에잇~

태산은 밤새 끙, 끙 앓으면서 실마리를 찾으려고 발버둥을 치면서 부하들이 나름대로 글씨에 대한 분석의 실마리를 마련했을 것이라고 생각했다. 하지만 당장 범인들이 남긴 필적을 토대로 범인의 단서를 찾았다 해도 모래밭에서 바늘 찾기처럼 어떻게 범인을 색출할 것인지에 대한 뚜렷한 대안은 갖고 있지 않았다.

－ 승 부장 동지~ 내 외람무쌍분수없는한 얘기가 될지 모르겠는데~

－ 부부장 동지 아니, 머 심장 후드득거릴 만한 코투리실마리라도~

말의 허리를 자르며 승 부장이 끼어들었다.

－ 예, 단서를 잡기는 했는데 범인을 어떻게 특정해야 할지 막막할 일이오.

－ 단서를 잡았다면 내게 어서 말해 보오.

승 부장의 마음이 급해졌다.

－ 이번 투서 사건의 범인은 통이 별로 크지 않은 사람이오.

－ 통이 크지 않다니? 박 동지, 아니 통 큰 놈이 투서를 하는 게 아니오?

승 부장이 머리를 갸웃거리면서 반문했다.

－ 필적을 분석해 본 바로는 통 큰 놈은 아닌 듯합니다. 그 대신 아주 치밀하고 논리적인 놈입니다.

－ 허어 참, 언놈이 단단히 치고 빠지자는 셈평이었겠지～ 거야 당연히 치밀할 수밖에～

승 부장의 입에서 락담落膽하듯 바람소리가 새어나왔다.

－ 아주 자의식이 강한 놈이 분명합니다.

승 부장의 태도에 아랑곳하지 않고 태산이 머릿속에 담아둔 말을 뱉어냈다.

－ 자의식이 강하다면 머 자기 사상이 분명하다는 애기 아니오?

－ 그렇지요. 사상은 강한데 세상을 삐딱하게 바라보는 놈일 거란 말이지요.

－ 거야 당연히 눈도 코도 삐뚤어지지 않았겠소, 응? 한데 부부장 동지는 무슨 근거로 범인의 성격을 그렇게 특정한 게요?

승 부장은 고개를 갸웃갸웃 하면서도 태산의 말에 빨려들고 있었다. 목이 마른지 물 잔을 아예 곁에 바싹 끌어다 놓고 마시고 있었다.

－ 예, 글씨는 곧 그 사람의 린품人品 : 됨됨이이지요. 자신이 펼치고자

하는 인간상에 따라 달라지는 게 글씨라는 말이지요.

－ 부부장 동지 얘기 듣고 보니 리해는 가는데~ 요는 모래알 속에 숨은 바늘을 어떻게 찾아내느냐는 말이지요.

정치부장이 묵묵히 입을 다물고 있다가 끼어들었다.

－ 수령의 은덕으로 사는 우덜이 앞장서지 않음 누가 앞장선단 말이오. 조선공화국이 아무리 힘들어도 우리 정복쟁이들에게는 배급을 끊지 않았잖소.

태산이 정치부장의 말에 숨을 몰아쉬어 가면서 응대했다.

－ 그러니 우리가 이번 기회에 뭔가 실적을 올려야 한다는 말이오. 최고 존엄을 모독한 처사를 속히 뿌리를 뽑아내야 발 뻗고 잠을 잘 수가 있을 것 같소. 에이 고것 참 귀 것이 울고 갈 노릇이란 말이야~

승 부장은 말은 이렇게 하면서도 관내에서 발생한 사건에 대해서는 태산이 동지가 해결해 주리라는 믿음을 버리지 못하고 있었다. 정치부장이 승 부장의 말을 받았다.

－ 우리 관내에서 발생한 낙서, 투서는 우리 손으로 뿌리 뽑아야지요. 중앙당에 이미 직보直報가 되었을 테고~

정치부장의 말에 승 부장의 숨이 꼴딱 넘어가고 있었다.

－ 직보가 다 뭐요. 중앙검찰소에서 빳빳한 검사들까지 들이닥쳐 당장 잡아내라 야단을 때렸는데~ 에이 주민들을 잘못 통제한 죄를 우리 간부들이 뒤집어쓰는 게 아닌지 모르겠소. 이거 우덜 목이 달아나게 생겼다 이런 말이오. 쯧, 쯧~

승 부장의 말이 결코 틀린 말은 아니었다. 큰 사건의 뒤에는 만만한 관할지구의 간부들이 연대책임을 지고 정복을 벗는 경우가 한두 번이 아니었기 때문이다. 지어는심지어는 간부들이 정복을 벗고 노동자로 강직降職되는 경우도 있었다.

– 에이 속 타 죽겠소. 우리 보위부 동지들도 한 사람 빠짐없이 필적
검사를 실시하시오. 그리고 기업소나 공장들 돌며 사업대상들정보제공
자들 은밀히 더 만나보도록 지실하시오. 당장 부서별 지시를 내려 우리
선전실로 모이도록 하오.

승 부장의 태도는 마음이 잔뜩 급한 나머지 이제 보위부 동지들까지
의심하지 않고서는 사태를 해결하기 어렵다고 판단한 모양이었다. 소
회의를 마치자 도 보위부에는 대대적인 자체 필적검사에 들어가고 있었
다. 승 부장이 지시한 대로 전원 웅성거리며 선전실로 들이닥쳤다. 보
위원들의 표정은 잔뜩 굳어 있었고, 호상 의심의 눈초리로 바라보았다.

종이 한 장씩을 받아든 보위원들은 태산이 불러주는 글을 받아 적
었다. 태산과 승 부장은 보위원들이 낙서의 내용을 눈치채지 못하도록
작은 이야기를 하나 만들어 엮었다. 보위원들은 무엇 때문에 대대적인
필적검사를 하는지 알기 때문에 그 이야기 안에 낙서의 글자들이 숨겨
져 있다는 것을 또한 알고 있었다. 자체 필적검사를 마치고 얼마 뒤에
승 부장이 태산에게 물었다.

– 박 동지, 관내 낙서하고 투서 분석은 좀 어떠오?

– 예~ 앞 번 론의論議 때도 잠깐 말하지 않았습니까? 범인이 통은
크지 않지만 자의식이 강하고 아주 치밀한 놈일 거라고 말입니다.

– 무얼 보고 박 동지는 그런 생각을 하게 된 거요?

승 부장이 약간은 놀라는 듯한 표정으로 물었다.

– 글자를 작게 쓰는 사람은 대개 통이 작은 사람이오. 작은 대신에
밖으로 드러나지 않은 치밀한 생각이 바탕에 깔리어 있지요.

투서 사건을 겪으면서 태산은 나름대로 필적에 대해 깊은 관심을 가

지고 있었다.

－오호, 일리 있는 말이오. 부부장 동지, 어서 계속해 보오.

－이번 투서를 보면 글자 행간 간격이 아주 좁은 것을 알 수 있지요. 이렇게 간격이 좁을수록 자기의식이 강한 사람입니다. 글씨에 잔뜩 힘을 주었는데 이렇게 글씨 속으로 파고드는 기운을 봐도 의지가 강한 사람이란 걸 알 수가 있어요.

태산은 강한 확신을 가지고 말하고 있었다.

－필력筆力이 그렇다는 말이지요? 예~ 부부장 동지의 그 번뜩이는 아이디아는 정말 그 누구도 따를 자가 없을 것이오. 투서만을 살펴보고 이런 식으로 추리해 본다는 데는 정말 남다른 데가 있소. 한데~

범인의 집단을 어떻게 특정할 것이며 특정했다고 해도 그 집단에서 투서한 범인을 어떻게 색출해 낼 것인가를 염려하는 말이었다. 태산은 승 부장의 말허리를 자른 다음 말했다.

－예, 당장 범인을 누구라고 지칭해 잡아들일 수는 없을 것이오. 하지만 낙서나 투서를 분석해 보니 촉이 오는 집단이 몇 군데는 있소. 필적이야 손바닥 지문이라 할 수 있으니 범위를 좁혀들면~

이번에는 태산의 말을 승 부장이 끊었다.

－옳지 손바닥 지문이라~ 박 동지 말대로 촉이 오는 집단이 있다면야 양곡 창고에 갇힌 쥐새끼 꼴인데~

－예, 그렇지요. 그 집단을 샅샅이 검사를 해보면 범인을 좁혀 갈 수 있을 겁니다.

－말은 앞서 할 게 아니지만 혹 우리와 같은 정복쟁이들이라 해도 뒤를 봐줘서는 아니 되오. 관내에서 벌어진 사건 만큼 우덜 손으로 속히 색출해 내십시다.

태산은 관내에서 회수한 투서 10개를 면밀히 살펴보았다. 김종대에서 벌어졌던 투서사건과 달리 규모는 작지만 방법은 비슷했다. '파쇼'라는 단어를 사용할 수 있는 집단은 지식인 집단이라 판단할 수 있었다. 글씨를 통해 온갖 정보와 지식, 필적 감정 전문가의 의견을 종합해본 결과, 이번 관내에서 발생한 낙서, 투서 사건의 해결책을 찾을 수 있을 것도 같았다.

개인의 글쓰기 방식은 가장 강력한 개인의 습성이다. 개인이 익힌 글쓰기는 손의 지문과도 같아서 숨길 수가 없는 법이다. 쌍둥이라 해도 동일한 글씨체를 만들기 쉽지 않다. 그래서 필적을 일컬어 뇌의 흔적이며 뇌의 지문이라는 말을 하는 것이다. 필적을 받아났으니 적어도 관내에서 발생한 투서사건에 대한 해결의 실마리는 멀리에 있지 않다는 생각이 들었다.

태산은 곧장 투서의 글씨 가운데 특정할 수 있는 단어의 쓰기 방식에 집중했다. '파쇼'와 '김정은을 처단하라'라는 글자에서 해결의 묘수를 찾아냈다. '파쇼'에 대해 지각할 수 있는 집단을 중심으로 세밀한 탐색에 돌입했다. '처단하라'의 글씨 중에 특히 'ㅊ' 과 'ㅎ'에 집중하지 않을 수가 없었다. 필적에 대해 온갖 정보와 지식, 전문가들의 의견을 종합해 볼 때, 'ㅊ'과 'ㅎ'의 꼭지에 집중해야 했다.

– 부부장 동지, 'ㅊ' 'ㅎ'의 꼭지에서 무슨 단서가 어떻게 나온단 말이오?

여전히 갈증 탓에 물 잔을 손에 쥐었다 났다 하면서 승 부장이 물었다.

– 이 투서를 좀 보십시오.

태산이 관내에서 수집한 투서지를 쫙 펼쳐보였다.

– 어데 아니 이제 눈도 가물가물해서 말이야~ 내 돋보기유리돋보기가 어데 있나~

승 부장이 책상서랍에서 돋보기를 꺼내 투서지에 들이대는 순간 태산이 설명했다.

― 예, 이번 투서에는 하나같이 'ㅊ''ㅎ'의 꼭지가 횡획가로획이 아니라 내리획세로획을 쓰고 있습니다.

― 어 정말 하나같이 내리획이로구나, 응?

― 'ㅊ' 'ㅎ'의 꼭지를 자세히 보십쇼. 이렇게 길쭉하게 길쭉하게 내리획을 긋는 사람은 자기 조직에서 일인자가 되길 바라는 사람입니다.

― 오호, 것도 듣고 보니 리치理致에 맞는 말이오.

― 하니 일반 주민들 속에서 이런 투서지가 불거져 나왔을 리는 없다 이런 말입니다.

태산의 말을 듣고 승 부장이 겁신 놀라는 몸짓을 보였다.

― 하믄?

― 서열을 다투는 조직이오.

태산의 말은 거침이 없었다. 누가 보더라도 확신에 찬 말투였다.

― 서열 다툼하는 조직이라~

― 이번 낙서나 투서의 화살이 승 부장 동지께선 누구의 심장에 가장 아프게 박힌다고 생각하십니까?

태산은 투서지의 성격을 이미 파악하고 있었다.

― 박 동지, 아니 내게 무슨 서운감이 있소? 난데없이 화살촉을 내게 들이 밀어 응? 나는 대답 못하오.

― 예, 바로 그 대목입니다. 조선공화국 모든 인민의 머리에 똑같은 생각이 차오를 겁니다. 입 끝에 옮기는 일이 죄가 되는 줄을 알지만 범인 색출이 지후遲後 : 늦어짐될 수도 있으니 불가피하게 말씀드리겠소.

― 어 그래, 박 동지 어서 말해 보오. 어서~

승 부장이 놀란 듯 입을 벌리며 재촉했다.

― 지금 조선공화국 전역에 일고 있는 투서의 내용을 보면, 백두혈통에 대한 공격을 집중적으로 하고 있소.

이렇게 말하는 태산의 목소리가 떨렸다.

― 아이구나, 살이 떨리네. 응, 그래 그래서~

승 부장이 목소리를 낮추며 말했다.

― 백두혈통에 대적하려는 자들의 은밀한 도발이라는 생각이 듭니다.

― 하문 서열을 다투는 조직 중에 백두혈통에 도발을 할 만한 조직이란~

― 노동당 중앙조직이오.

승 부장의 투박한 손바닥이 덥석 태산의 입을 막았다. 태산이 역시 입으로 말을 하면서도 파들파들 살이 떨리는 느낌이었다. 승 부장이 갑작스럽게 달아오른 마음의 탕개긴장를 한참 진정시킨 다음 떨리는 목소리로 소리를 낮춰 다시 입을 열었다.

― 당 중앙에 감히 누구가~ 빨치산 줄기들 말이오?

태산이 승 부장의 조심스러운 말에 고개를 내저었다.

― 어허, 아님 낙동강 줄기들이란 말이오?

― 이런 줄기만을 파고드는 것은 단순한 짓이오.

태산이 여전히 고개를 내저었다. 승 부장은 목이 마르는 병증에다가 마음마저 급한 탓에 더욱 혀가 말라 들어갔다. 6·25 전쟁 때 낙동강 지역의 치열한 민족해방전투에 참여했던 족속들이 낙동강 줄기들이라고 들었다. 낙동강 줄기들은 모든 인민이 김씨 일가를 배신해도 끝까지 의리를 저버리지 않고 충성할 사람들이라며 조선공화국에서 탄탄한 대접을 받는 후손들이었다.

― 빨치산도 아니고 낙동강도 아니고 관절~

- 조선공화국에서 빨치산이나 낙동강 줄기를 가지고 감히 어떻게 백두산 줄기에 대적을 하겠습니까?

조선공화국에서 백두산 줄기에 대적하는 집단은 곧 죽음이었다.

- 듣고 보니 맞는 말이오. 중앙당에서 도발을 했는데 어떻게 우덜 관내에 이런 불미스런 투서가~

- 승 부장 동지, 이번 사건은 비단 우리 관내에서만 일어난 것은 아닙니다. 똑같은 내용이 각처에서 산발적으로 일어난 겁니다.

- 그럼, 투서의 내용은 같은데 필적은 다르다 이런 말이 아니오?

승 부장이 이제 조금 감을 잡았다는 듯 말했다.

- 예, 그렇지요.

- 아니 박 동지, 이런 상황이 어찌해서 발생한다는 말이오?

- 정치부장에겐 비밀로 해주오.

공화국 보위부에서는 동지간 비밀도 보장되는 게 불문율이었다.

- 그야 응당~

- 각처에 중앙당의 아무개를 추종하는 세력이 기생하고 있다 할 수 있지요.

태산이 무서운 말을 흘렸다.

- 그 아무개가 누구요, 박 동지?

- ~ ~

태산은 감히 자신의 입을 벌려 말을 하지 못했다.

- 어허~ 에이 고약한 처사로구나. 박 동지, 나 박 동지의 말을 듣지 않은 걸로 하리다. 감히 최고령도자 말고 누구를 추종한단 말인가 응?

태산은 자신의 입으로 중앙당의 아무개를 입에 올리지는 않았다. 승 부장 동지를 믿지 못해서가 아니라 자칫 엄청난 파장을 가져올 지 모르는 일이기 때문이었다. 태산은 자신의 머릿속에 떠다니는 아무개의 모습을 생각할 때마다 현기증이 일었다. 언젠가는 그 아무개 때문에 자신의 앞날에도 먹구름이 잔뜩 끼게 될지 모른다고 생각했기 때문이다. 위험한 새싹은 독풀로 성장하기 전에 미리 차단할 수 있는 방법을 모색하는 작업이 중요한 시점이었다.

- 지금 우덜한테 중요한 것은 중앙당의 아무개가 아니오. 투서의 범인을 관내에서 색출해내는 것이 중요합니다.

- 그저 박 동지를 믿소. 철저히 조사해서 찾아내도록 하오.

- 예, 승 부장 동지~

- 현송월 동지에 대한 낙서 건은 어찌 되어가고 있소?

- 현송월 모욕사건은 우리 관내의 몇 군데서만 벌어졌다는 특이점이 있습니다.

태산은 현송월 동지 모욕 사건에 대해서도 대략 감을 잡고 있었다.

- 그럼, 조선공화국 전역에서 발생한 사건은 아니다?

- 평양에서도 일어나지 않은 사건입니다. 우덜 관내 몇 군데서 산발적으로 벌어진 낙서로 보입니다만~

태산이 낙서라는 단어에 힘을 주어 말했다.

- 낙서? 하면~

- 다른 방향에서 살펴볼 필요가 있다고 보오.

- 음~

태산은 현송월에 대한 낙서 사건은 조직적이지 않다고 판단했다. 공화국 전역에서 발생한 투서 사건과는 달리 신의주 관내 몇 군데서 발생한 낙서사건이었다. 현송월에 대한 모욕적인 낙서지만 형태로 보아 아주 엉성한 구석이 있었다. 조선공화국에서 어느 날 갑자기 부상하기 시작한 현송월에 대해 정치적 공격으로 치부하기엔 어설펐다. 김정은의 선택을 받은 이면裏面에 현송월이 김정은의 녀자일지도 모른다는 소문이 떠돌았다. 따라서 김정은 지존을 음해하기 위한 낙서였다면 생각보다 엄청난 사건일 수도 있었다.

하지만 태산에게 중요한 것은 현송월에 대한 낙서 사건이 아니었다. 김정은 지존, 백두혈통에 저항하는 세력, 그 은밀한 세력을 찾아내 처단하는 일이었다. 어느 지역 어느 조직에서 누가 투서를 했느냐가 태산이 들여다보려는 궁극적인 단계는 아니었다. 다시 말해 호시탐탐 조선공화국 최고의 권력을 넘보는 꼭대기의 사람들이 화살의 과녁이었다.

태산의 머릿속에는 오직 두 사람밖에 존재하지 않았다. 김정은 지존과 영원한 2인자 최룡해 부위원장만이 그의 뇌리에 박힌 태양이었다. 김영철 부위원장 겸 통일전선부장, 김원홍 정치국 위원, 황병서 부위원장 등은 태산의 눈엣가시 같은 존재들이었다. 이들의 세력이 성장하는 것은 최룡해 부위원장에게 아무런 도움이 되지 못한다고 태산은 생각하고 있었다.

조선인민공화국에서 어떤 간부라도 자신의 앞날을 스스로 보장할 수는 없는 노릇이었다. 신변을 위협하려 들지도 모르는 포자의 싹이 있다면 미연에 싹을 쳐버리는 것이 자신이 살아나갈 수 있는 안전한 방법이라고 태산은 생각하고 있었다. 최룡해 부위원장을 안전하게 보호할 울타리는 곧 그의 울타리였다. 울타리 너머의 세력들을 하나씩 제거할 수 있는 은밀한 힘이야말로 울타리 밖에 존재하는 세력에 대한 사생활 정보를 습득하는 것으로부터 비롯되는 것이었다.

태산은 어느 누구보다 눈치가 빨랐다. 세상 돌아가는 이치에 누구보다 밝은 여간한 눈치군눈치꾼이 아니었다. 그는 눈치차림눈치놀음 덕

택에 지금의 위치에 있다는 것을 모르지 않았다. 조선공화국에 살면서 눈치를 사먹고 다닌다는 말을 들을 만큼 맹한 적도 없었다. 눈에 가시 같은 존재들이 아웅당아웅다웅 싸우는 모습을 태산은 은밀한 시선으로 지켜보고 있었다. 끼어들지 않아도 자기들끼리 권력의 암투를 벌이는 모습을 희미한 웃음을 띠며 지켜보는 맛이 그만이었다.

김영철과 김원홍, 김영철을 제거할 수 있는 죄목이 손에 잡힐 듯 가까이 다가온 상태였고, 김원홍에 관해서는 전혀 서두르지 않아도 되는 상황이었다. 김영철은 이미 보위부의 손에 들어와 있었다. 김영철은 20대의 간호사 출신의 녀성과 놀아나고 있었다. 김영철이 인민군 중장 시절부터 끼고 놀던 젊은 녀성과의 사생활이 공개비판의 대상이 되었다. 또한 이런 기회를 틈탄 사람이 바로 김원홍이었다. 김원홍이 김영철의 사생활을 표적으로 삼았다는 것은 태산의 입장에서 고마울 따름이었다.

김원홍이 보위부현 국가보위성의 성장을 겸하고 있다는 뜻은 굳이 애를 쓰지 않더라도 자연스럽게 김영철의 비참한 최후가 기다리고 있다는 믿음이라 할 수 있었다. 김원홍이 김영철에게 이렇듯 칼을 빼들고 둘은 고맙게도 알아서 물어뜯다 스스로 붕괴될 것이다. 조선공화국 보위부의 수장을 거친 인물들을 보면 하나같이 자산 혹은 급사와 같은 비참한 최후를 맞았기 때문이었다.

이제 태산의 뇌리에 가장 강력하게 매달려 있는 인물은 황병서였다. 왜냐하면 최룡해 부위원장에게 총정치국장인 황병서는 항상 눈엣가시 같은 존재였기 때문이었다. 김정은이 신임하는 실세라는 사실은 최룡해에게 늘 경계의 대상이었다. 어떤 수단과 방법을 동원해서라도 황병서의 목을 눌러야 하는 까닭이었다. 태산은 최룡해 부위원장에게 충성맹세를 하는 것이 자신이 승승장구하며 살아나갈 유일한 길이라는 것을 잘 알고 있었다.

김정은에게 말을 할 때 입을 막고 말을 하고, 김정은과 함께 걷다가도 자기도 모르게 한 걸음 앞서 나가자 황급히 놀랄 정도로 충성맹세를 하는 황병서를 주저앉히는 것이야말로 태산의 일생에 숙제라고 할 수 있었다. 비단 황병서의 세력에 눌려 지금은 미약한 태산의 힘으로 넘어뜨릴 구실을 마련하는 일이 어려울지 몰라도 사람이 넘어질 때는 전혀 예측하지 못한 작은 돌부리에도 넘어질 수 있는 것이다. 힘이 셀수록 넘어질 때의 충격이 크다는 것 또한 태산의 구미口味를 잡아당기는 요소였다.

- 부부장 동지, 무슨 생각에 그렇게 골몰하고 있습니까?

- 정치부장 동지, 내 머리가 복잡해서 잠깐 엉뚱한 생각을 했던 모양이야~

태산이 상체를 한번 흔들었다.

- 낙서 사건은 주민 필적검사에서 범인을 특정한 모양입니다. 벌써 보안서에서 우리 보위부로 보고서가 넘어온 모양이에요.

- 아니~ 그래요?

태산이 정치부장과 나란히 회의실에 들렀을 때 간부들이 한데 모여 머리를 맞대고 있었다. 도 보위부의 간부급들이 보안서에서 들어온 주민들이 남긴 필적검사 문건을 살펴보고 있었다.

- 물으나 마나 낙서의 범인이 맞는 것 같습니다.

- 한데 이상하지 않소? 범인이 일부러 이런 필적검사에 낙서의 내용을 딱딱히 적을 수가 있는가, 이런 말이오.

- '현송월 갈보' 글자 획을 허리 돌리듯 돌리는 방식도 똑같은데~

필적검사에서 자신의 낙서의 내용을 직접 기록하다니 범인치곤 대단

한 범인이라는 생각이 들었다. 태산이 간부들의 사이를 비집고 들어가며 끼어들었다.

— 관내 어디 사는 주민이오?

— 신의주 마전동 로동자구 주민인 모양인뎁쇼?

태산의 머릿속에서 순간 번개가 치는 느낌이었다.

— 신의주 마전동 로동자구요?

— 로동자구 5반인가~ 한데 이상한 것은 '현송월 갈보' 끝에 있는 쌍괄홉니다. '우리 학교 동무' 라 쓰고 끝점마침표을 달았잖소, 이것 보오.

김 빠진 표정으로 보위원이 말했다.

— 거 우덜이 한번 불러들여 조사를 벌여야 하는 게 아니오?

태산은 문득 머리에 스치는 불길한 느낌 때문에 잽싸게 주민의 검사 문건을 낚아챘다. 사는 곳을 휘익 확인한 태산은 깜짝 놀랐다. 정숙 동무의 딸애 봄이의 문건이었던 것이다. 태산은 세상이 좁다는 생각을 하면서 무섭다는 생각이 들었다. 목숨을 위협하는 화살이 어디에서 날아올지 모르는 일이었다. 태산은 날아드는 화살의 촉을 단박에 꺾어버려야 한다는 생각이 들었다.

— 어이쿠 한심한 동무들 같으니~ 녀학생들이 섭쓸려휩쓸려 락서질낙서질한 걸 모르고 보위부 수재들이 머리를 맞대고 있나 그래 응? 이보, 정치부장~

— 예, 부부장 동지~

— 너 자식아, 제대로 하지 못하니 응?

태산이 자신의 습관을 결국 남에게 주지 못하고 책상을 주먹으로 내리쳤다.

— 현송월이란 애는 임마 우덜이 겨냥하는 화살화살표하고 다르잖아,

이런 그저 황당무계한 넘들 아니나, 응?

　－ 아 예, 예~

　－ 녀학교 담벼락에 걸린 '현송월 갈보' 낙서 건은 당장 폐쇄하라. 이거도 보위부의 수치 아니니 응? 언 놈이 처음 일을 이케 키운 거야 응?

　태산의 고함소리에 간부들의 표정이 잔뜩 일그러지고 있었다. 최룡해 부위원장이 뒤에서 막강한 힘을 실어주고 있다는 것을 알기 때문에 간부들 중 어느 누구도 왼손을 들지 못했다. 태산의 말이 곧 최룡해의 말처럼 인식되고 있었다.

　태산은 저녁이 되어 회수한 정숙 동무 딸애의 필적검사 문건을 가지고 자동차를 몰았다. 정숙 동무가 미치도록 보고 싶었지만 애써 참았다. 정숙이 스스로 명호 동무를 단념할 때까지 태산은 서두르지 않을 작정이었다. 명호를 향해 정숙이 마음을 단념할 수 있도록 치밀하게 준비하는 작업이 태산에게는 최선책이었다. 이제 그런 날도 멀지 않았다고 생각하면서 태산은 골목 입구에 자동차를 세우고 정숙 동무네 집을 향해 천천히 걸어갔다.

제48장 말[言]의 꽃

1

- 형제자매님들, 다들 여기까지 오느라 고생이 많았소.

- 목사님, 이제 우리 살았습니까?

동실이 동무가 목을 쭉 빼내며 서둘러 물었다. 동실의 곁에 참이, 만룡이 동무들이 형편없이 추레한 몰골을 하고 장동식 목사를 쳐다보았다. 참이 일행 세 명에다 중간지점에서 합류한 세 명의 동무들까지 여섯 명의 탈북자들은 여전히 마음이 놓이지 않아 불안한 모습이었다.

- 내 머라 말을 해야 할지 모르겠소. 이제부턴 그저 하나님께 기도하며 매달리는 수밖에 없어요.

장동식 목사가 어눌한 목소리로 대답했다. 추운 날씨 탓에 장 목사의 입이 이미 얼어붙어 있었다.

- 고, 공안원만 없으면 이제 머, 머든 두려울 게 없소.

누군가 나이 지긋한 사내 동무가 말했다. 그 사내의 입도 얼어있는 탓에 말이 제대로 나오지 못했다. 장 목사가 비장한 표정으로 사내의 말을 받았다.

- 이곳 내몽골은 중, 중국 땅이나 다름없어요. 국경지역에서 한참버, 벗어나기 전엔 경비병들 눈에 띄지 아니, 않아야 하오.

세찬 칼바람이 일행의 낯바닥을 후벼 팔듯이 덤벼들었다. 하늘이 우중충하더니 굵은 눈발까지 어지럽게 바람에 날리고 있었다. 뱃속에 아이를 가진 젊은 녀자가 목사에게 물었다.

- 얼마나 더 가야 진짜 모, 몽골 땅을 밟는 겁니까?

- 사막을 건너야 하니 문제요. 사막에서 버텨야 진짜 살게 되오. 자,

몽골 국경 지도하고 북두칠성이 보이지 않을 때 필요한 나침반이오. 참이 학생이 받아 지닌 게 낫겠는데~

– 예, 목사님.

– 다들 잘 들어요. 밤엔 무조건 북두칠성을 보고 뛰어야 하오.

– 에이 죽었다. 나는 뛰는 게 제일 싫은데~

만룡이 동무가 작은 몸을 한번 비틀면서 말했다. 만룡의 등에는 키에 비해 버거워 보이는 짐들이 매달려 있었다. 동실이 눈을 동그랗게 뜨고 물었다.

– 무조건 북쪽으로 내뛰면 되지요?

– 그래, 동실 학생은 뛰는 데 자신 있다 했지?

– 예, 목사님.

동실이 헤벌쭉 웃었다. 만룡은 이런 동실을 쳐다보며 입과 코를 사냥개가 냄새 맡듯 큼큼거렸다. 만룡의 모습이 순간 실없이 희극을 노는 사람처럼 우습게 보였다.

– 큰 길로 나가 버스를 타면 얼마나 좋을까~

배를 어루만지며 젊은 녀자가 혼잣말처럼 말했다.

– 흥, 팔자타령만 못한 소릴~ 우덜 팔자가 늘어졌다면 그저 베이징에서 꽃단장하고 울란바토르까지 대륙횡단 열차를 타고 가지. 에이구, 철없는 녀자 말하는 거 보라. 철딱서니가 저리 없으니 마구대구 벌려서 뱃속에 애를 뱄지~

손 매듭이 굵어 억세 보이는데다가 등허리가 슬프게 굽어 나이가 제법 들어 보이는 중년의 아주머니가 애 밴 젊은 녀자를 비꼬는 말을 했다. 그러자 젊은 녀자가 대번 잡아먹을 듯 앙칼지게 아주머니에게 덤벼들었다.

- 아니 머이? 네가 봤냐? 내가 마구 마구 벌려대는 거를 네가 봤냐 말이야, 요년아~ 내래 아무리 미련 맞아도 내 살 궁리는 할 줄 아는 녀자란 말이야~

- 거 목사님 앞에서 어이 싸우는가? 힘은 되지 못할망정, 같은 공화 국 동포들끼리 말이야. 종례 아주머니래 딸 같은 애한테 어찌 그런 말을 하오? 어서 사과부터 하오. 명주 너도 어머니 같은 사람한테 화난 다고 기런 욕을 하면 되나?

- 이 아주미가 먼저 시비를 걸어오잖소. 내 뱃속에 애 밸 때 멀 도와 주었다고 흉한 욕을 하느냐 말이에요. 머 어머니 같은 사람한테 욕한 거는 미안하게 되었소만~

- 허허허, 자매님들이 다들 예민해져 그럽니다. 곰의 발바닥도 꾀가 있다는 말 있지요? 이제부터 모두 꾀를 내어 제 살 궁리를 해야 합니 다. 형제자매님들이 여기에서 이렇게 해찰할 짬이 없어요. 자, 이 거나 하나씩 받아요.

장동식 목사가 탈북자들에게 작은 플라스틱 물 컵을 하나씩 건넸다.

- 목사님, 사막에 우물도 없는데 무슨 물 컵입니까?

- 우물이 없으니 이 물 컵을 주는 겁니다. 사막을 횡단하기도 전에 물이 떨어져서 태반이 굶어죽고 목이 말라 죽지요. 오줌을 반드시 이 컵에 누기 바라오.

- 아니, 그럼 오줌을 받아 마시란 말이오?

만룡이가 등짐을 내려놓으며 입을 두꺼비처럼 크게 벌려 물었다. 일 행들의 입도 덩달아 크게 벌어져 한참동안 다물어지지 않았다.

- 내 몸속의 오줌이니 더럽다 생각하지 말고 반드시 그렇게 하오. 그래야 형제자매님들이 살아서 무사히 사막을 넘을 수가 있어요.

– 소똥 속에서 나온 옥수수 알맹이도 주워 먹었는데 내 오줌 마시는 게 머가 어렵겠소?

종례라는 아주머니가 말했다. 애를 밴 젊은 처자가 입술을 히죽거렸다. 명주라는 젊은 처자는 먹는 게 부실한 탓에 양쪽 뺨이 홀쭉했지만 얼굴은 반반해 보였다. 뱃속에 애를 가진 탓인지 음식 앞에서 욕심군욕심꾸러기이 되었다.

– 명주 자매님, 뱃속에 아이를 품은 지 얼마나 되었소?

장동식 목사가 우려하는 표정으로 물었다. 명주라는 젊은 처자는 산달(産月)을 앞에 둔 것처럼 배가 불러 보이지는 않았지만 누가 봐도 아이를 가진 녀자의 배로 보였다.

– 여덟 개월입네다.

– 내달 지나고 꽃 피는 춘 사월이면 애를 보겠소. 사막 잘 넘고 합심해서 애기 잘 거두오. 빛이 곧 생명이니 애가 바깥에 나오기만 하면 자기 복은 갖고 태어날 거요.

– 예, 목사님. 우리 아기 이름도 지었어요. 희망이라고~

– 예, 희망이한테 좋은 세상을 보여주세요.

– 뱃속에 애 아바시가 누군시도 모르면서~ 흥, 되놈 씨 아님 내 손에 장을 지질 테야 그저~

– 머이? 되놈 씨가 됐든 조선 씨가 됐든 자식 없는 과부 신세보단 낫지~ 내 입쓰리입덧 하느라 기깟 사과 하나 훔쳐 먹었다고 기냥 온종일 잡치오? 심청심술을 부려도 아주 너무 부리누만요.

– 에이 거 참, 종례 아주미, 내 곁에서 봐도 아주 너무 하오. 어찌 불쌍한 명주 동물 못살게 구오? 아니 내 딸애라 생각하문 좀 보기에 좋은가 말이요~

－ 석돌이 동무, 그냥 보자니까는 하냥 명주 조 것 편역^{역성}을 드네. 머 눈가량^{눈대중} 하지 않아도 동무들 둘이 바람날 기세로구나 그저~

일행들 사이에 티격태격 하는 바람에 목사와 헤어지는 것도 쉽지 않았다. 헤어지는 순간이 누구에게나 좋을 리는 없지만 오직 탈북자들을 위해 희생을 하고 있는 장동식 목사에게는 정말 도리가 아니었다. 동료들끼리 호상 위해주는 모습을 보여줘도 시원찮을 판에 녕악^{獰惡}한 모습을 보니 참이 등도 마음이 아팠다.

－ 목사님, 같이 국경 넘어주면 아니 되시까?

－ 오호 만룡이 학생 동무 생각이야 백두대감 말씀이야?

석돌이란 삼십 줄의 사내가 딱딱한 분위기를 눅이려는 듯 별 뜻 없이 물었다.

－ 하하하~

만룡이가 목사를 향해 말을 붙이고서야 한바탕 일행들이 웃었다. 만룡은 만나는 사람들마다 즐거움을 주었다. 만룡의 모습이 우습게 생긴 것도 있지만 만룡은 특유의 능청맞음으로 좌중들을 웃게 만들었다. 만룡이 우스꽝스런 표정을 지으며 말했다.

－ 싸우다 웃으면 털 난다~

－ 헤헤~ 누구 똥구멍에 털이 나나 응? 만룡 학생~

－ 종례 아주미 똥구멍~

종례라는 아주머니가 화를 내면서도 낯바닥 한쪽에는 웃음기가 이미 번지고 있었다. 만룡의 옷소매를 잡으려는 종례 아주머니의 손을 피해 이리 펄쩍 저리 펄쩍 뛰는 모습을 하자 일행들이 일제히 웃었다.

－ 종례 아주미, 이게 내 말이 아니라 백두대감님에 말씀인데~

－ 오냐, 너 백두대감님 체면 봐서 봐주는 거라. 만룡이 학생 키는 언

제 크나 응? 물어 봐, 백두대감님한테~

일제히 한바탕 호탕하게 웃었다. 장동식 목사가 풀어진 분위기를 긴장시키듯 말했다.

― 예전에는 브로커들이 국경 넘을 때까지 동행했다는 얘길 들었어요. 한데 요즘에는 신분 노출이 우려되는 바람에 형제자매님들과 부득불 함께하지 못하니 이해하시오.

목사의 말을 듣고 석돌이란 사내의 눈빛에는 유난히 걱정이 실리는 듯했다.

― 목사님, 정말 우리끼리 탈 없이 사막을 건널 수 있을까요?

참이가 장동식 목사를 향해 진지한 말투로 물었다.

― 형제자매님들 잘 들어요. 이제 여기서부턴 중국 공안들이 따라붙을 일도 없을 테니 붙잡힐 일은 더이상 없을 것이오. 이제부턴 자신과 싸워야 합니다. 사막을 넘는 일은 철저히 자신과의 싸움에서 이겨내야 가능한 일이오.

― 난 몸속 백두대감을 모시고 가니 더 무겁지~

― 만룡이 동무, 가만 좀 있으라. 목사님 귀한 말씀 하시는데~

동실이가 만룡을 향해 둥을 주었다.

― 원래 신분노출을 꺼려해서 브로커 선생님들은 다시 내몽골 시내로 돌아가서 비행기를 타고 몽골로 날아간다 하오. 그래 몽골에 있는 한국대사관에 찾아가서 탈북자들의 한국행을 보장 받고 일을 마무리한다고 하는데 내겐 그런 여력이 없어요.

― 그저 목사님, 여게까지 불쌍한 우릴 안내해주신 것만도 고마운 일이지요, 머~

― 원래 중, 몽 국경지대에는 철조망이며 고압선이며 높은 담까지 처

져 있고 군데군데 초소도 있습니다. 그나마 우리가 넘을 수 있는 국경지대 일곱 군데 가운데 지금 우리가 공격하는 루트가 그나마 직선거리로 가장 가깝고 노출이 되지 않은 곳이랍니다. 우리는 이미 도로에서 십여 킬로를 벗어났기 때문에 철책 하나만 있고 초소 같은 것도 없어요. 봄이 아직 멀어서 눈보라 치고 살을 얼리는 추위가 큰 걱정이지요. 자 이제, 여기서 머뭇거릴 시간이 더 이상 없습니다.

– 목사님, 우리가 한 가족처럼 의지하고 호상간에 돕는다면 사막을 충분히 넘을 수 있을 겁니다. 시내로 가실 때 몸조심 하십시오.

하며 참이가 몸을 크게 숙여 목사에게 인사를 했다.

– 에구 이런 몸으로 어떻게 사막을 넘지~ 배나 부르지 않음 뿍, 뿍 기어서라도 모래사막을 넘을 텐데 배가 불러 기어갈 수도 없으니~

– 형제자매님들, 우리는 하나님 안에서 모두 한 가족입니다. 다들 힘을 합쳐 명주 자매님을 도와서 무사히 사막을 넘기 바라오. 아 참, 철조망을 네 번 건너면 몽골 쪽 국경지대 가까이 진입했다는 뜻입니다. 거기서부터는 몽골 국경수비대가 순찰을 할 테니 무조건 그 순찰대에 걸려야 살아날 수가 있어요.

– 에헤? 순찰대를 피하지 않고 걸려야 한다고요?

동실이 동무가 팔을 휘청 올리며 끼어들었다. 참이 동실의 팔을 끌어내렸다. 만룡을 비롯한 탈북 일행 모두 목사의 입을 뚫어지게 쳐다보았다.

– 경비經費가 넉넉지 않지만 사비私費를 털어 몽골 쪽에 있는 함춘길 브로커 선생님한테 선을 넣어 두었습니다. 몽골이 한국과 긴밀한 우호 관계를 맺고 있는 상태라서 국경수비대가 여러분들을 중국 국경으로 돌려보내지 않고 불법 난민수용시설에 집어넣을 것을 확신하지만 요

즘 북한이 몽골에 탈북자들을 돌려보내라고 바짝 압력을 넣는 모양입니다.

– 에이구 재수 없음 중국으로 되돌아오는 게 아니야? 중국 다음은 조선으로 북송되는 거는 뻔한 사실인데~

– 함춘길 브로커 선생님은 몽골 쪽으로 넘어온 탈북자들이 한국으로 무사히 내려가는데 혁혁한 공을 세운 분입니다.

장동식 목사의 입에서 함춘길 브로커 선생에 대한 이름이 튀어나올 때 석돌이란 사내의 눈빛이 유난히 빛났다. 목사가 말을 이었다.

– 듣자하니 함춘길 선생은 몽골 국경수비대 측하고도 은밀히 내통을 하고, 울란바토르 난민 캠프 측 사람들과도 끈이 닿고 한국대사관과도 긴밀히 접촉을 하는 분이니 너무 걱정하지 않아도 될 겁니다. 여러분들이 내몽골 사막을 출발했다고 내 돌아가서 함춘길 선생한테 전화를 할 겁니다. 여러분은 난민수용시설에서 함춘길 선생을 만나게 될 겁니다.

– 헤헤~ 우린 이제 나라 없는 난민 신세 꼴이네요.

– 기깟 가난한 조선공화국이 머이 좋나? 난민이 백 번 천 번 낫다. 내 평생 난민신세가 된대두 사회주의 공화국은 싫다~

동실과 만룡이가 번갈아 주고받았다. 일제히 만룡에게 시선이 쏠렸다. 만룡이가 입술을 볼록 말아 올리며 말했다.

– 내 말이 아니고 백두대감님에 말씀이라니까는~

– 하하하~

일행들은 일제히 웃었다. 사막을 넘는 불안함을 감추기 위한 가장된 웃음일지 모르지만 웃는 순간만큼은 혼자가 아니라 함께하고 있다는 사실에 위로를 받았다.

– 사내 걸음으로 서너 시간쯤 걷다가 구십 도로 꺾어야 합니다. 그런 다음 계속 똑바로 걸으십시오. 오직 나침반에 의지해서 북쪽으로 걸어야 해요. 만에 하나 나침반이 작동하지 않으면 북두칠성을 보고 방향을 잡아야 합니다. 날씨만 궂지 않음 어렵지 않아요.

장동식 목사가 이제 정말 작별이라는 듯 일행들을 한 명씩 품에 안아 주었다. 만룡이가 땅에 부렸던 등짐을 양쪽 어깨에 짊어 메자 배가 부른 명주라는 젊은 녀자가 훌쩍거렸다. 사막을 향해 첫발을 내딛을 생각을 하니 매운 모래바람이 기다렸다는 듯이 기승을 부리기 시작했다.

모래먼지 머금은 모래바람이 저만치로 쓸려가고 굵은 눈발까지 날리기 시작했다. 참이 등이 우적우적 모래사막을 향해 걸어 들어가는데 장동식 목사는 일행들을 바라보며 한참동안 손을 흔들어주었다. 참이 일행이 걷다가 뒤돌아 목사를 향해 손을 흔들며 답례를 하였다.

눈과 코에 매운 고춧가루가 뿌려지는 듯 매캐하고 강렬한 사막의 바람이 불어 닥쳤다. 만룡의 등짐에 얹힌 바람은 만룡을 잠깐 비틀비틀 흔들리게 만들었고, 머리에 임을 이고 있는 종례 아주머니의 봇짐이 바람에 날려 모래바닥에 곤두박질쳐졌다.

2

사막의 중심을 향해 들어갈수록 눈보라가 강렬하게 몰아쳤다. 눈보라 속에는 매운 냄새가 묻은 모래먼지가 섞여 있었다. 목사의 지시대로 목이 마른 사람은 물 잔에다 오줌을 받아 눈을 질끈 감고 마셨다. 물 잔에 가장 먼저 오줌을 받아 마신 사람은 만룡이였다. 일렬로 서서 오직 북쪽을 향해 걸어가는 동료들이 만룡이가 엉거주춤 바지를 내리고 오줌을 누는 모습을 보았고, 만룡이가 눈을 질끈 감고 오줌을 마시는 모습을 지켜보며 동료들은 껄껄 웃었다.

– 만룡이 동무, 오줌 맛있나?

– 달다. 동실아, 너도 한번 마셔 보라.

다들 만룡이가 오줌을 마시는 것을 보고 자신은 마시지 못할 것처럼 고개들을 내저었지만 만룡이가 바지를 올린 뒤 한 시간도 되지 않아 동실이가 두 번째로 바짓가랑이를 내렸다. 동실이가 얼굴을 찡그리며 오줌을 마신 지 한 시간도 되지 않아 종례 아주머니가 아무 데나 쭈그리고 앉아 물 잔에 오줌을 받아마셨다. 종례 아주머니가 오줌을 제 눈 감추듯 홀짝 마시는 것을 보고 만룡이가 또 장난기를 발동했다.

– 종례 아주미 물 마시는 게 영 싱거워 보이는데~

– 만룡이 학생 동무 오지랖도 넓다~

종례 아주머니는 만룡에게는 야박하게 굴지 않았다. 명주 처자處子 : 처녀에게 대차게 굴던 행동과는 전혀 딴판이었다. 석돌이란 아저씨가 분위기를 눅이려고 끼어들었다.

– 종례 아주미, 제대로 쭈그리고 오줌을 받아야지요.

– 쭈그리고 오줌 받는다고 되나요? 구멍을 제대로 맞춰야지 흐흐~

동실이가 실없는 농담을 지껄였다. 석돌이란 사내가 동실의 말을 잽싸게 받아먹었다.

– 헤헤~ 그놈 말 한번 맛있게 씹어 대구나. 머 계집애 밑구멍에 절구질 한번 못했을 학생 동무가 아주 조개젓 맛을 제대로 씹는구나~ 동실이 학생동무, 구멍은 맞춰 보았나, 응?

– 아저씨, 나나이 어리다고 무시하지 마요. 이러 봬도 당동무 하고 구멍 맞춰 봤다 말입니다.

동실이 사뭇 진지한 표정으로 말했다. 아직은 지치지 않은 탓에 빠른 걸음걸이로 걷던 일행의 발걸음이 우뚝 멈추었다. 동실이가 구멍을 맞추어 봤다고 아주 엄숙한 태도로 말했기 때문이었다.

– 헤헤~ 나나이 어린 학생 동무가 날라리 바람이 불었던 모양이지~ 그래, 언제 누구랑 어디서 맞춰 봤는데, 응?

뜻밖에 배가 부른 명주라는 녀자가 친근하게 물어왔다. 버거운 걸음으로 뒤꽁무니에서 쫓아오던 명주라는 녀자는 아직 살만하다는 표정으로 장난을 걸어왔던 것이다. 동실은 일행의 시선 가운데 참이 동무의 시선을 의식하지 않을 수가 없었다. 참이 역시 놀란 표정으로 동실이 동무의 얼굴을 뚫어지게 쳐다보았다.

– 우리 집 안방에서 석 달 전에~

– 꽝포거짓말 치고 있네. 어느 학생 동무가 내 집 안방에서 구멍을 맞추나 응? 당동무라면 계집애 이름이 머나? 이름도 없는 꽃제비 데려다 구멍 맞춘 거 아니나?

동실은 순간 입술 끝에 매달려서 빠져나오려고 하는 '봄이'라는 이름을 시원하게 뱉어낼까 생각하다 참이 동무의 시선이 두려워서 억지로 참았다.

　- 동실이 학생 동무, 꽝포 친 거 맞네. 당동무 이름도 외지 못하나? 꽝포 쳤네~

　종례 아주머니까지 재미난 놀이라도 되는 듯 끼어들었다. 참이 동무가 입술을 깨물면서 멈춘 걸음을 떼기 시작했다. 참이 동무가 빠른 걸음으로 저만치 멀어져 갔을 때 동실이는 다른 일행들이 충분히 들을 수 있도록 말을 했다.

　- 당동무 봄이라는 이웃집 녀학생 하고 구멍 맞췄지~

　참이를 제외한 일행들이 한바탕 일제히 웃었다. 참이를 제외한 일행들은 입가에 웃음기를 띠며 실주름을 만들면서 다시 묵묵히 사막의 심장을 향해 걷기 시작했다.

　- 동실 동무, 정말이나? 봄이 하고 정말 그랬나, 응?

　만룡이가 뜻밖에 동실에게 바짝 덤벼들며 이것저것 물어보았다.

　- 거 맞춘 기분이 어떻드나? 몇 번 맞췄나? 내도 한번 맞춰보고 싶은데~ 응?

　배가 불러 힘들어 하는 명주라는 녀자 보다 느릿한 걸음으로 동실과 만룡은 바싹 붙어서 걷고 있었다. 만룡이 등에 매달린 짐은 체수 작은 만룡에게 사막을 횡단하는 데는 턱없이 무리일 것처럼 보였다. 만룡이는 혼자 뒤처지지 않으려고 교묘히 구실을 삼아 동실의 걸음까지 붙들어버린 것이다.

　- 동실 동무, 봄이 하고 구멍 맞춘 거 참이 동무가 아나?

　- 아니, 알면 나 죽지~

　동실은 말을 하면서도 턱을 쳐들어 은근슬쩍 앞쪽을 쳐다보았다.

　- 동실아, 봄이 하고 붙는 맛이 어떻드나? 에헤, 좋드나?

- 빙두필로폰 빠는 것보다 좋지~ 와아 아주 그냥 몸이 막 붕붕 떠다니는 기분이드라니까~

- 에이 정말? 어디가 어떻게 좋은데 응? 아무렴 떠다니는 기분 같을까? 에이 동실이 동무 아 동실아, 천천히 걷자야~

만룡이는 춘정기春情期 : 사춘기에 접어들면서 지나치게 녀자에 대한 관심이 많아졌다. 밤에 잠을 자면서 몽정을 하는 경우도 많았던 것이다.

- 내 앞에 서서 걸으라. 아무래도 내가 만룡이 동무 등짐을 밀어줘야 할 거 같은데~

눈보라 섞인 사막의 바람이 세차게 불어갔다. 일행들은 이미 뿌연 모래바람에 등을 떠밀려 뒷모습이 아스름히아슴푸레 비칠 뿐이었다.

- 어, 그래~ 한결 낫네. 한데 동실아, 봄이 배꼽 밑에서 피가 나오더나, 응?

- 봄이 배꼽 밑에서 왜 피가 나오는데?

동실의 머릿속에 봄이와 한데 엉켜 붕, 붕 떠다니는 듯 했던 기억들이 떠올랐다. 봄이를 생각하면 당장 등짐을 버리고 돌아가고 싶은 마음도 들었지만 곰곰 생각해 보면 조선공화국에서 살아나갈 자신이 없는 것이었다.

- 처녀는 피가 나오는 게 아니나 응?

- 에이 난 그런 거 모르지~ 그냥 봄이가 바닥에 누우니까 난~

추위 속에서도 그날을 생각하니 동실의 몸이 뜨거워졌다.

- 난 머? 봄이가 바닥에 누우니까 난 머?

만룡의 숨이 꼴딱 넘어가는 모양이었다.

- 그냥 옷 벗고~

- 옷을 그냥 벗어, 누가? 봄이가?

– 응, 자기가 알아서 벗던데 머. 내 손을 잡아당기더니 봄이 지 속옷 속으로 쑥 집어넣는데~

동실의 숨도 꼴딱 넘어 가는 듯했다. 동실은 달아오른 마음을 눅이려고 애를 썼다.

– 쑥 집어넣는데 머, 응? 아이구 미치겠다, 동실아 씨~

– 잘팍하게 젖었더라.

– 아 뜨거라! 아이구나~ 어디가? 속옷이?

동실은 고개를 가로저었다. 그날의 순간을 떠올리면 동실의 가슴이 콩닥콩닥 뛰었다. 봄이와의 사이에 일어났던 일을 다른 사람에게 들려주는 것이 처음이다 보니 마치 그 순간의 감정 속으로 빨려드는 기분이었다. 만룡의 물음에 동실이가 고개를 내젓자 만룡이가 느릿느릿 걷던 걸음을 우뚝 멈춰 섰다.

– 속옷이 아니면 어디가, 응?

– 내 입에 담을 수는 없지. 그냥 말 안할 거라~

동실은 이제 죽을 때까지 가슴속에 간직하게 될 것만 같은 소중한 비밀을 다른 사람들에게 털어놓는다는 게 두렵다는 생각이 들었다.

에이 씨~ 봄이랑 몇 번 하고 왔나 응?

– 딱 한 번~

만룡이 한없이 궁금한지 줄기차게 물었다.

– 에이 부러워라~ 동실이 동무는 몽골 국경 검문소에서 붙잡혀 다시 북송 되도 좋겠네. 봄이 다시 만날 수 있을 테니까~

– 에이 백두대감이 누굴 엿맥이나 응? 북송되면 재깍 총살당할 텐데~ 건 그렇고, 머 아랫동네 가믄 반반한 계집애들이 많다는데 머 아쉽나~ 하나도 아쉽지 않다 나는~

허드렛 일만도 못한 얘기를 나누면서 천천히 걸어오는 동실과 만룡을 향해 석돌이 아저씨가 소리쳤다.

– 너들, 퍼뜩퍼뜩 걸어오지 않고 머 하나 어이?

– 예, 갑니다. 가요~

동실이 대답하면서 힘을 내어 걸음을 재촉하려는 순간 동실은 만룡의 꾀에 저도 모르게 말려들고 말았다는 것을 깨달았다.

– 어허, 동실이 동무가 멀 모르네.

– 머를?

– 내 등짐 때문에 무거 죽겠는데 의리 없이~

만룡은 다짐을 받아두었다는 듯이 등짐을 벗더니 동실의 등에 매달아주었다.

– 만룡아, 내 짐도 무거운데~

– 싫어? 싫으면 봄이 하고 구멍 맞춘 얘기 참이 동무한테 달려가서 얼레발엉너리이나 쳐야겠다이~ 어이 참이 동무~

– 어허 만룡아, 왜 이렇게 맘이 급하나 응? 내 등이 넓지 응? 내 만룡이 동무까지 떠메고 가줄 테니 그만 달떠 오른 맘을 내려놓아야지~

사막은 멀고 험했다. 아무리 걸어도 거기가 거기였다. 무려 서너 시간을 넘게 걸어온 모양인데도 어디인지 분간할 수가 없었다. 저녁이 되고 밤시간이 깊어갈수록 어둠이 짙게 깔려왔다. 손전등 하나에 의지하며 일행들은 일렬로 서서 걸었다. 밤이 깊어질수록 추위는 혹독해졌고, 모래바람도 더욱 매섭게 불어 닥쳤다. 몇 시간 동안 자신의 오줌을 받아 마시지 않은 사람은 일행 중에 아무도 없었다.

만룡은 무거운 자신의 등짐을 동실에게 맡기고 동실의 가벼운 짐을 어깨에 바꿔 메고 무리(衆)속에 섞여 걸었다. 손전등이 없다면 깜깜한 지옥 속을 헤매는 처지가 되었을 것이다. 손전등의 빛에 의지해 한 걸음 한 걸음 앞으로 나아갈 때마다 그들 모두에게 두려움의 무게는 커져만 갔다. 사막의 끝이 없는 데다 방향을 제대로 가늠하기 어려운 탓에 사막의 가운데서 헤매다가 지쳐 쓰러질 수도 있음이었다.

— 석돌이 아저씨, 지금 우리가 몽골 쪽을 향해 제대로 가고 있는 게 맞아요?

참이가 이마에 엉킨 모래 찌꺼기를 옷소매로 쓱 훔치면서 물었다. 사방이 새까만 어둠 탓에 방향의 분간이 서지 않았다. 석돌이란 사내가 말했다.

— 북두칠성을 찾아보자.

— 에이 씨, 눈보라 치는 날씨에 북두칠성을 무슨 수로 찾아요?

만룡이가 한결 가벼워진 짐 때문에 동실이 보다 한참 앞서 걸으면서 투정을 부렸다. 일행이 우왕좌왕하는 사이 이제 동실이까지 일행의 무리에 도착했다. 동실은 사막의 혹독한 추위 속에서도 이마에 땀까지 흘리고 있었다.

— 아까 목사님이 서너 시간 걷다가 구십 도로 꺾으라고 하지 않았어요?

— 맞아, 이휴 안 꺾었는데~

배부른 명주 처자가 한숨 섞어 말했다.

— 에이 지랄이다~ 참이 학생동무, 아까 목사님이 주신 나침반 꺼내보라.

— 예~

참이가 나침반을 꺼냈고, 손전등을 나침반에 비추었다. 그러나 나침반의 방향을 여러 번을 바꿔 봐도 바늘이 움직이지 않았다.

— 먹통이네.

- 에헤, 우리 이제 죽었구나.

종례 아주머니가 바람 빠져나간 소리를 했다.

- 아니 목사님이 고장 난 나침반을 주시지는 않았을 텐데~

석돌이란 사내가 아래턱을 세게 저어대며 물 먹는 솜처럼 주저앉았다.

- 너무 추워서 바늘이 얼어붙은 게 아닐까요?

참이는 갑자기 상황이 악화되었지만 용기를 잃지 않으려고 노력했다. 북두칠성을 찾을 수도 없고, 나침반도 작동을 하지 않으니 죽으라는 운명인지 모른다는 생각마저 들었다.

- 그럴 리가~ 나침반을 흔들어서 수평을 맞춰 봐. 수평을 맞추지 않으면 제대로 작동을 하지 않으니까는~

참이가 나침반을 세게 흔들었다. 그리고 다시 수평을 맞추어 살펴보았다. 그래도 나침반 바늘은 고정되어 움직이지 않고 있었다. 동실이도 아까부터 참이 동무 옆에 바짝 붙어 나침반을 들여다보고 있었다. 동실의 등에는 만룡이 동무의 쇠붙이 짐이 무겁게 매달려 있었다.

- 이상하단 말이야. 바늘이 파르르 떨고 빙글빙글 도는 건데~

석돌이란 사내가 말했다.

- 동실이 동무, 동무는 짐이 무거우니 여게서 머뭇거리지 말고 빨리 앞장서서 걸으라.

만룡이가 동실에게 마치 명령을 하듯 말했다. 만룡의 말에 동실은 입술을 히죽비죽 비꼬면서 느릿하게 걸음을 옮겼다. 동실이 저만치 멀어지는 순간 참이 동무 입에서 탄성이 빠져나왔다.

- 와 바늘이 움직입니다.

- 어디~ 어 맞네. 어디 보자. 어 북쪽이 이쪽 맞네. 우리가 제대로 걸어온 게 맞네. 자, 이제 무조건 북쪽으로만 가면 몽골이 나올 테니까

힘들 내어 걷자우~

일행에게 일제히 힘이 솟는 느낌이었다.

– 예~

– 거 이상하네. 동실이 학생이 부정을 탔나? 동실이 학생이 빠져나가니까는 나침반이 움직인다니까~

힘든 몸으로 악착같이 걸어왔던 명주라는 처자가 말했다.

– 에이 동실이 학생 동무가 부정을 어이 타나 응? 부정을 타면 만룡이 학생 동무가 부정을 타야지~

종례 아주머니가 투덜거리듯 말했다.

– 내 부정 탈 일 없소. 동실이 등에 삼지창, 칠성검이 죄 매달려 있는데~

만룡이가 귀를 활짝 열고 걷고 있는 탓에 상대의 말에 대꾸했다.

– 그럼, 쇠붙이 칠성검이 심술을 부렸나 보지 응?

– 하하하~

일행은 모두 방향을 잡아 앞으로 걸어 나아가기 시작했다. 추위를 막아주는 방한복도 입지 않고 방한화를 신은 사람은 석돌이란 사내밖에 없었다. 벙거지를 볼품없이 막 쓴 일행들은 하나같이 걸친 귀가개가 추위를 그나마 막아주고 있었다. 일행은 옷이 바람에 펄럭이는 것을 막기 위해 굵은 밧줄로 허리를 묶고 손전등 불빛에 의지해 앞 사람의 희끄무레한 등을 바라보며 걸었다. 눈이 쌓일 정도로 많이 내리지는 않았지만 세찬 바람 때문에 땅이 움푹 꺼진 넓은 구덩이 같은 데는 눈이 바람에 날려 쌓인 터에 걸음을 내디딜 때면 뽀드득 소리가 났다.

– 동쪽이 어느 쪽이냐?

석돌이란 사내가 지나가는 소리로 물었다.

－ 지금 걷는 방향으로 오른쪽이 동쪽입니다.

참이가 모두 들을 수 있도록 큰 소리로 대답했다.

－ 참이 학생 동무, 나침반 다시 꺼내 방향 확인 정확히 해주라. 나침반 바늘이 가리키고 있는 방향을 학생 동무가 바라보고 있어야 한단 말이라～

－ 예～ 맞습니다. 어디～ 아, 나침반 바늘이 가리키고 있는 방향으로 똑바로 서니 오른쪽이 동쪽 맞습니다.

참이가 다시 한번 나침반을 확인했다.

－ 됐다 그럼, 새벽참새벽녘이 되면 날이 샐 테니 다들 힘들 내자우～ 저, 참이 학생 동무는 명주 처자 좀 거들어주라. 누구든 낙오자가 생기면 우덜 모두 함께 얼어 죽게 될 수도 있으니까는～

－ 예, 석돌이 아저씨～

－ 아이, 졸려～

종례 아주머니가 나지막한 소리로 말했다. 삭막한 추위 속에서 졸음이 온다는 것은 기력이 떨어진 때문이리라.

－ 종례 아주머니, 배고파서 그러지요? 빵 조각 하나 드릴까요?

－ 참이 학생 동문 참 나이답지 않게 맘씨가 곱다. 빵 조각 넣으면 목이 마를 텐데～ 아이 에구 그저 우덜 신세는 음식 두고도 먹지 못할 팔짜라구～

종례 아주머니가 참이를 기특하게 생각하며 칭찬하는 말을 흘렸다.

－ 종례 아주머니 늙어서 그러오. 똑같이 걷는데 눈가물눈꺼풀 잠김 친다면 게 다 늙어서 그런 거요. 저기 젊은 명주 동무 보오. 배를 내밀고도 저리 씩씩하게 걷고 있잖소.

－ 홍, 퍽도 잘 보이겠네. 요리 깜깜한 밤에 머가 보인다구～ 석돌이

동문 아무리 봐도 명주 조것한테 맘을 두고 있다니까~ 나나이 오십 초반인데 늙었다니 나 언~ 흥, 애가 뱃속에 들어 있어서 명주 동무 건들지 못해 안달 났지 석돌이 동무~

종례 아주머니가 석돌을 향해 질투하는 말을 뱉었다.

– 머요? 종례 아주머니 이 석돌이 한데 막말하는 거 아니오? 내 참, 조선공화국에 명주 처자 두 배 예쁜 안해 두고 온 몸이란 말이오. 이거 왜 이래요?

– 안해 두고 왔다 이 게야? 흥, 그럼든 석돌이 동문 마누라 떼 두고 의리 없이 도망을 가나 흥~

– 아니 정말 이 아주머니래 사정도 모르면서 왜 이러니 응?

석돌이란 사내는 기가 막혀 정말 펄쩍 뛰는지 무거운 방한화 소리가 땅바닥을 울렸다. 아직까지 일행들은 그런대로 대열을 유지하고 있었다. 이제 사막의 눈보라가 어느 정도 멈춘 모양이었다. 몸이 얼어붙은 추위에도 눈보라가 멈추니 한결 나아지는 기분이었다. 사막을 횡단할수록 몸이 가장 무거워 보이는 사람은 종례 아주머니였다.

종례 아주머니는 졸린다는 말을 몇 번 더 입에 올렸다. 그리고 모래무덤 속에 한번 푹 고꾸라지면서 정신을 잃었는데 석돌이란 사내가 뺨을 때리면서 일으켜 세우자 다시 걸었다. 손전등을 끄면 동료들의 발자국 소리만 자박자박 들려올 정도로 여전히 사막은 어둠속에 덮여 있었다. 참이는 연신 나침반을 꺼내 방향을 확인하며 사막을 헤쳐 나아가고 있었다. 동녘 하늘은 아직 밝아올 기미를 보이지 않았다.

잠시 쉬어가자면서 석돌이란 사내가 한쪽에 쭈그려 앉아 담배를 피우고 있었다.

– 담배 맛이 어떻소?

만룡이 목소리가 어른처럼 중후하게 들렸다.

– 담배는 꽁초 맛이지~

– 석돌이 동무, 나도 하나 주오.

만룡이가 곁에 바짝 붙어 앉으며 손을 벌리면서 말했다.

– 아니 이런 버르장머리 없는 갱막장 같은 놈을 보게~ 반말도 거슬리릴 판에 어른한테 담배 달라고 손을 내다 벌려?

– 나도 먹을 만큼 먹었소. 석돌이 동무, 담배 한 갑 몇 푼 한다고 그러오?

– 이런 례의예의라곤 손톱만큼도 없는 자식, 학생물림도 채 되지 못한 주제에~ 네가 난봉군난봉꾼에 자식이냐, 응? 에이 요런, 내래 광덕나비초잎담배가 댓 발이 있대도 너 같은 동무한텐 못 주겠다 이 놈아~

– 판수 아비에 점쟁이 자식이라오. 머든 둘이 맞아야 제맛이 아니냐~ 그래 빠는 데는 둘이 빨아야 제맛인데~ 백두대감이 입을 간질이는데 머 나라고 별수가 있나 그저 머라도 빨아야지 흐흐흐~

만룡이가 석돌의 욕설에도 괘념하지 않고 희희거렸다.

– 에이 저 저~ 병신도 제 재미에 산다더니~

석돌이란 사내와 만룡이가 땅바닥에 앉자 다른 일행들도 일제히 모래바닥에 주저앉았다. 손전등을 아끼려고 끄자 깜깜한 칠흑이었다. 석돌이란 사내가 흡, 흡 담배를 빨아들일 때마다 입술 앞에서 빨간 불빛이 가쁜 숨을 몰아쉬는 것처럼 보였다.

– 한 모금만 빨아 봅시다.

– 이런 되먹지 못한 짜식~

만룡이와 석돌이란 사내가 여전히 티격태격하고 있었다.

– 석돌이 동무 그저 아랫동네에 짝씨 처자가 기다리는 게 보이는데

～ 조선에 두고 왔다는 마누란 어이 그림자도 보이지 않지 응?

만룡의 목소리는 나이 어린 학생의 목소리가 아니라 위엄 있는 어른의 목소리처럼 들렸고, 사람들은 만룡의 이런 목소리를 신기하게 들었다.

– 아이 에구나, 만룡이 학생 얘기 들으니 공화국에 마누라 두고 왔다는 석돌이 동무 말은 새빨간 거짓말이나 보네~

– 아니 머요? 종례 아주머니 내래 이케 우습게 보이오?

– 어이 화를 내고 그러나~ 만룡이 학생이 점치는 재주가 있다 하지 않았음~ 아랫동네 짝 씨 처자 있대는데 말이나마 기특하지 않는가 말이라~

이때, 내내 말이 없던 명주라는 젊은 처자가 끼어들었다. 아직까지 살만한지 명주 처자는 무리에서 벗어나지 않고 착실히 사막을 좁혀온 것이었다.

– 만룡이 학생, 아랫동네 내 짝 씨 있나 점 좀 쳐 달라.

– 예~

만룡이가 어깨에 짊어진 동실의 짐을 한번 세차게 흔들어댄 다음 의미심장한 목소리로 말했다.

– 명주 처자는 내 비방 하나 받아들면 아랫동네 내려가서 사내싼싼(쌕쌕)한 세상의 길동무 하나 제대로 만나겠소.

– 어머 내게 그런 팔자가 보인다는 말이야, 비방 하나 써 달라. 에구 만룡이 학생 소원이 머냐? 내 다 들어줄 게~ 입이 간지럽지만 이제부터 누나라 불러도 되고~ 누나 젖집(젖통) 한번 만져도 되고~

명주 처자의 말에 화가 났는지 석돌이란 사내가 불끈 일어서서 걷기 시작했다. 석돌이 일어서자 다른 일행들도 일제히 일어섰다. 만룡이가 꾸무럭거리며 일어서는 명주 처자를 향해 세찬 말을 내뱉었다.

– 에이, 근데 명주 처자 뱃속의 애기는 인연 다 되었네. 쯧, 쯧~

– 만룡이 학생 동무, 게 무슨 말이니 응?

종례 아주머니가 아무도 쳐다보지는 않았지만 입을 하마처럼 벌리며 물었다.

– 아니 머라구? 이런 나쁜 새끼! 누나가 예뻐해 주니 롱弄을 해? 버릇없는 짜식~ 내 젖가슴 자꾸 훔쳐볼 때 네놈 맘이 구리다는 걸 알았지, 백두대감 흥, 헤픈 소리도 정도껏 해야지~

갑자기 명주 처자가 만룡을 향해 대어들 듯 소리를 질렀다. 명주 처자의 외침 소리를 듣고 앞에서 걷던 석돌이란 사내가 후다닥 뒷걸음질쳐서 뛰어왔다. 석돌이 만룡의 뺨을 찰싹 소리가 나게 후려쳤다. 만룡은 석돌에게 어인 일인지 대어들지 않았다. 만룡은 뺨이 얼얼한데다가 찬바람까지 불어오니 눈물이 핑 돌았다.

– 백두대감은 롱을 하지 않은데~

– 만룡이 동무, 참으라. 어서 가자. 어서~

참이가 만룡의 팔을 잡아당기며 진심으로 위로했다. 동실은 무거운 짐을 등에 짊어졌기 때문에 일행이 일어설 때에서야 합류했다. 땅바닥에 앉자마자 일어서니 동실의 입에서 한숨소리가 빠져나올 도리밖에 없었다.

동실이까지 걷는 대열에 합류하여 일렬을 이루며 걸었다. 대열을 이루어 비틀비틀 걷는 일행들의 모습을 누군가 멀찍이서 지켜보았다면 지친 기러기 떼의 날아가는 모습이 연상되었을 것이다. 먼동이 트기 전에 일렬로 대오隊伍를 이루어 걸어가는 지친 모습의 탈주민들은 오직 북쪽을 향해 걸어가고 있었다.

몽골을 향해 더욱 깊이 사막 속으로 잠입해 들어갈수록 바람이 정면에서 들이닥쳤다. 휘몰아치는 듯한 바람의 기세에 일행들은 발걸음이 더디어져 가고 있었다. 후줄그레한 벙거지를 눌러쓴 일행들의 뺨은 세찬 모래바람의 기세에 찢겨나가는 느낌이었다. 정면으로 덤벼드는 사막의 바람이 두렵게 느껴지며 언제까지 바람을 대적하며 걸어야 할지 막막했다. 손바닥을 뺨에 가져다 대면 어느 살이 내 살인지를 느낄 수 없을 정도로 사막의 추위는 매서웠다. 장갑을 끼었다고 해도 추위를 이겨내지 못해 일행들은 모두 손이 곱아 있었고, 움직이는 것도 맘대로 되지 않을 정도였다.

– 걸으면서 모두 들어요. 이제부터 대열을 벗어나면 죽어요. 절대 앞의 동무와 5보 이상 간격이 벌어져서는 아니 되오.

– 예, 알았습니다.

참이가 단단히 다짐을 하듯 일행 중의 대표처럼 대꾸했다.

– 열熱을 빼앗겨서도 아니 되니 일절 입을 다물어야 하오.

– 예, 알았습니다.

동실이가 고분고분 대답했다.

– 동실이 학생 동무 짐이 무거우면 내게 달라.

– 고맙습니다, 석돌이 아저씨~

말이 끝나자마자 동실이가 등짐을 벗어 석돌이란 사내한테 건넸다.

– 에이, 달란다고 진짜 짐을 내게 엉기면 어이 하나 응? 내 입이 방정이구나. 에이 어쩔 수 없지, 내 짐이 작으니 동실 학생 동무가 그럼 이 거 들으라~

– 예, 정말 고맙고 말구지요.

바람을 정면으로 맞이하며 뚜벅뚜벅 사막을 걸었다. 먼동이 터오는지 일렬로 대오를 지어 걸어가는 일행들의 오른쪽 하늘 끝이 희부옇게

훤해지기 시작했다. 하늘이 하얗게 열리기 시작하자 일행은 더욱 힘을 내어 걸었다. 먼동이 완전히 터서 사막의 아침이 되었는데 사방을 둘러보아도 모래언덕뿐이었다. 일행은 모두 지칠 대로 지쳐 있었으며, 석돌이란 사내가 참이에게 바짝 다가와서 나침반을 확인했다.

— 됐다. 이대로 앞만 보고 쭉 걸으면 되겠네~

— 아이구 배가 고파 못 걷겠어. 석돌이 동무 쮀기밥^{주먹밥}이라도 하나씩 꺼내 먹고 걷지~ 머라도 요기는 하고 걸어야지 않아?

종례 아주머니가 머리에 임을 모래바닥에 부리며 투정 섞인 말을 했다.

— 지금 먹으면 오늘 저녁까지 굶어야 하오.

— 줘, 죽을 때 죽더라도 머라도 먹고 죽자~

그들은 모두 허기를 느끼고 있었다.

— 그럼, 다들 이리 모여요. 여기서 쮀기밥 한 덩어리씩 먹고 갑시다.

옹기종기 바짝 붙어 앉아 등으로 바람을 막으며 주먹밥을 하나씩 받아먹었다. 주먹밥을 다 먹은 사람은 다시 일어나 걸었고, 미처 먹지 못한 사람은 걸으면서 주먹밥을 마저 먹었다. 목이 타는 사람은 망설이지 않고 오줌을 물 잔에 받아 마셨다. 대오를 가다듬어 다시 일렬로 기러기 떼가 날아가는 것처럼 걷기 시작했다.

이렇게 북쪽을 향해 한 시간 넘게 걷고 있을 때 갑자기 명주 처자가 배가 아프다고 땅바닥에 고꾸라지는 것이었다. 석돌이란 사내가 가장 먼저 명주에게 달려들며 물었다.

— 명주 처자 배가 어떻게 아파요?

— 아 아 죽겠소. 배가 그냥 아파 죽겠소.

악착같이 붙들고 오던 명주 처자의 작은 봇짐은 이미 저만치 바닥에 나뒹굴고 있었다.

– 명주 조거 애 나오는 거 아닌지 모르겠네. 으힝, 아직 애가 머리 쳐 밀고 나올 때는 아닌데~

종례 아주머니가 염려스런 표정으로 명주 처자 있는 데로 다가왔다. 명주 처자는 여전히 배가 아프다며 모래바닥에 나뒹굴고 있었다. 일행들이 모두 명주 처자를 에워쌌다.

– 아이고 밑구멍이야~

– 명주 동무, 아픈 데가 배야 밑구멍이야, 응?

유난히 석돌이란 사내가 살갑게 물었다.

– 아이고 배도 아픈 거 같고 밑구멍이 빠지는 거도 같고~ 아아, 나 죽어~

– 석돌이 동무, 머 보자기 같은 거 하나 펴야겠는데~

모래언덕을 의지하여 누더기나 다름없는 얇은 담요를 펼친 것은 만룡이었다. 만룡이 동무가 담요를 펼쳐놓을 때 동실이가 이마에 땀까지 흘리며 일행들 곁에 도착했다. 앙숙이 되어 으르렁거렸어도 막상 위급한 상황이고 보니 종례 아주머니 손이 가장 분주히 움직였다.

– 명주 동무, 가랑이를 힘껏 벌리라.

– 아이고 밑구멍 찢어지네~

명주 동무가 악다구니를 썼다.

– 에구나 양수가 터졌네. 깝진 녀편네 첫애 낳는 꼴이지~ 거 고함만 치지 말고 힘을 불끈 주라니까는~ 옳지, 옳지~

– 끙, 끙~ 아이고 나쁜 새끼~

명주 동무의 입에서 갑자기 욕설이 튀어나왔다.

– 옳지, 옳지, 네 가랑이 벌린 놈한테 욕이나 실컷 하라. 더 더~

– 끙, 끙, 아이고 배야, 아이고 나쁜 자식~

– 더 악을 써 봐, 언 놈이 명주 처자 밑구멍에 씨앗을 뿌렸을 거나 응~ 아이고 좀만 힘을 써 봐, 좀 더 더~

종례 아주머니가 아이를 낳는 명주보다 더 힘들어 보였다.

– 아 아 부랑탕 같은 놈~ 석돌이 나쁜 자식~ 석돌이 나쁜 자식~

명주 처자 입에서 난데없이 석돌이란 사내 이름이 튀어나왔다. 곁에 있던 석돌이가 펄쩍 뛰었다.

– 에이구 지금 머라나. 이 나쁜 간나 보라우~ 사내 이름 하나 욀 게 없어 애먼 석돌이 이름을 파니 응?

– 어이, 명주 동무 지금 머라 했나, 어찌 그 입에서 석돌이 동무 이름이 튀어나오나 응? 가랑이 다 벌렸지? 째만 힘을 쓰면~

종례 아주머니의 손길이 더욱 바빠지고 있었다.

– 아이고 밑구멍 빠져~ 아이고 나 죽네~ 부랑탕 같은 자식~

– 어이, 이게 머나 응? 아아가 어이 발부터 나오나 응? 에이구나~ 석돌이 동무, 이 아이 아비 맞나 응? 이 거 어데서 물을 끓일 수도 없고~

종례 아주머니가 펄쩍펄쩍 뛰었다.

– 종례 아주머니, 명주 동무 주둥이에서 내 이름자를 거들린다들먹인다고 날 아비로 의심하는 겝니까? 이거는 경우가 아니지요, 예~

석돌이가 억울하다는 듯 도리질을 했다.

– 석돌이 동무가 일 없음 됐지 어이 도적놈 눈동자 굴리듯 하나 후훗~

– 에이구 미치겠구나. 명주 동무, 어이 자꾸 내 이름을 대고 욕을 하나 응? 야 세상 참 장난궂다 야~ 내 명주 젖통이나 구경 한번 해보았대믄 억울하지 않겠시오. 야 이 거 가만히 앉아 씨 도둑놈 되는구나, 이게 관절 무슨 일이니 응~

먼동이 활짝 텄고 해가 동쪽에서 쑤욱 떠올랐다. 명주 처자의 아기

딸딸아기이 먼동의 기운을 받고 태어났는데 이상하게 세상을 향해 거꾸로 매달려 나왔다. 동쪽 하늘에서 해는 성큼 떠오르는데 거꾸로 태어난 아기딸은 울지를 않았다. 어미 뱃속에서 견디지 못하고 두 달을 먼저 나와 버린 아이는 세상과 인연을 맺지 못한 모양이었다. 세상을 향해 한마디 울음소리도 없이 숨을 쉬지 못하고 말았던 것이다.

종례 아주머니는 본능적으로 명주 처자를 거들었다. 양수를 닦고 탯줄을 자르고 달라붙은 태반을 잡아 빼고 아이를 살려 보려고 애를 썼다. 앙숙처럼 행동했던 지금까지의 모습과는 완전히 달랐고, 마치 친정어머니를 보는 느낌이었다. 아이가 거꾸로 나오자 보자기로 아이를 감싸고 엉덩이를 때려 울려 보고 아이의 입과 코에서 이물질을 걷어내며 주의를 세심히 기울였던 것이다. 하지만 끝내 아이는 눈도 뜨지 못했고 울음소리 한번 내지르지 못했다. 모래사막의 한가운데서 달도 못 채우고 태어난 생명은 태양의 기운 한번 받아보지 못하고 숨을 내리고 말았던 것이었다.

― 희망아, 엄마를 원망하지 말거라. 희망아, 아니 그냥 엄마를 원망하라. 흑, 흑~

핏덩이 아이를 모래사막에 묻고 일행은 떠나지 않을 수가 없었다. 명주 처자는 하염없이 아이의 모래무덤에서 눈물을 훔쳤지만 일행들이 명주 처자를 기다려줄 여유가 없었다. 기력이 떨어질 대로 떨어진 명주 처자를 가운데 세우고 일행은 다시 걷기 시작했다. 석돌이 동무가 거들어주었던 만룡의 무거운 짐을 돌려받은 동실은 한참 걷다가 다시 만룡에게 되돌려주었다. 만룡은 비록 체격은 작아도 철거덕거리는 쇠붙이를 다부지게 등에 짊어지고 힘을 내어서 의기양양하게 걸었다. 일행들은 모두 앞서 내뱉었던 만룡이 동무의 롱弄같은 말을 되새기면서 놀라워하고 있었다.

만룡의 몸속에 있다는 백두대감의 존재를 믿지 않을 수가 없었던 것이다. 명주 처자 뱃속에 든 아이의 운명을 아이가 세상에 나오기 두 시간도 전에 정확히 예언한 만룡의 예지력에 종례 아주머니나 명주 처자나 석돌이란 사내까지 얼굴에 정색을 하며 놀라지 않을 수가 없었다. 석돌이란 사내가 은근슬쩍 만룡에게 바짝 다가와서 말했다.

ㅡ 만룡이 학생 동무, 담배기갈 나면 말하라. 내 담배갑 채로 하나 줄게~

ㅡ 예~ 고맙소.

만룡이 천연덕스럽게 대꾸했다.

ㅡ 조선공화국에 마누라 없다는 거 어찌 알았나?

ㅡ 내 몸속에 모신 백두대감은 천 리를 넘게 내다보는 신통력이 있다오.

만룡이가 의젓하게 입을 열었다.

ㅡ 그래, 만룡이 학생 동무, 아랫동네 내 짝 씨 처자 있대는 말은 정말이나 응?

ㅡ 예, 내 비방하나 해줄 테니 그리 하면 남조선에 있는 그 처자하고 첫날밤도 치를 수가 있을 것이오.

만룡의 가슴에 정말 백두대감의 존재가 얹혀 있었다.

ㅡ 당장 비방 하나 해다오. 만룡이 학생 동무~

석돌이란 사내의 주머니에서 튀어나온 담뱃갑이 통째로 만룡의 손에 쥐어졌고, 만룡은 에헴, 헛기침을 하며 천진난만하게 담뱃갑을 받아 안주머니에 집어넣었다. 만룡이가 사뭇 진지한 목소리로 석돌을 향해 말했다.

ㅡ 내 몽골 땅에 당도하면 자손 번창할 비방을 하나 써 주겠소.

– 만룡 학생 동무, 정말 고맙구나~ 내게 이런 호사好事가 있다니 하늘이 무심하지 않구마는~ 머 먹고 싶은 거는 없나?

– 에 내 등짐이 좀 무거워서 이거~

– 내게 달라, 그저 힘들지만 깟거 반나절은 내래 짊어 메다 줄게~

만룡의 등짐은 또 석돌이란 사내의 등에 옮겨졌다. 만룡은 석돌이 동무의 한쪽 손에 들려 있던 작은 봇짐을 달랑달랑 들고 도깨비 막대기처럼 앞으로 뛰어나갔다. 만룡의 이런 영악한 모습을 보고 참이와 동실이 동무가 넌지시 웃었다.

3

혹독한 추위나 굶주림보다 무서운 것은 내일날에 대한 두려움이었다. 몽골 사막을 혼자서 넘었다면 아마 모래사막이 무덤자리가 되었을 것이다. 일행들은 사막을 헤매고 황소바람보다 강력한 바람을 정면으로 맞닥뜨리면서 걸었다. 회오리바람의 죽음구덩이에서 가까스로 빠져나와 다시금 방향을 잡아서 몽골 국경지대를 향해 사흘이나 걸었다. 아침에 떠올랐던 찬란한 태양은 명주 처자의 아이에게 생명을 축복하는 태양이 되지 못했다.

드디어 사흘을 걸어 철조망을 여러 차례 넘은 다음 마침내 몽골의 남쪽 국경지역에 거의 다다른 모양이다. 사막이 끝나가고 있다는 것을 알면서 일행들은 더욱 팽팽히 긴장하기 시작했다. 참이의 표정 역시 잔뜩 굳어 있었다. 참이가 석돌이란 사내에게 물었다.

– 몽골이 우리를 받아 줄까요?

석돌이란 사내의 표정 역시 긴장한 기색이 역력해 보였다.

─ 목사님을 믿어 봐야지~ 몽골과 중국 사이가 요즘 아주 나쁘다는 거야.

종례 아주머니의 표정 역시 어둡게 그늘이 내려져 있었다.

─ 우리가 난민이 되어야 한국으로 내려갈 수 있다는데 난민으로 판정받기가 하늘에 별따기라는데~

종례 아주머니의 말에 석돌이란 사내가 자르듯 말했다.

─ 멍청한 생각 마쇼.

종례 아주머니는 석돌이란 사내에게 못마땅한 표정을 지어보였다.

─ 석돌이 동무가 몽골 너무 만만하게 여기는 게 아니나?

석돌이란 사내의 머리에는 생각보다 많은 정보들이 들어있는 느낌이었다.

─ 종례 아주머니, 생각해 보쇼. 가난한 몽골이 가난한 중국이나 가난한 북조선하고 어째서 손을 잡으려 하겠소. 당연히 부자 나라인 한국하고 손을 잡으려 하지 않겠소?

─ 듣고 보니, 거는 맞는 말이네.

참이가 불쑥 끼어들었다.

─ 만약 몽골이 우리를 모두 중국으로 추방해버리면 재수 없이 북송되는 게 아닌가요?

참이의 염려스런 물음에 동실과 만룡이 동무마저 곁에서 고개를 끄덕거렸다. 아이를 모래사막에 묻고 몸과 마음이 만신창이가 되어 쓰러질 듯 쓰러질 듯 견디면서 걸어왔던 명주 처자가 어디에서 들었다는 듯 끼어들었다.

─ 몇 년 떠돌아다니면서 들은 말인데 몽골이 절대 그런 짓은 하지

못할 거라는데~ 만약 그런 짓을 벌이면 인권 후진국으로 낙인이 찍혀 국제사회에서 따돌림 당하여 난처해진다 하더마는~

명주 처자의 말을 석돌이 동무가 이어받았다.

− 우리가 중국으로 추방 된다면 목사님이 가만있지 않을 거라 했으니 자신감 갖고 당당히 국경을 넘자구나. 우리가 북송 되면 김정은 정권은 주민들을 맘대로 처형하고 노예 취급 하는 살벌한 독재정권이라고 저 유네스코 앞에서 소릴 지르겠다 하시더마~

종례 아주머니는 뜻밖에 통 큰 소리를 했다.

− 석돌이 동무 말이 맞다. 목사님은 그럴 분이야. 우덜이 재수 없이 북송된다면 감수해야지 머~ 김정은 고 나나이 어린놈이 세계에서 고립되고 국제 망신당하는 꼴이니 머 이래도 괜찮고 저래도 괜찮다, 자 맘 굳게 먹고 당당히 나가자~

일행들은 이런 얘기들을 나누면서 마지막 안간힘을 써서 사막을 횡단하고 있었다. 몽골 국경수비대가 눈에 들어온 것은 바로 그 순간이었다. 참이 등이 보니 국경수비대를 목격한 순간 종례 아주머니는 난데없이 한쪽으로 뛰어가더니 아랫도리를 까발린 다음 항문 속에 뭐를 찔러 넣고 있는 게 보였다.

일행들은 어깨에 총을 멘 국경수비대의 군인들이 눈에 들어온 순간 기뻐서 소리를 질렀다. 군인들한테 무조건 잡혀야 마지막 사막을 벗어나 살아남을 희망이 보이는 것이었다. 사막에서 얼어 죽고 굶어 죽고 쓰러져 죽지 않았다는 사실에 모두 감격의 눈물을 흘렸다. 국경수비대 군인이 몽골어로 말했다.

− 네들 모두 이쪽으로 오라.

군인들은 첫눈에 봐도 체격이 우람해 보였다. 체격에비해 유독 얼굴이 개미 턱처럼 쪼뺏한 국경수비대의 젊은 군인이 손짓을 했다. 일행은 몽골어를 알아들을 수 없었지만 손짓을 보고 천천히 그쪽으로 걸어갔다. 일행은 모두 이제 살았다는 안도감이 들었지만 한편으로는 몽골 군인들이 어떻게 나올지를 몰라 두려운 마음도 섞여 있었다.

－ 네들 모두 어디서 오는 거야?

아주 고압적인 태도를 하며 무슨 말을 하였지만 일행 중에 누구도 알아들을 수가 없었다. 석돌이란 사내가 종례 아주머니를 향해 말했다.

－ 머라는 거야, 응? 종례 아주머니, 머 몽골말 좀 한다고 하지 않았소?

－ 내가 언제 몽골말 한다 했어~ 그저 오다가다 내몽골 사람을 만나 어깨너머로 몇 마디 배웠다 했지~

－ 그럼, 종례 아주머니 머라 한 마디만 해 봐요.

동실이가 어깨로 슬쩍 종례 아주머니를 건들었고, 만룡이가 입을 크게 벌려 바보처럼 웃었다.

－ 칭기즈 칸 만세~

종례 아주머니가 갑자기 봇짐을 땅바닥에 내려놓고 만세를 불렀다. 몽골 국경수비대 군인들이 이런 모습을 보고 뜻밖에 활짝 웃었다. 군인들의 표정이 밝아지자 일행들이 모두 만세를 불렀다.

－ 칭기즈 칸 만세~

－ 칭기즈 칸 만세~

칭기즈 칸은 원나라를 세운 쿠빌라이의 할아버지로 드넓은 지역에 흩어진 몽골 유목민 부족을 하나로 통일한 영웅이었다. 군인들이 자기네들끼리 주절거리면서 호탕하게 웃었다. 종례 아주머니가 일행에게 말했다.

－ 따라해 봐. 조선말로 '예'는 몽골말로 테~

– 테~

– 조선말로 '좋아요'는 몽골말로 생~

– 생~

– 머라 물으면 무조건 테 아님 생이라고 대답하면 그냥저냥 넘어갈 수 있을 거야~ 알았지 동무들 응?

종례 아주머니가 일행을 쳐다보며 말했지만 어리둥절한 표정으로 서로 바라볼 뿐 아무도 대답하지 않았다. 그러자 만룡이가 우스꽝스런 모습으로 금방 배워준가르쳐준 몽골말로 대답했다.

– 테에~

– 테에~

하고 만룡이를 따라 다른 일행들이 일제히 대답했다.

– 네들 탈북한 조선 놈들 같은데 맞아?

몽골 말로 이번에는 두 볼에 살이 두툼하게 붙은 군인이 물었다. 종례 아주머니의 눈치를 보다가 일행들은 눈치로 그냥 대답했다.

– 테에~

– 지금 어디로 가고 있는가?

하고 몽골말로 물어왔다.

– 테에~

– 아니 이 것들이~ 네들 여기서 모두 죽고 싶냐?

– 생좋아요~

만룡이가 두꺼비처럼 튀어나온 눈을 깜박거리며 읊듯 대답했다. 만룡이를 향해 턱이 쪼뼛한 군인이 말했다.

– 타니 네르? 너 이름 뭐야?

– 생좋아요~

– 티니크! 바보!

– 생좋아요~

만룡이가 대답했고, 군인들이 껄껄 웃었다. 이렇게 웃은 때문인지 긴
장된 분위기가 조금 누그러진 것 같았다.

– 세르모떼 막따르! 못생긴 악어

군인 하나가 만룡을 향해 비웃는 말을 했지만 알아들을 수가 없어
참이 일행은 대꾸하지 않았다. 국경수비대 군인들이 자기들끼리 호탕
하게 웃고 있었다. 참이 등은 나중에 알게 되었지만 군인이 만룡에게
했던 말은 몽골에서 가장 치욕적인 말이었다. 사람을 개나 돼지보다
못하게 취급하는 말이 못생긴 악어라는 표현이었던 것이다. 얼굴이 가
장 억세게 생긴 군인이 말했다.

– 뭉크 테요? 돈 있냐?

– ~ ~

– 뭉크 테요? 돈 있냐?

– 테예~

군인들이 분명 뭐라 묻는 느낌이어서 참이 일행은 서로 눈치들을 보
다가 이번에는 동실이가 쭈뼛거리면서 대답했다. 동실이는 몽골 말이
기 때문에 무슨 말인지 전혀 모른 상태에서 그냥 아무렇게나 대답했던
것이다. 그런데 군인 하나가 품속에서 지갑을 꺼내더니 지폐를 꺼내 흔
들었다. 그리고 나서야 참이 일행은 군인들이 돈을 달라는 것임을 알
게 되었다.

– 동무들, 모두 들어봐. 우덜 운명이 어떻게 될지 아직 모르지만 우
선 위기를 벗어나야 하니까 가진 지폐 있는 대로 꺼내 봐~

– 종례 아주머니, 이놈들한테 다 뜯기면 나중에 위급할 때 머로 위

기를 모면하려고 하오? 눈치껏 인민폐 몇 장만 꺼내 줍시다.

석돌이란 사내의 말을 듣고 일행들은 품속을 더듬어 중국 인민폐를 하나씩 꺼냈다.

– 석돌이 동무, 입 조심 하라. 군인들 중에 한국말 알아듣는 애들도 있으니까~

– 예, 생각이 짧았소.

그들이 꺼내 모은 돈은 비록 적은 액수였지만 국경수비대의 군인들에게 도움이 될만 했다. 참이가 하나씩 거두어 세어보니 인민폐 528위엔이었다. 인민폐 528위엔이면 한화 9만원 정도였다. 몽골 교사의 한 달 급여가 60만 투그릭MNT : 한화 24만 원 정도이고 보면 결코 적은 액수는 아닌 것이었다.

참이가 일행들에게 거둬들인 인민폐를 군인 하나에게 내밀었다. 군인은 참이가 내민 인민폐를 받아들고 손에 침을 묻혀 세어보았다. 그 군인은 못마땅한 얼굴로 몽골말로 물었다.

– 네들 이게 다야?

– 테에~

일제히 예상한 탓인지 같은 대답을 했다. 군인들은 일행에게 손을 올리게 한 다음 몸을 샅샅이 수색했다. 몸속에 숨긴 돈을 빼앗기 위함이란 것을 일행은 알아차렸다. 마침내 일행은 짐까지 수색을 당해 몇 푼 되지 않은 돈을 탈, 탈 털려버렸다. 군인들은 이제야 흡족한 표정을 지었다. 군인들의 흡족한 표정 뒤로 종례 아주머니 역시 안도하는 표정을 지었다. 항문까지는 검사를 하지 않았기 때문이었다.

참이 일행은 군인들을 따라 초소로 향했다. 돈을 모두 빼앗은 군인들은 일행을 일렬로 줄을 서게 하여 이동시켰고, 초소에 도착하자 상급에게 보고를 하는 모양이었다. 초소에서 간단히 작성하라는 제스처와 함께 무슨 서류를 건네주었는데 일행들은 이름, 나이, 국적 같은 것을 간단히 적었다. 그런 다음 군용 트럭에 태워져서 곧 국경수비대 중대가 함께 생활하는 듯한 생활중대에 도착했다.

사흘을 막연하게 생활중대에서 머물렀다. 생활중대에서 머무르면서 일행들은 하루가 다르게 걱정이 늘었다. 군인들이 일행을 함부로 대했을 뿐만 아니라, 욕설도 서슴지 않았다. 하루하루 생활중대에서 머무르는 날이 늘어갈수록 북송에 대한 불안감으로 모두 마음이 편하지 않았던 것이다. 생활중대에 머무는 중에도 석돌이란 사내는 만룡에게 친절하게 대했는데 석돌의 태도로부터 그 까닭을 엿볼 수가 있었다.

– 만룡이 학생 동무, 내게 약속한 거 잊지 않았지?

– 내 머라 약속했는 지 모르겠소.

만룡의 대답에 석돌이란 사내의 표정이 순간 어두워졌다.

– 몸속에 모시는 백두대감 얘기 하지 않았어? 아랫동네 내 짝씨 처자 있대지 않았나~

– 아, 거요?

만룡의 말에 석돌의 표정이 다시 약간 밝아졌다.

– 그래~ 학생 동무, 아랫동네 가면 정말 내 짝씨가 있다고 점괘가 나오더나?

석돌은 마치 만룡의 몸속에 당장 뛰어들고 싶은 심정이라는 듯 만룡에게 바짝 달라붙었다.

– 석돌이 동무, 돈 몰래 숨겨둔 거 있소?

만룡의 돌발적인 말투에 석돌의 표정은 순간 냉정한 표정으로 일그러졌다. 그러나 석돌은 이내 일그러진 표정을 가다듬으며 말했다.

– 에이 만룡이 학생 동무가 몰라서 묻니 응? 우리 모두 몽골 놈들한 테 땡전 한 닢까지 다 털린 거 알면서 그런다, 응?

– 항문 펌프질을 하지 않았는데 머 항문 같은 데 숨겨 가져온 돈이 라도 없소?

만룡은 생각보다 돈에 대해 강한 집착을 보이고 있었다.

– 북송 당해 교화소 들어온 것도 아닌데 누가 지저분하게 항문 속에 돈을 숨기겠나, 응? 어지간하믄 머 비방 하나쯤 써줄 수도 있지 않니 응? 백두대감~

– 내 비방은 있긴 하지~ 석돌이 동무 운세를 보니 괜찮소. 잘만 하 면 아랫동네 내려가서 첫날밤도 치를 수가 있소.

– 어 그래~ 당장 비방 하나 써 달라.

만룡의 호탕한 태도에 석돌이란 사내의 기분은 한껏 고조 되었다. 돈이 없는 석돌은 자신이 만룡에게 해줄 수 있는 모든 도움을 아끼지 않았다. 생활중대에서 생활하는 며칠 동안 심지어 석돌은 자신의 밥의 절반을 만룡에게 바치고 저녁때는 만룡의 신발까지 닦아주었다.

만룡은 백두대감을 내세워 석돌에게 온갖 위세를 부렸다. 하지만 참 이나 농실의 눈에 이런 짓은 헛내포_{허풍}를 놓는 것으로 밖에 비치지 않 았다.

만룡은 석돌이란 사내의 양심을 슬쩍 건드려 보았다.

– 석돌이 동무~

– 에헤~ 백, 백두대감~

석돌이란 사내는 이제 만룡이를 그저 눈에 보이는 학생 동무의 모습 이라 생각을 하지 않은 모양이었다.

– 석돌이 나쁜 자식, 부랑탕 같은~

― 아니 이 자식이 보자니까, 머라구?

석돌은 만룡이가 내뱉은 귀에 거슬리는 말을 듣는 순간 솟구치는 화를 다스리지 못했다. 그러나 만룡의 태도는 태연자약하게 위엄 있는 말투로 석돌을 순간적으로 압도하고 있었다.

― 백두대감 말을 함부로 무찌르지 마오. 석돌이 나쁜 자식, 석돌이 부랑탕 같은 놈이라는 명주 처자 욕을 어이 먹었소?

― ~ ~

― 석돌이 동무 어이 말을 못하오?

― 백두대감, 설마 나를 의심한다 이런 말이오?

석돌이란 사내의 기세는 이미 반쯤 꺾여 있었다.

― 애를 낳는 녀성 동무의 입으로 부정不淨을 타서 내 방패를 해주려 하오. 혹은혹시 명주 처자의 가랑이를 석돌이 동무가 벌렸소?

생활중대의 위생실 뒤에서 제법 만룡과 석돌이란 사내의 말씨름은 진지해 보였다. 만룡은 석돌이란 사내에게 한 치의 빈틈을 보이지 않았고 말씨름에서 한 발짝도 뒷걸음질하지 않았다. 만룡의 표정에서는 나나이 어린 학생 동무의 천진함이 아니라 백두대감의 포효하는 듯한 위엄을 느낄 수가 있음이었다.

― 예~ 백두대감 하지만~

― 명주 처자의 가랑이를 벌렸는데 어이 사내답지 않게 토를 다오? 죽은 아이의 아비가 아니다 이런 말이오?

― 맞소. 죽은 아이는 되놈의 씨란 말이오.

석돌이란 사내가 억울하다는 듯 정말 바닥에서 펄쩍 뛰었다. 방한화가 땅바닥에 부딪는 소리가 투둑, 하고 들릴 정도였다.

― 하면 뱃속에 아이 품고 있는 명주 처자의 가랑이를 벌렸다 이런

말이오?

– 예, 속 리막裏幕: 내막이 그리 되지요. 헤헤~

석돌의 낯바닥에서 불량스런 기운이 스멀스멀 묻어나오고 있었다.

– 석돌이 동무, 명주 처자를 몇 번 바닥에 눕혔소?

만룡의 말투는 장난처럼 들리지 않고 예심을 하듯 빈틈이 없어 보였다.

– 세 번 눕혔지. 헤헤~ 한 번은 눕히지는 않고 벽에 붙이고~

– 쯧, 쯧!~ 아랫동네 내려가거든 명주 처자와 혼인을 하오. 하루밤
하룻밤에 만리장성을 쌓는 법인데 세 번 하고도 서서 한 번이면 만리장
성을 세 번 반은 쌓아도 쌓았겠소.

– 나 같이 사람됨새됨됨이 없는 놈이 머 명주 동무 마음을 받을 인간
머리나 되겠소? 백두대감~

– 머 삼만 오 천리 장성을 쌓은 몸이니 어려울 게 없지~ 그래 내 짬이
나면 비방을 하나 써줄 테니 아랫동네 내려가거든 시키는 대로 하오.

– 그러면 입쇼. 시키는 대로 하구 말굽쇼. 헤헤헤~

만룡은 석돌이란 사내를 완전히 지배했다. 만룡의 어디에서 그런 힘
이 나오는지 정말 모를 일이었다. 마치 만룡의 하인처럼 행동하는 석
돌이란 사내의 모습을 보고 참이나 동실이도 놀랄 지경이었다. 히루
앞을 가늠하기 힘든 탓에 일행들 모두 의지할 대상을 찾고 있음이었
다. 석돌은 물론 종례 아주머니, 명주 처자까지 만룡의 몸에서 언뜻언
뜻 뿜어 나오는 기운을 받아들이는 분위기였다.

참이 역시 만룡의 몸속에 존재한다는 백두대감의 존재를 믿을 수밖
에 없었다. 예전에 하룻밤을 만룡이 동무와 같이 산속에서 기도를 하
면서 만룡의 몸속에 들어있는 신의 존재를 인정하지 않을 수가 없었던
것이다. 동실이 동무 역시 어느 한순간 만룡의 덫에 갇혀 지배를 당하

는 처지가 되고 말았었다. 하지만 동실은 만룡의 몸속에 들어 있다는 백두대감의 존재에 대해 솔직히 못된 빠닥새 당 간부 보다 실없는 취급을 하고 있었다.

4

참이 일행을 태운 승합차는 아침 일찍 어디론가 향하여 출발했다. 일행은 누구나 첫눈에 호송차라는 것을 알았다. 일행들에게 가장 가슴 졸이는 날이었다. 승합차가 어디를 향하느냐에 따라 그들의 운명은 갈리는 것이다. 그들을 호송하는 몽골 군인들은 운전자를 포함해서 3명이었다. 참이를 비롯한 일행들은 모두 얼어붙어 있었다. 생활중대에는 사막을 넘어온 사람들이 그들 말고 여럿 있었지만 다른 일행과 함께 동행 하지는 않았다. 석돌이란 사내가 답답하다는 듯 손바닥으로 가슴을 두드리며 말했다.

- 종례 아주머니, 답답해 죽겠소. 머~

- 예, 목적지가 어딘지 한 번 물어나 봐요.

동실이가 석돌의 말을 무찔렀다. 석돌이가 동실을 한번 힐끔 쳐다보고 다시 말을 이었다.

- 거 며칠 공부 했잖소.

명주 처자까지 종례 아주머니를 보며 부담을 주었다. 명주와 나란히 앉은 석돌이란 사내가 거듭 군인들에게 말을 하라고 눈짓 손짓 몸짓을 하며 재촉했다.

- 머라 말이나 좀 걸쳐걸어 봐요. 어디로 가고 있냐고~

– 에이 그러마. 내 어디로 가는지 석돌이 동무 말마따나 머라 말이
나 한번 걸쳐볼 게~

일행들의 시선이 일제히 종례 아주머니를 향했다. 종례 아주머니는
몇 번이나 헛목을 가다듬었다. 머릿속에 헝클어져 있는 말의 고리를
하나씩 연결하는 중일 것이다. 마침내 종례 아주머니가 용기를 내어
몽골 군인을 향해 고개를 내밀며 말을 꺼냈다.

– 어더 – 하샤 – 얍쯔 – 밴 웨?^{지금 어디로 가고 있나요?}

세 살 먹은 아이 징검다리 건너듯 조마조마한 말이 한참동안 빠져나
왔는데 일행들은 한 마디 한 마디 말이 빠져나올 때 종례 아주머니보다
더 긴장하고 있었다. 턱이 묵직하게 생긴 군인의 입이 천천히 열렸다.

– 울란바토르 캠프~

– 와, 살았다~

종례 아주머니가 큰소리로 외쳤다.

– 캠프로 가면 사는 거야~

석돌이란 사내는 갑자기 곁에 앉은 명주 처자의 목을 끌어안았다.
일행들이 모두 짝, 짝 박수를 쳤다.

– 만세다, 만세~

명주 처자가 부스스한 머리를 손으로 쓸어 넘기면서 말했다.

– 만세~ 만세~

일행들이 손을 번쩍번쩍 쳐들며 만세를 불렀다. 차내가 갑자기 시끄
럽게 되자 앞좌석의 군인이 뒤를 돌아보며 몽골 말로 소리쳤다.

– 조용히 해~

그러나 군인의 말을 듣는 사람은 아무도 없었는데 이런 말을 하는
군인의 얼굴에도 웃음기가 번져 있었다. 항상 부딪치며 원쑤^{원수}처럼

대했던 종례 아주머니와 명주 처자마저 손을 맞잡고 기쁨을 나누었다. 종례 아주머니가 명주 처자를 향해 붙임성 있는 말투로 살갑게 말했다.

　― 명주 동무, 노래 솜씨 두었다 어데 쓰나, 한번 뽑아 봐~

　― 예, 노래하면 그저 '준마처녀'지요.

　― 거 좋지, 명주 동무가 부르는 '준마처녀' 한번 듣자. 현송월이 보다 잘 하더라.

　일제히 짝, 짝, 짝 박수를 쳤다. 몽골 군인들도 이런 분위기를 더는 저지할 생각이 없는 모양이었다. 군인들은 뒤로 슬며시 웃음 띤 시선을 보낼 뿐이었다. 조선공화국에서 '준마처녀'라는 말은 모든 일에 앞장서며 다른 동무들보다 활발하게 생활하는 젊은 녀성 동무를 의미하는 말이다. 한마디로 일 잘하는 녀성이란 말인데 김정은의 사랑을 받고 있는 현송월이가 불러 조선공화국 전역에서 폭발적인 인기를 얻은 곡이다.

　우리공장 동무들 웃으며 말을 해요

　아니 글쎄 날 보고 준마 탄 처녀래요

　하루일 넘쳐 해도 성차 안하는

　내 일솜씨 참말로 번개 같대나

　라~ 라~ 라~ 라~

　날보고 준마처녀래요~ 날보고 준마처녀래요~

　준마처녀라는 노래는 시작은 명주 처자로부터 비롯되었지만 끝날 때는 일제히 같이 불렀다. 몽골 군인들도 노래가 듣기에 좋았는지 웃기만 할뿐 저지하지 않았다. 그래도 노래가 끝났을 때 일행들은 더는 차내에서 소란을 피우지 않았다. 이제 차창 너머로 들어오는 몽골이라는 나라를 구경할 수 있는 여유 있는 시간이었다.

그들은 예상대로 몽골의 수도에 위치한 울란바토르 캠프로 이동했다. 캠프에서 하루를 머물렀는데 한국대사관에서 조사관들이 나왔다. 조사관들은 일행들을 각각 불러서 탈북의 경로와 탈북의 동기 등을 조사했다. 참이와 동실, 만룡이 등은 탈북의 경로에 있어서는 처음부터 캠프에 오기까지 모두 같은 내용이었다. 그러나 탈북의 동기까지 같을 수는 없는 모양이었는데 참이는 탈북의 동기에 대해 반쪽이란 신분을 벗어나 희망찬 새날을 아버지와 함께 만들기 위해서라고 기술했다. 동실이는 뜻밖에도 탈북의 동기를 기술하기를, 남한의 문화를 흠모하고, 행복하고 단란한 가정을 만든다는 포부라고 밝힌 것이었다. 사실 이러한 동실의 탈북에 대한 거창한 동기는 절반이 한국대사관 조사관의 의도대로 흘러간 셈이었다.

— 나는 아랫동네 춤을 좋아한다 말입니다. 아이돌 춤도 추고 싶고, 남쪽 학생들처럼 머리에 빨간 물감도 들이고 싶다 이겁니다.

— 그럼, 남한의 문화를 흠모해서 탈북하게 되었다 뭐 이런 말이지, 동실 학생?

— 예, 그렇지요. 또 나는 부모 형제가 없으니 아랫동네서 제일 예쁜 녀자 만나서 아들 하나 딸 하나 딱 이렇게 낳아서 자유롭게 살고 싶다 말입니다.

— 어, 가만 있자. 그러면 동기를 뭐라 또 추가해야 하나~음, 옳지, 그럼 동실 학생은 예쁜 색시에 아들딸을 하나씩 원한다, 이 거지? 그저 자유롭고 행복하고 단란한 가정을 만들겠다, 뭐 이런 말이지 학생?

— 예, 바로 그런 말입지요~

만룡의 탈북 동기는 매우 구체적이면서 진지했다. 만룡이 앞에 앉아 우월한 위치에서 조사를 하던 대사관의 조사관은 조사가 길어지면서 생각과 태도를 바꾸어야 했다. 몸에 익은 타성惰性을 달고 목에 힘을 주며 살아오던 조사관은 볼 품 없고 장난기 많게 생겨 먹은 나이 어린 북한 학생에게 쩔쩔매고 있었다.

― 만룡 학생은 왜 탈북을 했냐?

― 어허, 초면에 어이 말을 대패질 하듯 깔아뭉개오?

― 아니 뭐라고? 쪼그만 게~

― 조선 사람들 머리를 누르고 앉아 못 된 버릇부터 배워대면 아니 되지 않소?

만룡의 입에서 두 번째 말이 튀어나왔을 때 조사관의 낯바닥이 대낮에 몰래 마신 낮술의 기운처럼 달아올랐다.

― 잔말 하지 말고 동기가 뭐야?

― 새벽 인시寅時: 새벽 3시~5시에 기도하러 가오.

만룡은 숨김없이 대답했다.

― 뭐? 기도하러 남쪽에 내려간다 말이야? 너 지금 나하고 장난치냐?

― 세 살 버릇 여든 간다는데 남조선 동무는 어이 남을 얕잡아 보오? 대사관 사람들은 인민 위에서 노는 사람들이오?

만룡의 입에서 자신도 모를 소리가 튀어나왔다.

― 아니 뭐? 에이 참, 그래 배만룡 학생은 남쪽에 왜 내려가십니까?

― 옳지~ 말이 정갈해야 입이 그렇게 제구실을 하는 것이오. 인민은 낳아서 평양으로 보내고 점쟁이는 남쪽 삼각산으로 가야 한단 옛말이 있는데 내 그래 삼각산에 기도하러 가오.

― 배만룡 학생은 무당이나?

남조선에서 성행한다는 무당이란 말을 들으니 만룡은 갑자기 힘이 솟았다.

– 내 몸 안에 백두대감을 모신 점쟁이요.

– 점쟁이? 헤헤~ 그럼, 백두대감 모신 점쟁이가 백두산에선 기돌 못해 남쪽에 내려간다는 게 말이 되는 소리인가, 응?

조사관이 어이없다는 표정으로 말했다.

– 거 조사관 동무가 뭘 몰라도 한참을 모르오~ 조선공화국에서는 점을 치는 일이 반동질이란 거를 모르오?

– 그러니까 무당을 하러 간다, 뭐 이런 말이네.

조사관이 마침내 결론을 내리는 듯 말했다.

– 맞는 말이오. 기돌 해서 복을 저축해야 영험한 점쟁이가 되지 않겠소? 그러니 이렇게 딸린 짐이 부쩍 많은 게 아니오.

– 남쪽에 내려가 점을 쳐서 먹고 살겠다는 말인데 생각보다 아주 어려운 일인데~

조사관이 빠르게 눈동자를 한 바퀴 굴려 만룡의 봇짐을 훑어보고 있었다.

– 새벽 인시寅時에 삼각산 들어가서 기돌 하면 기도 복이 저축하듯 쌓이는 게요. 아랫동네 아주미들 점치러 오면 내 몸속에 모신 백두대감을 불러내 척, 척 길흉화복의 괘를 풀어낼 거란 말이지요.

– 괘는 무엇인가?

조사관이 진지하게 물었다.

– 나나이가 몇인데 괘를 모르오? 병로생사病老生死, 길흉화복吉凶禍福을 점친다는 뜻이지요. 조사관 선생은 만리타향에 어이 홀로 외로운 기러기가 되었소?

– 만룡이 학생, 정말 뭘 볼 줄 아나 응? 야, 탈북 동기는 이만하면 됐다~ 내 국정원에 의뢰하여 탈북자로 판정받도록 힘써 줄 테니 당장 이쪽으로 따라와라~

만룡이의 몸속에 내재하는 점쟁이로서의 앞일을 내다보는 예지력이 남쪽 사람한테 정확히 먹힌 순간이었다. 만룡이는 다른 사람의 시선을 의식하지 않아도 되는 독립된 공간에서 맘껏 딸랑딸랑 방울을 흔들고 왈랑왈랑 구슬춤방울춤까지 추며 백두대감을 불러냈다. 만룡은 대사관 조사관의 점을 치고 극진한 대접까지 받은 데다 돈까지 주머니에 넣게 되었다. 이런 기적은 실은 만룡의 번뜩이는 꾀에서 비롯되었다. 땀까지 흘리며 점을 쳐주던 만룡은 백두대감의 점괘가 술, 술 풀려 기분이 한껏 좋아지던 대사관 조사관에게 넉살을 부렸다.

– 복채를 내야 점괘가 날개를 달아 훨~ 훨~ 날아가는 것이오.

– 예, 드려야지요. 영험하신 백두대감님~

뜻밖에 복채까지 받고 보니 만룡은 아랫동네에 대한 기대감이 상승해 더욱 기세찬 날들을 맞이하게 되리라는 기대감으로 부풀어 올랐다.

석돌이란 사내가 조선공화국을 탈출하게 되었던 까닭을 참이 등은 이곳에서 알게 되었다. 옆 동무의 예민한 과거를 엿보는 일이 당연히 옳은 일은 아니었지만 일행들에 대하여 조사관의 입은 만룡이 앞에서는 가볍게 열렸다. 석돌이란 사내는 뜻밖에 호위총국의 후방부에서 근무한 사람이었다. 후방부란 물자 같은 것을 조달하는 임무를 맡은 부대인데 후방부에서 중좌로 복무한 사람이었다.

상급자인 상좌의 명령을 받아 은밀히 중국 측과 밀무역을 했다는 것인데 이런 사실이 보위부에 적발되었다고 했다. 보위부의 출두명령을 받게 되면서 잠시 중국에 피해 있었다고 했다. 그러다가 보위부 공작원의 유인책에 휘말려 중국 공안에 붙잡히고 말았는데 북송되기 전에 단동의 감옥소에 있다가 극적으로 감옥소를 탈출했다고 했다. 석돌은 단동의 여기저기를 떠돌다가 운이 좋게도 장동식 목사를 만나 탈북 길에 오르게 되었다는 사람이었다.

종례 아주머니에 대한 정보도 만룡이는 알게 되었다. 젊은 처자거나 허리 굽은 중년 아주머니거나 타지에 떠도는 녀성들은 은밀한 상처들을 입게 마련이다. 그래 그런지 지나온 자신의 과거를 상대에게 드러내지 않으려고 하였다. 조사관과 가까워진 탓에 은밀히 종례 아주머니의 과거를 만룡은 알게 되었다. 종례 아주머니의 과거를 알게 되면서 만룡은 가만히 종례 아주머니를 밤에 불러냈다.

－ 종례 아주미, 되놈 만나 혼인을 했소?

－ 아이 에구나~ 만룡이 학생 정말 용하다~

종례 아주머니가 깜짝 놀랐다.

－ 아주미 배꼽 밑에서 어찌 아비가 누군지도 모르는 애기 울음소리가 들리오?

－ 어허, 백두대감 정말 용하다~ 내 낯부끄러워 그하냥 숨긴 사실인데 목구녕 하나 살자고 내 되놈들한테 세 번씩 팔려 다녔으니 세 번 혼인을 한 셈이지~ 에구~

종례 아주머니가 눈물을 흘렸다.

－ 그러니 머 애기 영혼이 원한이 맺혀가지고서는 어미 몸속에 달라붙어 있게 되는 게고 몸이 까라지니 앞일도 캄캄한 절벽이지 에이~

만룡의 목소리가 낮은 저음으로 달라지기 시작했다. 이런 만룡의 변화무쌍한 목소리 앞에서 종례 아주머니는 단번에 제압되고 말았다.

－ 내 북송되어 공화국 집결소에서 여덟 달이나 된 우리 아갈 강제로

도둑맞았는데~ 에구 아비가 누군지도 모르는 우리 아가가 어미 품을 떠나지 못했나 보네~

만룡이 머릿속에서 기다렸다는 말들이 차례대로 튀어나오고 있었다.

— 원한이 맺혔지 애구 원한이 깊게 맺혔어~

— 백두대감 울 아기 원한을 어찌하면 풀어 보낼까 응?

종례 아주머니의 목소리에는 간절함이 실려 있었다.

— 아기 원한 풀어 보내는 것도 머 다 돈타령이지~ 내 몸속 백두대감이 낮잠 자다가도 돈 냄새 맡으면 일어난다니까~

— 자, 내가 가진 돈은 이제 탈, 탈 털렸어~ 국경수비대 마주친 그 순간에 비닐에 싸둔 인민폐 항문 속에 찔러 두었던 거야. 뽐뿌질을 하지 않아서 이케 내 손에 있는 거야. 만룡이 학생 동무, 자식 같아서 하는 말인데 제발 좋은 일 좀 하자~

종례 아주머니의 말속에는 간절함이 묻어 있었다.

— 백두대감의 뜻이 다 있었나 보네. 내 죽어 구천을 떠도는 애기 혼령 위해 원한풀이 천도부적 하나 써 드리겠소. 어흠~

— 고맙지 그저~ 비록 되놈 자식이고 아비가 누군지는 몰라도 울 아갈 위하는 일인데 머 이딴 돈 하나도 아깝지 않아~

눈가에 맺힌 이슬같은 눈물을 훔치며 종례 아주머니가 말했다.

— 종례 아주미 그저 나쁜 동무로구나. 명주 동무 처지를 누구보다 잘 알 텐데 어이 세 번씩 되놈 만나 배꼽을 맞춘 처지에 야박하게 대했는가, 그래~

만룡의 목소리는 이미 나이 어린 학생의 목소리가 아니었다. 낮고 굵은 저음에는 상대방을 압도하는 위엄이 깔려 있었다.

— 내 잘못 했소. 명주 동무한테 무릎이라도 꿇고 빌 것이오.

― 그럼, 그리 하오~

만룡은 명주 처자의 내력에 대해서는 알려고 하지 않았다. 만룡의 눈에 명주 처자는 비록 배는 불렀지만 눈이 부셨고, 사막에서 아이를 잃은 모습을 두 눈으로 똑똑히 보았기 때문에 만룡이는 더는 명주 처자에 대한 기억에 흠집을 내고 싶지 않았던 것이다.

참이 일행 중에 유독 석돌이란 사내에게 문제가 발생했다. 대사관 측에서도 국정원 측에서도 석돌의 탈북에 대해 미심쩍어하는 기색이 역력했던 모양이었다. 그래서 그런지 장동식 목사의 말처럼 몽골 쪽으로 향한 탈북자들을 남쪽으로 내려보내는데 혁혁한 공을 세웠다는 함춘길 브로커 선생이 캠프에 들어왔다. 그가 몇 번 드나든 이후에야 석돌이란 사내에 대해 국정원 측에서 겨우 탈북자로 인정해 주었다.

참이 일행은 한국 국정원에서 발급해준 임시 여권을 받아들게 되었다. 임시 여권을 받아들고 생전 처음 올라가는 비행기에 몸을 실었다. 몽골 공항을 이륙하면 한이 많았던 날들도 과거의 기억으로 사라질까? 참의 생각은 이륙을 앞둔 순간 매우 복잡했다.

참이와 동실은 실없이 헤헤 웃어대는 만룡이 동무를 씩, 쳐다보며 동시에 웃었다. 공항으로 이동하기 하루 전날, 만룡은 석돌이란 사내에게 비방을 하나 써주었다. 석돌은 비행기 속에서 만룡이가 써준 비방을 하염없이 만지작거렸다. 만룡이와 마주치자 석돌이란 사내가 치아가 훤히 드러나도록 활짝 웃어주었다.

만룡이가 석돌에게 써준 두 장의 비방은 자손 번창 비방이었다. 아랫동네 내려가서 첫날밤을 치르게 될 텐데 첫날 밤 치르기 전까지 하나는 색시 배구멍배꼽 밑에 붙이고 하나는 신랑 사타구니 밑에 붙이라고 만룡이가 황당한 당부를 해두었다. 만룡의 몸속에 들어있다는 백두대감의 존재를 철석같이 믿고 말았던 석돌은 주머니 속에 고이 접힌 비방을 손으로 만지작거리면서 두근거리는 가슴을 다독이고 있었다.

비행기가 활주로에서 미끄러지며 힘차게 날개를 창공에 펼치고 있었다.

제149장 동묘(冬墓)

1

정숙은 예전부터 지니고 있던 태산이 동무를 경계해야 한다는 생각에는 변함이 없었다. 명호 동무가 보위부 감옥에 갇힌 날부터 그녀의 머릿속에는 태산을 향한 서거운섭섭한 마음으로 가득했다. 세대주 떠난 집안은 우산발우산살 없는 우산이나 다를 바 없이 가정의 기능을 제대로 하지 못했다. 찬비가 내리고 눈보라가 몰아친다고 하더라도 막아줄 방패막이 없기 때문이었다.

정숙은 태산에게는 비비꼬여진 경쟁심과 보통사람에게서는 찾아볼 수 없는 심하게 왜곡된 승부의식이 자리 잡고 있다는 것을 느껴왔다. 그 승부의식에는 수단과 방법을 가리지 않은 무서운 결기가 자리 잡고 있었다. 명호와 정숙의 주위에다 은밀하게 비밀선연락망을 쳐놓고 그물에 걸려들기를 기다렸다가 단숨에 동무의 굽약점을 쥐이는잡는 아주 못되어먹은 사람이었다.

그녀의 몸속에 운명의 씨앗을 퍼뜨려 정숙은 인생살이의 일부를 태산과 공유하는 처지가 되고 말았다. 결국 정숙은 그의 영역에서 벗어나지 못하고 허우적이는 사람이 되어버렸고, 이제 그 씨앗마저 자취도 없이 떠나가 버렸으니 이제 추락하는 일은 시간을 다투게 될 게 뻔했다. 기러기도 대오隊伍를 이루어 먼 여행길을 날아갈 때는 제 살 길을 찾아 질서 있게 최종 목적지로 향하는 것이다.

그럼에도 지금 그녀의 처지는 창파滄波에 뜬 검불처럼 이리저리 흔들리고 있었다. 한 때 투쟁전선의 앞을 밝혀주었던 인민을 향한 희망의 등대도 이제 모두 무너지고 말았으니 이젠 오직 아들애를 위하던 투쟁의 길도 예서 끝이었다. 하루를 살아갈 의미마저 찾을 수 없는 처지였다.

수세미 방죽은 정숙에게 접근하기 어려운 비밀의 장소 같은 곳이었다. 명호 동무의 가족에 대한 비밀스런 숨은 전설들이 방죽 속에 묻혀 있었다. 반쪽짜리 세대주를 만나 공화국에서 죄인처럼 살아온 아고의 눈물은 이곳 수세미 방죽에서 말랐다고 했다. 세대주의 정신적 피난처라는 것을 알게 되면서 아고에게도 이곳은 은밀한 안식처로 다가왔다. 밀물처럼 몰아치는 고난과 시련 앞에서 간고분투艱苦奮鬪하며 하루하루를 견뎌낼 때도 수세미 방죽은 거친 호흡을 가다듬는 유일한 안식처였다.

아고는 가슴속에 화가 치오를 때면 수세미 방죽에서 그 화를 식혔다고 했다. 반쪽분자라는 말을 듣고 손가락질받을 때도 수세미 방죽은 말없이 모든 아픔을 보듬어주었고, 온갖 푸념을 받아주었다는 것이다. 아고는 젊었을 적에도 세대주의 손을 잡고 수세미 방죽 둑에 앉아 흐르는 강물에 시름을 씻어 보내며 하루하루 살아갈 힘을 다졌다고 했다. 명호 동무 역시 아버지의 손을 잡고 수세미 방죽에 나와 은밀한 부자간의 추억을 쌓았다고 하였다.

참이와 봄이가 태어난 이후에는 명호 동무에게 이곳은 애들과의 안식처가 된 셈이다. 부자간의 은밀한 대화를 하고 딸애와 아버지의 관계를 돈독히 하는 자리가 되었기에 정숙의 가족에게 수세미 방죽은 누가 뭐라 해도 가족의 전설이 녹아 있는 곳이었다. 그러나 정숙에게는 오랜 세월을 안고 쌓여진 가족의 전설이 가까이하기에는 먼 비밀의 공간과 같은 것이었다. 함부로 비밀공간의 문을 열고 들어가 전설의 페이지를 열어볼 수도 없었다. 그들만이 공유하고 있는 비밀의 문을 열고 들어갈 용기가 생기지 않았기 때문이다.

수세미 방죽은 여전히 얼어붙어 있었다. 수세미 방죽뿐만 아니라 앞에 흐르는 강물도 얼어붙어 있었다. 저 얼어붙은 강물은 언제 다시 녹아 흐를 수가 있을까. 단단한 얼음이 녹아 강물이 되어 유유히 흐르는 날이 돌아오기는 하는 것일까. 이제 내달이면 남녘에선 살랑살랑 봄바람이 불어올 것이다.

따뜻한 남녘의 바람결에 실린 봄기운을 맡으면 괜히 한껏 가슴이 부풀던 적도 있었다. 하지만 지금의 정숙에게는 봄바람이 아무리 흐드러지게 불어온다고 하더라도 그녀의 가슴에는 찬바람이 흐를 뿐 설렘이라고는 남아있지 않을 것이다. 수세미 방죽에서도 뿔뿔이 흩어진 가족의 체취를 느껴볼 방법이 없기 때문이다. 저 꽁꽁 얼어붙은 수면 아래에는 어떤 전설이 흐르고 있을까.

– 정숙이 동무가 여게 있었구나~

– 태산이 동무가 갑자기 어떤 일이오?

정숙은 태산이 동무가 갑자기 나타나자 깜짝 놀랐다. 수세미 방죽에서 태산이 동무와 마주치자 명호 동무의 벗이었던 정석이 동무의 죽음이 생각났다. 그날 밤, 정숙은 새벽녘에 울린 총소리를 또렷이 들었다. 세월이 흘렀어도 그날의 새벽을 떠올리니 온몸에 소름이 돋는 듯했다.

– 서운하구나. 어이 못 볼 사람 본 것처럼 그래 놀라고 그러니?

– 태산이 동무가 수세미 방죽에 올 생각을 하다니~

정숙의 이 말은 수세미 방죽에서 태산이 동무와의 어떤 흔적을 만들고 싶지 않았기 때문이었다.

– 놀랄 사람은 정숙이 동무가 아니라 내야~

– 아니 남의 동네 은밀한 데를 불쑥 밟은 사람이 누구인데~

– 가족의 흔적을 찾아 정숙이가 여게 나온 건가? 집에 보이지 않아 그저 발 길 닿는 대로 나도 걸어온 걸음이지~

– 가족의 흔적이라니~ 태산이 동무, 내게 뭘 숨기는 게 있지요?

– 정숙이 한테 내래 숨길 게 머 있나. 명호 동무가 지하 감옥에서 내게 따박 따박 지저귀는데 머 참이 놈이 여게서 이 아버지더러 인골_{인두}껍 뒤집어 쓴 털붙이_{짐승}라 했대믄서~ 아주 그냥 생각할수록 기가 차누나~

– 명호 동무가 그런 말을 하더란 말이오? 쯧, 쯧~ 피를 물려준 아들애 입에서 오죽하면 그런 흉한 소리가 나왔겠소. 그래 어이 날 찾아 왔소? 철없는 봄이 필적검사 문건 일도 이제 다 지난 일인데~

– 정숙아, 내 눈을 똑똑히 쳐다보라.

– 태산이 동무, 정숙이는 아직 세대주가 있는 몸이오. 어찌 하냥 대패밥 까듯 말을 까오? 내래 세대주 잃고, 사는 목숨이라도 그저 악물고 살아보려 하는데 자꾸 갈비를 틀려고_{방해} 하느냐 말이오.

– 너무 날 몰아세우지 마오. 정숙이 동무가 내게 얼마나 소중한 사람인지 다 알지 않나~ 피차 생활력_{가족력}까지 꿰뚫고 사는 처지에 너무 낭벼랑_{벼랑}으로 떼밀지 말라. 내 긴히 정숙이 동무한테 물을 말도 있고, 론의_{論議}할 일이 있어 이케 찾아오지 않았니, 응? 내 불쑥 수세미 방죽에 나타난 뜻은 그저 간날_{지난날}의 생각이 나서 그랬던 게지 정숙 동무 뒤를 밟은 거이 아니야 응? 머 서겁다면 리해 좀 하라~

– 내게 묻고 론의할 일이 머랍니까?

– 날씨도 서거운데_{음산한데} 정숙이 동무, 집으로 들어가서 얘기하자~ 내 정숙이 동무 인생사막에 머라도 힘이 되려는 거니 오해하지 마오.

– 텅 빈 집에 들어가고 싶지 않소. 예서 그저 말을 하오.

– 동실이가 어디로 갔는지 정숙 동무는 알고 있나 응?

– 내 아무것도 모르오.

정숙은 공연히 동실의 얘기로 휘말릴 수도 있겠다는 생각에 딱 잡아떼고 보았다. 태산이 동무의 표정이 잔뜩 일그러졌다.

– 정숙 동무, 내게 숨기지 말고 어서 말을 하오.

– 글쎄 아무것도 모른단 말이오.

정숙은 온몸이 얼어붙을 듯이 오그라들어 우적우적 집을 향해 걸었다. 골목의 입구에 태산이 동무의 자동차가 거대한 짐승처럼 웅크리고 있는 게 보였다. 뒤에서 아무 말 없이 그림자처럼 따라오는 태산이 동무를 의식하지 않고 정숙은 자동차를 무심히 지나쳤다. 태산은 자동차의 후방 트렁크를 열고 짐칸에서 종이상자를 꺼냈다. 그는 종이상자를 오른손에 들고 성큼성큼 정숙에게 달려와서 말했다.

– 동실이 놈이 거주권을 팔아먹은 게요?

– ~ ~

– 함경도 어데 사는 외삼촌 아버지네 돼지 키우러 갔대는 거는 맞소?

정숙이 싸늘한 목소리로 대답했다.

– 나나이 어린 것이 부모 잃고 어데 정 붙일 데가 있겠소. 혈혈단신 고아가 되었으니 산골창산고랑에 돼지 키우는 일도 다행이지~

– 정숙이 동무~

태산이 대문을 열고 들어가는 정숙의 팔을 뒤쪽에서 붙들었다. 정숙은 이런 태산이 동무의 행동이 무엇을 의미하는지 리해理解하고도 남았다. 태산은 이미 많은 것을 알고 불쑥 들렀던 것인지도 모를 일이었다. 정숙은 팔을 태산의 손에 붙들린 채로 우뚝 걸음을 멈추었다.

– 내 수세미 방죽에서 말했잖소. 자꾸 내 일에 갈비 틀려妨害하지 말

란 말이오.

- 안다, 알아~ 인생총화마무리 하기는 동무 나나이가 아직 젊지 않니 응? 조선공화국에서 녀자의 길이 어찌 한 길밖에 없겠느냐 말이야~

- 태산이 동무 그저 하나밖에 모르지요? 가슴에 세대주를 묻고 자식까지 가슴에 묻고 살아가야 하는 이 피타는 심정을 말이오.

- 정숙이 동무, 내가 동무에 그 심정을 리해하니 그저 이케 간이 달아 들락거리는 게 아니나 응? 한데 거는 거고, 동실이 놈하고 울 참이 놈하고 장마당에서 염소를 훔쳐 집데꼬한테 팔아먹었다는 얘기는 관절 무슨 얘기라오?

정숙은 태산의 빈틈없는 정보력에 등골이 오싹할 정도로 놀랐다. 대체 누구의 입을 통해 태산이 동무는 이런 은밀한 정보를 얻게 되었을까?

- 정숙 동무 집에 왔다는 보안원에 집데꼬에 대체 무슨 일이 있었어? 염소 도둑 취재 왔대는 기자 동무는 또 무슨 말이고 에이 것 참~

아무리 도 보위부 부부장이라 하더라도 이런 세세한 부분까지 알고 있다니 정말 놀라웠다. 조선공화국의 보위부에서 은밀히 주민들의 움직임 하나까지 감시하고 있다는 것은 알고 있었지만 태산이 동무의 입을 통해 직접 듣게 되니 생생한 실감으로 등골이 오싹해지는 느낌이었다.

- 태산이 동무, 어데서 그런 헛소문을 들었소?

- 그저 내에 말 할 때 어데다 한눈을 팔아먹었나? 내 번날저번날에 자동차 안에서 말하지 않았니? 술 취한 달식이 동무가 횡설수설하더라니까 말이야. 장한이 동무 호철이 동무 이 놈들하고 기백이 동무네 들렀는데 무슨 특파 기자 선생까지 염소 도둑 취재를 나왔더라는 둥 머라는 둥~

정숙은 그 일이 있었을 때 집데꼬 동무가 보안원을 데리고 불쑥 대문을 들어서면서부터 일이 생각보다 커진다고 느꼈었다. 그런데 염소 도둑 사건이라며 특파기자까지 취재를 나왔다고 하니 이후 일은 걷잡을 수 없는 방향으로 치달았던 모양이다. 정숙은 그나마 조선공화국 보위부에서 자신의 가족들 움직임 하나까지 꼼꼼히 살폈던 것은 아니었다는 생각에 조금은 안심이 되었다. 이제 참이 등이 안전하게 국경을 넘어 아랫동네에 내려갈 수 있는 시간적 여유를 벌었다는 것으로 충분하다고 생각하고 있었다.

— 집이 어이 이래 휑횅하오, 정숙 동무?

— 평생의 지팽이남편가 떨어져 나갔는데 머 휑 하지 않을 턱이 있나요.

— 봄이 참이도 보이지 않소. 이 넘들이 그저 철이 없어~ 외로운 어미 곁에 붙어돌지 않고 어데를 돌아다니나~ 동실이 놈은 거주권을 팔아 정말 함경도 어데 외삼촌 아버지네 돼지 키우러 간 거는 맞소?

— 동실이가 외삼촌 아버지네 돼지 키우러 가든 말든 내 처지가 급한데~ 가난이 우환이 아니요. 칼날 위에 목숨이 서 있으니~

— 정숙이 동무, 너무 심려하지 마오. 내 어깨에 번쩍이는 견장이 달렸는데 내 앞에서 그런 말을 내뱉으면 내 섭섭하지~

정숙은 찬바람이 몰아치는 퇴마루에 추위도 잊고 앉아 명호 동무를 생각하고 있었다. 태산이 동무가 곁에 있으니 이상하게 명호 동무가 더 그립다는 생각이 들었다. 공화국을 떠났을 참이 등을 생각하니 절통스러운사무치는 마음에 가슴이 시려왔다. 정숙이 팔소매를 들어 눈물을 훔치고 있었다.

— 정숙 동무 애절 처절한 마음이야 누구한테 속풀이분풀이를 하겠니~ 내 죄에 들어줄 테니 그저 내게 맘껏 속풀이 하오.

정숙은 자신을 향해 한 걸음 앞으로 불쑥 다가온 태산이 동무를 밀어내야 할지 말아야 할지 전혀 마음을 정할 수가 없었다. 그녀에게 닥치고 일어나는 일은 이제 어느 것이나 현실이었다. 태산이 동무를 가까이하지 말아야 할 처지인데도 때론 내심 은근히 그의 뒤힘뒷심을 믿고 허황된 기대를 품으며 살아왔었다. 태산이 동무가 그녀 곁에 털썩 앉더니 어깨 위에 손을 얹었다.

－ 태산이 동무~

－ 어 그래, 무슨 말이든지 하오.

태산이 정숙의 등을 덮두들겼다. 이럴 때는 정말 성품도 다정한 사람처럼 보였다. 그녀에게만큼 다정하지 않은 적은 없었지만 사실은 조선공화국 인민들의 목숨을 내흔들 정도로 권력적인 사람이었다.

－ 명호 동무는 어렸을 적부터 허양그냥 나밖에 모른 사람이었지요. 공화국에 사내들이 혈기방강해서 바람이 날 때도 명호 동무는 허양 정숙일 끼고 돌았잖소. 젊은 처자 엉뎅이엉덩이 한번 거들떠보지 못할 정도로 숫기 좋은 사람도 못 되지요. 젊은 처잘 한데 묶어놔도 부처님 가운데 토막이라오. 아 뜨거 하고 돌아누울 사람이 명호 동무라 말입니다.

태산이 동무가 갑자기 피껙질을 했다. 홍용희 동무와 정숙 동무가 보위부 차마당에서 맞다뜨릴 때부터 비롯된 까닭모를 습관이었다. 태산이 동무가 피껙질을 멈추지 못하자 정숙은 그를 향해 하던 말을 멈추고 고개를 돌려 바라보았다.

－ 어이 갑작갑자기 피껙질을 하오?

－ 큼, 큼~

태산이 동무의 피껙질이 겨우 멈추었다.

－ 내 머를 잘못했다고 그런 눈으로 바라보오?

태산이가 정숙 동무를 향해 기어들어움츠러들어가는 소리로 되물었다. 사실 정숙 동무가 명호 동무에 대한 말을 꺼낼 때부터 태산의 머릿속에는 춘희라는 처자의 얼굴이 떠올랐던 것이다. 태산은 그 춘희 계집의 곱던 얼굴과 함께 탐스런 알몸이 눈앞에 떠오르던 순간에 피꺽질이 튀어나왔음을 알아차렸다.

– 머 우렁찬으리으리한 색시 엉뎅이엉덩이 훔쳐보다 들킨 사람처럼 갑작 피꺽질을 하니 눈이 한쪽으로 쏠리는 게지요.

정숙의 말에 태산이 동무의 낯바닥이 붉어졌다. 정숙은 태산이 동무의 눈이 자신의 목덜미를 젖가슴을 은밀히 훑고 있다는 것을 느끼면서 저항하는 말을 하고 있었다. 태산은 붉어진 낯바닥을 손바닥으로 쓰다듬으며 말의 방향을 다른 쪽으로 돌려대기 시작했다.

– 정숙 동무, 봄이 클마니할머니 행방은 정말 여직껏여태껏 모르는 게요?

– 집안 기둥을 잃었는데 어이 제정신일 수 있겠는지요. 아고는 로망노망 들어 집 나간 지 여러 날인데 어데 가서 생사를 확인한단 말이오?

태산이가 자동차의 후방 트렁크에서 꺼내왔던 종이상자를 불쑥 정숙 앞에 내놓았다. 정숙은 아까부터 태산이 동무 손에 들린 종이상자가 신경에 거슬렸던 터였다. 태산이 동무로부터 혹시 어떤 선물이라도 받게 되면 입장이 난처할 것 같은 생각 때문이었다.

– 한데 이 상자는 무엇이오?

– 내 아무래도 예감이 좋지 않아서 말이야~ 정숙 동무, 맘 단단히 묵고 이 걸 좀 보오.

태산이 동무가 종이상자에서 작은 꾸러미를 꺼냈는데 꾸러미 안에서 튀어나온 것은 한 켤레의 털신발털신이었다. 털신발은 물기 하나 없었는데 뒤꿈치가 부쩍 닳아 붙어 있었다.

– 아니 태산이 동무 이게 다 뭐라오?

― 글쎄 이 신발이 뭔가 하면? 에이 이 실머리실마리를 어데서부터 풀어야 하나 응? 내 번날저번날 밤에 말이야, 로동자구 분주소에서 자동차에 태우고 여게로 왔을 때 정숙 동무 혼자 축 쳐져 들어가는 모습을 보고 나도 혼자 돌아가려니 그저 어찌나 맘이 들쑹하던지 저 수세미 방죽에 나가 보았단 말이지~ 한데 거 수세미 방죽 강둑에 머 거무스름한 물체가 눈에 띄잖겠니~ 보았더니 글쎄 이 털신발이 가지런히 놓여 있는 게 먼가 맘에 걸려 내 자동차 후방 트렁크에 넣어두었던 거인데~

　태산의 말이 채 끝나기도 전에 정숙 동무의 입에서 흐느끼는 소리가 들렸고, 털신발을 낚아채듯 가슴에 안고 퇴마루에서 일어서더니 수세미 방죽을 향해 무작정 뛰기 시작했다. 태산이 동무 역시 빈 종이상자를 달랑달랑 들고서 정숙 동무의 뒤를 바람처럼 따르고 있었다.

　태산은 정숙 동무의 입에서 털신발에 대해 아무런 말이 튀어나오지 않았지만 그가 예견했던 일이 딱 맞아떨어져서 짐작이 팔십 리란 말이 하나도 그르지 않았음을 느끼고 있었다. 말하자면 태산이 수세미 방죽에서 주워 후방 트렁크에 넣어둔 털신발이 명호 동무 어머니의 신발이었다는 게 양양陽陽: 분명해졌다는 말이었다.

　― 아이 에구나, 아고~ 아고~ 어쩌자고~

　정숙이 수세미 방죽 강둑에 철퍼덕 앉아 털신발을 가슴에 부여안고 대성통곡을 하고 있었다. 수세미 방죽이 순식간에 상세 난 집이 되어버렸다. 수세미 방죽 너머 굽이굽이 흐르던 강물은 단단한 모습으로 하얗게 얼어붙어 있었다. 태산은 땅바닥에 철퍼덕 주저앉아 에고 데고 울어대는 정숙 동무 곁에 쭈그리고 앉아 등을 다독여주었다.

　― 정숙 동무, 어이 그래 우나? 어머니 신발이 여게 있었다고 상세가

났다는 장담을 할 수 없는 일이 아니냐 응? 울지 마오.

― 저 차가운 얼음 강물 속에 아고~ 아고~

아고가 죽었다는 생각을 하니 설움이 복받쳐 올라왔다.

― 강이 얼어붙었는데 어머니 여게 강에 빠져 상세날 일 없으니 어서 일어나오. 어서 정신 차려라니까~

― 애들이랑 남상동 민족식당 가서 염소고기를 맛나게 먹었는데 아고~

아고를 이제 볼 수 없을지도 모른다는 생각을 하니 하염없이 눈물이 흘렀다.

― 머이? 남상동 민족식당을 갔대서? 어머니 행적 사라진 날이 언제 인가 응? 가만, 내래 명호 동무 데리고 작별 인사시키러 왔을 때도 어머니 그저 계셨지 않니 응?

― 아고~ 아고~ 참이 동실이 떠난다고 클마니한테 오래오래 살라고 큰절까지 올렸는데~

― 머이? 정숙 동무, 지금 머라 하였소?

태산은 순간 머리를 패는듯한 충격이 느껴졌다.

― 설날도 아닌데 난데없이 큰절을 한다고 그저 정신도 또릿했지요. 불쌍한 우리 아고~

정숙은 마치 죽은 아고의 영혼에게 들으라는 듯 얼어붙은 강을 향해 혼잣말처럼 부르짖고 있었다.

― 정숙 동무, 정신 바짝 차리오. 아니 참이가 동실이랑 어데로 떠났 다 말이오? 애들이 큰절을 올리고 떠나다니 어서 내게 사실대로 말을 하오.

정숙이 반쯤 제정신이 아닌 듯 강을 향해 앉아 울어대고 있는 것을 보고 태산은 속이 타들어 어찌할 바를 몰랐다. 정숙의 몸을 태산이 동무가 와락 끌어안았다. 정숙의 얼굴이 태산의 품속에 묻혔고, 차가운 바람이 태산의 옷깃을 펄럭이며 지나갔다.

— 세 발 걸음으로 나가셨을 텐데 아고~

— 머? 지팽이 짚고 세 발 걸음으로 나간 로인老人인데 지팽이는커녕 달랑 털 신발 두 짝밖에 발견되지 않았으니 죽었을 리가 없지~ 정숙 동무, 나는 로인 상세죽음 따윈 이제 관심 없소. 울 참이가 큰절 올리고 어데를 떠났단 말이오?

정숙은 태산이 동무가 불쑥 내민 털신발이 아고의 신발임을 확인한 순간 도깨비장물에 홀린 것처럼 수세미 방죽으로 뛰었던 것이다. 마치 아고의 죽음을 눈앞에서 확인한 듯 경황없이 도달切炬한 슬픔을 쏟아내며 혼잣말을 쏟아냈다. 태산이 동무가 와락 끌어안아 입을 막은 순간 정숙은 아련하게 들려오는 듯한 태산이 동무의 말에 정신을 바짝 추스를 수밖에 없었던 것이다.

— 돌격대에 나갔지요.

— 아니 머이? 울 참이가 돌격대에 나갔단 말이니 응? 아니 이거 보라. 자연수재 소리 듣는 아들애래 머릴 싸매고 공부를 해도 시원찮을 판에 머이? 돌격대에 나갔단 이런 말이야, 응? 아 나 이 세상이란 게 머이니 응? 언 넘이 남에 귀한 아들앨 돌격대에 보냈단 말이니 응? 이거 보라. 정숙 동무, 말 한마디에 북두칠성이 굽어본다는 말은 들었지 응? 그저 진실하게 말을 해야 아들애 앞날에 은보람을 받는다는 말이야~ 어서, 샅샅이 고告해 보라우~

그런 순간에도 정숙은 거짓말을 하고 있었다. 아들애 참이의 문제만큼 목에 칼이 들어온다고 하더라도 사실을 털어놓아서는 아니 된다고 자신에게 약속했던 일이었다. 아고에게도 단단히 다짐을 받았던 일이었다. 인민반 생활총화 때 참이와 동실의 부재不在에 대한 변명거리로 함경도 어디 발전소 세우는 데 돌격대로 참여했다고 알고 있으라며 아고에게 다짐을 받으며 이야기를 꾸며냈던 것이었다.

– 아비마저 잃고 없는 고아들인데 조선공화국에서 살아가자면 화선입당이라도 해야지 않겠소?

태산은 정숙의 말에 한참동안 넋이 나간 것처럼 입을 벌린 채로 말을 잇지 못했다. 정숙은 입을 다물지 못한 태산이 동무의 모습을 보자 제풀에 거짓말객이 되어버린 사실에 직면해 낯바닥이 벌레 기어가는 듯 간지러웠다. 태산은 한참 정숙의 눈을 뚫어지게 응시하다가 휴우 바람 빠진 한숨을 토해내더니 파닥파닥 자신의 가슴을 두드려댔다.

– 아주 입이 뾰족했음 새소리도 하겠소. 정숙 동무가 언제부터 이리 입이 소란스러웠나~ 조선공화국을 알려면 제대로 알아야지~ 화선입당이야 그저 얄팍한 공화국의 속임수라는 거를 어찌 모르오. 수령 낯바닥 하나 붙은 종이장 하나 받아내려고 노예처럼 지하갱도에 들어가 노동을 한단 말이오?

– 태산이 동무, 지금 동무에 입에서 수령 낯바닥이라 하였소?

정숙은 이런 순간에도 선전대에서 일을 했던 충성심에 불타는 심정으로 태산을 노려보았다. 속으로는 조선공화국을 억수로 비판하면서도 상대의 사상성이 그림자처럼 흔들리는 순간에는 눈에 별안간 가시가 돋았기 때문이었다.

– 아, 아니오. 참이가 발전소 건설현장 돌격대에 나갔다 해서 내 순간 홧김에 내뱉은 말이오. 갱도에 들어가면 한 달을 넘게 바깥 공기도 쐴 수가 없는 데다가 콘크리트 트라스트라스 : 구조물 따위에 귀한 아들애의 젊음을 내다 바칠 일이 아니라 이거지요. 머 요즘에는 화선입당

했던 사람들이 앞다퉈 당증을 반납한단 말이오.

– 아니 어이 귀한 당증을 반납한단 말이오? 내 듣기로는 화선입당 커녕 우선입당 대상자로 지정되기도 어렵다는데~

정숙은 아고에 대한 생각도 잊은 듯 태산을 올려다보았다.

– 정숙 동문 그저 세상물계를 몰라도 한참을 모르오. 당원이 되면 당비를 매달 바쳐야 하는데 허 참 수익의 2퍼센트를 바쳐야 하는 데다가 매번 생활총화 때문에 이동이 제한을 받지 않나, 움직일 때마다 개별보고를 올려야 하지 않나, 머 코 꿴 송아지라는 말이 나돌 정도라오. 오죽하면 위에선 토끼 한 마리 입당이란 유모아유ㆍ머까지 나도는 판이란 말이지요. 기깟 당증 솔직히 지금은 말이오, 세포비서한테 술 한 잔 먹이고 토끼 한 마리 상납하면 손안에 들어온달 정도로 당원 가치마저 하바닥이란 말이오.

– 한데 어이 공화국 녀성 동무들은 당증을 목에 걸려고 안달을 한단 말입니까? 녀성 동무들 세상은 따로 있대는 거를 태산이 동무가 높은 데만 살아서 한참 모르누만요. 나는 그저 당증 목에 달고 여맹 간부가 되는 게 소원이라오. 여맹원 동무들 열에 아홉은 장마당에서 활동을 하는데 이린 여맹원들을 통제히는 여맹간부가 당 간부보다 낫대는 말이 화들짝 녀성 동무들 사이에 퍼져나고 있더란 말입니다.

– 정숙 동무 소원이 정말 여맹원 간부란 말이오? 동무가 이 태산이 견장 힘을 믿고 내게 촉원囑願 : 부탁을 하면 기깟 여맹 간부 내래 만들어 주겠소. 음~

태산은 정숙 동무의 말에 반색을 하며 표정이 밝아졌다. 명호 동무를 잊고 공화국에서 정숙이 살아갈 용기를 얻는다면 태산은 자신의 어깨 위에 견장이라도 떼어 달아주고 싶은 심정이었다. 정숙은 태산의 말을 듣고 좀 전의 태도와는 달리 빤히 쳐다보았다. 그를 쳐다보는 정숙의 시선마저 태산에게는 매력적으로 보였다.

– 어이 싫나? 내에 참이 아버지야, 정숙 동무는 참이 어머니 아니니 응? 내래 보위부 권력을 탄탄히 물려받은 몸이란 말이야. 그저 정숙 동무, 지나간 날이야 다 잊고 새잡이_{새출발} 하라~

정숙은 태산의 말을 듣고 한참을 물끄러미 쳐다보더니 힘없이 고개를 저었다. 정숙의 시선이 다시 얼어붙은 강으로 향하더니 멎었던 울음을 다시 터뜨렸다.

– 아고~ 아고~ 나는 어이 살아가란 말이오~

– 정숙 동무 당장 뚝 그치라. 누가 보면 아주 그냥 상세 난줄 알겠소. 로인이 지팽이로 얼어붙은 얼음장을 깨고 강물에 뛰어들 리는 만무하니 당장 그치라. 대동강 물이 풀린다는 우수 경칩이 지나 봐야 그저 로인에 상세가 났는지 아닌지 가늠해 볼 게 아닌가. 어서 뚝 그치오.

태산은 체수 좋은 몸으로 정숙을 불끈 일으켜 세웠다. 정숙의 몸을 이렇게라도 끌어안으며 태산은 작은 충동을 느끼고 있었다. 그 충동은 그에게는 작은 만족이며 기쁨이기도 하였다. 정숙의 몸에서 맡아지는 냄새는 태산에게 아련한 향수를 불러 일으켰던 것이다. 녀자의 몸을 탐닉하기 시작하던 청년 시절 정숙에게서 맡았던 바로 그 냄새에 대한 기억이 지금 다시 피어오르고 있는 것을 느꼈다.

사내라면 응당 녀자와 하나의 몸이 될 때 맡아졌던 잊을 수 없는 그 아련한 냄새에 대한 향수가 있지 않으랴. 압록강 려관에서 쭉쭉 빵빵한 젊은 녀성들과 밤새 발가벗고 뒹굴면서도 정숙에게서 맡아졌던 아늑하고 감미롭던 그 냄새는 맡아지지 않았었다. 술에 흠뻑 젖어 젊은 녀성의 뜨거운 몸을 끌어안고 마치 두더지처럼 녀성의 아랫도리를 파고들 때에도 정숙 동무로부터 맡아졌던 그 은근한 냄새는 맡아지지 않았었다.

수세미 방죽에서 집으로 돌아와 퇴마루에 앉아 있는데 나이가 60살에 가까운 인민반장 녀성 동무가 동네 분주소 지도원 동무를 데리고 불쑥 들이닥쳤다. 태산은 군복을 입고 있었기에 압도적으로 눈에 띄는 견장을 숨기려는지 얼른 장독대 너머 뒤란으로 몸을 숨기고 있었다. 인민반장이 조선공화국에서는 사실상 국가안전보위부의 눈과 귀의 역할을 하고 있었다.

정숙은 한쪽 다리를 절면서도 지도원을 앞세우고 허리를 꼿꼿하게 세우고 들어오는 인민반장을 보자 순간적으로 당황한 기색이 역력했다. 집을 나간 아고의 행방은 둘째 치더라도 참이의 행방을 몇 번이나 물고 늘어지는 인민반장이 끝내 분주소 지도원 동무를 대동하는 일을 저지른 모양이라고 생각했다.

－ 세대주는 감옥에 있다 하였소?

허리가 굵어 보이는 지도원이 표정을 일그러뜨리며 물었다. 태산은 뒤란 담벼락에 몸을 숨기고 빼꼼히 바깥의 상황을 주시하고 있었다.

－ 예, 선생님.

－ 늙은 감자로구나. 어 황순동이라, 이 늙은 녀성 동무는 노망이 나서 집을 나갔다 했소?

지도원은 여전히 어둑한 표정으로 조사 서류철에 뭔가를 기록하고 있었다.

－ 예, 선생님.

－ 리참이란 아들애는 어데 있소? 번번이 필적검사도 받지 않고, 인민반 총화시간에도 불참을 하고 때때로 돌격대에 나갔다고 피탈^{핑계}

을 했다믄서요?

- 예, 선생님.

- 참이란 아들애는 머 간혹 뗑한 애 같대는데 맞소?

- 예, 선생님.

- 아니 대답이 어째 그러오? 보오, 오 동무, 아들애가 돌격대에 나갔다고 피탈^{핑계}을 한 게 정말 맞소?

- 예, 선생님.

- 언 나~ 날 똑똑히 보오, 오정숙 동무! 인민반 총화시간에 딸애의 극한 비판을 받았다는데 사상이 썩은 동무 아니오?

지도원의 목소리가 나우 세졌다. 인민반장들에게 지시를 내리는 것은 국가보위부의 강력한 권한이었지만 인민반장들은 인민보안서로부터 지시를 하달받는 경우도 많았다.

- 예, 선생님.

정숙의 입에서 튀어나온 것은 그저 무료한 대답뿐이었다. 상부에서 조사를 나온 이들과 왈가왈부 부딪치고 싶지 않기 때문이었다.

- 이봐요, 오정숙 동무~

나이 늙은 인민반장이 곁에서 보다못해 얼굴을 잔뜩 찡그리며 퉁명스럽게 말했다. 실은 명호 동무가 자취를 감추자 인민반장의 눈초리가 사납게 정숙네를 향했던 것이다. 매일 동사무소에 들러 주민동태를 보고해야 하는 인민반장이지만 이마즉^{얼마전}까지 주민감시를 소홀히 하였다고 하여 월급마저 깎인 데다 다리마저 접질린 상태여서 신경이 매우 날카로워 있는 모양이었다. 날카로운 인민반장의 목소리에 눈살을 찌푸리며 정숙이 대답했다.

- 예 반장 동무~

― 대답이 어이 그래요?

인민반장은 실추된 자신의 처지를 만회하려고 분주소 지도원 동무까지 직접 데리고 왔지만 정숙의 대답이 성의가 없자 화가 돋아나고 있었다. 신발이 닳도록 뛰어다니는데 주민의 태도는 쑥구렝이 담 넘어가듯 슬그머니 빼고 있으니 격앙된 감정이 나비치는드러나는 모양이다.

― 내 동무 딱한 사정 보아주느라 혁명성을 발휘하지 않았는데 분주소 지도원 동지 앞에서 한마디 해야겠소.

― 하오, 반장 동무~

― 머리 땅에 처박고 빙글빙글 춤추는 떵한 듯해 보이는 아들애 말이요. 동무 딸애가 그 아들애더러 반동분자라 총화시간에 비판을 했어요.

태산은 저만치 담벼락 뒤쪽에서 상황을 주시하고 있다가 인민반장의 말에 제자리에서 펄쩍 뛰었다. 귀한 남의 자식보고 떵한 아들애라니 ~ 태산은 부글거리는 성정을 이기지 못해 이를 악물고 있었던 것이다.

― 나는 모르오.

― 아니 이 종간나종의 새끼, 함경도 욕설 말하는 거 보라. 국경절 다음날인가 거 생활총화 때 인민반원들 앞에서 똑똑히 비판하는 것을 보지 않았소?

― 글쎄 나는 모르는 일이오.

정숙은 완강하게 부정하는 태도로 일관하고 있었다. 그저 인민반장과 상대하기 싫은 탓이었다. 식량배급 끊긴 이후부터는 주민들 역시 인민반장의 위세에 흔들리지 않았고 가끔씩 턱을 쳐드는 경우가 많았던 것이다.

― 이보오, 인민반장 동지~ 요 낯바닥 반반한 동무가 보위부 무슨 간부라는 사람 믿고 우리 보안원까지 우습게 본대는 그 녀성 동무 맞

지요?

태산은 당장 허리춤에 손이 올라갔다. 저놈을 그저 당장 총살을 하고 말아야지, 마음이 급해졌지만 신분 탓에 섣불리 나서지 못하고 있었다.

－예, 예~ 맞아요. 세대주 감옥에 보내고 외간 사내 하나를 만나고 다니는 모양이에요. 다 속여도 인민반장 눈을 어찌 속이나요. 그저 흉한 짓을 하고 다니면서 설마 추잡한 일이 남의 눈에 삐여지지띄지 않을 거라 믿고 아주 활보를 하고 다니는 모양이지요.

태산이 제자리에서 또 한 번 펄쩍 뛰었다. 아니 저 늙은 반장 동무 말하는 것 좀 보라. 태산은 자신의 성정을 뛰어넘는 참을성으로 이를 악물면서 견디고 있었다.

－에이 퉤~ 겉은 번지르 하건만 아주 추상醜像 : 더러운 모습이 하늘을 찌르는 녀성 동무이구만요. 세대주는 감옥이요, 늙은 감자는 로망에 집 나가고, 아들애는 밑도 끝도 없이 돌격대에 나갔대는 둥~ 흥, 외간 사내 믿고 녀성 동무 간덩이가 부어올랐구나. 오정숙 동무, 내 아무리 생각해도 아니 되겠소. 일단 소所로 가서 조서를 작성합시다. 자아 비판을 열 번을 해도 시원찮을 녀성 동무 말이오. 자, 인민반장, 물끄러미 쳐다보지만 말고 녀성 동무 데리고 앞장서오. 어서~

－예, 지도원 동지~ 그저 당장에 상부 명령이니 받들어얍죠. 흥~

인민반장이 정숙의 소매를 거칠게 잡아끌며 정말 한번 혼을 내줘야 한다는 듯 앞장서서 대문을 넘었고, 정숙은 이들의 다그침에 아무런 저항도 하지 않고 순순히 걸음을 떼었다.

지도원 동지가 대문을 넘어서 골목을 걸어갈 무렵 태산은 상체를 격하게 흔들면서 씩씩거리며 뒤란에서 뛰어나왔다. 정숙을 앞장세운 인민반장과 분주소 지도원이 골목의 입구를 향해 걸어가는 동안 태산은 적당히 간격을 두며 바람처럼 뒤를 따르고 있었다. 그의 날선 성정 때문에 참을 수 없는 흉한 말을 들으면서 몇 번이고 권총집에 손이 오르락 내리락 했지만 정숙 동무를 앞장세우고 건들건들 걸어가는 인민반장과 지도원 동지의 모습을 보니 태산은 견딜 수가 없는 것이었다. 태산은 불쑥 걸음을 빨리하여 그들과 거리를 좁혀나갔다.

— 거 동지들, 나 좀 보오.

태산이 특유의 팍팍한 목소리로 다그치듯 말했다.

— 아이 에구나~

침묵하며 걷던 일행들이 일시에 뒤를 돌아다보았다. 약속이나 한 것처럼 둘의 입술 끝에서 외마디 소리가 터져 나왔다. 태산의 번쩍이는 견장과 여기저기 매달린 훈장의 흔들림을 보고 인민반장과 지도원 동지의 입이 떡 벌어지고 있었다. 태산의 성격에 캄캄한 밤이라면 저 수세미 방죽에 지도원 동지를 끌고 가서 총질을 하고도 남았을 것이었다.

— 아주 보니 두 동지들에 충성질이 조선공화국 하늘을 찌르는구나~

— 에구, 부부장 동지, 그저 목숨만 살려 줍쇼~

인민반상이 태산을 알아보고 넙죽 허리를 굽혔다.

— 흥, 머이? 무슨 죄를 지어 넙죽 앓는 소리를 하니, 응?

— 에구 그저 입이 방정을 떨었습죠.

— 너는 새끼야, 어느 분주소에서 기생하고 있니 응? 너들도 힘없는 주민들한테 옹졸한 힘자랑을 하고 다니니? 이 새끼 그저 귀 번쩍 열고 들으라. 동네 분주소 지도원 놈들은 공화국엔 벽에도 보이지 않는 귀가 있대는 거를 몽땅 잊어 먹었지 응? 아니, 너들은 목숨 줄이 여러 개이니, 어이?

– 으이쿠, 높으신 선생님 제발 목숨만 살려줍쇼. 예~

지도원 동지는 바로 땅바닥에 무릎을 철퍼덕 꿇어버렸다. 태산의 손에는 어느새 습관처럼 권총이 매달려 있었다. 정숙은 이런 태산의 당당한 모습을 보고 피식, 희미한 미소를 지어보였다. 누구를 향한 웃음인지 정숙 역시 그 웃음의 의미를 알지 못했다. 골목의 입구에서 인민반장과 분주소 지도원 동지의 표정은 겨울날의 공기보다 차갑게 얼어붙고 있었다.

우수 경칩에는 대동강 물이 풀린다고 하였는데 대동강을 박차고 청천강을 날아올랐을 추위 찾아 옮겨가는 기러기들이 북쪽 하늘로 떼를 지어 날아가는 모습을 보니 그래도 봄의 기운은 그리 멀리에 있지 않음이었다. 태산은 인민반장과 분주소 지도원 동지를 앞장세우고 수세미 방죽을 향해 걸어가고 있었다.

그들이 정숙 동무에게 흉한 말과 함께 퉤~ 침 세례를 주지 않았다면 태산의 화가 이토록 치솟아 오르지는 않았을지도 모른다. 떙한 아들애니 외간 사내 믿고 간덩이가 부었다는 말들이 그의 귀에 꽂혀드는 순간 태산은 저것들을 당장 끽소리 한 마디 내지 못하게 해제끼고 싶은 강렬한 충동을 느꼈던 것이다.

2

명호는 며칠 동안 자신에게 일어났던 일들이 믿어지지 않았다. 그가 아무리 안해아내를 사랑한다 해도 이렇게 안해의 몸을 탐닉했던 적은 없었다. 그가 몽롱한 정신상태에서 접한 정숙 동무의 몸은 한 번도 느껴보지 못한 황홀함 그 자체였다. 그러나 그 황홀함에서 깨어나 정신을 차렸을 때 명호는 혼비백산하고 말았던 것이다.

조선공화국에서 아이들을 배워주는 력사 교원이란 사람이 불현不賢한 행위에 빠져 천 길 나락으로 떨어지는 느낌이었다. 하지만 그런 공허함으로 추락하던 고통의 무게들이 다시 봄날에 피어나는 아지랑이처럼 황홀감으로 변하여 공중으로 부양했다. 뜻밖에 만난 제자의 몸이 명호에게 마술을 부리고 있었던 것이다.

그녀의 몸을 통해서 명호는 지옥과 천당을 왕래하며 침몰沈没과 부양浮揚을 반복했다. 안해가 아니라 제자 춘희라는 사실을 깨달았을 때의 침몰감은 참담했다. 끝이 없는 지옥의 깊이를 향해 추락하는 고통은 그의 모든 의지를 꺾어버리는 듯했다. 그러나 자다 얻은 병인지 졸다 얻은 병인지 모를 정도로 갈피를 잡지 못하고 다시 그의 몸과 정신은 공중을 떠돌고 있었다. 그는 아무런 저항 없이 예견된 듯 춘희의 몸속으로 빨려들었다. 그녀의 몸속에 빨려들수록 가늠할 수 없는 세계로 빠져 들어가는 자신을 통제하지 못했던 것이다.

춘희의 품속에서 명호는 이틀씩이나 헤어 나오지 못했다. 그가 온전히 제정신이 되었을 때조차 춘희의 몸으로 향하는 자신의 성욕을 통제하지 못한 것은 무슨 까닭이었을까? 명호는 자신의 몸속에 남아있는 욕정欲情의 미세한 조각까지 모조리 쏟아냈다. 그의 몸속에서 녹아내리는 얼음의 생리작용은 뜻밖에 강력했던 것이다. 춘희의 못된 손짓을 나무라면서도 명호의 손가락은 그녀의 가슴놀이에서 헤매고 있음이었다.

춘희라는 제자는 자신의 몸에 심장을 힘껏 넣어달라고 소리를 질렀다. 그런 제자 춘희에게 정말 심장을 집어넣어 주마고 그는 다짐했고, 제어할 수 없이 끓고 있는 뜨거운 피로 부풀어 오른 사내의 심장을 명호는 정말 춘희의 몸속에 힘껏 넣어주고 말았던 것이다.

춘희의 몸짓, 춘희의 끓어오르는 애원哀願과 절통切痛, 명호의 귓가에서 지절거리던 그날 춘희의 독백은 어디까지 사실이었을까? 춘희라는 애가 정말 그의 곁에 머물기는 했던 것인가. 춘희의 몸에서 맡은 암컷 냄새는 정말 그녀의 것이었을까. 명호의 수컷치레를 맘껏 받아들이며 몸을 격렬하게 떨었던 춘희에 대한 기억은 어디까지 유효한 것이란 말인가. 명호의 머릿속이 정말 어지러운 거미줄에 포위당한 느낌이었다.

이틀이 지났을까. 명호에게 남아있는 기억은 건장한 사내들에게 붙들려 팔뚝에 작대기주사기를 꽂힌 첫날 하루의 기억뿐이었다. 체격이 장대한 두 사내의 힘에 제대로 저항조차 하지 못했었다. 제압당한 명호의 눈이 검은 천 조각에 가려졌어도 그의 의식만은 명료하게 지키려 했었다. 사내의 입에서 튀어나온 말은 공무수행公務遂行 중이라는 말이었고, 그의 팔에 작대기를 꽂은 사람은 틀림없이 개체위생 담당 녀성 동무였던 것이다.

그런데 대체 제자 춘희는 어디로 가버린 것일까. 이틀을 혼미한 정신 속에서 제자 춘희의 몸을 탐닉했었다. 몸속에 남아있는 사내의 기운이 한 줌도 남김없이 춘희의 몸속으로 빨려들면서 명호의 몸은 녹초가 되어버렸다. 춘희와 벌였던 짓이 역겨운 태산이 동무의 장난질임을 깨달았을 때는 그의 몸속에 남은 얼음의 기운이 완전히 빠져나간 다음이었다. 잠속에서 빠져나와 겨우 정신을 되찾았을 때 그녀의 모습은 어디에도 보이지 않았다.

명호의 가슴에 허탈한 감정의 조각들이 남아있었지만 온몸으로 엮은 정감에 젖어 보이지 않는 제자를 그리며 한숨짓는 스승의 모습을 스스로 거부하지 않으면 안 되었다. 쳇, 상덕을 바라지 하덕을 바랄 수야 없지 않은가. 사랑을 받아도 윗사람에게 받아야 제대로다. 은덕을 받아도 윗사람에게 받아야지 아랫사람에게 받은 은덕은 염치조차 없는 것이다. 그를 향해 절박하게 매달렸던 춘희의 몸짓은 어디까지 진심이었단 말인가. 그녀를 다시 만날 기회가 올 것인지 은연중 기다려지는 것은 무슨 이유일까.

사라진 제자 춘희의 행방도 모른 채 명호 역시 어디론가 이동하고 있었다. 명호는 계호원들에 의해 검은 천으로 눈이 가려졌고, 호송차에 태워져 목적지도 알 수 없이 이끌리고 있었다. 춘희의 행방에 대해 누구한테 물어볼 수도 없었다. 그가 이틀 동안 제자 춘희와 얼음에 취해 얼마나 란잡亂雜스런 짓을 벌였는지 사내들 역시 알고 있을 것이다. 성性 유희라는 함정에 제대로 빠지고 말았다는 지괴감이 명호의 입을 단단히 막아버렸다.

대체 태산이 동무는 어찌하여 자신에게 이토록 해괴한 짓을 벌인 것인가. 태산의 검은 속을 명호의 머리로는 관절 따라잡을 수가 없었다. 눈이 가려진 채로 그를 태운 호송차는 산세山勢가 험한 신작로를 빠르게 달렸다. 발끝에서 머리끝까지 마치 탈진한 듯 기운이 없었고, 이런 상태로 호송차에서 얼마나 버틸 수가 있을지 걱정이었다.

명호는 변의便意를 잔뜩 느껴 다급함을 호소했다. 전거리 교화소를 출발한 지 한 시간 훨씬 지나서 계호원이 결국 호송차를 멈추었다. 명호는 음식을 제대로 먹지 못했는데도 긴장한 탓인지 똥이 마려웠던 것이다. 계호원에 의해 잠시 명호의 눈에서 검은 천이 벗겨졌다. 도로에서 몇 걸음 우적우적 걸어서 우거진 소나무 밑 풀숲 속에서 엉덩이를 쳐들고 똥을 쌌다. 고개를 좌우로 살펴보니 산세가 가팔랐다.

－ 계호원 동무, 여기는 어디쯤입니까?

명호가 똥을 다 싸고 밑을 대충 추스른 다음 계호원에게 물었다.

－ 걸 알아서 어디다 쓰려고~

그의 간절한 물음에도 계호원은 대답해주지 않았다. 명호는 계호원이 검은 천으로 눈을 가리기 전에 빠르게 좌우를 살펴보았다. 높은 산줄기의 꼭대기가 분명해 보이는데 어디인지 전혀 감을 잡을 수가 없었다.

－ 답답해서 묻는 것이오. 거 여기가 어디라는 것 쯤 얘기해 줄 수도 있지 않소? 제발 계호원 동무 내게 은덕을 베풀어 주오.

－ 고무산령이라고 들어 보았나?

－ 여기가 고무산령이란 말이오?

명호의 예감이 틀리지는 않은 모양이었다. 계호원의 입을 통해 고무산령이란 말을 듣기 전부터 어떤 산맥을 넘어가는 가파른 고개라는 것을 직감했다. 회령과 청진을 연결하는 재〔嶺〕가 고무산령이라고 명호는 알고 있었다.

명호의 눈에 다시 검은 천이 씌워졌다. 엄청난 비밀이라도 있다는 듯 계호원들은 꼼꼼하게 명호의 눈을 가렸다. 그를 태운 호송차는 굽이굽이 가파른 산길을 달리는 모양이었다. 시야가 가려진 탓인지 시간이 흐를수록 명호는 현기증에 시달리고 있었다. 아까부터 그의 등줄기에서 식은땀이 흘렀다.

제자 춘희와 이상한 잠자리를 준비한 태산이 동무의 속셈은 무엇이란 말인가. 처형을 앞둔 마지막 날에 큰 상을 받았는지도 모른다는 우려 섞인 생각이 들었다. 혹 이 길이 이승에서 마지막 길은 아닐까. 눈을 감은 채로 별의별 생각들을 하면서 이제 쥐도 새도 모르게 총살을 당하는 것은 아닐까, 이런 생각까지 하고 있었다.

세 시간쯤 달렸던 것일까. 이윽고 호송차가 멈추자 명호는 목적지에 도착했다는 것을 알았다. 목적지에 도착하고서야 계호원들은 명호의 눈에서 검은 천을 걷어냈다. 하늘을 비스듬히 돌아 넘어가고 있는 태양 빛에도 명호는 눈이 시려 제대로 앞을 쳐다볼 수가 없었다. 한참을 눈이 먹먹한 상태에서 땅바닥을 바라보아야 했다. 한참 지나자 눈이 차츰 편안해졌고, 명호는 자신이 도착한 데가 모르기는 해도 어떤 훈련소일 것이라고 생각했다.

구령을 붙이는 소리가 들렸고 함성 소리도 들렸다. 소리들 속에는 남성의 소리도 들렸고 녀성의 소리도 들렸다. 남성 녀성들이 섞여 훈련을 하는 데라는 생각이 들었다. 명호는 전거리 교화소에서부터 호송차의 이동을 머릿속에 그려보았다. 계호원의 말이 거짓이 아니었다면 고부산령을 넘어 한 시간을 넘게 호송차가 달려왔으니 지금 이곳은 모르기는 해도 청진의 어디쯤일 것이라고 생각했다.

계호원의 안내를 받으며 걸어서 이동을 하는데 조금 떨어진 데서 총소리가 들렸다. 한참을 걸어가다 보니 멀리 바다가 펼쳐져 있는 모습이 보였다. 멀리 펼쳐진 바다와는 어울리지 않게 연발의 총소리가 쏟아지고 있었다. 명호는 처음 총성을 들었을 때 심장이 멎는 듯 놀랐다. 하지만 연발의 총소리가 들리면서 사람을 죽이는 총살이 아니라 총 쏘기 훈련을 하는 총소리라는 것을 깨닫고 이내 조금은 안심이 되었다.

그럼에도 명호는 죽음 앞에서 서 있는 듯한 작고 초라해지는 자신을 보면서 무력감만을 느낄 뿐이었다.

그를 여기까지 안내했던 계호원들이 돌아가고 명호는 훈련소 근무자의 안내에 따라 행정실에서 간단히 가족관계 등을 기록하고 조별 배치를 받고 옷을 갈아입었다. 명호는 특1101이란 명찰이 부착된 훈련복을 입고 다른 대원들과 함께 간단한 신체검사를 받았으며 마지막으로 이곳에서의 일을 절대 비밀로 준수한다는 서약서를 작성했다. 명호는 이런 서류를 작성하면서 적어도 처형을 당하지는 않겠구나, 하고 생각했다.

명호는 저녁식사를 하기 전에 이곳이 특수훈련소라는 것을 알았다. 훈련소는 매우 넓었고, 굉장한 규모를 갖추고 있었는데 조선공화국 거리에서는 보지 못했던 자동차들이 눈에 띄었다. 명호는 나중에 이 자동차들이 모두 남조선 주민들이 서울에서 몰고 다니는 자동차와 같은 종류라는 것을 알았다. 비행기며 직승기헬리콥터의 격납고도 있었고, 전차나 장갑차 등이 열을 지어 도열하고 있었다. 이런 모든 것들이 적진에 침투했을 때 능숙하게 사용할 수 있도록 훈련하기 위한 기자재라는 것을 나중에 알게 되었다.

명호는 특별조의 대원으로 분류되었는데 그의 대원들은 모두 열 명이었다. 따라서 명찰에 기록된 대원들의 번호는 특1101, 특1102, 특1103~이런 식으로 붙어 있었는데 대원이 열 명인 탓에 특1110까지였고, 특1110을 배정받은 맨 끝의 젊고 키 큰 대원이 조장을 맡았다. 훈련소에서 그들의 이름은 철저히 은폐되었으며, 이름을 부르는 대신에 부여받은 번호로 호칭을 대신했다.

훈련소의 어디에도 어떤 훈련소라는 명칭이 붙어 있지 않는데 대략 100여 명의 대원들이 훈련을 받고 있다는 생각이 들었다. 왜냐하면 교과 훈련장 이동 중에 마주친 대원들의 명찰에서 명호가 직접 두 눈으로 확인한 것은 특1130, 특 1140, 특 1150처럼 10명 단위로 분류가 되고 있는 것이었으며, 그가 보았던 숫자 중에 특1200이란 숫자가 가장 높은 숫자였기 때문이었다. 그러니까 한 조의 대원들이 10명으로 구성되었다고 가정하면 대략 10개 조의 특별조가 훈련에 임하고 있다는 말이었다. 다른 조의 대원들과는 일절 말을 섞을 수가 없었고, 녀성들로 구성된 훈련대원들도 눈에 띄었다. 명호는 혹시 여기에서 춘희를 만나볼 수나 있지 않을까, 하는 기대를 하고 있었다. 자신처럼 춘희 역시 이곳으로 이동해 오지 않았을까, 하고 생각했던 것이다.

명호는 첫날 저녁 때식밥부터 밥상에 오른 돼지고기를 보고 깜짝 놀랐다. 돼지곱기름덩어리이 둥둥 떠서 돌아다녔는데 거기다가 고기 살점까지 몇 점 들어 있었다. 그가 특별대접을 받으며 전거리교화소에서 먹었던 때식보다 훨씬 기름졌다. 허기진 배를 강조밥맨밥으로 채우기에도 바쁜 감옥에 비하면 너무나도 훌륭했고, 소금국은 찾아보지도 못했다. 이튿날에는 식찬감반찬거리이 전날과 달리 나왔는데 국물 없이 먹는 조치개반찬 만으로도 그는 입맛이 확 돌있다.

 - 조장 동지, 우리 훈련소가 있는 이곳은 어느 지역이오?

 - 청진이오.

조장의 대답은 간단명료했다.

 - 청진 어디쯤이오?

 - 갈골이라는 데와 조금 떨어진 걸로 알고 있소.

조장의 대답을 듣고 명호의 등골에서 소름이 돌았다. 대체 어쩌다가 이런 데까지 자신이 오게 되었는지 생각할수록 억이 막힐 노릇이었다.

— 갈골이라면 정찰총국의 철옹성이라는 대남연락소 기지인데~

— 자세한 거는 나도 모르오.

이후, 명호는 다리가 후들거릴 정도로 격한 훈련을 받기 시작했다. 그는 자신이 속한 특1조에서 가장 나이가 많았는데 어떤 대원은 자식 뻘이었다. 젊은 대원들에 섞여 훈련을 받았는데 나이가 많다고 그에게 어떤 예외도 허락되지 않았다. 젊은 대원들과 똑같이 30킬로그램이 넘는 전투장구류를 메고 험악한 산악지역을 오르내릴 때는 온몸에서는 뼈가 녹아나고 있는 것 같았다.

그들은 본명 대신 특1, 특2, 이렇게 번호로 호명되었는데 대원들 간에는 간혹 번호로 부르지 않는 대신에 별명을 하나씩 만들어 불렀다. 대원들은 가슴에 박힌 특, 이라는 명찰에 자부심을 갖게 되었고, 교관은 특1, 특2, 이런 식으로 호명을 할 때 특히 특, 이라는 음절에 힘을 주었다. 대원들은 교관의 이런 호명 특성이 아니더라도 처음부터 교관으로부터 듣게 되는 중대한 사명 탓에 어깨에 무거운 짐이 얹힌 느낌들이었다. 교관으로부터 듣게 된 그들의 사명은 조선공화국의 수호를 위한 적진 침투, 요인 납치, 주적 암살, 방해 책동 등등 듣기만 하더라도 섬뜩한 구호들이었다. 이상한 것은 이곳에서 외치는 그들의 주적主敵은 미제도 아니었고 남조선도 아니었다.

특별조원들 중 가장 나이가 많은 명호에게 대원들은 '탁배기'라는 별명을 지어주었다. 명호가 속한 특별조의 조장은 20대 중반의 젊고 건장한 청년이었다. 키가 대원들 중에서 가장 컸는데 대원들은 그냥 훈련 중이 아니더라도 꺽둑이, 라는 별명 대신에 조장이라고 불렀다. 조장은 대원들 앞에서 잘난 체를 많이 했고 다른 대원들에게는 건방지게 보였던 모양이다. 꺽둑이, 라는 호칭은 명호가 가장 먼저 붙여준 별명이었는데 조장은 명호에게만큼 깍듯이 행동했다.

조장은 이런 훈련소 생활에 매우 익숙해 보였고, 나이가 30대 후반으로 보이는 날렵하게 생긴 교관은 명호가 속한 조장을 매우 신뢰하는 것 같았다. 교관이 하루의 일과를 조장에게 전달하고 조장은 대원들에게 그날의 일과를 하달했다. 대원들은 이 훈련소에서 자신들이 어떤 훈련을 받고 이런 훈련들이 어떻게 활용되는지 모두 리해하고 있었다. 명호는 어떤 지침도 없이 시작된 고된 훈련을 받게 되면서 자신의 임무가 남조선에 내려갈 직파공작원이란 사실을 깨달았다.

명호는 감당하기 힘들 정도로 고된 훈련을 받으면서 생각했다. 탈북을 하도록 해주겠다던 태산이 동무의 머릿속에 처음부터 자신을 훈련시켜 직파공작원으로 만들 생각을 했는지도 모른다는 생각이 들었다. 제자 춘희를 내세워 그에게 벌인 해괴한 짓거리를 생각하면서 명호는 치명적인 깨달음을 얻게 되었다. 그가 제자 춘희와 벌인 이틀 밤의 해괴한 짓거리가 모두 활동사진이 되어 태산이 동무에게 전해졌으리라는 생각이 들었던 것이다.

명호는 이제야 온몸을 파르르 떨었고, 깜짝 놀랄 정숙 동무의 모습이 떠올랐다. 대신이 동무에게 전달된 활동사진의 최종 목적지는 당연히 정숙 동무라고 생각했기 때문이다. 비겁분자卑怯分子 같은 자식, 명호는 침상에 나란히 누운 대원들을 의식하지 않은 채 혼잣말처럼 중얼거렸다.

– 탁배기 동지, 누구한테 하는 소리요?

– 조장, 괜한 신경 쓰지 마시오. 혼자 해보는 소리라오.

젊은 청년들과 함께 하는 훈련은 명호에게 벅찼다. 산악훈련이 끝날 때는 그의 몸은 항상 녹초가 되어 있었다. 많은 시간 집중적인 훈련을 해야 익힐 수 있는 격술훈련은 다른 대원들을 따라잡을 수가 없었다. 격술의 마지막 목표는 순식간에 급소를 공격해 상대를 완전히 쓰러뜨리는 것이었다.

격술훈련은 강력한 힘에 빠른 동작이 무엇보다 필요한 훈련이었지만 명호에게 격술훈련에서 가장 힘들었던 점은 잔인성의 부재不在였다. 땅바닥에 기어가는 개미새끼 한 마리 죽여본 적이 없는 명호로서는 사람의 목숨을 끊어야 하는 훈련과정이 결코 쉽지 않았다. 훈련을 마치고 실전과 같은 연습을 할 때 정말 상대의 목숨을 끊지 못하면 상대로부터 오히려 목숨을 잃게 된다는 교관의 훈시가 그의 가슴을 서늘하게 만들었다. 특수훈련 기간이 끝나기 전에 반드시 어디든 가서 사람의 팔뚝을 하나라도 끊어 와야 하는 과정이 훈련의 종착지라는 말을 들었을 때 대원들은 함성을 질렀다.

잔뜩 경직되어 입을 다물지 못한 사람은 명호 자신뿐이다. 산악훈련, 격술훈련, 각종의 무기 다루는 훈련, 도시락 폭탄 훈련, 낙하훈련, 도수체조, 각종의 기합 등등 명호는 아무리 힘든 훈련이라도 절대 열외를 하지 않았다. 젊은 청년들에게 훈련에서 뒤떨어진다는 것이 매우 자존심이 상했기 때문이었다.

명호는 대원들과 같이 동고동락하지 않으면 자신에게 더는 길이 없다는 것을 모르지 않았다. 당장 동료의 목에 칼을 꽂아야 하는 명령이 떨어진다고 하더라도 뒤로 물러설 처지가 아님을 잘 알고 있었던 것이다. 권총 쏘기, 단도 던지기, 목 조르기, 급소 타격 등 명호는 자신의 운명에 저항하는 듯 교관의 명령에 적극적으로 복종했다.

그런데 다양한 훈련 가운데 명호에게만 열외가 된 훈련이 있었다. 해상 승륙 훈련을 할 때 명호는 대원들과 함께하지 못하고 제외되었다.

해상 승륙훈련이란 바다에서 잠수를 한 다음에 헤엄쳐서 육지로 올라오는 가장 힘든 훈련이었다. 명호는 대원들로부터 해상 승륙훈련에 대한 말을 들었으나 명호는 대원들과 달리 훈련소 밖으로 나가지 못했다. 대원들이 해상 승륙훈련을 나갈 때는 바다가 있는 데까지 나아가야 했던 것이다.

대원들이 가장 좋아하는 것은 남조선의 드라마나 가요를 보고 듣고 서울말을 배우는 시간이었다. 서울말을 배우고 남쪽의 드라마를 보고 가요를 듣는 것도 일종의 중요한 훈련이었다. 대원들이 남조선의 언어를 배우고 오락문화를 즐기는 훈련을 하는 것은 남쪽 사람으로 완전히 변신해야 하기 때문이었다. 남쪽에서 인기가 높았던 드라마나 남쪽 주민들이 즐겨 부르는 가요를 대원들 역시 알아야 했다. 그런데 명호는 대원들 중에 유일하게 이런 훈련에서도 열외 되었던 것이다.

— 교관 동지, 어째 내겐 남조선 드라마나 남조선 가요를 듣지 못하게 하는 것이오?

명호는 망설임 끝에 용기를 내어 이렇게 물어보았다.

— 윗선에서 내려온 지시오. 특1 대원은 남조선의 드라마나 가요에 대해서는 접촉 금지 명령이 내려졌소.

교관의 대답에 명호는 놀라지 않을 수가 없었다.

— 아니, 내게 특별히 남쪽의 오락문화를 금지한 까닭은 무엇이란 말이오?

— 깊은 리막裡幕:내막은 모르니 묻지 마오. 특1 대원, 머 불편한 거는 없소?

교관은 명호에게 뜻밖에 자심滋甚:자상하게 대해주었고, 다른 대원들을 대하는 것과는 달리 마음을 크게 써주었다.

- 다들 궁색한 처지인데 머 말해 무엇 하겠소. 교관 동지, 내 말이 나온 김에 머 하나 물어도 되겠소?

- 나야 상부 명에 따라 훈련 교관을 하는 것뿐이오. 내 훈련 배워주는 거 말고는 딱히 아는 게 머 없소.

- 이 특수훈련은 얼마나 받아야 하오?

- 여섯 달이오.

교관의 말은 투박했지만 꾸밈이라고는 없어 보였다.

- 나는 훈련을 받고 어디로 가는 것이오?

- 내 특1 대원한테 머 숨길 게 있겠소? 눈치챘겠지만 여 훈련대원들은 모두 남조선에 침투하는 것이오.

교관은 채양遮陽 있는 모자를 바로 잡으며 망설이지 않고 대답했다.

- 한데 어이 내게는 남조선 오락문화 학습을 금지시키는 겁니까? 남조선에 침투하자면 정확히 남조선 말투도 익히고 남조선 오락문화를 익혀야 하지 않겠는가 말이오.

- 리치理致는 그렇소만 상부의 지침이니 나는 알 턱이 없소.

명호는 이 모든 과정에는 태산이 동무의 뜻이 담겨있을 것이라 믿고 있었다. 대체 태산이 동무는 어떤 계획을 가지고 있을까. 명호는 자신이 죽마고구의 노리개가 되었다는 사실에 크나큰 배신감이 들었다. 거대한 수렁에서 동무의 계략에 따라 움직일 수밖에 없는 자신에게서 명호는 감당하기 힘든 무력감을 느끼고 있었다.

- 교관 동지, 내게 숫숙부드럽게 대해주어 고맙소.

- 아니오. 내 특1 대원한테 묻고 싶은 말이 있소.

교관의 말에 명호는 깜짝 놀랐다.

- 아니 이깟 거한테 머를~

– 도보_{도보위부} 부부장 동지와는 어떤 사이오?

명호는 물끄러미 교관을 한참이나 쳐다보았는데 이렇게 쳐다보는 것이 민망했던지 교관이 멋쩍게 웃어주었다. 훈련소에서 교관을 만난 이후 아마 처음 보는 웃음이었을 것이다.

– 부부장 동지라니 무슨~

– 숨길 게 머 있소. 박태산 부부장 동지 말이오.

명호는 교관의 입에서 태산이 동무의 이름이 튀어나오자 더욱 놀라지 않을 수 없었다. 태산이 동무와 얽힌 악연의 고리에 대해 생각도 하기 싫었기 때문이다. 훈련소의 교관에게 태산이 동무의 지위라면 감히 올려다보기 힘든 자리일 것이었다.

– 내 죽마고굽니다.

– 아 그렇구먼요.

이렇게 훈련소에서 명호는 교관과 허물없는 사이가 되어 갔다.

3

막내 동생뻘 되는 교관은 훈련 중에도 특별히 명호를 배려해 주었다. 교관이 명호를 아껴주는 것을 알게 되자 다른 대원들도 명호에게 함부로 대하지 않고 깍듯하게 대해주었다.

– 긴까나_{그러니까} 력사 교원을 하신 성님이 어이 여게 왔는가 말이오?

교관이 명호에게 담배를 하나 건네며 물었다. 명호와 가까워지자 교관은 단둘이 있을 때는 서슴없이 사투리를 사용했으며, 성님이라고까지 하며 격 없이 대해줬다. 허물없는 사이임을 보여주려는 교관의 사려 깊은 행동이었다.

- 교관 동지, 내 난처한 얘기니 묻지 마오. 한데 교관 동지 고향이 함경도요?

함경도 사투리를 사용하는 것을 보고 명호가 무료한 나머지 물었다. 교관이 명호를 향해 활짝 입을 벌리고 웃었다.

- 회령 남문동이 내래 고향입니다.

- 회령 남문려관에 학생들을 데리고 하룻밤 머물렀던 적이 있소.

명호는 학생들을 데리고 혁명전적지를 방문했던 기억이 새삼 떠올랐다.

- 그야 회령하면 남문려관이지요.

- 혁명전적지 답사생들을 데리고 머물렀던 곳인데 김정일 원수는 어머니 김정숙 녀사가 태어난 곳이라 하여 오산덕 마을 근방 남문려관에 큰 관심을 가졌댔지요.

- 예 성님, 오산덕 마을 오복덕의 딸애가 아마 김정일 원수 어머니 김정숙 녀사였지요. 그저 5층 건물에 3층에는 특호실까지 두었으니 답사숙영소로선 최고의 숙박시설이었지 않습니까~

교관과의 관계는 이렇게 사소한 얘기까지 주고받을 수 있을 정도로 가까워졌다. 회령 남문동이 고향이라던 교관에 대해 명호의 관심은 커졌다. 어떻게 하여 이런 훈련소 교관으로 오게 되었을까. 특수훈련소 교관이라면 남다른 경력을 갖고 살아왔으리라는 생각이 들었기 때문이었다.

명호는 아무리 교관과의 관계가 허물없는 관계로 발전했다 하더라도 자신의 약점에 대해서는 매우 말을 아꼈다. 아버지의 고향이 남조선 서울이며 아버지가 남쪽 군인출신이라는 사실, 태산이 동무와는 안해 및 아들애의 문제로 얽힌 악연이 있으며, 보위부 감옥 독방에서 은밀히 호송되어 여기까지 오게 되었다는 사실, 제자 춘희와 얽힌 해괴망측한 얘기 등을 명호는 순순히 꺼내놓지 못하고 가슴속에 단단히 묻어 두었던 것이다.

– 교관 동지는 어드렇게 훈련소 교관이 되었소?

– 성님, 단둘이 있을 땐 그저 말씀 낮추시라요. 올찌세미올케 시누이 대하듯 하지 말란 말입니다.

– 허허, 미안하오. 내 원래 습습한심심한 성품이 되지 못해서~ 한데 교관 동지, 내 사람을 찾고 있는데 혹 여게서 훈련 받고 있는 녀성 대원 중에 춘희라는 녀성 동무가 있는지 궁금해서 말이오.

춘희의 이름을 입에 담으니 명호는 갑자기 얼굴이 화끈거렸다. 춘희와 한데 엉켜서 낯부끄러운 짓을 벌였던 순간들이 일시에 떠올랐기 때문이었다. 춘희는 대체 누구의 지시를 받고 갑자기 자신 앞에 나타났으며, 해괴망측한 일을 벌이고서는 또 어디에로 한마디 말도 없이 떠나버렸다는 말인가.

명호의 물음에 교관은 바로 대답하지 않았다. 훈련소에 입소한 대원들의 문건을 보기 전에는 모두 번호를 이름처럼 부여하기 때문에 알지 못한다는 것이었다. 하지만 그닐 이후 마주힌 숙소 뒤뜨락뒤뜰의 사적인 자리에서 교관이 담배를 명호에게 건네며 말했다.

– 성님, 내 은밀히 성님이 말한 그 녀성 동무에 대해 알아보았는데여 훈련소에는 그런 이름 가진 녀성 동무가 없습니다.

명호는 교관으로부터 이런 말을 듣는 순간 은근지게 서운감을 느꼈다. 그러자 교관이 명호의 낯바닥 색깔이 실망스럽게 어두워지는 모습을 빤히 바라다보면서 말했다.

– 성님, 머 숨겨둔 처자라도 있습네까? 설마니 훈련소 들어온 안해

아내 찾아달라는 말은 아니겠지요? 헤헤헤~

　말을 하고 겸연쩍은 탓인지 교관이 먼저 말끝에 헤~ 염소처럼 웃었다. 명호는 흐흡, 하고 빨아들인 담배를 천천히 뱉어내면서 교관에게 솔직히 털어놓았다.

　─ 내 아끼던 제자라오. 어머니 찾아 아랫동네 내려가던 아이인데 그저 생각하면 눈이 시릴 정도란 말이오. 내 품안에 제멋대로 훌떡 들어왔다가 아니 그저 뭉클뭉클 연분홍 바람만 흩뿌리고 떠나간 아이라오. 어흠~

　─ 그저 성님한데 아끼던 제자와 춘풍시절이 있었구먼이요. 성님 입에서 말이 나왔으니 내래 여태 가슴속에 묻어 두고 살아온 그저 장한 자랑 하날 들려주겠습니다.

　─ 장한 자랑이야 언제 들어도 귀가 즐거운 법이지요. 한데 교관 동지 가슴 속에 묻어 두었다는 그 장한 자랑이란 게 머인지~

　교관이 자신에게 마음을 열어준 것도 고마운 일인데 가슴 속에 묻어두었던 장한 자랑을 뽐내겠다는 말에 명호는 내심 감동을 하고 있었다.

　─ 성님, 놀라지 마오. 내래 남조선에 공작원으로 다녀온 사람이에요.

　─ 아니 머요?

　─ 내 방종을 피우던 시기에 군당에서 불러서 갔더래는데 좋은 곳에 갈 테니 빨리 준비하고 어느 날까지 군당으로 오라더구만이요. 그래 오라는 그 어느 날에 군당엘 갔더니 청년 동무들이 몇 명 모여 있더만요. 기차를 타고 함경도 도당에 갔는데 거게서 다른 청년 동무들과 함께 곧장 대형 뻐스버스를 타고 내리 하루종일을 달렸잖소. 우덜이 도착한 데가 분명 평양 자모산 근방 첩첩한 골짜기 훈련소더란 말이오. 그래 그때 훈련소와 연인인연이 되었기에 또 이렇게 여 훈련소와도 연인

이 되었던 게지요.

— 평양 자모산 근방이라면~ 김일성 수령 특각別莊이 있다는 바로 그곳 아니오?

— 맞소. 유사시 몸을 숨길 수 있는 지하 벙커도 있다 하지요. 나중에 알게 되었소만 우덜 청년 동무들은 112훈련소라는 데를 입소한 거였지요.

— 112훈련소라면 나도 얼핏 들은 얘기가 있소. 아동들 머 앳된 청년들을 마구잡이로 잡아다가 훈련을 시킨다고 들었소.

— 예, 성님 말이 맞소. 중앙당 대남연락소 소속이지요.

— 중앙당 대남연락소라면 남파 공작원들 훈련소란 얘기 아니오?

— 그렇소, 성님. 내 거게서 3년을 넘게 특수훈련을 받았소. 거게서 훈련을 마치고 대원들이 뿔뿔이 헤어지더만요. 머 개성연락소 배치 받은 동지, 원산연락소 배치 받은 동지, 해주연락소 배치 받은 동지, 난 청진연락소 배치를 받고~

교관은 문득 지난시절의 감회에 젖어드는지 지그시 감은 눈이 살짝 젖어드는 모습이었다. 교관은 품속에서 다시 담배를 꺼내더니 불을 붙어 입에 물었다. 멍호는 교관에게 더는 말을 붙일 생각을 하지 않았다. 말을 꺼내 감회에 젖도록 하는 일이 결코 좋은 일이라는 생각이 들지 않았기 때문이다.

— 나는 1처 전투조에 배속을 받았습죠. 그래 2처 전투정찰 해상작전조의 호위를 받으면서 청진 김책 원산을 거쳐서리 남조선 말이에요, 거 강원도 고성 앞바다까지 그저 팔매선浦物船을 그리면서 감쪽같이 잠입을 했어요. 하~ 2처 동지들이 고성 앞바다까지 호위를 하더니 우리 동지 네 명을 망망대해 보트 위에 떨쳐두고 쏜살같이 북쪽으로 사라지

더만요~

교관은 말을 멈추었고 명호가 살짝 바라보니 눈을 지그시 감은 채로 어두운 표정을 하고 있었다. 교관으로부터 이런 경험담을 전해 들으면서 말로만 듣던 남파공작원이라는 것이 조선공화국의 현실에서 실제로 존재해 왔었다는 사실을 확인하니 명호는 적이 놀라고 있었다.

– 타고 온 보트를 산속에 숨겨놓고 어부로 변장을 하고 이동을 했어요. 이차저차해서 그래 남조선 땅이란 데를 밟았는데 카~ 암살이다 머 다 은폐니 위장이니 머 다 필료 없고 말이지요. 아니 남조선 주민들 앞에서 입을 떼려는데 글쎄 아래턱이 덜덜덜 떨리기 시작하더란 말이오.

명호 역시 남조선에 있는 이복형과의 통화에서 남쪽 말씨의 억양이 무척 부드러우면서도 세련된 억양이라는 것을 느꼈었다. 기계를 다루고 무기를 다루는 것은 짧은 기간에도 얼마든지 숙련이 가능할지 모르지만 아무리 발버둥 쳐도 언어의 속에 묻어나는 오묘한 차이를 뛰어넘기란 결코 쉬운 일이 아니었을 것이다.

– 아무리 철저히 신분 위장을 하면 머 하오? 남조선 지역 말투와 억양은 물론 사투리 발음 훈련까지 말이오. 거 새벽 잠자리에서 일어나서 자정 넘도록 잠자리에 들 때까지 수없이 남조선 말을 듣고 수천 수백 번을 넘게 반복 연습을 했잖소. 그저 휴대용 녹음기조차 끼고 살았을 정도였으니까는 말이오.

– 그래, 남조선에 내려가서 교관 동지 첫 마디는 무어였소?

– 후후후~ 내래 그 첫마디 떼는 순간을 아직도 잊을 수가 없어요. 서울행 뻐스뻐스를 타려고 시외버스 터미널이란 데를 찾아갔는데 마침 출발시간이 남아돌아가지고서는 터미널 다방이란 데를 들어가지 않겠소.

－ 그래 남조선 다방이란 델 가니 예쁜 녀성 봉사원이 머 눈웃음이라 도 흘리더란 말이오? 하하~ 교관 동지 이제보니 순진한 나불구석이 있 구먼이요.

　－ 아니 성님, 거 얘기 다 들어보지도 않구서니~ 봉사원이 있기는 하 였습죠. 머 우덜이 여게서 교육을 받을 때는 그저 나이 먹은 봉사원은 마담이고 애젊은 봉사원은 아가씨라 부르면 된단 말입니다. 아 그런데 그 녀성 봉사원이 옷을 입었는데 허연 가랑이 속이 훤히 드러나는 미니 스커트를 입었더란 말이예요.

　－ 미니스커트는 또 무어란 말이오?

　－ 엉뎅이가 스커트 속에서 볼록 튀어나와가지고서는 아주 잡아쥐면 터질 듯 말 듯 위태로운데 말입죠. 거 나나이살 꽤나 먹은 점잖은 령감 영감들이 죄 한 번씩 봉사원 엉덩이를 쓰다듬고 가는데 내래 가슴에 불 이 타듯 뜨거워지면서니 하냥쭉 한번 만져보고 싶더란 말이에요.

　－ 교관 동지, 아니 그래 아랫동네 내려가서 말도 붙이지 못하고 첫 술에 손장난부터 저질렀단 말이오?

　－ 성님 들어 보오. 아무리 해도 옷을 입은 꼴을 보니 젊은 아가씨는 아니게 보였소. 내 그래 슬머시 봉사원 곁으로 걸어가면서 떨리는 손으 로 그 봉사원에 엉덩이를 아주 찐득하게 한 번 주물럭거렸지요.

　－ 아이구 망측하구려~ 그래, 녀성 봉사원의 빰 세례를 받지 않았음 다행이었겠소, 응 그렇지?

　－ 빰 세례받기는, 하~ 요년 보라. 아주 봉사원 동무가 여봐란 듯이 여우아양를 떠는데~ 어머 처음 보는 자기는 누구야? 나 예뻐? 하믄서 가슴팍에 엉기는데 아 나 살다 살다 녀성 동무에 간드러지는 짓을 처 음 겪은 터에 넋을 놓고 말았잖소. 그저 덜덜덜 입술을 떨면서 튀어나

온 말이~

　- 그래 튀어나온 말이 뭐였소, 응?

　명호는 교관의 헛장떠벌임을 치는 듯한 말에 겸연쩍으면서도 부러 장단을 맞춰주지 않을 수가 없었다. 명호 역시 교관의 말에 빨려들고 있었던 것이다.

　- 마담, 예뽀, 예뽀~ 그저 마담, 예뽀 소리만 덜덜덜 입술 끝에 매달지 않았겠소.

　- 하하하~

　명호는 교관과 함께 맘껏 웃었다. 훈련이 고되어도 교관과의 이런 허물없는 대화는 명호에게 고된 하루의 일상에서 가장 소중한 시간이었다. 하루 훈련이 끝나고 휴계실휴게실에서 이렇게 잠깐 노닥거리는 시간은 대원들의 피로를 털어내는 미쁜참된 시간이었다.

　명호가 교관으로부터 들은 얘기 중에 가장 놀란 것은 남조선 주민 둘을 쥐도 새도 모르게 처치한 경험담이었다. 교관은 1년여의 특수훈련을 받으면서 자신의 신분이 노출되는 위험한 순간에 처했을 때 후물떡슬쩍 상대방의 목숨을 처치할 수 있는 기술을 익힌 탓에 남조선에서 두 번의 위기를 겨우 넘겼다는 것이었다. 한 번은 한적한 바닷가 접선장소에서 접선할 동지를 오인誤認하는 바람에 신분이 노출되어 스물 중반쯤 되어 보이는 젊은 청년을 급소를 공격해 죽인 다음 바다에 던졌고, 두 번째는 남조선에 잠입하여 은밀히 사귀게 된 녀성 동지를 어쩔 수 없이 처단하게 되었다는 것이다.

　- 내 참 남조선에서 짧았던 공작 기간 중에 한 녀자를 포섭하게 되었다 말입니다. 나는 내게 관심을 보인 녀성 동무를 포섭할 목적으로 다가 사랑이라는 입간지러운 말을 남발했던 게지요. 한데 녀성 동무

가 그저 자수하고 자기와 혼인해서 행복하게 살자 하더라 말이에요. 내 그 녀성 동지를 이용해서 강원 북부지역 군대 동향을 캐서 연락소에 보고하고 반정부 음모자들을 규합하기도 하면서 은밀히 기밀자료를 수집했단 말입니다.

교관은 마치 그날의 기억을 그리워하는 듯 눈동자에 빛이 났다.

— 한데 하루는 공화국 연락소에서 그 녀성 동지와 함께 귀환하라는 거야요. 녀성 동지를 설득해서 월북을 하자 하는데 녀성 동지가 그저 헤지자 하더란 말이에요. 그러더니 녀성 동지가 내게 일방적으로 이별을 통보하더만요. 녀성 동지의 말인즉, 공작원인줄 알면서도 마음을 주었던 것은 당신이 대한민국의 발전한 모습을 보고 속았다는 것을 깨닫고 나를 선택해주리라는 기대를 했기 때문이라는 거였어요. 한데 나를 이용해 북한의 앞잡이 노릇을 하는 것도 모자라 나와 함께 월북을 하자는 데는 헤지는 수밖에 도리 없다며 머 이게 작별을 고하더란 말입니다. 그저 앞이 캄캄해지고 눈물이 핑그르 돌더란 말이에요. 내 녀성 동지와의 이런 처지를 연락소에 그대로 보고를 했댔지요. 그랬더니 내래 유학생 명의를 도용해서 은밀히 연락소 공작원과 교신하고 있는 이메일에 암호화된 메시지를 보내지 않았겠소. 내 ㄱ 메시지 받아 읽고 밤새 가슴을 쥐어뜯으며 울었다오.

— 조선공화국 연락소 메일을 받고 울었단 말이오?

— 이메일에 첨부된 연락소 지령문을 암호화 기법으로 풀어 보니 머 그 녀성 동지를 해제끼고 귀환하라는 거였소.

— 그 녀성 동지를 정말 교관 동지가 많이 연분했던 모양이오. 그래 그 녀성 동무를 정말 해제끼고 연락소로 귀환했단 말이오?

— 그렇게 되었소.

― 그래 녀성 동지를 해제끼고서니 그 임을 못 잊어 이래 가슴 아파하고 있다는 말이오? 거 교관 동지, 어찌 속대가 이리 약하오?

― 미옥이 동지가 자꾸 현몽現夢을 하지 뭐요? 어제 간밤에도 꿈속에 나타나서 나를 사랑한다, 사랑한다, 사랑한다, 이케 꼭 세 번 다짐하더니 그만 사라지더만요. 미옥이 동지를 붙들려고 달려가는데 당최 발이 떼지지를 않잖소. 허공에 손만 휘젓고 말았소.

― 미옥이란 녀성 동지를 교관 동지가 잊지 못해 현몽을 하는 거라오. 이보, 교관 동지, 나약한 마음을 보이지 마오. 다른 대원들 눈에 띄면 어이 하려 이러오? 어서 뚝 정신 차리오. 사상교양에 앞장을 서도 부족할 판에 노려보는 눈들이 많대는 거를 교관 동지, 불피코 잊지 마오.

명호는 교관 동지를 향해 이런 말을 하고 있는 자신의 행동에 섬뜩 놀라고 있었다. 훈련소에 들어와 공작원훈련을 받으면서 자신의 정신이 이렇게 쇠처럼 강해지리라는 것을 스스로 예상조차 하지 못한 일이었다. 도착한 곳이 훈련소라는 것을 알았을 때 명호의 마음속에 가장 먼저 다짐한 것은 승리하자는 굳은 약속이었다. 훈련에서 승리하자. 자신과 싸워 이겨내자.

사람의 생각과 의식이 하나의 밧줄처럼 연결되어 고등중학 시절 근위대에 입소했던 날들을 떠올리게 만들었다. 정숙 동무를 가운데 두고 태산이 동무와 밀고 당기기를 하던 시절, 그해 여름 마가목 나무의 도열을 받으며 땀을 흘리면서 훈련을 했다. 중대장은 훈련의 결과를 토론하는 총화시간에 대열훈련, 사격훈련, 실탄훈련 등 모든 부분에서 최우수 근위대원으로 명호를 호명했다.

태산이 동무와의 대결에서 납작하게 태산의 기를 꺾고 정숙 동무가 보란 듯 승리를 했던 순간을 명호는 여전히 추억하고 있었다. 이제 대결의 상대는 태산이 동무보다 명호 자신이었다. 이 지옥 같은 훈련에서 이겨내어 반드시 태산이 동무를 물리치자. 생각이 여기까지 미치게 된 순간 명호는 어쩌면 이런 과정이 태산이 동무의 철저한 계략인지도 모른다는 생각이 들었다. 태산이 동무라면 충분히 이런 해괴한 계략을 꾸미고 은밀히 진행과정을 지켜보며 즐기고 있을지도 모른다는 생각이 들었다.

인생은 한뉘^{평생} 누군가와 대결의 구도를 벌이며 살아가야 하는 인생사막 같은 것이다. 내 언젠가 목숨을 마치기 전에 어떻게 살아왔는가에 대한 인생총화를 벌일 때 이번 훈련소에서의 열정이야말로 자신에게 부여할 수 있는 찬란한 훈장이 되어주기를 명호는 마음속으로 바라고 있었는지도 모른다. 아마도 그랬으리라. 태산이 동무가 은밀하게 걸어오는 싸움인지도 모른다는 생각을 하면서 명호는 어금니를 악물었다. 그가 아무리 생각해봐도 태산이 동무는 해괴망측한 사람이라는 생각이 들었다.

4

– 저건 사람이오? 인형이오?

훈련이 지속되던 어느 날, 특1대원들이 사람의 모형을 하고 있는 매우 정교하게 만들어진 인형^{人形}을 향해 이구동성으로 물었다. 며칠 전부터 이날의 훈련에 대해 대원들은 가장 걱정을 하고 있었다. 교관의 명령에 대해 어느 대원도 불평할 수 없었다. 교관의 말은 단호한데다 날카롭게 대원들의 귓전에 꽂혔던 것이다.

－ 조선민주주의인민공화국 발전을 위해 대원들에게 자발적인 사상 교양에 참여할 수 있는 최고의 기회를 부여할 것이다.

여기 훈련소에서 사람을 죽이는 훈련은 가장 강력한 사상교양이 되고 있었다.

－ 우리들의 임무수행을 위해서 동원된 이 절호의 기회를 단 한 사람도 놓치지 말고 빠짐없이 과감히 실천해주기 바란다.

교관은 이 훈련이 임무수행을 위해 동원된 것임을 강조하고 있었다.

－ 적진에 잠입하여 살아남기 위해서 우리는 지구상에서 가장 악랄해져야 한다는 사실을 잊어서는 아니 될 것이다. 사상이나 구호 따위만 머릿속에서나 졸졸 외우는 나약한 대원들은 절대 살아남지 못할 것이다.

사람을 죽이는 훈련이야말로 대원들에게는 적진에서 살아남기 위한 가장 혹독한 훈련이었다.

－ 이번 훈련을 성공적으로 마친 대원들에게는 조선민주주의인민공화국의 이름으로 실전에 참여할 수 있는 기회를 줄 것이다.

실전에 참여할 수 있는 기회를 준다는 말에 대원들은 압도되고 말았다. 사람을 죽이는 훈련은 대원들에게 가장 힘든 일이었다. 남조선에 잠입하여 공작원 활동을 하면서 위험에 맞닥뜨릴 때 자신을 보호하고 신분을 노출시키지 않기 위해 익혀야 하는 필수적인 과정이었다. 대원들은 특수훈련 중에서 직접 사람을 죽이는 훈련도 있다는 말이 떠돌았을 때 하나같이 입을 다물지 못했다. 허수아비를 만들어놓고 또는 도깨비 형상처럼 엉성한 물체 앞에 미제 앞잡이, 반동분자라는 글씨를 써놓고 나무로 칼침을 놓은 적은 있었지만 새파랗게 날선 칼로 사람과 똑같은 형상을 한 적의 심장에 칼침을 놓은 적은 없었기 때문이었다.

비록 인형들이었지만 어쩌나 정교하며 생생하게 만들어놓았던지 마치 팔딱팔딱 심장 뛰는 소리가 들리는 느낌이었다. 섬뜩하게 상대를 노려보는 뚜렷한 눈동자, 하얀 치아를 벌린 채로 상대를 향해 웃고 있는 천진스런 계집아이의 검은 머리카락이 바람에 날리고 있었다. 이어 흰 머리가 날리는 주름진 노파의 모습에서 대원들은 모두 자신의 어머니를 떠올렸을 것이다. 명호는 훈련장에 나란히 정렬해 있는 여러 인형들의 모습을 보고 착잡한 마음이었다. 교관의 지시에 따라 대원들은 훈련대형으로 집합했다.

교관이 지시를 하면 날렵한 조교는 시범을 보였다. 대원들은 조교의 시범을 따라 다양한 자세로 동작을 따라했다. 교관은 이미 앞 번 훈련에서 익혔던 맨손으로 급소를 공격하는 방법 등을 응용하면서 이제 직접 날카로운 칼로 적의 정수리, 뒤통수, 관자놀이, 인중, 목젖, 경동맥, 심장, 명치, 단전, 사타구니, 낭심, 생식기 등 머리꼭대기에서 시작하여 하체에 이르기까지 급소를 찾아 시범을 보였고, 인형을 다시 엎어놓고 비중, 척추, 항문 등을 단칼에 찔러 죽음에 이르는 과정을 설명해주었다. 인체의 곳곳에 목숨을 끊을 수 있는 중요한 급소가 숨어 있다는 것에 명호는 놀라지 않을 수가 없었다.

명호는 교관의 입에서 인간의 신체 중의 급소 부위가 언급될 때마다 고통을 느꼈다. 망치로 가격당하는 것보다, 또는 어떤 몽둥이로 가격당하는 것보다 그에게 느껴지는 고통은 심했다. 조교는 칼침을 놓을 정확한 위치, 칼침을 놓는 방법과 칼침의 각도까지 정교하게 시범을 보여주었다. 대원들은 사람의 모형 앞에서 조교의 시범을 하나씩 따라 했다. 신체의 매 부위에 칼침을 놓는 시범을 따라 할 때 대원들은 처음에는 약간 머뭇거렸지만 곧 익숙하게 되자 어느 누구도 망설이지 않았다.

명호 역시 단도短刀를 손에 불끈 쥐고 여러 가지의 시범에 응했다.

세상을 살아오면서 이렇게 사람을 죽이기 위해 칼을 손에 잡아야 하리
라는 것은 꿈에서조차 생각해 보지 못한 일이었다. 명호는 동료 대원
들에게 뒤지지 않으려고 이를 악물고 여러 인형의 급소에 칼침을 꽂았
다. 생생한 검은 머리를 바람에 날리며 활짝 그를 바라보며 웃고 있는
계집아이의 심장에 눈 하나 깜짝하지 않고 칼침을 박았다.

하루 내내 사람의 모형에 칼침을 박는 훈련이 지속 되었다. 이튿날
에도 칼침 놓는 훈련은 계속되었는데 명호는 다시 한번 인체의 급소에
대해 놀라고 있었다.

— 동지들이 지금까지 익힌 방법은 모두 잊어버려도 좋다. 최후의 위
험한 순간에 나를 지키면서 눈썹 하나 깜짝하지 않고 감쪽같이 적을
처단할 수 있는 방법을 마지막으로 배워주겠다.

조교의 손에 들린 것은 단숨에 제압할 수 있는 고압적인 총도 날렵
한 칼도 아니었다. 뜻밖에도 아주 작지만 예리하게 투명한 빛을 발산
하고 있는 바늘이었다. 작고 투명해 보이는 바늘이 적을 죽일 수 있는
최후의 무기라는 점에서 대원들은 모두 놀라고 있을 따름이었다.

— 대원들, 잘 듣기 바란다. 지금 내가 손에 들고 있는 것이 무엇인가?

— 바늘 아닙니까?

— 딱 봐도 바늘인데요.

바늘이라고 이구동성으로 법석을 떠는 대원들의 표정에는 두려움보
다 호기심으로 가득한 모습이었다.

— 맞다. 그러면 이 바늘로 사람을 죽일 수 있는 대원이 있나?

— 교관 동지, 바늘로 사람을 죽이다니 말이 되는 소립니까?

— 맞습니다. 바늘로 어이 사람을 죽일 수 있나~

작고 가느다란 바늘을 무시하는 소리들이 대원들의 입에서 터져 나

왔다. 명호는 대원들의 의견에 부화뇌동하지 않으면서 묵묵히 교관을 바라보고 있었다. 교관의 말처럼 저토록 작고 가느다란 바늘로 사람의 목숨을 끊는 방법이 있다면 태산이 동무가 그 방법을 모를 리가 없을 것이라고 순간적으로 생각했던 것이다. 태산이 동무가 마음만 먹으면 감쪽같이 자신을 해치울 수도 있었을 것이라고 명호는 생각하면서 바싹 긴장하고 있었다.

- 바늘로 숨통을 조이면 되지 않소?

특5번 대원이 대꾸했다. 특5번의 대꾸에 대원들이 일제히 웃었다.

- 어이쿠 답답한 거북이 동지야~ 바늘로 숨통이 조이나 응? 헤헤헤~

- 쯧 쯧, 그저 거북이 동지 세월 가는 줄 모르고 헛소리하는 거 보라 ~ 바늘로 낚시를 만들어 도끼를 낚는 게 낫겠다이~

- 캴 캴 캴~

일제히 대원들이 웃었고 대원들을 따라 교관과 조교도 크게 웃었다. 동료들이 일제히 웃어버리자 특5번 대원은 박박 깎은 머리를 긁적거리면서 툭 튀어나온 이마를 앞쪽 대원의 등에 가져다 대며 겸연쩍어하고 있었다. 사람의 목숨을 끊는다는 얘기인 탓에 대원들 역시 의도적으로 분위기를 눅이려고 애를 썼다. 분위기가 잠시 날뛴 바람처럼 들썩였다가 잦아들자 교관이 바늘을 한번 예리하게 쳐다보며 말했다.

- 사람의 뇌에는 연수延髓라는 데가 있다. 조교, 준비한 해골骸骨을 이리 가져오라.

- 예~

조교가 준비한 해골은 모형 두개골이었다. 사람의 머리뼈를 여러 개의 부분으로 붙였다 뗐다 할 수 있도록 아주 정교하게 만들어진 소품이었다.

– 여기 척수 위에 올라갈수록 넓어지는 마치 사다리 모양 같은 게 보이나?

두개골의 후두부를 앞쪽으로 하고 똑바로 세운 다음 목뼈 바로 윗부분을 가리키면서 교관이 말했다.

– 예~

– 잘 들어라. 이게 연수라고 하는 건데 다른 말로는 숨뇌, 라고도 하지~ 숨뇌는 인간의 생명유지에 불피코 필요한 신경이라 할 수 있는 것이다. 알았나, 대원들?

– 예!

대원들은 긴장한 목소리로 우렁차게 대답했다. 이런 훈련소에서 사람의 해골에 대해 익히게 될 줄 대원들 중에 어느 누가 알았으랴.

– 숨통 맞네. 숨뇌나 숨통이나 머~ 숨통 조이면 죽는 게 아닙니까?

– 거북이 동지 말도 틀린 말은 아니다. 숨통이든 숨뇌든 목숨 끊어 버리면 되지~ 이 숨뇌 안에 호흡, 맥박, 소화 등을 조절하는 자율신경이라 하는 게 있단 말이지, 자율신경~ 어이 거기 조교, 자율신경이 머인지 쉽게 알려주라~

– 예, 쉽게 말해 교감신경하고 부교감신경이지요.

– 음메~ 교감 부교감 희한한 이름도 다 있네~

대원들 중에 거북이 대원 옆의 특6 대원이 혼잣말처럼 말했다. 특6 대원은 별명이 염소인데 염소처럼 웃는 모습을 보고 특5 대원 거북이가 붙여주었다.

– 대원들, 사람의 몸에서 가장 중요한 급소니 잘 익혀두라.

– 교관 동지, 교감 부교감 두 동무 중에 어느 동무가 더 높답니까?

– 헤헤헤~

대원들이 일제히 웃었다. 교관은 애써 웃음을 참으면서 대답했다. 특10조장 동지가 큰 키를 흔들면서 거북이를 향해 응대했다.

– 머 교감 선생이 더 높지 않겠나, 거북아~

– 헤헤헤~

역시 대원들이 일제히 웃었고, 이번에는 교관과 조교까지 웃음을 참지 못하고 웃었다.

– 그래, 살벌한 훈련이라 내 거북이 저놈 말에 덩달아 장단을 넣었다. 하여간에 이 숨뇌에는 말이야 여러 신경들이 모여 있다 이 거야. 조교! 여 해골을 직접 대원들한테 보여주고 확실하게 익히게 하라.

– 예, 교관 동지~

교관의 지시에 따라 대원들은 모형 두개골을 만지작거리면서 진지하게 익혔다. 교관의 강훈講訓 중에 실없는 사람처럼 롱弄을 붙였던 거북이란 대원도 막상 조교의 시범에 따라 최후의 급소를 공격하는 훈련에 임할 때는 어느 대원 못지않게 진지했다.

인체의 급소마다 조교의 시범을 통해 대원들은 악착같이 따라 익혔다. 맨몸으로 적을 제압하는 것에서부터 단도, 단검 등의 칼을 이용해 처단하는 기술도 대원들 모두 꼼꼼하게 습득했다. 그리고 작고 에리한 바늘을 이용해 연수숨뇌를 공격해서 적을 단숨에 뇌사상태에 빠뜨리는 훈련도 수없이 되풀이 했던 것이다.

다음날, 대원들은 아침부터 훈련소에 수상한 기운이 흐르는 것을 느꼈다. 명호 역시 까닭모를 불안한 기운이 감도는 것을 느끼고 있었다. 교관의 지나가는 듯 흘린 말이 실제가 되어 불쑥 닥쳤던 것이다. 실제로 적을 죽이는 실전훈련이 이렇게 정말 빨리 다가오게 되리라고는 명호는 물론 대원들 어느 누구도 예상하지 못했던 것이다.

아침 식사를 마치자 훈련소의 대원들이 모두 훈련소 광장으로 이동했다. 광장으로 이동하는 녀성 대원들의 모습도 보였다. 명호 역시 특1대원들에 섞여 광장으로 이동하고 있었다. 대원들이 웅성웅성 거렸는데 광장에 도착했을 때 정말 엄청난 일이 기다리고 있었다. 조선공화국에서 죄를 짓고 사형선고를 받은 죄수들이 광장의 한쪽에 천막으로 가려진 채 대기하고 있었던 것이다. 천막 앞에는 사형을 집행하는 참관인들이 여러 명 보였는데 검찰소의 직원들로 짐작되었다. 그러니까 사형을 앞둔 죄수들과 훈련대원들이 대결을 벌이는 훈련이었다.

　교관의 지시에 따라 특1대원들은 대결의 순서대로 자리를 잡고 앉았다. 훈련소에서 익힌 기술로 사람을 죽이는 이런 행사를 다른 대원들에게 보게 하여 살인에 대하여 익숙해지게 하고자 하는 것임에 틀림없었다. 특1에서 특10까지 순서대로 앉아 있었는데 대결은 특10이 먼저하는 역순서대로 진행되었다. 특1110 즉 호칭을 부를 때 특10대원이며 별명이 꺾둑이인 조장이 맨 먼저 호명되어 앞으로 나갔다.

　- 조교! 죄수 10번을 데려 오라.

　- 예, 교관 동지~

　대결을 벌이게 될 죄수를 교관이 지명하자 조교가 천막 안으로 들어가 죄수를 데려왔다. 죄수의 얼굴은 검은 천으로 만든 가면으로 가려져 보이지 않았다. 죄수는 체격이 뜻밖에 작았는데 음식을 제대로 먹지 못한 것 인양 첫눈에 비실비실한 모습이었다. 죄수의 죄목을 참관인 중에 한 명이 관중들을 향해 크게 소리쳤는데 간첩죄를 받은 사형수였다. 드디어 대결이 시작되었고, 대원들의 함성이 우우~ 훈련장의 하늘을 찔렀다.

　특10대원이 건장한 체격을 뽐내며 둥근 원형 모래판으로 걸어들어 갔다. 체격만을 보더라도 싱거운 대결이 될 것만 같았다. 특별조의 대원들의 품속에는 단도와 예리한 바늘이 숨겨져 있었다. 맨몸으로 대결을 벌이다가 교관이 신호를 보내면 훈련받은 대로 목숨을 끊어놓는 방식이었다. 자칫 공격을 당해 목숨을 빼앗길 수도 있다는 말을 들을 때 특5 대원 거북이는 목을 쑥 빼내어 특6 대원 염소를 쳐다보며 씩 웃었다.

원형 모래판을 중심으로 100여 명 되는 훈련소의 대원들이 에워싼 채로 대결을 지켜보고 있었다. 녀성 대원들도 보였는데 명호는 녀성 대원들을 훑어보았으나 춘희의 모습은 에워싼 관중석의 어디에서도 보이지 않았다. 특10대원인 키 큰 조장 꺾둑이와 붙은 죄수는 예상대로 힘을 제대로 쓰지 못했다. 조장은 처단하라는 교관의 손짓보다 먼저 맨손으로 가볍게 죄수를 무너뜨렸다. 명호의 등에서는 땀이 흘렀고, 눈 깜짝할 사이에 특10대원은 죄수의 목을 조였다. 죄수는 곧 숨이 끊어진 것 인양 몸이 쭉 늘어졌고, 다른 훈련조의 조교들이 죄수의 시체를 밖으로 끌어내고 있었다.

특별조의 대원들이 호명되고 죄수의 번호가 호명될 때 에워싼 모든 대원들이 함성을 질렀다. 예상대로 특별조의 대원들이 죄수의 목숨을 끊을 때마다 훈련소가 떠나갈 듯한 대원들의 함성 소리가 터져 나왔다. 특6대원인 염소가 호명되고 염소의 상대인 죄수가 호명되어 모래판에 등장했을 때 대원들은 역시 함성을 질렀다. 그런데 대원들은 하나같이 이번 죄수의 단단하고 다부진 체격을 보고 놀라워하고 있었다.

격투가 시작되었고, 특6 염소 대원이 헐렁해 보이는 몸을 좌우로 흔들며 저돌적으로 죄수를 향해 공격해 들어갔다. 죄수는 염소 대원의 줄기찬 공격을 요리조리 피해 다녔고, 염소의 빈틈을 찾아 오히려 예리한 공격을 하고 나섰다. 염소 대원과 대결하는 죄수의 공격이 날렵하게 염소의 급소를 향할 때 대원들은 염소 대원이 다칠지도 모른다고 생각했던 것 같았다. 하나같이 불안한 마음에 가슴을 죄면서 잔뜩 긴장한 모습으로 대결을 지켜보고 있었다.

특6 염소 대원이 맨손으로는 도저히 적을 이길 수 없다고 판단했던지 교관은 손짓으로 칼을 사용하라는 신호를 보냈고, 염소는 신호를 보고 품속에서 날카롭게 반짝거리는 단도를 꺼내고 있었다. 잽싸게 단도의 손잡이를 와락 움켜쥔 채 죄수의 심장을 공격해 들어가고 있었다. 단단하고 다부진 체격의 죄수는 악착같이 염소 대원의 공격을 피하려고 발버둥을 쳤지만 결국 염소의 칼을 피하지 못했다. 염소의 예리한 칼끝이 죄수의 심장을 향해 번개처럼 꽂힐 때 명호는 눈을 질끈 감아버렸기 때문에 죄수의 심장에서 뿜어져 나오는 핏줄기를 보지 못했다.

죄수들의 얼굴이 검은 천의 가면으로 가려져 있어서 죄수의 표정을 볼 수 없었기에 대원들의 공격이 거세질 수밖에 없었을 것이다. 죄수의 얼굴에서 연민의 감정을 느낀다면 이미 살인훈련의 목적을 달성하지 못해버릴지도 모른다. 죄수들이 호명될 때 검찰소에서 나온듯한 관계자들이 대결에 앞서 죄명을 널리 관중들에게 알렸다. 공개처형을 할 때 주민들 앞에서 죄명을 공지하는 것과 다르지 않았다. 죄수들은 당연히 이곳에서 최후를 맞는다는 것을 모르지 않았을 것이다.

특5 거북이 대원의 상대는 다리를 심하게 저는 장애인이었다. 교관이 다음 죄수의 대결을 선언하자 절뚝절뚝 장애인이 걸어 나왔다. 처형집행 관계자가 죄수의 죄명을 큰 소리로 말했다.

– 이번 죄수는 영생탑 폭파범이다!

– 죽여라! 죽여라! 죽여라!~

죄수의 죄명을 관계자가 외치자 관중들이 흥분해서 소리쳤다. 명호는 순간 태산이 동무로부터 전해들은 말이 생각나서 깜짝 놀랐다. 소아척수마비 병신 청년을 만나 영생탑에 돌팔매질을 했던 사건에 동실이 등이 연루되었다는 말을 들었던 기억이 있었기 때문이었다. 특5 거북이가 비실비실 걸어 나오는 장애인의 모습을 보고 피식 웃었다. 싸움이 밋밋하게 끝날 것 같은 예감 때문인지 거북이는 가소롭다는 표정으로 빡빡머리를 쓰다듬으며 튀어나온 이마의 주름살을 밉살스럽게 끌어올렸다.

누가 봐도 대결은 쉽게 끝날 것처럼 보였다. 하물며 거북이가 자신의 별명을 증명이라도 하듯 느릿하게 동작하며 대결을 즐기고 있는 듯이 보였는데 관중들은 다리를 절뚝이는 장애인이 마치 춤을 추듯 우스꽝스러운 모습으로 거북이 대원에게 덤비는 모습에 한껏 몸들이 달아올랐다.

– 어서 죽여라!

– 병신새끼 보기 싫다, 퍼뜩 죽여라!

관중들이 여기저기에서 사납게 소리쳤다. 순간, 명호의 머릿속에서 불길한 생각이 스쳐지나갔다. 영생탑과 소아척수마비 청년이라던 태산이 동무의 말이 자꾸만 뇌리에 맴돌았던 것이다. 혹시 태산이 동무가 말하던 그 소아척수마비 죄수가 바로 특5 거북이 대원과 대결을 벌이고 있는 죄수가 아닐까, 하고 문득 생각했던 것이다.

다리를 심하게 절뚝이면서도 악착같이 거북이 대원에 맞선 죄수가 중심을 잃고 쓰러졌다. 거북이가 느릿하게 다가가서 명치 부위 급소를 가격하려던 순간 죄수는 재빨리 거북이의 공격을 막아냈다. 다른 죄수들보다 장애인 죄수는 악랄하게 덤벼들었다. 죽어야 하는 운명이란 사실을 알면서도 목숨을 쉽게 포기하지 못했다. 거북이의 동작이 느린 순간을 틈타 죄수는 고장 난 자신의 몸을 날렸다. 거북이를 안고 함께 땅바닥에 뒹굴었고, 관중의 한쪽에서는 거북이에게 야유를 보내는 관중도 있었다.

거북이와 장애인 죄수가 엎치락뒤치락하고 있었다. 관중들은 처음에는 거북이가 부러 장애인 죄수의 사정을 봐주느라 상황이 오래가는 줄로 알았다. 하지만 뜻밖에 상황이 길어지는 것을 보고서야 죄수의 저항이 만만하지 않다는 것을 알아챘다. 관중들이 마음이 급해 빨리 해치울 것을 외쳤고, 거북이는 이제 정말 끝장을 내려는 듯 단호한 표정을 지으며 몸을 쫙 폈다. 거북이가 온 힘을 모아 장애인 죄수를 땅바닥에 눕혔다. 죄수는 땅바닥에 누워서도 성치 못한 팔다리를 놀려 발버둥을 쳤고, 거북이가 품속에서 단도를 꺼내 죄수의 경동맥에 힘껏 내다꽂았다. 관중들의 박수 소리에 억눌렸던 탓인지 죄수는 미동도 하지 않았다. 조교들이 달려와 시체를 끌어냈다. 장애인 죄수는 그렇게 최후를 맞이한 것이다.

명호의 순서는 해질무렵이었다. 명호는 손에서 땀이 나고 잔뜩 긴장한 탓에 혀가 마르는 것을 느꼈다. 그는 정말 사람을 죽일 수가 있을까? 명호는 이런 생각을 할수록 속에서 불안감이 커지는 것을 느꼈다. 자신의 차례가 다가오기까지 명호는 스스로 묻고 대답했다.

이윽고 교관이 특1대원을 호명했다. 명호는 떨리는 가슴을 진정시키며 모래판 앞으로 나갔다. 그가 상대할 죄수가 모래판 앞으로 불려나왔다.

— 마지막 특1대원과 대결할 죄수는 영생탑 폭파 동조범이다.

영생탑 폭파범이라는 교관의 말에 관중들이 소리쳤다. 죄수의 곧고

짱짱한 다리를 보며 관중들이 일제히 소리쳤다.

– 죽여라!

명호의 몸이 뜨겁게 달아올랐다.

– 목을 따 죽여라!

– 심장을 찢어버려라!

대원들이 앞을 다투어 소리 질렀고, 명호는 잽싸게 죄수와 대결의 자세를 취했다. 죄수의 얼굴이 검은 가면에 가려 보이지 않았지만 죄수의 몸에서 청년의 기운이 느껴졌다. 명호는 검은 가면의 터진 틈새로 죄수의 이글거리는 눈빛을 예리하게 노려보았다.

기회를 노려 목에 칼침을 놓을 수가 있을까? 심장을 정말 찢어버릴 수가 있을까? 인형의 심장에는 눈썹 하나 까닥하지 않고 칼침을 놓았지만 살아있는 사람의 심장에 망설임 없이 단호하게 칼침을 놓을 수가 있을까? 책만 끼고 교원의 삶을 살았던 자신이 혹여 죄수로부터 죽음의 공격을 당하는 것은 아닐까? 짧은 순간에도 명호의 뇌리에는 잡다한 생각들이 스쳐지나가고 있었다.

명호가 오른손으로 죄수의 머리 부분을 향해 번개 치듯 주먹을 휘둘렀다. 죄수는 본능적으로 오른쪽으로 몸을 피했다. 이번에는 왼손을 길게 뻗어 죄수의 오른쪽 관자놀이를 파고들었다. 이번에도 죄수는 본능적으로 몸을 피했다. 명호는 이번에는 오른쪽 손바닥으로 손 날개를 만들어 죄수의 급소인 왼쪽 경동맥을 향해 날렵하게 파고들었다. 죄수는 이번에도 거뜬히 명호의 공격을 피해냈던 것이다.

명호가 훈련을 통해 익힌 적의 급소를 찾아 온갖 공격을 가했는데도 죄수가 거뜬히 공격을 피해내자 관중들 앞에서 명호의 체면은 바닥에 떨어지고 있었다. 명호는 젊은 대원들보다 체력이 약한 탓인지 몸의 기운이 서서히 달아나는 느낌이었다. 움직이지 않은 인형의 급소를 향해 공격을 하는 것은 어렵지 않았지만 움직이는 죄수의 급소를 향해 치명적인 공격을 하는 것은 결코 쉬운 일이 아니었다.

- 특1대원, 이놈은 영생탑 폭파 공조범이다. 당장 사라져야 할 사형수란 말이다. 이따위 사형수들에겐 총알도 아깝단 말이다. 조국의 명령이야, 당장 해제끼라!

교관이 명호를 향해 서두르라는 듯 말했다.

- 날래 목을 따버려라!

- 목을 따라, 따!

- 따라! 따라! 따라! 따라!~

교관이 다그치자 마음이 급해진 관중들 역시 모래판의 명호를 향해 한목소리로 소리쳤다. 명호는 마음이 급해진 나머지 죄수를 중심으로 빙, 빙 돌고 있었다. 나름대로 죄수의 급소를 공격할 기회를 노려보는 것이었지만 맨손으로 상대하기에는 자신감이 떨어지고 있었다. 다리가 짱짱해 보이는 죄수는 뜻밖에 동작이 날쌨고 그가 상대하기에 버겁게 느껴졌던 것이다. 마지막 죄수는 땅바닥을 딛고 우뚝 서 있는 모습 그 자체로 명호를 주눅 들게 만들었다.

- 탁배기 동지, 그냥 칼로 목을 따오!

특10대원인 조장 동지의 다급한 목소리가 명호의 귓전을 울렸다. 조장의 말을 들었던 때문인지 교관이 명호를 향해 손짓을 하고 있었다. 맨 손 대신 단도를 꺼내 급소를 찔러버리라는 손짓이었다. 명호는 교관의 명령에 따라 품속에서 단도를 꺼냈다. 단도를 꺼낼 때 명호의 손이 파르르 떨렸다.

그런데 이상한 것은 죄수의 동작이었다. 죄수는 명호의 공격에 본능적으로 방어만 할뿐 공격을 가해오지 않았던 것이다. 명호의 생각이 여기에 미치자 차츰 죄수에 대한 긴장감이 풀어지고 있었다. 명호는 부러 단도를 집어든 손을 뒤춤에 숨긴 다음 몇 발짝 가까이 죄수를 향해 다가섰다. 살고 죽는 문제가 달려있는 대결의 구도에서 누가 보더라도 죄수는 명호의 빈틈을 발견했을 텐데도 공격을 해오지 않았던 것이다. 죄수는 비록 대결에서 훈련대원을 때려눕힌다고 하더라도 자신이 살아남을 수 없다는 사실을 알기 때문에 싸울 의지를 꺾어버렸는지도 모른다.

죄수의 이런 내속속내을 검찰소에서 나온 집행관이 간파했는지 교관에게 다가가더니 귓속말로 뭐라 속삭였다. 집행관의 얘기를 듣고 교관이 고개를 끄덕이더니 큰소리로 죄수를 향해 소리쳤다.

– 죄수는 들어라. 대결의 상대를 꺾는다면 즉석에서 감면특전을 내리겠다!

– 와아아~

교관의 말에 관중들이 함성을 질렀다. 명호는 죄수의 몸놀림이 예사롭지 않다고 느꼈기에 등골이 오싹해지는 것을 느꼈다. 사형수에게 감면특전이란 엄청난 특권이었다. 사형수에게 감면특전이란 목숨을 보존할 수 있는 질호의 기회가 주어지는 것이다. 지은 죄를 완전히 없앨 수는 없겠지만 당장 사형만은 견제蠲除 : 면제받을 행운을 잡는 것이다.

명호는 순간 실제보다 다급한 상황임을 깨달았다. 이처럼 이상한 대결에서 자칫 공격을 당해 죽는다면 그야말로 허망한 죽음이 되리라고 생각했다. 이제 이 죄수는 살아남기 위해서 악랄하게 덤빌 것이다. 명호는 생각하며 뒤춤에 감추었던 단도를 잽싸게 앞으로 꺼내어 가슴높이에다 겨누었다.

그런데도 역시 이상한 것은 죄수의 태도였다. 죄수는 감면특전이라는 집행관의 선언에도 불구하고 대결의 자세를 취하지 않았다. 죄수가 대결의 자세를 취하지 않고 있다는 것을 관중들은 알아차리지 못했을지 몰라도 명호는 분명히 죄수의 그런 태도를 읽을 수 있었다. 사형수라는 속박에서 벗어나려고 악랄하게 덤벼들지 모른다는 그의 생각은 완전히 빗나가버렸다. 죄수 쪽에서 명호를 향해 먼저 공격을 가한 적이 없었던 것이다.

— 동무, 어찌 나를 공격하지 않는가?

— ~ ~

명호의 물음에 죄수는 아무런 대답을 하지 않았다. 다른 죄수들이 죄수답지 않게 훈련대원을 향해 공격의 자세를 취했던 것과는 사뭇 대조적이었다.

— 감면특전을 내린다 하지 않소?

— ~ ~

명호의 거듭된 물음에도 죄수는 대답을 하지 않았다. 명호는 순간 죄수가 자신을 무시한다는 생각이 들었다. 몇 살이나 먹은 동무란 말인가? 다리가 짱짱한 모습을 보니 아무래도 혈기 방만한 청년일 텐데 ~ 지금 이순간에 죄수는 누가 가장 보고 싶을까. 자신처럼 그리운 가족들도 있겠지~ 어쩌다 영생탑 폭파 동조범이 되었을까.

동상을 까부수는 모임인 동까모 집단이 조선공화국에서 은밀히 활동하고 있다는 기막힌 소문을 명호도 들었던 적이 있다. 명호는 가슴에서 문득 까닭모를 분노가 치밀어 단도를 높이 치켜들었다. 죄수 쪽으로 바짝 한 걸음을 내딛었다. 관중들이 와~ 함성을 질렀다. 명호는 죄수에 대한 련민憐憫의 마음을 접고 마음의 칼을 갈았다. 놈의 심장에 당장 단검을 내리 꽂아버릴 테다. 대체 죄수는 어째서 명호에게 공격할 자세를 취하지 않는다는 말인가? 내 쉰을 바라보는 나이에 교원질을 했다고 무시하는 거야 뭐야 응? 저놈의 눈에 내가 골서방꽁생원으로 보인다는 말이지 응? 흥, 어림없지~

명호는 마음속에서 이렇게 혼잣말로 다짐을 하며 이를 악물었다. 어차피 죽여야 끝나는 껨게임이라면 내가 먼저 죽여주지~교원질을 해오면서 내래 사상이 해이했던 적은 없었어~ 명호는 순간 자신을 향해 물었다. 조선공화국에서 학생들에게 사상교양을 배워주는 력사 교원질을 하면서 단 한 번도 사상이 흔들렸던 적은 없었다. 사상이 여전히 확고하다면 투철한 주체사상으로 무장된 정체불명의 훈련대원들 앞에서 당당하게 립증立證해 보이자.

명호는 자신에게 명령했다. 이 절호의 기회에 주체사상으로 단단히 무장된 행동을 보여주자고 말이다. 이렇게 마음을 굳히니 한결 기분이 편해졌다. 사람을 죽이는 일에 대해 내내 명호는 죄의식을 가지고 있었는지도 모른다. 사람을 죽이는 훈련을 하면서 가장 힘들었던 것이 바로 상대를 처단해야 하는 일이었다. 실전훈련에 대한 일정이 이렇게 빨리 닥치리라고는 특1대원들 누구도 예상하지 못했을 것이다.

이런 황당한 도깨비짓이 모두 태산이 동무의 계략이라는 것을 느끼는 순간 단도를 움켜쥔 명호의 팔이 다시 힘껏 쳐들어졌다. 명호는 순간 앞의 죄수가 태산이 동무라고 생각했다. 명호가 지금 죄수를 죽인다면 분명 공화국의 억울한 주민이 아니라 자신의 발목을 한뉘평생 붙들고 늘어진 태산이 동무에게 앙갚음하는 것이다.

에잇, 팍!

— 와아~

죄수의 심장을 향해 명호는 날렵하게 단도를 찔렀다. 명호의 마음속에서는 이제 태산이 동무를 뛰어넘어 아버지의 원수였을 김일성의 심장이었다. 관중들이 함성을 질렀다. 죄수는 땅바닥에 쓰러졌지만 죄수의 심장에서 피는 뿜어나지 않았다.

그러나 명호가 생애 처음 사람을 칼로 찌르던 그 순간에 어떤 정처 모를 악의 기운이 일시에 몸속으로 쳐들어온 느낌이었다. 명호는 한참이나 숨을 몰아쉬면서 몸속에 붙은 악의 덩어리를 떼어내려고 발버둥을 쳤다. 모형이 아닌 사람의 심장에 이렇게 직접 칼침을 놓고 보니 제풀에 두려운 나머지 그는 몇 걸음 뒤로 물러서고 말았다.

— 우우~

— 우우~

심장에 칼침을 놓았는데도 피를 뿜어 올리지 못한 것에 대한 훈련대원들의 조롱이었다. 전혀 공격해오지 않은 죄수를 단칼에 죽이지 못한 데 대한 비웃음일지도 모른다는 생각이 들었다.

— 반동분자 죽여라!

— 심장의 피를 보여라!

관중들이 흥분하며 여기저기에서 웅성웅성 소리쳤다. 명호는 순간 이를 앙다물며 죄수에게 다가가서 단도로 다시 심장을 겨누었다. 그의 마음속에서 앞에 있는 죄수의 심장은 이제 인민의 적 김정일의 심장이었다. 죄수는 땅바닥에서 일어나려다가 명호의 칼침 세례를 받고 푹, 다시 고꾸라졌다. 죄수의 심장에서 이제야 피가 솟구쳤다.

— 와아~

— 와아~

죄수의 심장에서 뿜어 올라가는 핏줄기를 보고서야 관중들이 즐거운 함성을 질렀다. 명호의 몸속에 쳐들어온 악의 덩어리는 점점 몸속에 단단히 자리 잡고 있었다. 명호는 그 악의 기운을 느끼면서 실전훈련을 잘 마무리했다고 생각하며 애써 유쾌한 몸짓을 지었다. 두 팔을 번쩍 쳐들 때 죄수가 엉금엉금 겨우 몸을 가누며 명호를 향해 기어왔다. 명호는 흐느적이는 몸을 겨우 이끌고 자신을 향해 기어오는 죄수의 꺼져가는 눈빛을 뚫어지게 쳐다보았다.

— 력사 선생님~

— ~ ~

명호는 꺼져드는 죄수의 부름 소리에 난데없이 뒤통바지뒤통수를 얻어터진 느낌이었다.

— 선생님, 나 강철이에요~

— ~ ~

아아, 이 무슨 운명의 장난질이란 말인가. 명호는 입이 달라붙어 떨어지지 않았다. 사형수로 만난 죄수가 제자 강철이었다니 태산이 동무는 이런 모든 것을 알면서 짐짓 이런 되다만 장난질을 벌였다는 말인가? 명호는 와락 강철의 무너지는 몸을 붙잡았다. 강철의 가슴에서 시뻘건 피가 솟아나와 회색 죄수복이 까맣게 물이 들어 있었다.

— 강철아~

명호는 강철의 얼굴에 덮어 씌워진 검은 천을 단도로 찢어냈다. 이제야 죄수의 얼굴에서 제자 강철의 모습을 찾아냈다.

— 강철아, 아아 강철아 흑흑흑~

명호의 눈에서 뜨거운 눈물이 주룩 흘렀다. 자식이나 다름없는 제자 강철이가 아닌가. 아아, 명호는 기운이 빠져나간 강철의 몸을 아이를 품듯 가슴에 안았다. 강철은 숨을 헐떡거리면서도 아직 의식이 남아 있었다.

― 강철아, 선생님이 너한테 죄를 짓고 말았구나.

명호는 당장 자신의 심장이라도 찔러 죽고 싶은 심정이었다.

― 선생님, 아니에요. 한데 선생님이 어찌 여기 있습니까?

― 강철아, 미안하구나. 숨이 가쁘니 응?

명호는 강철에게 뭐라 말을 할 수가 없었다.

― 아닙니다. 아직 숨 쉴만 합니다.

― 강철아, 이 칼을 받아라.

― 선생님, 이러지 마십시오. 조선공화국에서 살아남자면 선생님은
더 강해져야 합니다. 어서 내 심장에 한 번 더 칼을 꽂아 주오.

관중들이 순식간에 벌어진 이런 상황을 지켜보면서 벌린 입을 다물
지 못했다. 연기습작 보다 더한 격한 감정의 소용돌이에 휘말린 명호
와 강철을 바라보며 관중들은 속으로 끌, 끌 혀를 찼을 것이다.

― 강철아, 어서 나를 찔러다오.

― 력사 생코를 보는 순간 몸이 움직이지 않았습니다. 사형수란 몸으
로 선생님을 이긴들 무슨 훈장이 있겠습니까?

명호와 강철의 모습을 보고 검찰소에서 나온 집행관들이 주머니에서
목책수첩을 꺼내 무어라 적고 있었다.

― 어서 힘이 남아 있을 때 내 심장을 찔러다오.

― 아, 아닙니다. 내 존경하는 선생님한테 죽을 수 있어서 마음이 편
안합니다.

― 강철아, 어서 눈을 뜨라. 어서~

명호는 절규하면서 제자 강철이 스르륵 그의 품에서 눈을 감는 모
습을 지켜보았다. 명호는 자신의 몸에서 한꺼번에 모든 기운이 빠져나
간 듯 공허했다. 관중들이 손짓을 하며 뭐라 소리를 지르고 있었지만

명호에게는 아무 소리도 들리지 않았다. 명호는 팔을 번쩍 쳐들어 자신의 심장을 향해 힘껏 단도를 찔러 박았다.

다음권에 계속